HARALD JACOBSEN
Fördelüge

TÖDLICHER PARTYRAUSCH Der deutsche Geschäftsmann Klaus Paulsen wird ermordet in einem dänischen Ferienhaus entdeckt. Für Frank Reuter endet damit abrupt die Einarbeitungszeit in sein neues Aufgabengebiet. Zusammen mit Kommissarin May-Britt Oldsen aus Sonderburg übernimmt er die Ermittlungen. Während Reuter erste Verdachtsmomente gegen die eigenwillige Ehefrau des Toten aufdeckt, konzentrieren sich die dänischen Ermittler auf eine unbekannte Frau, die am Haus gesehen wurde. Dann tauchen erste Hinweise auf sogenannte Legal Highs und fragwürdige Partys unter der Regie eines Hoteliers auf. Zusätzlich macht sich die Inhaberin einer Reinigungsfirma verdächtig. Als sich dann auch noch der Privatdetektiv Henrik Bargen in die Ermittlungen einmischt, entsteht zunächst Konfusion. Doch dann raufen sich die verschiedenen Ermittler zusammen und können die Fäden schließlich entwirren.

Harald Jacobsen wurde 1960 in Nordfriesland geboren. Bereits seit seiner Jugend faszinieren ihn spannende Romane. Nach verschiedenen beruflichen Stationen durchlief er deshalb eine Ausbildung im kreativen Schreiben und veröffentlicht seit 2006 Kriminalromane, überwiegend mit regionalem Bezug. Seine Hauptfigur Frank Reuter blieb ihm treu und darf nach seinem Abschied vom LKA Kiel aktuell Ermittlungen mit grenzübergreifenden Fällen in Flensburg übernehmen. Zu dem dort ebenfalls ermittelnden Privatdetektiv Henrik Bargen entsteht über das Berufliche hinaus eine Freundschaft. Seine Ideen entwickelt der Autor in idyllischer Umgebung am Rande des Naturparks Aukrug, wo er zusammen mit Ehefrau und zwei Katern lebt.

Bisherige Veröffentlichungen im Gmeiner-Verlag:
Fördekartel (2018)
Reuter ermittelt an der Ostsee (2015)
Kielbruch (2014)
Mordsregatta (2013)

HARALD JACOBSEN
Fördelüge

Küsten-Krimi

GMEINER SPANNUNG

Die automatisierte Analyse des Werkes, um daraus Informationen insbesondere über Muster, Trends und Korrelationen gemäß § 44b UrhG (»Text und Data Mining«) zu gewinnen, ist untersagt.

Bei Fragen zur Produktsicherheit gemäß der Verordnung über die allgemeine Produktsicherheit (GPSR) wenden Sie sich bitte an den Verlag.

Immer informiert

Spannung pur – mit unserem Newsletter informieren wir Sie regelmäßig über Wissenswertes aus unserer Bücherwelt.

Gefällt mir!

Facebook: @Gmeiner.Verlag
Instagram: @gmeinerverlag
Twitter: @GmeinerVerlag

Besuchen Sie uns im Internet:
www.gmeiner-verlag.de

© 2019 – Gmeiner-Verlag GmbH
Im Ehnried 5, 88605 Meßkirch
Telefon 0 75 75 / 20 95 - 0
info@gmeiner-verlag.de
Alle Rechte vorbehalten

Lektorat: Susanne Tachlinski
Herstellung: Mirjam Hecht
Umschlaggestaltung: U.O.R.G. Lutz Eberle, Stuttgart
unter Verwendung eines Fotos von: © Gert Lapoehn Fotogr. / fotolia.com
Druck: Libri Plureos GmbH, Friedensallee 273, 22763 Hamburg
Printed in Germany
ISBN 978-3-8392-2387-1

Personen und Handlung sind frei erfunden.
Ähnlichkeiten mit lebenden oder toten Personen
sind rein zufällig und nicht beabsichtigt.

KAPITEL 1

Die zwei Wochen Urlaub waren wie im Fluge vergangen und fielen weniger ergiebig aus als erhofft. Frank Reuter hatte sich diesen zeitlichen Vorlauf gegönnt, um vor Antritt seiner neuen Dienststelle alle privaten Angelegenheiten zu regeln. Er kannte sich mittlerweile in Flensburg und Umgebung einigermaßen gut aus und hatte auch seine dänischen Sprachkenntnisse nochmals verbessert, was aber weiterhin fehlte, war eine Wohnung. Von seinem Hotel aus konnte Frank den Weg zur Polizeidirektion im Norderhofenden leicht zu Fuß zurücklegen. Auf dem Holm, der Einkaufsmeile, lauschte er der Vielfalt an Sprachen. Deutch und Dänisch überwogen eindeutig. Es faszinierte Frank immer wieder, wie formlos die Skandinavier miteinander verkehrten. Er wusste aber auch, dass es durchaus feine Unterschiede beim allgegenwärtigen Duzen gab. Er fragte sich, ob er es sich jemals angewöhnen konnte oder immer wieder automatisch Fremde sofort siezen würde. Schließlich erreichte Frank das ganz in Weiß gehaltene Gebäude aus der Gründerzeit, in dem das Polizeipräsidium untergebracht war. Der Einzugsbereich der Direktion war enorm, nachdem im Jahr 2013 die Polizeidirektionen Husum und Flensburg fusioniert hatten. Dadurch wurden die Beamten selbst für Ermittlungen in Nordfriesland oder im Kreis Schleswig-Flensburg zuständig. Frank meldete sich bei dem uniformierten Kollegen im Foyer an und wurde wenige Augenblicke später von einem schmal gebauten Mann abgeholt.

»Kommissar Jo Fechner«, stellte er sich vor.

Der Name war Frank schon geläufig, da er zum Team um Hauptkommissarin Sonja Martenson gehörte, das bisher die Ermittlungen in grenzüberschreitenden Fällen mit übernommen hatte. Durch Franks Versetzung konnte diese Übergangslösung nun endlich beendet werden.

»Hauptkommissar Frank Reuter«, erwiderte er und schüttelte die angebotene Rechte.

Fechner ging mit ihm zum Fahrstuhl, der die beiden Männer ins dritte Stockwerk brachte. Auf dem Gang eilten Männer und Frauen zwischen den Büros hin und her. Es herrschte die übliche Geschäftigkeit einer Polizeidienststelle. Zwei Uniformierte kamen ihnen entgegen. Sie grüßten den Kommissar und warfen Frank einen neugierigen Blick zu. Am Ende des Gangs klopfte Fechner an eine Tür, um sie gleich danach aufzustoßen.

»Nach Ihnen, Herr Reuter«, ließ er Frank den Vortritt.

Das Eckbüro verfügte über zwei Fenster, sodass trotz des regnerischen Novemberwetters viel Licht in den Raum fiel. An einem Besprechungstisch saßen ein drahtiger Mann von etwa Mitte 50 und Hauptkommissarin Sonja Martenson, die Frank anhand einer Fotografie aus der Dienststellenübersicht erkannte. Sie entließ Fechner mit einem Nicken und erhob sich genauso wie der Mann.

»Moin, Herr Reuter. Sonja Martenson. Darf ich Ihnen den Dienststellenleiter Hauptkommissar Thorsten Albrecht vorstellen?«, begrüßte sie Frank.

Er schüttelte nacheinander die Hand der beiden Kollegen und nahm dann den angebotenen Sitzplatz sowie eine Tasse Kaffee an. Aus dem Augenwinkel musterte er Albrecht, der tiefe Ringe unter den Augen hatte und mit den grauen Schläfen älter wirkte, als er wahrscheinlich war. Der Job als Dienststellenleiter schien ausgesprochen aufreibend zu sein. Gleichzeitig lauschte Frank den Ausführungen der Hauptkommissarin, die von früheren Ermittlungen berichtete. Das spezielle Abkommen zwischen Deutschland und Dänemark ermöglichte es Ermittlern beider Länder, ohne großen behördlichen Aufwand ihrer Arbeit nachzugehen. Während ab sofort Frank von Flensburg aus derartige Fälle übernehmen würde, existierte in Sonderburg eine Kommissarin, mit der Martensons Team bereits mehrfach zusammengearbeitet hatte.

»May-Britt Oldsen verfügt genau wie Sie über beträchtliche Erfahrungen. Sie war vorher in Kopenhagen bei der Drogenfahndung und der Fachgruppe für Gewaltverbrechen im Einsatz«, erklärte die Hauptkommissarin.

Unwillkürlich fragte Frank sich, welche Leichen Oldsen wohl im Keller hatte, um auf einen so karrierefeindlichen Dienstposten versetzt worden zu sein. Seine abschweifenden Gedanken wurden von einer Frage des Dienststellenleiters unterbrochen.

»Konnten Sie sich schon ein wenig in unserer schönen Stadt einleben, Herr Reuter?«, wollte Albrecht wissen.

Höflich lobte Frank sowohl die Stadt als auch das Umland in den höchsten Tönen. Das fiel ihm nicht weiter schwer, da es aus ganzem Herzen kam. Die lebhafte Innenstadt mit der Fußgängerzone, die herrlichen Kaufmannshöfe und natürlich der Hafen sagten Frank sehr zu. Bis zum wunderbaren Strand in Glücksburg war es ebenfalls nicht weit und auch dort fühlte er sich auf Anhieb gut aufgehoben.

»Lediglich bei der Wohnungssuche hatte ich bislang keinen Erfolg. Entweder sagte mir die Lage nicht zu oder die Miete überstieg meine Möglichkeiten«, räumte er ein.

Albrecht schaute ihn mitfühlend an, während Martenson ein nachdenkliches Gesicht aufsetzte.

»Das ist in der Tat eine schwierige Situation. Möglicherweise lohnt sich ein Blick auf umliegende Gemeinden. Dort ist die Wohnungsmarktlage meist nicht so angespannt«, schlug er vor.

Darüber hatte Frank ebenfalls bereits nachgedacht. Noch scheute er aber diesen Schritt, der zu einem zeitlichen Mehraufwand führen würde. In Kiel hatte er es genossen, mitten in der Stadt zu leben und nur einen kurzen Weg zum Landeskriminalamt zu haben. So etwas in der Art schwebte ihm jetzt auch wieder für Flensburg vor, doch bisher liefen seine Bemühungen ins Leere.

»Sind Sie ein guter Handwerker, Herr Reuter?«, fragte Sonja Martenson plötzlich.

Nicht nur Frank schaute sie verwundert an, sondern auch Albrecht. Offenbar verstand er den Hintergrund der Frage ebenso wenig wie Frank.

»Früher habe ich viel selbst gemacht, ja. Meine Frau und ich haben mehrfach Häuser renoviert, in denen wir anschließend gewohnt haben. Warum fragen Sie?«, erwiderte er.

»Soweit ich informiert bin, sucht eine gute Bekannte von Kommissar Fechner nach einem Mieter für eine Wohnung über ihrem Fotoatelier auf dem Holm. Es gibt allerdings einigen Renovierungsbedarf, daher ist das Objekt nur für handwerklich begabte Menschen geeignet«, antwortete sie.

Das klang in Franks Ohren durchaus verlockend. Solange er nicht in eine feuchte, eiskalte Bruchbude einziehen musste, bestand durchaus Interesse.

»Nach der Einsatzbesprechung gehen wir zu Jo und fragen ihn. Einverstanden?«, schlug Martenson vor.

Frank willigte sofort ein. Anschließend kehrten sie zu dienstlichen Anliegen zurück. Albrecht händigte Frank seinen neuen Dienstausweis sowie eine Walther P99 samt Holster und drei Magazinen aus. Wie üblich, musste Frank dafür unterschreiben.

»Sind Sie mit der Pistole vertraut?«, fragte Martenson.

Da Frank bereits während seiner Zeit beim LKA eine baugleiche Walther als Dienstwaffe geführt hatte, entfiel eine spezielle Einweisung auf dem Schießstand. Die Einsatzbesprechung endete mit einer förmlichen Belehrung, welche Befugnisse er im Rahmen des Grenzermittlungsabkommens mit Dänemark hatte. Dann wünschte Albrecht ihnen eine gute Zusammenarbeit und entließ beide Hauptkommissare. Frank befestigte das Holster am Gürtel und schob Ersatzmagazine in die Seitentasche seiner Lederjacke. Den Ausweis klemmte er sich an die Brusttasche seines Hemdes, damit er sich ungehindert im Präsidium bewegen konnte.

»Ich zeige Ihnen zuerst Ihr neues Büro. Dort können Sie die Jacke loswerden und sich später in Ruhe einrichten. Danach stelle ich Ihnen meine Mitarbeiter vor, auf die Sie nach Rücksprache mit mir immer zugreifen können«, sagte Sonja Martenson.

Die neue Position brachte mit sich, dass Frank zwar leitender Beamter war, allerdings ohne eigene Mitarbeiter. Die Regelung, im Bedarfsfall auf Martensons Team zurückgreifen zu können, musste sich in der Praxis erst noch bewähren.

*

Fünf Minuten später lernte Frank die beiden weiteren Mitarbeiter von Martenson kennen. Fechner hielt sich im Hintergrund, während Frank die Oberkommissarin Helga Thoms und den Oberkommissar Fabian Kraft begrüßte. Der bullige Mann mit der Vollglatze erinnerte ihn unwillkürlich an Holly Fendt; der Leiter des Dezernats für organisierte

Kriminalität beim LKA war einer der wenigen Freunde, die Frank im Kollegenkreis hatte. Genau wie Kraft war Holly ein wahrer Hüne mit Glatze und wachem Verstand.

»Hauptkommissar Reuter übernimmt wie bereits besprochen ab heute die Ermittlungen in allen grenzüberschreitenden Fällen. Wir unterstützen ihn nach Bedarf zukünftig, wenn der Umfang der Ermittlungen zusätzliches Personal erfordert«, erklärte Martenson.

Da die Abteilung auch so jede Menge Arbeit auf dem Tisch hatte, war Franks Übernahme der bisherigen Mehrarbeit durchaus willkommen. Nach der kurzen Begrüßung gingen die Ermittler zurück in ihr Büro, nur Jo Fechner wurde von Martenson aufgehalten.

»Sucht Ines eigentlich immer noch einen Mieter für die Wohnung über ihrem Atelier?«, fragte sie.

»Ja. Wieso, kennst du einen möglichen Kandidaten?«, antwortete Jo.

Mit einem Lächeln deutete Martenson auf Frank. »Herr Reuter ist handwerklich begabt und sucht nach einer bezahlbaren Unterkunft im Stadtzentrum«, sagte sie.

Der schmal gebaute Kommissar hob überrascht die Augenbrauen in die Höhe. »Ernsthaft? Ich muss Sie aber warnen. Frau Arndt hat spezielle Vorstellungen in Bezug auf die Renovierung. Die vorherigen Mieter haben die Räume in einem schlimmen Zustand zurückgelassen«, wandte er sich an Frank.

Der hob die Hände. »Ich bin zwar durchaus erfahren als Handwerker, immerhin habe ich zwei Häuser quasi grundrenoviert, aber kein gelernter Maurer oder so etwas«, wehrte er ab.

Fechner schmunzelte bei seiner Erwiderung. »Das erwartet Ines auch nicht. Was halten Sie davon, wenn ich Sie später einfach miteinander bekannt mache und Sie sich selbst ein Bild machen?«, bot er an.

Der Vorschlag war ganz in Franks Sinne. Obwohl ihn eine solche Aufgabe durchaus reizte, wollte er sich keinesfalls auf ein jahrelanges Bewohnen einer Baustelle einrichten.

Er dankte der Hauptkommissarin für ihre Unterstützung am ersten Tag in der Dienststelle und kehrte anschließend zurück in sein Büro. Es befand sich unter dem Dach und war kaum größer als eine Besenkammer. Wenn Frank sich ans Fenster stellte und ein wenig vorlehnte, erhaschte er aber immerhin einen winzigen Ausschnitt der Flensburger Förde. Doch der Schreibtisch war offensichtlich nicht sehr alt und auch der Computer machte einen neuen Eindruck. Frank ließ sich in den Schreibtischstuhl fallen und richtete seinen Zugang nach den Vorgaben des Systemadministrators ein. Der hatte ihm eine Art Leitfaden auf den Tisch gelegt, womit der Vorgang auch für einen weniger computeraffinen Menschen ohne große Hürden möglich war. Da Frank danach noch eine gute Stunde bis zum Feierabend blieb, studierte er die abgeschlossenen Fälle der Grenzermittlungsabteilung. Als es an der Tür klopfte und Jo Fechner eintrat, schaltete Frank den Computer mit einem leisen Seufzer aus.

»Na, das klingt aber nicht sehr euphorisch«, sagte Fechner.

Mit leicht verkniffenem Gesichtsausdruck deutete Frank auf den Monitor vor sich.

»Was bisher so an Ermittlungen gelaufen ist, scheint kaum die permanente Anwesenheit eines Hauptkommissars zu rechtfertigen«, sagte er.

Fechner zuckte mit den Schultern.

»Ehrlich gesagt, waren wir über Ihre Versetzung auch ein wenig erstaunt. Besonders, da Sie im LKA ja einige spektakuläre Erfolge erzielt haben«, gestand er freimütig.

Frank fragte sich, wie viel seine neuen Kollegen wohl über die Vergangenheit bereits wussten. Er beschloss, ganz offen damit umzugehen.

»Schon vor den Ereignissen im Rahmen der SOKO ›Kieler Woche‹ im vergangenen Sommer zählte ich nicht zu den Lieblingen der Führung im LKA. Es gibt keine Karriere mehr für mich in Kiel, weshalb ich den Wechsel hierher sehr gerne vollzogen habe«, erwiderte Frank.

Fechner ließ ein schelmisches Grinsen aufblitzen. »Tja, das erklärt einiges. Nun, unsere Truppe wird Ihnen besser gefallen. Sonja ist zwar eine strenge Chefin, aber durchaus auch für unkonventionelles Vorgehen zu haben«, sagte er dann.

Das klang positiv in Franks Ohren und er beschloss, seiner neuen Aufgabe ohne irgendwelche Vorbehalte nachzukommen. Er sprang auf und schnappte sich die Lederjacke, um hinter Fechner das winzige Büro zu verlassen. Sie ignorierten den permanenten Nieselregen in der Nachmittagsdämmerung und gingen zu Fuß zu dem Atelier. Jo erzählte von Ines Arndt, die eine erfolgreiche Fotografin war.

»Sie suchte lange Zeit nach einer passenden Adresse im Zentrum. Vor zwei Jahren wurde ihr der alte Kaufmannshof angeboten, bestehend aus über zwei Etagen verteilten Räumlichkeiten«, berichtete er.

Die Fotografin hatte ein wenig Geld angespart und ergriff die Gelegenheit am Schopfe.

»Ines kalkulierte immer mit den Einnahmen und suchte deswegen von Beginn an nach solventen Mietern«, sagte Jo.

Sie erreichten einen unscheinbaren Durchgang zwischen zwei Häusern auf dem Holm. Wäre da nicht ein Werbeaufsteller des Fotoateliers gewesen, hätte Frank ihn vermutlich kaum bemerkt. Er folgte Jo, der ins Geschäft seiner Bekannten ging und nach ihr rief. Im vorderen Raum gab es einen Verkaufstresen mit allen möglichen Artikeln rund ums Fotografieren. Frank wunderte sich, dass man in der heutigen Zeit überhaupt noch den komplizierten Umgang mit Fotoapparaten pflegte. Ein dicker schwarzer Vorhang trennte den Eingangsbereich vom eigentlichen Atelier. Eine Frau mit pechschwarzen Haaren, die auf der einen Seite extrem kurz geschnitten und auf der rechten Kopfseite bis übers Ohr reichten, trat hindurch. Zwei grüne Augen fixierten zuerst Jo und dann Frank. Er hatte den Eindruck, als ob die Fotografin auf der Hut wäre. Obwohl sie auch noch sehr schlank, fast so dünn wie ein Model war, verströmte sie eine ausgesprochen feminine Aura.

»Moin, Jo. Wen bringst du denn da mit?«, fragte sie.

Ihre Stimme war einen Hauch heiser. Frank meinte, einen minimalen Dialekt oder Akzent bei der Aussprache zu hören, ohne sich aber ganz sicher zu sein.

»Moin. Das ist der neue Kollege, von dem ich bereits erzählt habe. Hauptkommissar Frank Reuter. Er sucht noch nach einer bezahlbaren Wohnung in der Stadt und verfügt über handwerkliche Fähigkeiten«, antwortete Jo.

Es war auffällig, wie verändert der Kommissar auftrat. Er schien sehr bemüht zu sein, seiner Bekannten alle möglichen Bedenken zu nehmen. Frank registrierte es und hielt gleichzeitig den Blick auf das fein gemeißelte Gesicht der Fotografin gerichtet. Ihre Alabasterhaut bildete einen geradezu unnatürlichen Kontrast zu den schwarzen Haaren.

»Stimmt das? Sie können eine Wohnung selbstständig renovieren, ohne es nur noch schlimmer zu machen?«, fragte sie nun an ihn gewandt.

Mit wenigen Sätzen berichtete Frank, wie er zusammen mit Karin früher ganze Häuser bezugsfertig instandgesetzt hatte.

»Klingt gut. Na schön. Ich zeige Ihnen die Wohnung. Sie ist genau hier oben drüber«, entschied die Fotografin.

Sie legte die Kamera, die mit ihrem klobigen Aufbau in Franks Augen ein wenig altmodisch wirkte, auf den Tresen. Dann beugte sie sich darüber und holte ein Schlüsselbund aus einer Schublade. Anschließend bat sie Jo, in ihrer Abwesenheit auf das Atelier aufzupassen. Als Frank ihr automatisch die Eingangstür aufhielt, streifte ihn ein überraschter Blick.

»Wie angenehm. Ein Gentleman der alten Schule«, sagte sie ohne einen Anflug von Spott in der Stimme.

Arndt stieg eine Eisentreppe ins Obergeschoss hinauf, deren weiße Farbe an vielen Stellen abgeblättert war. Nach einer Wende standen sie auf einer Plattform vor der Eingangstür. Die Fotografin hatte sich im Rausgehen einen Poncho angezogen, dessen Enden jetzt von einer Windböe aufgewirbelt wurden. Das Kleidungsstück war genauso schwarz wie ihre Hose und der weite Pulli, den Arndt dazu trug. Mit einem leisen Quietschen schwang die solide Stahltür nach innen und Arndt betätigte einen Lichtschalter dahinter. Sie ging weiter und Frank betrat unmittelbar nach ihr die Wohnung. Er sah auf den ersten Blick, was die Fotografin so verärgert hatte.

»Wer kommt denn auf eine so abscheuliche Idee?«, entfuhr es ihm beim Anblick des Fußbodens.

An vielen Stellen konnte er noch die Holzmaserung erkennen, doch der größte Teil war mit einer Lackfarbe in einem grellen Blauton bedeckt.

»Es waren junge Mediengestalter, die offensichtlich keine Beziehung zur alten Bausubstanz hatten. Die Wände bestehen genau wie unten aus roten Steinen, die ordentlich verfugt sind«, erklärte Arndt.

Doch davon war jetzt nichts mehr zu sehen. Die Vormieter hatten sie mit Rigipsplatten versehen und diese in schlichtem Weiß gestrichen. Franks Blick ging hinauf zur Decke, und wie erwartet entdeckte er dort vier mächtige Holzbalken. Hier hatten sich die früheren Mieter zwar nicht ausgetobt, doch deren Substanz war ebenfalls schlecht. Arndt zeigte Frank einen Nebenraum, der als Schlafraum geeignet war, sowie ein kleines Badezimmer mit sehr schlichter Ausstattung. Wenigstens eine Duschkabine war vorhanden.

»Im großen Raum gibt es an der westlichen Wand alle erforderlichen Anschlüsse, um dort eine Küchenzeile anzubringen«, erklärte die Fotografin.

Sie kehrten zurück zur Eingangstür. Frank rieb sich nachdenklich übers Kinn und versuchte sich darüber klarzuwerden, ob er sich eine Renovierung der Wohnung überhaupt vorstellen konnte. Die Arbeit würde ihn sicherlich gut ablenken, sodass er weniger an Karins und Jasmins Verschwinden aus seinem Leben nachdenken musste. Arndt ließ ihn sich in aller Ruhe umsehen; sie schien zu merken, dass er Zeit zum Nachdenken brauchte. Schließlich ging Frank in die Hocke und strich mit der flachen Hand über den Lack am Boden. Ohne aufzusehen, teilte er der Fotografin seine Einschätzung mit.

»Den gesamten Fußboden in beiden Räumen würde ich mit der Hand abschleifen. Wobei ich vermutlich auch eine Maschine einsetzen kann. Das muss man sehen. So wie ich die Maserung einschätze, dürfte es sich um Peachbine handeln. Später kann man es ölen oder eine Wachsschicht aufbringen«, sagte er.

Die Fotografin schwieg. Frank kam aus der Hocke wieder hoch und deutete dabei auf die Wände.

»Vorerst würde ich die Platten so lassen. Die Balken haben

Vorrang, denn die müssen vermutlich alle ausgetauscht werden. Das Abschleifen und neu bearbeiten kostet zwar auch einiges an Geld, aber das wäre ich bereit zu investieren. Immer abhängig davon, ob Sie mich als Mieter akzeptieren und wie teuer die Wohnung wird«, sprach er weiter.

Erst jetzt wurde ihm bewusst, dass er es wollte. Frank hoffte sehr, dass die Fotografin ihm die Wohnung überließ.

»Die Miete wird nicht sehr hoch sein, Herr Reuter. Ihr Vorhaben gefällt mir und ihr Ton verrät Sie. Die Wohnung hat Sie bereits akzeptiert und ich auch. Die Kosten für die neuen Balken übernehme ich natürlich. Vielleicht können Sie ja den Austausch später vornehmen. Mal sehen«, sagte Ines Arndt.

Mit einem Handschlag besiegelten sie ihren Vertrag, den der Steuerberater der Fotografin noch schriftlich fixieren sollte. Zu Franks Überraschung drückte Arndt ihm bereits das Schlüsselbund in die Hand.

»Sie können jederzeit einziehen. Ich freue mich auf eine gute Nachbarschaft«, sagte sie.

Als Frank wenige Augenblicke später mit ihr ins Atelier zurückkehrte, schaute Jo in ihre Gesichter und grinste zufrieden.

»Das hat ja bestens geklappt. Also, ich habe Hunger. Was meint ihr? Sollten wir den erfolgreichen Tag mit einem gemeinsamen Essen im ›Gnomenkeller‹ abrunden?«, fragte er.

Für Frank war es auf jeden Fall ein guter Vorschlag, da er ungern schon wieder im Hotelrestaurant allein zu Abend essen wollte. Ines Arndt wollte nur noch eine Arbeit zu Ende bringen, aber dann mit den beiden Männern ihren Feierabend einläuten.

KAPITEL 2

Wie viele Leben hat ein Mensch? Diese Frage kreiste auf einmal in seinem Kopf herum. Sein Blick versuchte die Wolken am blassen Novemberhimmel zu fixieren. Obwohl das große Oberlicht im Dach absolut sauber war, konnte Klaus nur verschwommen sehen. Er blinzelte angestrengt und wunderte sich gleichzeitig über die Kälte der Fliesen. Das Haus hatte eine moderne Fußbodenheizung, sodass man selbst im tiefsten Winter auf Socken durch die Räume laufen konnte. Seine Rechte tastete vorsichtig über das Hemd. Klaus registrierte die Feuchtigkeit, als er den Bauch erreichte. Eigentlich hätte er statt Kälte eher Schmerzen spüren müssen. Doch die blieben merkwürdigerweise aus. Nur bei den drei oder vier Stichen des großen Messers hatte Klaus vor Schmerz aufgeschrien. Vielleicht auch mehr aus Verwunderung, dass ihm so etwas widerfahren war. Er riss die Augen auf. Doch die Dämmerung schien heute Nachmittag früher als gewöhnlich einzusetzen. Die Kälte breitete sich mittlerweile im gesamten Körper mit großer Geschwindigkeit aus. Es verwirrte Klaus, dass sich von den Füßen her eine Gefühllosigkeit ausdehnte. Aufstehen hätte er vielleicht noch vor ein oder zwei Minuten können, doch jetzt war es rein körperlich nicht mehr möglich. Mit einem verzweifelten Stöhnen kämpfte Klaus gegen die unerbittliche Dunkelheit an, die ihn mehr und mehr umfing. Selbst sein so oft gelobtes Gehör ließ ihn mittlerweile im Stich. Obwohl die Spieler von Barcelona und Manchester United weiterhin den Fußball hin und her trieben, immer untermalt von den laut anfeuernden Fans beider Seiten, kam scheinbar aus den Boxen des großen Flachbildfernsehers kein einziger Ton mehr heraus. Dabei hatte Klaus die Fernbedienung nicht angefasst und seinem unerwarteten Besucher nicht die Höflichkeit erwiesen, wenigstens leiser zu machen. Klaus war nur verärgert über die Störung gewesen und verblüfft, überhaupt in dem Ferienhaus aufgestöbert worden zu sein.

»Ein Leben«, hauchte er in letzter Erkenntnis.

Mit diesen kaum zu vernehmenden Worten fiel Klaus Paulsen endgültig in eine gnädige Ohnmacht. Der hohe Blutverlust forderte seinen Tribut.

*

Es hatte die ganze Nacht geregnet. Überall standen riesige Wasserflächen auf den Feldern und es war definitiv kein Wetter, um mit dem Motorrad zu fahren. Unglücklicherweise blieb May-Britt Oldsen keine andere Wahl, da ihr alter Opel Corsa noch immer in Bennys Werkstatt stand. Irgendein bescheuertes Steuermodul war defekt und es dauerte länger als ursprünglich gedacht, ein entsprechendes Ersatzteil zu beschaffen. Dabei hätte May-Britt bereits seit Anfang des Monats mit dem Wagen unterwegs sein wollen. Als der Anruf aus Hejlsminde einging und von einem Leichenfund im Vibevej die Rede war, musste die Kommissarin sich trotz anhaltenden Regens auf ihre Honda NC750S schwingen. Daher war sie mächtig durchgefroren, als sie am Ferienhaus das Motorrad auf den Seitenständer stellte. Natürlich hätte sie sich auch von Anne abholen lassen können, doch das widersprach May-Britts Ungeduld. Bisher hatte sie die Versetzung auf den Dienstposten in Sonderburg als Rückschritt ihrer Karriere angesehen. Ein verdienter Dämpfer nach ihrem bösen Fauxpas mit den Drogen. In den zurückliegenden acht Monaten musste die Kommissarin lauter banale Ermittlungen übernehmen, sodass sich ihre Befürchtungen zu bestätigen schienen. Als Leiterin der dänischen Sektion für grenzüberschreitende Ermittlungen in Sonderburg würde sie keine beruflichen Blumentöpfe gewinnen. Doch seit dem Anruf vor einer guten Stunde bot sich ein neues Bild.

Ole, der Leiter der Kriminaltechnik, erschien in der Haustür des Ferienhauses und winkte ihr zu. Unterbrach den Gedankengang. Endlich. May-Britt wollte einen Blick auf den Leichnam werfen, was ihr bislang verwehrt worden war. Sie eilte über die Auffahrt und nahm es als gutes Zeichen, dass seit fünf Minuten der Regen nachgelassen hatte und sich mittlerweile sogar einzelne Wolkenlücken zeigten. Wenigstens die Rückfahrt konnte ganz angenehm werden.

»Zieh die Schützer über deine Schuhe und Handschuhe an. Nur zwei Minuten, und wehe, die verlässt die ausgelegten Platten«, mahnte Ole.

Brav befolgte May-Britt die Anweisungen und folgte derartig verkleidet Sekunden später dem Techniker ins Haus. Sein Team war bereits sehr fleißig gewesen, wie die kleinen Trittplatten im Gang sowie Pulverspuren an Türrahmen belegten. Ole führte sie am Tresen der zur Wohnstube offenen Küche vorbei, und da lag er. Ein Mann von etwa 50 Jahren inmitten einer großen Blutlache. May-Britt ging vorsichtig in die Hocke, um sich die Verletzungen im Bauchraum genauer anzusehen.

»Mehrere Stiche. Auf den ersten Blick konnte ich sechs Wunden erkennen, aber die exakte Zahl kann ich erst nach der Entfernung seiner Kleidung benennen. Alle Stiche wurden ihm vermutlich aus kurzer Distanz zugefügt, und das mit einiger Wucht«, erläuterte Ole kühl.

Nach einem abschließenden Blick erhob May-Britt sich wieder und nahm einen Ausweis entgegen, der in einer der durchsichtigen Spurensicherungstüten verpackt war.

»Klaus Paulsen. Deutscher aus Schleswig, wie bereits vorhin gesagt«, erklärte Ole.

Der Täter hatte sich weder die Mühe gemacht, das Haus zu verschließen, noch die persönlichen Dinge wie Ausweis oder Mobiltelefon an sich zu nehmen. Daher fiel die Identifizierung leicht und führte dazu, dass May-Britt in Flensburg anrief. In alter Gewohnheit sprach sie zuerst mit Sonja Martenson, mit der sie immer gut zusammengearbeitet hatte. Meistens schickte die ihren Mitarbeiter, Jo Fechner, der fließend Dänisch sprach und vom Naturell her gut zu seinen Kollegen in Sonderburg passte. Doch May-Britt erlebte eine große Überraschung, als Sonja ihr vom neuen, jetzt dauerhaften Dienststellenleiter Hauptkommissar Reuter berichtete. Sie würde ihn informieren, damit er sich umgehend auf den Weg nach Hejlsminde machen konnte. May-Britt erwartete ihn nun jeden Augenblick. Ein junger Techniker mit einem Ring im linken Nasenflügel erschien am Durchgang zu einem der Schlafräume.

»Auch nichts, Chef. Hier wurde gründlich sauber gemacht«, erklärte er.

Ole ließ ein verärgertes Schnauben hören.

»Verstanden. Dann nimm dir das kleine Badezimmer vor«, ordnete er an.

Verblüfft schaute May-Britt hinunter zum Leichnam, bevor sie Ole ansprach.

»Soll das etwa bedeuten, dass außer den Spuren hier nichts Verwertbares im Haus zu finden ist?«, fragte sie.

Der Leiter der Kriminaltechnik war ähnlich verwirrt wie sie.

»Ja, und das ergibt kaum einen Sinn. Bei dieser Sauerei hätte ich auch erwartet, jede Menge an Spuren zu finden. Bisher aber völlige Fehlanzeige«, räumte er ein.

Kopfschüttelnd reichte May-Britt ihm den Ausweis in der Tüte zurück und drehte den Kopf zur Eingangstür, wo soeben ein uniformierter Kollege auf sich aufmerksam machte. »Ein Hauptkommissar Reuter aus Flensburg möchte mit Ihnen sprechen«, rief er.

May-Britt nickte und ging langsam über die Metallplatten zurück zur Eingangstür. Als sie wieder auf der gepflasterten Einfahrt stand, zog sie die Überschuhe und Handschuhe aus. Dabei ließ die Kommissarin sich mehr Zeit als nötig, um den hochgewachsenen Mann mit braunen Haaren zu studieren. Reuter war immerhin kein Jungfuchs, der sich noch beweisen musste. May-Britt schätzte den Altersunterschied zwischen ihnen auf kaum mehr als fünf oder sechs Jahre. Er schaute sich um und registrierte offenbar jedes Detail. Schließlich hatte May-Britt sich der Schutzkleidung entledigt und sie in einen extra dafür bereitstehenden Behälter geworfen. Sie strich die Haare glatt, die sie zu einem Pferdeschwanz zusammengebunden hatte, und ging dabei auf ihren deutschen Kollegen zu. Reuter konzentrierte sich jetzt ganz auf sie und lächelte dabei freundlich.

»May-Britt Oldsen«, stellte sie sich vor.

Er schüttelte ihre ausgestreckte Hand. Der Griff seiner langen Finger war fest, aber nicht angeberisch.

»Frank Reuter. Frau Martenson hat mich ja bereits angekündigt. Ich freue mich auf unsere Zusammenarbeit, auch wenn der Anlass etwas unerwartet kommt«, sagte er.

»Ja, ich mich auch. Was meinen Sie mit ›unerwartetem Anlass‹, Herr Reuter?«, erwiderte May-Britt.

Ein flüchtiges Grinsen huschte über das Gesicht des Hauptkommissars. »Bei der Beschreibung des Dienstpostens war ich nicht davon ausgegangen, es gleich mit einem Mord zu tun zu bekommen«, gestand er.

Dem konnte May-Britt nur beipflichten und ging dann dazu über, Reuter über die bekannten Details aufzuklären. Während er aufmerksam zuhörte, holte der Hauptkommissar ein Notebook hervor und aktivierte das Gerät.

»Klaus Paulsen taucht nicht weiter in unseren Datenbanken auf. Es liegt nicht einmal eine Vermisstenanzeige vor. Demnach ist es wohl nicht ungewöhnlich, dass er hier in Dänemark unterwegs ist«, warf er ein.

May-Britt schaute über die Schulter zu dem schwarzen VW-Bus T6, der im Carport abgestellt worden war.

»Den haben unsere Techniker noch nicht untersucht. Nach einem ersten, flüchtigen Blick glaubt Ole aber, es mit dem Wagen eines typischen Außendienstmitarbeiters zu tun zu haben«, sagte sie.

Reuter überprüfte weitere Angaben und konnte einige neue Fakten liefern.

»Paulsen ist Angestellter einer kleinen Firma, die laut Eintrag im Handelsregister mit Rohstoffen und Düngemitteln zu tun hat. Das Unternehmen gehört seiner Ehefrau, Meike Paulsen. Sein Aufgabengebiet scheint tatsächlich die Betreuung und Neugewinnung von Kunden unter anderem auch in Dänemark zu sein«, erklärte er.

Der kurze Austausch nahm lediglich wenige Minuten in Anspruch. Danach schwiegen beide Ermittler. Jeder hing seinen eigenen Gedanken nach. Schließlich räusperte May-Britt sich und deutete auf einen Streifenwagen, der vorm Haus an der Straße parkte.

»Wir sollten mit Astrid Terpe reden. Sie hat den Toten gefunden und uns alarmiert«, sagte sie.

Reuter erhob keine Einwände, sondern griff den Vorschlag

sofort auf. May-Britt nahm erleichtert zur Kenntnis, dass ihr deutscher Kollegen fast so gut Dänisch sprach wie Jo Fechner. Das machte die Vernehmung von Terpe erheblich einfacher.

*

Da seine Kollegin mit dem Motorrad zum Tatort gekommen war, spielte Frank den Chauffeur für Kommissarin Oldsen. Sie erklärte ihm den Weg zum Haus der Zeugin. Es lag am Ortsrand von Christiansfeld, nur wenige Meter hinter dem Ortsschild auf der linken Straßenseite. Als Frank seinen Golf hinter einem dunkelblauen Volvo abstellte, fiel sein Blick auf das Firmenlogo in der Scheibe der Heckklappe. Es zeigte einen hellen Sandstrand mit blitzblauem Himmel und einer gelben Sonne am Himmel darüber. Darunter stand: »A. Terpe, Gebäudereinigung«. Frank stieß die Fahrertür auf und folgte Oldsen, die bereits auf die Haustür zuhielt. An der Westseite bemerkte er den großen Wintergarten, der offenbar zum Büro umfunktioniert worden war. Bevor Oldsen die Türklingel betätigen konnte, wurde die Haustür bereits geöffnet. Frank musterte die mittelgroße Frau mit dunkelblonden Haaren, die nur halb die Ohren verdeckten. Erste silberne Fäden bestätigten den Eindruck, dass Astrid Terpe die 40 bereits überschritten haben musste.

»Kommissarin Oldsen, und das ist mein Kollege, Hauptkommissar Reuter von der Kripo Flensburg«, stellte May-Britt sie vor.

Die Zeugin nickte knapp und führte die beiden Ermittler dann in ihr Büro im Wintergarten. Ein alter Holzschreibtisch füllte den Raum fast zur Hälfte aus. Auf Beistelltischen stapelten sich Papiere und Verpackungen, die vermutlich irgendwelche Reinigungsartikel enthielten. Terpe nahm einen Stapel Papiere von einem Korbstuhl und schaute sich dann ratlos um. Frank erlöste sie, indem er ihr kurzerhand die Papiere abnahm und sie auf einen anderen Stapel legte, der sich auf einem niedrigen Tisch befand. Dann lehnte er sich gegen die Wand und lächelte Terpe aufmunternd an. »Ich sitze die meiste Zeit im Auto oder im Büro. Daher stehe ich gerne«, versicherte er ihr.

Sie nickte dankbar und setzte sich hinter den Schreibtisch.

»Schildern Sie uns bitte noch einmal, wie Sie den Toten entdeckt haben«, bat Oldsen.

»Ich wollte eine Nachkontrolle vornehmen. In den zurückliegenden Wochen kam es mehrfach zu Beschwerden, weil nach bereits erfolgter Komplettreinigung irgendwelche Leute in Häusern Partys gefeiert und jede Menge Dreck gemacht haben«, erklärte Terpe.

Um sicherzustellen, dass das Haus im Vibevej wirklich am Folgetag bezugsfertig war, sei Astrid Terpe dorthin gefahren.

»Ich mache immer zunächst einen Rundgang ums Haus und schaue durch die Fenster. Meistens lässt sich so schon gut erkennen, ob Unbefugte im Haus gewesen sind«, erklärte sie.

Im Vibevej habe anfangs alles in Ordnung ausgesehen, bis Terpe den Leichnam neben dem Küchentresen bemerkt habe.

»Waren Sie sich nicht unsicher, ob der Mann eventuell noch Hilfe brauchen könnte?«, wollte Frank wissen.

Terpe krauste die Stirn. Nach kurzem Zögern schüttelte sie den Kopf. »Ganz sicher war ich nicht. Aber da war so viel Blut, und selbst als ich kräftig gegen die Scheibe klopfte, bewegte er sich nicht. Ich ging einfach davon aus, dass er tot war, und rief daher die Polizei«, antwortete sie.

Die nächste Frage kam von Oldsen. »Sie waren demnach nicht im Haus. Habe ich Sie da richtig verstanden?«, hakte sie nach.

Terpe beteuerte, keinen Fuß ins Haus gesetzt zu haben. Der Anblick des Toten sei ein mächtiger Schock gewesen und deswegen habe sie sich wieder in ihr Auto begeben und das Eintreffen der Polizei abgewartet.

»Konnten Sie das Gesicht des Mannes erkennen?«, fragte Frank.

Terpe nickte nach einigen Sekunden. Sie wirkte verunsichert.

»Aber Sie kennen den Mann nicht, oder doch?«, fragte Frank weiter.

»Nein. Nie gesehen. Wer ist er denn?«, erwiderte Astrid Terpe.

Natürlich würde Frank niemals dessen Identität gegenüber der Zeugin ausplaudern. Er ignorierte daher ihre Frage und ließ seinen Blick durch den Raum wandern.

»Ist Ihnen jemand in der Nähe des Hauses aufgefallen? Fußgänger oder auch Autos?«, fragte Oldsen.

»Darauf habe ich nicht geachtet. Ich glaube aber, ein grüner Audi mit deutschem Kennzeichen fuhr am Haus vorbei, während ich auf die Polizei wartete«, antwortete Terpe.

Sie konnte aber weder das Modell noch die Insassen beschreiben. Vom Kennzeichen hatte Terpe sich ebenfalls nichts gemerkt, wurde sogar unsicher, ob es tatsächlich ein Deutsches gewesen war.

Frank warf einen Blick zu seiner dänischen Kollegin, doch Oldsen hatte vorerst keine Fragen mehr. Als er sich von der Wand abdrückte, verschob er eine Fotografie. Er rückte sie wieder gerade und deutete dann auf den Mann darauf, der lässig an der Reling einer Ölplattform lehnte.

»Ist das Ihr Ehemann?«, wollte er wissen.

Terpe nickte zwar, doch ihre Miene verdüsterte sich. »Ja, das ist Ole. Er hat viele Jahre für ein norwegisches Unternehmen auf Plattformen gearbeitet«, antwortete sie.

Frank entging nicht, dass Terpe in der Vergangenheitsform sprach. »Und heute nicht mehr?«, hakte er nach.

Die Augen von Astrid Terpe nahmen einen gequälten Ausdruck an. »Nein. Ole hatte einen Arbeitsunfall und kann seitdem nicht mehr auf Plattformen arbeiten. Jetzt verdient er sein Geld als Mechaniker bei Sven Mikkelsen«, erwiderte sie.

Ein Umstand, der das Familienleben offenbar schwieriger gemacht hatte. Frank bohrte nicht weiter nach, sondern verabschiedete sie von Astrid Terpe. Oldsen folgte ihm hinaus ins Freie. Sie stiegen schweigend in den Golf ein, den Frank kurz darauf zurücksetzte. Astrid Terpe stand mit vor der Brust verschränkten Armen in der Haustür. Sie wirkte verloren, wie sie so dastand und den Ermittlern hinterherschaute.

»Kennen Sie das Unternehmen von Terpe?« fragte Frank einige Minuten später.

»Nein, aber die bisherigen Auskünfte sind eher positiv. Laut Aussage der Vermietungsgesellschaften, für die Terpe die Abschlussreinigung übernimmt, erledigt sie alle Aufträge pünktlich und akkurat«, antwortete May-Britt Oldsen. Einer ihrer Mitarbeiter habe aber bereits den Auftrag, sich intensiv mit dem Reinigungsunternehmen auseinanderzusetzen.

»Sehen Sie in Terpe mehr als nur eine Zeugin?«, fragte Frank.

Oldsen verneinte. Sie wolle nur kein Detail übersehen und habe deswegen einen Hintergrundcheck von Astrid Terpe sowie ihrem Reinigungsunternehmen angeordnet.

Frank gefiel diese Gründlichkeit.

*

Der deutsche Kommissar hatte ihr mächtig zugesetzt. Astrid kämpfte mühsam um ihre Beherrschung. Es war doch ein Fehler gewesen, die Polizei zu verständigen. Zu spät. Astrid hatte ihre Jacke geholt und die Autoschlüssel. Kaum war der Golf auf der Landstraße verschwunden, öffnete sie die Fahrertür des Volvos, rutschte hinters Lenkrad und startete den Motor. Versteckt zwischen diversen anderen Matten lag der verdreckte Fußabtreter aus dem Haus im Vibevej im Laderaum des Kombis. Den musste sie schleunigst loswerden. Die fröhliche Musik aus dem Radio fachte Astrids Wut weiter an. Mit einem Hieb auf den linken Knopf würgte sie die Übertragung ab. Als das Heck ihres Kombis auszubrechen drohte, nahm Astrid erschrocken den Fuß vom Gaspedal. Sie war dabei, wie eine verkappte Ralleyfahrerin durch die Gegend zu rasen und auf diese Weise unnötige Aufmerksamkeit zu erwecken. »Komm runter«, schalt sie sich selbst.

Sie atmete mehrfach tief durch und schaffte es schließlich, die Fahrt einigermaßen kontrolliert fortzusetzen. Einen Kilometer vor dem Hotel rief sie Mikkelsen auf seinem Handy an und verlangte ein sofortiges Treffen auf dem hinteren Parkplatz. Obwohl er erkennbar keine Lust darauf hatte, drängte Astrid ihn dazu. Als sie den Volvo an der südlichen Seite des Hotels vorbeilenkte, erfreute sie sich für einen kurzen Moment an dem Blick auf den Anleger mit den wenigen Motorbooten. In den Sommermonaten dümpelten meistens so viele Segelschiffe und private Motorjachten im kleinen Hafenbecken von Hejlsminde, dass für Neuankömmlinge kaum ein Liegeplatz zu bekommen war. Jetzt waren es lediglich die Einheimischen, die ihre Motorboote im Wasser ließen und damit gelegentlich kleine Ausflüge unternahmen. Als Astrid den Volvo neben dem Kleinbus des Hotels abstellte, kam Peter Mikkelsen mit raumgreifenden Schritten über den wenig besuchten Parkplatz herübergeeilt. Sie stellte den Motor ab und stieß die Fahrertür auf, um auszusteigen. Doch der Hotelier packte den Rahmen und drückte die Tür so weit zu, dass Astrid wohl oder übel sitzen bleiben musste.

»Was glaubst du eigentlich, wer du bist? Du sagst mir nicht, wann und wie wir uns treffen. Kapiert?«, zischte er. Dabei warf er permanent prüfende Blicke in die Umgebung. Kein Unbedarfter sollte Zeuge des Treffens werden.

Astrid spürte, wie die mühsam verdrängte Wut sich schlagartig zurückmeldete. »Paulsen ist tot. Erstochen. Die Polizei ermittelt schon. Sogar ein Deutscher hat mich vorhin in die Mangel genommen!«, antwortete sie scharf. Die Worte kamen in einem Stakkato über ihre Lippen.

Mikkelsen furchte überrascht die Stirn. Da er gleichzeitig die Hand vom Türrahmen nahm, drängte Astrid sich ins Freie. »Wir müssen jetzt eine Weile die Füße stillhalten«, sagte sie.

Bei der aggressiven Vorgehensweise des Deutschen hatte sie die ganze Zeit während der Vernehmung nur an eines denken können: Was, wenn er ihren Wagen durchsuchen wollte? Astrid spürte die Übelkeit wie eine Welle zurückkehren. Sie zuckte zusammen, als Mikkelsen sie hart an den Schultern packte.

»Stillhalten? Kommt überhaupt nicht in die Tüte. Die Leute kommen wegen der Partys und der Pillen hierher. Nur wegen eines Toten und einigen Provinzpolizisten lasse ich mir doch nicht mein gutes Geschäft kaputtmachen«, stieß er hervor. In seiner Erregung drückte Mikkelsen schmerzhaft zu, und lange Speichelfäden flogen aus seinem Mund.

Astrid schüttelte seine Hände ab und stieß den Hotelier hart vor die Brust, sodass dieser zurückwich. Mit der Attacke hatte sie ihn überrumpelt. Doch jetzt verfinsterte sich sein Blick wieder.

»Verdammt, Peter! Das sind keine simplen Dorfsheriffs. Die Kommissarin aus Sonderburg und der Deutsche arbeiten an Fällen, die grenzüberschreitend sind. Da setzt man doch keine Trottel für ein«, flüsterte Astrid aufgebracht.

Beide achteten sorgsam darauf, dass keine anderen Besucher auftauchten.

»Und deswegen machst du dir gleich ins Höschen?«, höhnte Mikkelsen.

Er gab sich alle Mühe, den abgebrühten Kriminellen zu geben. Doch Astrid hörte die unterschwellige Angst in seiner Stimme mitschwingen.

»Ich bin nur vorsichtig. Wir müssen uns wenigstens einige Tage zurückhalten. Ich riskiere doch nicht wegen ein paar Tausend Kronen meine gesamte Existenz«, erwiderte sie.

Peter Mikkelsen rieb sich grübelnd am Kinn. Sein Blick verlor sich in der Ferne, während er angestrengt nachdachte. Ein silberfarbener Mercedes rollte auf den Parkplatz. Blitzschnell beugte der Hotelier sich vor.

»Zwei Tage. Mehr nicht. Und jetzt verschwinde von hier!«, raunte er Astrid zu.

Da sie hatte, was sie wollte, kam sie der Aufforderung nach. Astrid glitt zurück auf den Fahrersitz und zog die Tür ins Schloss. Nachdem sie den Motor gestartet hatte, steuerte sie den Volvo gemächlich über den Parkplatz zur Ausfahrt. Das ältere Ehepaar neben dem Mercedes warf ihr nur einen kurzen, desinteressierten Blick zu. Astrid baute darauf, dass der Mann und seine Begleiterin mit anderen Gedanken beschäftigt waren. Was war schon Auffälliges an einem Fahrzeug mit dem Logo einer Reinigungsfirma? Astrid wusste, dass ihre Nerven immer noch viel zu angespannt waren. Sie malte sich aus, wie die Polizisten mit dem Ehepaar sprachen und sich nach ihrem Wagen erkundigten.

»Komm zu dir, Mädchen. Du fantasierst dir da etwas zusammen«, rief sie sich zur Ordnung.

Um auf andere Gedanken zu kommen, schaltete Astrid das Radio wieder ein und trommelte zur Melodie eines Popsongs mit den Fingern auf das Lenkrad. Es funktionierte. Mehr und mehr entspannten sich Astrids Muskeln. Eine Weile verflog die Angst vor der Polizei. Doch dann sprang ein Gedanke sie an, sodass sie um ein Haar den Volvo in den Gegenverkehr gelenkt hätte. Im VW-Bus von Paulsen musste sich ein Karton mit der neuen Lieferung befinden. Astrid hatte in ihrer Aufregung vergessen, die Pillen an sich zu nehmen. Ein dummer Fehler, der sie umgehend wieder in Panik versetzte.

*

Bereits kurz nach dem Grenzübertritt nahm Frank Verbindung mit Meike Paulsen auf, um sich einen Termin bei der Unternehmerin zu beschaffen. Auf einem Parkplatz, der sich an der ehemaligen Grenzstation befand, hatte er alle Informationen zu Klaus Paulsen recherchiert. Es lag weiterhin keine Vermisstenmeldung vor, weshalb Frank sich auch am Telefon nicht zum Leichenfund in Hejlsminde äußerte.

»Warum interessiert sich die Polizei für unser Unternehmen?«, wollte Meike Paulsen wissen.

Er blieb vage und erklärte sein Interesse mit einer laufenden Ermittlung, ohne auf Klaus Paulsen einzugehen. Die Unternehmerin gab nach, und so fand Frank sich gute 40 Minuten später in ihrem Vorzimmer wieder, wo eine arbeitsame Sekretärin ihn platziert hatte. Er rechnete damit, dass sich jederzeit die Tür zum Büro der Vorgesetzten öffnen und Meike Paulsen ihn hereinbitten würde. Daher reagierte Frank zunächst nicht, als eine drahtige Frau in einem weißen Laborkittel das Vorzimmer betrat und zu ihm hinüberschaute.

»Hauptkommissar Reuter?«, fragte sie.

Er erhob sich und erkannte schnell seinen Irrtum. Die Unternehmerin kam offensichtlich aus einem der Labore und hatte ihre Arbeit unterbrochen, um den Termin wahrzunehmen.

»Ja, danke für Ihre Zeit«, erwiderte er höflich und wies sich dabei aus.

Nach einem flüchtigen Blick auf den Dienstausweis bat Frau Paulsen ihn, ihr zu folgen. Sie überraschte Frank ein weiteres Mal, als sie nicht wie erwartet den Kittel auszog, bevor sie sich hinter ihren Schreibtisch setzte. Die Tischplatte war nicht mit Unterlagen übersät und selbst die erforderliche Technik wie etwa die Computermaus oder Tastatur erweckte den Eindruck, gerade erst dort hingelegt worden zu sein. Meike Paulsen rollte den Schreibtischstuhl dicht an die Platte und legte die Hände links und rechts neben ihrem Smartphone ab, welches sie Sekunden zuvor aus der Kitteltasche geholt hatte.

»Nun, Herr Hauptkommissar. Was genau führt Sie zu uns?«, fragte sie dann.

Frank hatte bis zu ihrem Hinsetzen die Zeit genutzt, um sich einige Bücher und Modelle von Apparaturen in dem Regal an der westlichen Wand anzusehen. Es handelte sich dabei ausschließlich um Fachliteratur sowie Nachbildungen von Geräten, die für chemische Prozesse erforderlich waren. Für ihn stellten sowohl die Buchtitel als auch die Apparaturen böhmische Dörfer dar.

»Könnten Sie mir zuerst ein wenig mehr über das Unternehmen erzählen? Was stellen Sie her und wo finden Sie Ihre Abnehmer?«, bat Frank.

Im Gesicht von Meike Paulsen blitzte kurz Verwunderung auf, doch dann kam sie der Bitte nach. Mit erstaunlich wenigen, sehr präzise formulierten Sätzen umriss sie das Spektrum des Unternehmens. Sie selbst hatte es vor einem Jahrzehnt gegründet und sich zunächst auf den Vertrieb von Lebensmittelzusätzen konzentriert. Basis dafür war ihre Ausbildung zur Chemielaborantin. Meike Paulsen hatte einige Jahre in diesem Umfeld gearbeitet und die Chance für eine Selbstständigkeit ergriffen.

»Vor drei Jahren haben wir unser Angebot ausgeweitet und beliefern seitdem Kunden mit Düngemitteln sowie Badezusätzen«, schloss sie den Bericht.

Frank war beeindruckt über die souveräne Antwort. Hätte er sein eigenes berufliches Leben erläutern müssen, wäre er sicherlich des Öfteren ins Nachdenken verfallen. Meike Paulsen verzettelte sich jedoch kein einziges Mal und jeder Satz war äußerst perfekt strukturiert. Vermutlich eine Charaktereigenschaft, die sich auch in ihrem Berufswunsch widerspiegelte.

»Wenn Sie von ›wir‹ sprechen, meinen Sie wen?«, hakte er nach.

»Meinen Mann natürlich. Klaus ist der Verantwortliche für die Kundenakquise und ihre Betreuung«, antwortete sie.

Es war an der Zeit, auf den eigentlichen Grund seines Besuches zu kommen. »Können Sie mir sagen, wo sich Ihr Mann zurzeit befindet?«, fragte Frank.

Dieses Mal krauste Meike Paulsen alarmiert die Stirn. »Was sollen all diese Fragen, Herr Hauptkommissar? Ist etwas mit Klaus?«

Frank hob abwehrend eine Hand in die Höhe. »Nur noch diese eine Auskunft, Frau Paulsen«, bat er.

Mit einem ungeduldigen Seufzen beugte sie sich vor und gab über die Tastatur einige Befehle in den Computer ein. Mit geübten Blicken studierte Meike Paulsen das Ergebnis auf ihrem Monitor.

»Klaus hat heute Vormittag einen Kunden in Esbjerg und um 14 Uhr trifft er sich mit Neukunden in Holstebro«, sagte sie.

»Also keinen Termin in Hejlsminde oder in der Nähe?«, fragte Frank.

Doch jetzt war es mit der Geduld von Meike Paulsen offensichtlich vorbei. Ihr Hang zur Präzision mochte auch dazu führen, dass sie sich auf Franks Zusage berief, keine weiteren Fragen zu stellen, bevor er nicht zum Anlass des Treffens kam. Statt einer Antwort schenkte sie ihm nur einen wütenden Blick.

»Ich muss Sie das fragen«, stellte Frank daher klar, »denn am frühen Vormittag wurde ein Mann tot in einem Ferienhaus in Hejlsminde aufgefunden. Er hatte die Ausweispapiere Ihres Ehemannes bei sich und ein schwarzer T6 stand im Carport. Dem amtlichen Kennzeichen nach ist der Bus auf Ihre Firma angemeldet«, erklärte er weiter.

Frank hatte sein Notebook aktiviert und suchte sich die Aufnahmen des Toten heraus, die am wenigstens grausam aussahen. Er legte das Gerät auf den Schreibtisch zwischen sich und Meike Paulsen, die es nach kurzem Zögern langsam zu sich heranzog. Ihr Gesicht wurde eine Nuance bleicher.

»Er sieht aus wie Klaus«, kam es gepresst über ihre Lippen.

»Wir warten noch auch die abschließenden Ergebnisse der Obduktion, Frau Paulsen. Es gäbe aber einen schnellen Weg, um Ihren Ehemann als Opfer auszuschließen«, sagte Frank.

Sie begriff sofort, worauf er anspielte, und tippte auf ihrem Smartphone eine Nummer ein. Meike Paulsen aktivierte den Lautsprecher, damit Frank mithören konnte.

»Hallo, das ist der Anschluss von Klaus Paulsen. Zurzeit kann ich keinen Anruf entgegennehmen. Nennen Sie Ihren Namen, die Telefonnummer, unter der ich zurückrufen kann, und Ihr Anliegen. Ich melde mich dann umgehend«, teilte eine Männerstimme sachlich mit.

Nach dem obligatorischen Signalton hinterließ Meike Paulsen eine Nachricht. »Ich bin es, Klaus. Es ist sehr dringend. Melde dich bitte, so schnell du kannst«, sagte sie.

Danach schaltete sie das Smartphone wieder aus. Auch jetzt legte sie ihre schmalen Hände akkurat links und rechts vom Mobiltelefon auf die Schreibtischplatte.

»Ich bedaure es sehr, Frau Paulsen. Dennoch muss ich Sie bitten, mich morgen nach Kolding zu begleiten. Sie müssen den Toten identifizieren«, erklärte Frank. Er hatte keine Zweifel mehr daran, dass es sich dabei um Klaus Paulsen handelte.

»Falls Klaus sich bis dahin nicht gemeldet hat. Das wird er aber und damit muss ich Sie auch nicht begleiten«, erwiderte die Unternehmerin.

Vermutlich setzte sich der Schock immer mehr durch. Frank bat Meike Paulsen um einen Ausdruck von der Reiseroute ihres Mannes. Den konnte er Kommissarin Oldsen zukommen lassen, damit die Dänen den Spuren des Toten nachgehen konnten.

»Gibt es jemanden, der Ihrem Mann so etwas würde antun wollen? Haben Sie eventuell Drohbriefe erhalten oder wurden Sie persönlich bedroht?«, fragte er dann.

Meike Paulsen nahm den Ausdruck des Reiseplans aus dem Drucker und legte ihn vor Frank auf die Tischplatte.

»Wer sollte etwas gegen Klaus oder mich haben? Unser Unternehmen ist zu klein, um einen Krieg unter Konkurrenten anzuzetteln. Wir sind langweilig normale Bürger, Herr Hauptkommissar. Niemand hat etwas gegen uns und es gab keinerlei Drohungen«, antwortete sie.

Vorerst musste Frank sich damit zufriedengeben. Er würde sich die Familie sowie das Unternehmen intensiv vornehmen. Bis dahin reichte ihm der Ausdruck.

Er dankte der Unternehmerin und verabschiedete sich. Bevor er die Tür zum Vorzimmer hinter sich zuzog, schaute er noch einmal zurück zu Meike Paulsen. Sie saß immer noch unverändert vor ihrem Schreibtisch, beide Hände flach auf die Tischplatte gelegt.

KAPITEL 3

Die Kanzlei lag in der ersten Etage eines restaurierten Fachwerkhauses auf dem Friedrichsberg. Henrik hatte der Anruf des Rechtsanwaltes mitten aus der Arbeit an der Ruderanlage seines Kutters herausgerissen. Zuerst wollte er nicht einmal dieses Treffen akzeptieren, doch Dr. Kersten hatte ihn am Ende doch überzeugt. Jetzt saß Henrik im Vorzimmer der Kanzlei in Schleswig, in der insgesamt sechs Rechtsanwälte mit unterschiedlichen Schwerpunkten tätig waren. Es wunderte ihn wenig, dass Dr. Roland Kersten auf seinem Schild den Titel eines Fachanwaltes für Strafrecht führte.

»Herr Bargen? Dr. Kersten wäre dann so weit«, meldete sich die Stimme der Angestellten hinter dem Schreibtisch. Mit einem professionellen Lächeln deutete sie auf die Tür rechts von sich.

Henrik legte die Zeitschrift zur Seite, in der er lustlos geblättert hatte. Im Grunde war es nichts anderes als ein typisches Stadtmagazin mit endlos vielen Werbetexten, die kaum echte Informationen enthielten. Dann stand er auf und ging zu der Tür, um ohne anzuklopfen einzutreten.

Dr. Kersten legte gerade eine rote Akte auf einen Stapel, der auf einem Registerschrank bereits enorm in die Höhe wuchs. Der Rechtsanwalt war mittelgroß, hatte dünne blonde Haare und trug eine Brille mit einem auffälligen, roten Gestell. Der Blick aus hellblauen Augen erfasste Henrik.

»Immer herein mit Ihnen. Schön, dass ich Sie hierherlocken konnte«, begrüßte der Anwalt ihn wie einen alten Bekannten.

Bevor Henrik sich auf den Weg gemacht hatte, hatte er das Internet auf die Schnelle nach Dr. Roland Kersten durchforstet und war auf erstaunlich viele Einträge gestoßen. Der Strafverteidiger hatte sich in den zurückliegenden Jahren einen exzellenten Ruf aufgebaut. Angeblich war er besonders vor Gericht ein harter Gegner für jeden Staatsanwalt. Als Henrik diesem Dr. Kersten nun gegenüberstand, fand er ihn wenig beeindruckend. Der Anwalt hatte sein Sakko abgelegt und die Hemdsärmel aufgekrempelt. Er deutete auf einen quadratischen Tisch an der Wand gegenüber des Registerschrankes. »Setzen wir uns doch, Herr Bargen«, drängte er Henrik.

Der tat ihm den Gefallen und akzeptierte auch den angebotenen Kaffee. Zum Glück kam der Anwalt schnell zur Sache.

»Ich habe eine neue Mandantin. Ihr Ehemann wurde in Dänemark ermordet und natürlich steht Frau Paulsen ebenfalls auf der Liste der Verdächtigen«, erklärte Dr. Kersten. In wenigen Sätzen umriss er die aktuelle Situation, die in Henriks Augen keinen Bedarf an einem Privatermittler ergab.

»Klingt nach dem üblichen Vorgehen der Polizei. Was für eine Rolle soll ich dabei spielen?«, fragte er daher.

Dr. Kersten legte sich die Antwort gut zurecht. »Meine Mandantin ist sozusagen ein gebranntes Kind. Sie traut den Ermittlern diesseits und jenseits der Grenze zu, dass entlastendes Material eventuell unter den Tisch fällt«, erwiderte er dann.

Eine Befürchtung, die Henriks Erfahrung nach leider nicht völlig aus der Luft gegriffen war.

»Ich soll also durch eigene Ermittlungen dazu beitragen, dass dies nicht geschieht. Verstehe ich den Auftrag so richtig?«, hakte er nach.

Mit einem kräftigen Nicken bestätigte Dr. Kersten die Annahme. »Ich kenne Ihre Arbeit aus den Medien, Herr Bargen. Wie Sie gegen erhebliche Widerstände das Kartell damals ausgehoben haben, war sehr beeindruckend. Meine Mandantin benötigt einen hartnäckigen Ermittler. Könnten Sie sofort loslegen?«, wollte er dann wissen.

Dadurch erübrigte sich Henriks Frage, wie Dr. Kersten ausgerechnet auf ihn gekommen war. Bevor er den Auftrag aber akzeptierte, benötigte Henrik mehr Informationen.

»Falls ich für Sie in dem Fall ermittle, müssen Sie meine Bedingungen kennen. Ich unterschlage der Polizei gegenüber keine Informationen, die möglicherweise Ihre Mandantin belasten. Außerdem arbeite ich ausschließlich gegen Vorkasse, und bei Übernahme des Auftrags werden wenigstens drei Ermittlungstage fällig«, erklärte er. Henrik wollte von Anfang an völlige Klarheit schaffen.

Zu seiner Überraschung nahm Dr. Kersten einen braunen DIN-A5-Umschlag vom Schreibtisch und schob ihn zu ihm herüber. »Sie dürfen sich das vorhandene Material ansehen und danach entscheiden. Meiner Einschätzung nach werden aber drei Tage kaum ausreichen, weshalb Sie in dem Umschlag Ihr Honorar für fünf Ermittlungstage finden. Alle Spesen werden gesondert abgerechnet«, sagte er.

Der Strafverteidiger ließ sein Können aufblitzen und seine Erfahrung sprechen. Henrik öffnete den Umschlag und las sich den zweiseitigen Bericht durch, den Dr. Kersten angefertigt hatte. So erfuhr er vom Leichenfund in dem Ferienhaus und wie die Ermittler so schnell auf Klaus Paulsen gekommen waren. Außerdem erhielt Henrik einen umfassenden Einblick in den persönlichen Hintergrund von Meike Paulsen und ihrem ermordeten Ehemann. Es war ein guter Bericht, der ebenfalls die Handschrift eines erfahrenen Strafverteidigers trug. Damit konnte jeder Privatermittler etwas anfangen. Was allerdings fehlte, war eine fachliche Einschätzung von Dr. Kersten.

»Übernehmen Sie jedes lukrative Mandat oder halten Sie Frau Paulsen für unschuldig?«, fragte Henrik ganz direkt.

Der Rechtsanwalt lehnte sich zurück und fixierte seinen Besucher mit einem kalten Blick. »Jeder Mensch hat den Anspruch auf eine optimale rechtliche Vertretung, Herr Bargen. Es wäre ein sehr naiver Ansatz für einen Strafverteidiger, wenn er nur anscheinend unschuldige Mandanten übernehmen würde. Sie sammeln alle relevanten Hinweise und darauf baue ich meine Strategie auf. Völlig unabhängig davon, ob Frau Paulsen in den Mord involviert ist oder nicht«, belehrte er Henrik.

Vermutlich musste ein erfolgreicher Strafverteidiger so vorgehen. Henrik akzeptierte es, da es seine Arbeit nicht beeinträchtigte.

»Ich habe Frau Paulsen bereits in einem früheren Verfahren vertreten. Sie haben das Gutachten gelesen, Herr Bargen. Der Staatsanwalt hatte sich damals seinen Fall zurechtgezimmert, und ihr erster Ehemann entstammt einer sehr einflussreichen Familie in Lübeck. Frau Paulsen hatte von Anfang an kaum eine Chance, und ohne meine Hilfe säße sie vermutlich lebenslang in einer Klinik. Sie misstraut jedem Polizeibeamten, und das kann man ihr kaum verdenken, oder?«, ergänzte Dr. Kersten seine Ausführungen.

»Gut. Dann übernehme ich den Auftrag für zunächst fünf Tage. Anschließend besprechen wir, ob und wie es weitergeht«, willigte Henrik ein.

Dr. Kersten ließ sich den Empfang des Geldes quittieren und Henrik ein Formular unterzeichnen, in dem er auf seine Verschwiegenheitspflicht hingewiesen wurde. Damit waren alle Formalien erledigt und Henrik verabschiedete sich vom Strafverteidiger. Als der bereits die Türklinke in der Hand hatte, um ihn hinauszubegleiten, wandte er sich nochmals zu ihm um. »Wie sieht Ihr erster Schritt aus?«, fragte er neugierig.

»Herausfinden, was Klaus Paulsen in Hejlsminde wollte. Ich werde mir ein Ferienhaus mieten und mich dort gründlich umsehen. Die bewährte Ermittlerarbeit, die zu Plattfüßen führt«, antwortete Henrik.

Die Antwort stellte den Strafverteidiger zufrieden, der die Tür öffnete und damit das Gespräch beendete.

*

Um 13 Uhr versammelte May-Britt Oldsen ihr Team, um den aktuellen Stand der Ermittlungen abzuklären. Henner Kvist wischte sich mit einer Serviette die Mundwinkel sauber. Der rundliche Mann hatte seinen Burger genussvoll vertilgt und trank dazu einen Energydrink. May-Britt schmunzelte in sich hinein. Henner entsprach so sehr dem Klischee eines Nerds, dass er fast schon wie eine Karikatur wirkte. Neben ihm hatte sich Anne Bjørklund an den Besprechungstisch gesetzt. Die lebhafte Frau mit den ständig wechselnden Haarfarben und den wachen dunkelblauen Augen verströmte die Aura einer Raubkatze um sich. Als May-Britt ihr vor einigen Monaten zum ersten Mal begegnete, irritierten sie Annes Flirtversuche total. Mittlerweile kannte sie ihre Vorliebe für erotische Abenteuer, die bislang aber keine Auswirkung auf Annes hervorragende Arbeit als Ermittlerin hatten.

»Was haben die Tür-zu-Tür-Befragungen uns eingebracht?«, fragte May-Britt.

Anne wiegte skeptisch den Kopf. »Es gibt drei Zeugenaussagen, die eine Frau bei Paulsen im oder am Haus gesehen haben wollen. Keiner konnte unseren Kollegen aber eine brauchbare Personenbeschreibung liefern. Die Besucherin hatte eine Regenjacke an und die Kapuze tief ins Gesicht gezogen. Sie soll zwischen 1,65 und 1,70 groß sein und eine durchschnittliche Figur ohne Auffälligkeiten haben. Es gibt keine Angaben zur Haar- oder Augenfarbe. Das Alter wird irgendwo zwischen Mitte 30 und Ende 40 veranschlagt«, fasste sie die Aussagen zusammen.

Die Kapuze ließ sich ohne Weiteres mit dem anhaltenden Regen erklären und machte die Frau noch nicht verdächtig.

»Hast du Überwachungskameras gefunden?«, fragte May-Britt in Henners Richtung.

»Es gibt im gesamten Ferienhausgebiet nur drei Stück. Allerdings befinden die sich an zentralen Stellen weit weg vom Vibevej«, erwiderte er.

Der vorläufige Bericht aus der Rechtsmedizin bestätigte die bereits am Tatort geäußerten Vermutungen.

»Paulsen wurde wahrscheinlich vom Angriff überrascht. Die Stiche wurden aus kurzer Distanz von vorne ausgeführt und trafen unter anderem die Milz. Der Tathergang lässt Ole annehmen, dass es sehr schnell vor sich ging und kaum laute Geräusche verursacht haben dürfte. Selbst innerhalb des Hauses wäre im Nebenzimmer niemandem etwas aufgefallen«, stellte May-Britt fest.

Anne und Henner zogen nahezu synchron die Schultern hoch. Die Faktenlage war ausgesprochen dürftig. Auch die Vermutung, dass es sich bei der Tatwaffe um ein gängiges Küchenmesser handelte, half kaum weiter. Vermutlich gehörte es sogar zum Inventar des Ferienhauses, wozu aber noch eine verbindliche Aussage der Vermietungsfirma fehlte.

»Keine brauchbaren Zeugen, keine Videoaufzeichnungen. Uns bleibt nur das Opfer. Was wollte Paulsen in dem Haus?«, fragte May-Britt.

Hierzu konnte Henner einige Hinweise liefern. »Ich habe mit den Angestellten der Vermietungsfirma gesprochen. Das Haus sollte erst ab morgen wieder von einem deutschen Ehepaar aus Berlin bezogen werden. Offenbar hielt Paulsen sich widerrechtlich darin auf«, sagte er.

»Würde erklären, wieso die Räume unbenutzt waren und auch im Kühlschrank nichts zu finden war«, warf Anne ein.

Es machte fast den Eindruck, als ob der Tote nur den Flachbildfernseher benutzt hatte.

»Dadurch wird es noch wichtiger herauszufinden, was Klaus Paulsen dort zu suchen hatte. Nach Auskunft seiner Ehefrau und Inhaberin des Unternehmens, für das er in Dänemark unterwegs war, hätte er an der Westküste sein sollen«, sagte May-Britt.

Henner deutete auf die ausgedruckte Aussage von Meike Paulsen, die Hauptkommissar Reuter ihnen per Mail hatte zukommen lassen. »Hieraus ergibt sich keine Erklärung dafür. Ich hätte gerne alle Tourenlisten des vergangenen Jahres. Möglicherweise stoßen wir dabei auf eine Abweichung, die Paulsens Aufenthalt in Hejlsminde erklären könnte«, schlug er vor.

May-Britt notierte es sich. Anschließend zog sie den Bericht der Kriminaltechnik aus dem kleinen Stapel Papiere vor sich auf dem Tisch. Sie hatte Ole gebeten, den VW-Bus und vor allem den Warenproben darin seine besondere Aufmerksamkeit zu widmen.

»Im Wagen von Paulsen haben Ole und sein Team verschiedene Substanzen gefunden. Darunter auch Methoxetamine und Mephedron. Nichts Illegales, aber auch chemische Stoffe, die zur Herstellung von Legal Highs verwendet werden. Ein Paket mit entsprechenden Pillen befand sich ebenfalls im Bus«, las sie laut vor.

Anne hob überrascht die Augenbrauen an, während Henner sich Notizen machte. »Will Ole damit andeuten, dass Paulsen auch mit Partydrogen gehandelt hat?«, hakte sie nach.

Es wunderte May-Britt nicht, dass Anne sofort die passenden Rückschlüsse zog. Sie ahnte, dass ihre Mitarbeiterin selbst ab und an zu Partydrogen griff.

»Er nicht, aber ich halte es für einen möglichen Ermittlungsansatz«, antwortete May-Britt.

Dann fiel ihr Blick auf Henner, der unverständlich vor sich hin brummelte. »Was stört dich?«, wollte sie erfahren.

Henner hielt das vorläufige Gutachten der Kriminaltechnik in die Höhe und ließ es theatralisch zurück auf die Tischplatte fallen. »Du warst im Haus im Vibevej, Chefin. Wenn der Bericht von Ole stimmt, haben wir es mit einem sehr speziellen Täter zu tun. Oder wie erklärst du dir die fehlenden Spuren?«, erklärte er.

Verwirrt schaute May-Britt von Henner zum Bericht, dann zu Anne, und als die ahnungslos mit den Schultern zuckte, wieder zurück zu dem rundlichen Kollegen.

»Von welchen Spuren sprichst du?«, fragte sie.

Henner seufzte wie ein Erwachsener, der einem lernunwilligen Kind etwas umständlich erklären muss. »Es hat am Morgen in Strömen geregnet und trotzdem steht im Bericht kein Wort über irgendwelche Fußspuren oder Dreckspritzer. Heißt das, der Täter ist auf Strümpfen ins Haus und hat seine Schuhe draußen stehen lassen? Oder hat er lediglich den Schmutz nach dem Mord wieder beseitigt?«, brachte er dann seine Einwände vor.

May-Britt erkannte sofort, dass Henner einen wunden Punkt ansprach. Sie fluchte leise vor sich hin und zog dann ihr Smartphone aus der Jackentasche. Sie wählte die Nummer des Labors und gab kurz darauf die Fragen von Henner an Ole weiter. Sie hatte den kleinen Lautsprecher eingeschaltet, sodass Anne und Henner die Antwort des Technikers mithören konnten.

»Wir werten diverse Proben noch aus. Bisher liegen uns einfach keine Erkenntnisse dazu vor. Falls wir Hinweise auf eine Beseitigung entsprechender Spuren finden oder eventuell Fasern, die nicht zu Paulsens Kleidung passen, erfährst du es als Erste«, erklärte Ole leicht gereizt.

Auch auf Henners Nachfrage zu Klaus Paulsens Laptop reagierte Ole abweisend.

»Wir haben es in einem Fach des Busses gefunden. Meine Leute untersuchen das Gerät. Sobald wir damit durch sind, schicken wir es zu euch nach Sonderburg«, versprach er genervt.

May-Britt dankte ihm und schaltete das Smartphone aus.

»Er sollte sich angewöhnen, auch in einem vorläufigen Bericht auf noch ausstehende Ergebnisse hinzuweisen. Damit erspart er sich solche Nachfragen«, stellte Henner lakonisch fest.

Vorerst mussten sie mit den wenigen Informationen weitermachen, die ihnen bisher zur Verfügung standen. May-Britt übertrug Anne die Nachforschungen in Bezug auf die mysteriöse Frau, und Henner sollte sich mit den chemischen Stoffen aus dem VW-Bus beschäftigen. »Vielleicht ergeben sich ja mehr Hinweise auf mögliche Drogendeals des Opfers«, erklärte sie.

May-Britt selbst wollte sich noch einmal mit Astrid Terpe unterhalten und ihre Zeugenaussage eventuell ergänzen.

*

Der Anruf des Hoteliers brachte Astrids Planungen durcheinander. Doch Peter Mikkelsen bestand auf ein sofortiges Treffen, und so fand sie sich am Ende der Mole im kleinen Hafenbecken wieder. Astrid klappte den Kragen ihrer Jacke hoch und zog fröstelnd die Schultern in die Höhe. Es war zwar trocken, aber der Wind kam böig übers Wasser und ließ es kälter wirken als die elf Grad Celsius, die auf dem Thermometer im Wagen angezeigt wurden. Der Hotelier verspätete sich, was Astrids Laune zusätzlich verschlechterte. Mikkelsen war bereits zehn Minuten über der vereinbarten Zeit und sie wandte sich schon zum Gehen, als er auf sie zueilte. Seine Körpersprache verriet die Anspannung, unter der er stand. Für eine Sekunde freute Astrid sich darüber, doch dann war Mikkelsen bei ihr und redete sofort los.

»Du musst die versprochene Lieferung noch heute übergeben«, befahl er.

Astrid zog ungläubig die Augenbrauen nach oben und setzte zum Widerspruch an: »Wir hatten ausgemacht, wenigstens noch einen weiteren Tag zu warten. Ich halte es …«

Mikkelsen packte sie mit einem harten Griff am Jackenkragen und zog sie zu sich heran. Der Angriff kam so unerwartet, dass jede Gegenwehr ausblieb. Astrid roch den Alkohol in Mikkelsens Atem, während er sprach. Seine Stimme war heiser und rau. »Vergiss es! Ich brauch mindestens 100 Partypillen für heute Abend. Du stehst immer noch im Wort, also halte es gefälligst auch«, zischte er aufgebracht.

Obwohl Astrid auch Wut in sich aufsteigen spürte, überwog weiterhin die Angst vor dem brutalen Mann. Peter Mikkelsen hatte bereits mehrfach bewiesen, dass seine nach außen präsentierte Freundlichkeit nur eine Fassade war. Simon, der frühere Hausmeister im Hotel, war der lebende Beweis dafür. Nach einer Auseinandersetzung, bei der er sich gegen Vorwürfe seines Arbeitgebers gewehrt hatte, stieß Mikkelsen ihn so hart vor die Brust, dass Simon über seinen Werkzeugkasten stolperte und eine Treppe im Hotel hinunterstürzte. Mikkelsens Anwalt konnte es als einen Unglücksfall hinstellen, und da der Hotelier seinem ehemaligen Angestellten eine großzügige Abfindung anbot, kam es nie zu einem gerichtlichen Nachspiel. Simon erlitt beim Sturz einen Anbruch zweier Rückenwirbel und hatte bleibende Schäden davongetragen. Astrid würde es niemals auf eine körperliche Konfrontation mit Peter Mikkelsen ankommen lassen. Vor allem nicht so dicht am eiskalten Wasser des Hafenbeckens.

»Woher soll ich denn so viele Pillen in so kurzer Zeit herbekommen?«, versuchte sie ihn mit Argumenten von dem Vorhaben abzubringen.

Mit einem plötzlichen Ruck löste Mikkelsen den eisernen Griff an ihrem Kragen und grinste Astrid dabei böse an. »Nicht mein Problem, Lady. Ich erwarte deine Lieferung bis spätestens 18 Uhr an der üblichen Stelle. Wehe, du versetzt mich«, erwiderte er.

Mit diesen Worten wandte er sich brüsk ab und stapfte über die Mole davon. Astrid warf einen Blick auf ihre Armbanduhr und stöhnte leise auf. Wo sollte sie innerhalb von vier Stunden nur die Pillen herbekommen? Ihre kurze Karriere als Drogenhändlerin hing mit Klaus Paulsen zusammen. Nie zuvor hatte Astrid sich um die Beschaffung der

Partydrogen kümmern müssen. Die beiden Deutschen, die in der Hauptsaison ähnliche Partys wie Mikkelsen organisiert hatten, hielten sich zu dieser Jahreszeit natürlich nicht in Hejlsminde auf. Astrid grübelte so angestrengt nach, dass sie für einige Augenblicke sogar den eisigen Wind vergaß. Dann fiel ihr auf einmal Espen ein. Er hatte eine Weile bei Sven Mikkelsen gearbeitet, bevor er nach Sonderburg verschwand. Per hatte einige Male von ihm erzählt und Espen immer als üblen Kleindealer bezeichnet.

»Einmal Dealer, immer Dealer«, murmelte Astrid voller Hoffnung. Es konnte nicht sehr schwer sein, Espen Jørgensen in Sonderburg aufzuspüren.

Astrid eilte zurück zu ihrem Wagen und organisierte ihre Termine für den Nachmittag um. Dann startete sie den Motor und machte sich auf den Weg nach Sonderburg. Bevor sie dort allerdings ausreichend Partydrogen erstehen konnte, musste sie am Geldautomaten noch weiteres Bargeld abheben. Der Blick ins Portemonnaie hatte gezeigt, dass ihre Barmittel vermutlich nicht ausreichen würden.

Als Astrid schließlich den Volvo auf dem weitläufigen Parkplatz an der Marienkirche abstellte, war es bereits vier Minuten nach 16 Uhr und die Straßenlaternen gingen an. Die Kirche war aber ein beliebter Ausflugsort in Sonderburg und jeder Taxifahrer kam regelmäßig mit Fahrgästen hierher. Nervös trommelten Astrids Finger auf dem Lenkradkranz, während sie jedes eintreffende Taxi hoffnungsvoll beobachtete. Doch bisher war nie Espen der Fahrer gewesen. Nachdem mehr als 20 Minuten so verstrichen waren, stiegen erste Zweifel in Astrid auf. Hatte sie den Plan zu voreilig gefasst? Vielleicht hatte Espen ausgerechnet heute seinen freien Tag. Weitere drei Taxis setzten Passagiere ab, doch immer noch kein Espen Jørgensen weit und breit. Astrids

Hand streckte sich bereits nach dem Startknopf des Volvos aus, als ein Peugeot SW mit Taxikennung auf den Platz rollte. Als der Fahrer die Innenbeleuchtung einschaltete, um seinem Fahrgast einen Geldschein zu wechseln, kam ein leiser Ausruf der Erleichterung über Astrids Lippen.

»Endlich, Jørgensen«, stieß sie hervor und sprang aus dem Wagen.

Sie musste fast rennen, um rechtzeitig am Taxi anzukommen. Das ältere Ehepaar schlenderte auf die Kirche zu, während Espen das Schild auf dem Dach des Wagens einschaltete und so anzeigte, dass sein Wagen frei war. Astrid riss die Beifahrertür auf und sank schwer atmend auf den Sitz.

Jørgensen fuhr herum und schnauzte gleich los. »Was soll das denn werden?«, fuhr er sie an.

Astrid drehte sich um und lächelte kühl. »Du solltest lernen, deine Kundschaft freundlicher zu behandeln, Espen«, mahnte sie ihn.

Er krauste verblüfft die Stirn und musterte Astrid prüfend.

»Terpe. Sieh mal einer an. Hätte dich gar nicht so schnell erkannt. Wie geht's Per?«, sagte er dann.

Für Smalltalk hatte Astrid keine Zeit mehr, also kam sie gleich zur Sache. »Geschenkt, Espen. Ich brauch 100 Partypillen. Kannst du mir die beschaffen?«, wollte sie wissen.

Zuerst mimte er den Unschuldigen, der keine Ahnung hatte, wovon Astrid da sprach. Doch sie ließ nicht locker und zeigte ihm das Bargeld.

»Bis wann brauchst du die Pillen?«, gab er schließlich nach.

»Sofort«, antwortete Astrid.

Damit war Espen offenkundig überfordert. Gegen eine Vermittlungsgebühr rückte er schließlich mit dem Namen eines anderen Dealers heraus und erklärte Astrid, wo sie den

Mann finden konnte. Er wickelte seine Geschäfte in einem Billardsalon im Zentrum ab.

Astrid sprang aus dem Taxi und rannte zurück zu ihrem Wagen. Ab jetzt musste alles reibungslos funktionieren, wenn sie noch rechtzeitig die Pillen an Mikkelsen übergeben wollte.

*

Er setzte sein Vorhaben bereits auf der Rückfahrt nach Flensburg um. Henrik nutzte die Freisprechanlage, um sich über eine Vermittlung mit Ferienhausvermietungsunternehmen verbinden zu lassen. Es war kein Problem, irgendein Ferienhaus ab sofort anzumieten. Doch seine Eingrenzung auf Hejlsminde erschwerte die Sache dann doch. Erst ein kleineres Unternehmen, welches Häuser von Privatbesitzern makelte, konnte Henrik sofort eines anbieten.

Am Morgen darauf packte er seine Reisetasche, kaufte beim Discounter ausgiebig ein und verließ die Stadt an der Förde. Henrik lenkte den Wagen über die A7 zur Landesgrenze und wurde von den dort neuerdings wieder permanent eingesetzten Polizisten ohne Kontrolle durchgewunken, sodass er gut 50 Minuten später bei dem tatsächlich nur mit einer Angestellten besetzten Büro der Vermietungsfirma in Christiansfeld eintraf. Henrik zahlte für eine Woche mit Kreditkarte und nahm anschließend eine kleine Plastiktüte mit Unterlagen sowie einem Paar Haustürschlüssel entgegen.

»Ihr Haus liegt im Markvej. Mit dieser Karte können Sie sich im Ferienhausgebiet gut orientieren«, erklärte die Angestellte.

Ihr anfänglich sehr distanziertes Auftreten – vermutlich hatte sie nur wegen Henrik so früh vor Ort sein müssen –

verflog, als er sich mit ihr in fließendem Dänisch unterhielt. Jetzt schob sie ihm einen Kartenausschnitt über den Tresen zu, hinter dem sich drei Schreibtische befanden. Außer der jungen Frau mit hellblonden Haaren war jedoch kein weiterer Mitarbeiter anwesend. Sie zeichnete mit dem Kugelschreiber ein Kreuz auf der Stelle ein, an der sich Henriks Haus befand.

»Ausgezeichnet. Das werde ich bestimmt finden. Toller Service. Sie haben mich quasi gerettet. Keiner Ihrer Konkurrenten konnte mir auf die Schnelle ein Haus hier vermieten«, lobte er die Angestellte.

Auf ihren Wangen blühte es rötlich auf. Henrik schluckte weitere Komplimente schnell hinunter, bevor die junge Frau noch einen falschen Eindruck von ihm bekam. Sie legte ein Prospekt neben den Kartenausschnitt.

»Falls Ihnen die Decke auf den Kopf fällt oder sie nicht selbst kochen wollen, empfehle ich Ihnen das Hotelrestaurant unten am Wasser«, erklärte sie eifrig.

Derartig gut ausgestattet verließ Henrik eine Minute später das Büro und setzte sich wieder ins Auto. Der Wind hatte aufgefrischt, sodass er den Reißverschluss seiner Jacke eilig schloss. Als er vom Parkplatz auf die Straße rollte, sah Henrik im Rückspiegel, wie die Lichter im Büro ausgingen. Also war die junge Frau tatsächlich nur wegen ihm gekommen. Er beschloss, dafür eine besonders gute Bewertung im Internet zu hinterlassen.

Zehn Minuten später bog Henrik ins Ferienhausgebiet ein und registrierte nur wenig erleuchtete Fenster.

»Fast so einsam wie auf einer Hallig«, murmelte er vor sich hin.

Dann erreichte er den Markvej und drosselte das Tempo auf Schrittgeschwindigkeit. Ganz am Ende der kleinen Seitenstraße konnte er Licht erkennen. Sein Haus lag weiter vorn auf der linken Seite und entpuppte sich als kleines blaues Holzhaus mit weißen Fenstern. Henrik lenkte den Wagen in die Auffahrt und rollte bis unter den Carport. Er stieg aus, schnappte sich die Reisetasche von der Rückbank und ließ die Taschen mit den Einkäufen zunächst im Kofferraum stehen. Es war ihm zur Angewohnheit geworden, immer eine kleine Taschenlampe in der Jacke mit sich zu führen. Henrik zog sie hervor, während er auf die Haustür zuging. Doch bevor er sie einschalten konnte, ging die Beleuchtung über der Tür bereits an. Henrik schob die Taschenlampe zurück und kramte stattdessen den Schlüssel heraus. Sekunden später stand er in einem Vorraum, in dem es neben einem Waschtisch auch einen Wäschetrockner sowie eine Waschmaschine gab. Die Ausstattung war ihm als modern und hochklassig angepriesen worden. Der anschließende Rundgang durchs Haus untermauerte die Beschreibung. Es gab einen offenen Küchenbereich mit modernen Geräten. Daran schloss sich ein Esstisch für sechs Personen an und schließlich die Sitzecke mit schwarzer Ledergarnitur, Holzofen und einer Medienecke, zu der ein riesiger Flachbildschirm, eine DVD-Anlage, ein Internetradio und zwei Decoder für die Satellitenanlage sowie Pay-TV gehörte.

»Alles, was das Herz verlangt, um sich auch in den Wintermonaten bestens entspannen zu können«, sagte Henrik, wobei er die Aussage der jungen Frau wiederholte.

Es gab in der Tat keine Beanstandungen, denn auch die beiden Badezimmer und die drei Schlafräume waren hervorragend ausgestattet. Henrik verstaute zuerst die Einkäufe, dann seine Kleidung im Schlafraum direkt neben dem größeren Badezimmer, wo er zuletzt noch die Toilettenartikel auf die Konsole stellte. Anschließend zog er den Parka an und verließ das Haus, nicht ohne zuvor die Temperaturregler für die Heizungen in den Räumen aufzudrehen. Wenn er nach seinem Rundgang zurückkehrte, sollte es gemütlich warm sein.

Auf dem Weg in den Vibevej traf er einen Servicewagen einer großen Vermietungsfirma sowie zwei Hundebesitzer, die ihre vierbeinigen Lieblinge zu einem Morgenspaziergang ausführten. Henrik grüßte freundlich. Die jüngere Frau erwiderte es in Dänisch, während der grauhaarige Mann mit der Pudelmütze den Gruß in Deutsch zurückgab.

Schließlich erreichte Henrik das Ferienhaus, in dem Klaus Paulsen gefunden worden war. Die Polizisten hatten die Absperrbänder weitgehend entfernt, doch ein Rest davon flatterte im Wind. Offensichtlich war die Auffahrt aus schwarzem Quarzsand damit abgesperrt worden. Henrik blieb stehen und musterte das Haus. Aus dem Augenwinkel bemerkte er eine kompakt gebaute Frau, die ihn aus dem Fenster eines der schräg hinter ihm liegenden Häuser beobachtete. Henrik nahm das Ende des Flatterbandes zwischen die Finger und betrachtete es mit überdeutlicher Neugier. Er hatte sich nicht verschätzt. Keine Minute später knirschte der Sand der Durchgangsstraße unter den Füßen der Frau, die sich ihm zügig näherte. Als Henrik sich zu ihr umwandte, registrierte er das deutsche Autokennzeichen am Toyota unter dem Carport, das zu dem Haus gehörte.

»Guten Morgen. Das sieht ja aus wie bei einem ›Tatort‹ im Fernsehen. Wissen Sie, was hier passiert ist?«, stellte er sich dumm, wobei er gezielt Deutsch sprach.

»Ja, haben Sie denn nichts von dem Mord gehört?«, reagierte die Frau sichtlich begeistert auf seine gespielte Unwissenheit.

Henrik erklärte, dass er erst vor einer knappen Stunde eingetroffen sei und somit keine Ahnung habe.

Die Frau breitete in einer theatralischen Geste beide Arme aus. »Ein echter Mord, sage ich Ihnen. Hier in der Straße, wo mein Julius und ich Urlaub machen. Gruselig. Ich habe kaum ein Auge schließen können. Was, wenn der Killer zurückkommt?«, sprudelte es aus ihr heraus.

Ihre angebliche Angst wirkte allerdings wenig überzeugend. Dafür funkelten ihre braunen Augen vor Begeisterung. Henrik musste kaum nachfragen. Die Bochumerin ließ sich lang und breit über die Geschehnisse des Vortages aus. Jedes Detail, auch die Ankunft eines deutschen Beamten, wurde haarklein geschildert.

»Zuerst dachte Julius, dass es vielleicht die Angehörigen des Opfers wären. Doch da lag er so was von falsch. Ich habe gesehen, wie der Mann einen Ausweis vorzeigte und von den Uniformierten wie ein Kollege behandelt wurde. Ganz klar. Das muss ein deutscher Kommissar sein«, erklärte sie.

Die Verkäuferin entpuppte sich als begeisterter Krimi-Fan. Egal ob im Fernsehen oder in Taschenbuchform. Hella Wuttke kannte sich aus und ließ ihr Spezialwissen immer wieder in die Beschreibungen einfließen. Henrik spielte den faszinierten Zuhörer und hakte erst ein, als er von einer Frau hörte, die seine Landsmännin am Haus gesehen haben wollte. Bevor die Polizei eingetroffen war.

»Die wollten mir ja einreden, dass es sich dabei um die Putzfee handeln müsste, die den Mord gemeldet hatte. Aber nicht mit mir, sage ich Ihnen. Hella Wuttke hat gesunde Augen und weiß, was sie gesehen hat«, widersprach sie vehement.

Henrik entlockte ihr eine Beschreibung, die aber extrem vage ausfiel. Dennoch speicherte er den Aspekt ab und hatte darin einen Ansatz für seine Ermittlungen gefunden.

Ein beleibter Mann in Joggingkleidung trat aus dem Haus,

in dem Hella Wuttke Urlaub machte. »Hella. Nu lass doch den jungen Mann in Ruhe. Bei dem Wetter holt der sich doch den Tod, wenn du ihn so zuquatschst!«, rief er über die Straße.

Das war eine gute Gelegenheit für Henrik, sich aus den Klauen der redseligen Frau zu befreien. Er dankte ihr artig und wünschte Hella trotz des traumatischen Erlebnisses noch einige erholsame Ferientage.

»Das wird der beste Urlaub meines Lebens. Was glauben Sie, was unsere Freunde für Augen machen, wenn ich ihnen das alles erzähle?«, stieß sie hervor und winkte Henrik zum Abschied leutselig zu.

Der verkniff sich ein erleichtertes Seufzen und nickte grüßend in Richtung des Ehemannes.

KAPITEL 4

Die Durchleuchtung des Unternehmens brachte zunächst keine Auffälligkeiten. Meike Paulsen führte ihre Geschäfte offenkundig seriös und ihr Ehemann holte ausreichend neue Aufträge herein, sodass es der Firma mit elf Angestellten wirtschaftlich gut ging. Auch die Daten zu Klaus Paulsen erwiesen sich in der Übersicht als wenig aufregend. Der gelernte Kaufmann hatte vor seiner Eheschließung für ähnliche Unternehmen gearbeitet, die alle in irgendeiner Form mit chemischen Stoffen zu tun hatten. Das Führungszeugnis zeigte keine Einträge und doch hatte jemand es für nötig erachtet, den unscheinbaren Mann zu töten. Aus seiner Erfahrung wusste Frank, dass er nur lange genug suchen musste, um einen Anhaltspunkt zu finden. Die Stunden vergingen, und völlig egal, was er auch überprüfte, Klaus Paulsen blieb der biedere Kaufmann. Schließlich stellte Frank seine Bemühungen ein und streckte sich. In der Mittagspause verließ er die Direktion und kaufte neues Schleifpapier, um die Bearbeitung der Dielenbretter später fortsetzen zu können. Als er die Einkäufe in seiner Wohnung verstaut hatte und gerade die Eisentreppe hinunterstieg, trat Ines Arndt in die Tür ihres Ateliers. Frank fing den Blick ihrer grünen Augen auf und erfreute sich an dem Aufleuchten darin.

»Möchten Sie nachsehen, wie weit ich bereits gekommen bin?«, fragte er.

Arndt zog die Tür zu und schloss sie sorgfältig ab, bevor sie Frank über die Treppe nach oben folgte. Er öffnete die

Wohnungstür und trat zur Seite, um der Fotografin den Vortritt zu lassen. Sie bedachte ihn mit einem Seitenblick, bevor sie eintrat. Sie musterte die bereits abgeschliffenen Holzdielen und schlenderte schließlich zu einer davon, um in die Hocke zu gehen und mit der flachen Hand übers Holz zu streichen.

»Wunderbar. Jetzt spürt man die Maserung wieder. Das Leben kehrt zurück ins Holz«, schwärmte sie.

Schon bei ihrem gemeinsamen Abendessen nach der Wohnungsbesichtigung war Frank aufgefallen, dass Ines Arndt zu ungewöhnlichen Formulierungen neigte.

Die Fotografin erhob sich. »Haben Sie schon entschieden, womit Sie das Holz später bearbeiten wollen?«, fragte sie.

Frank deutete auf zwei kleine Dosen in der Ecke des Raumes, wo er auch sein Werkzeug sammelte. »Ich werde jeweils eine Diele mit Wachs und eine mit einem speziellen Öl einreiben. Erst danach kann ich mich festlegen«, antwortete er.

Mit einem verstehenden Nicken drehte Arndt sich wieder um. Frank war verblüfft über ihre schmale Gestalt, die durch den eng anliegenden Rock besonders betont wurde. Der Saum davon reichte bis unter die Knie. Dazu trug Arndt Stiefel mit einer Schnürung, die ein wenig altmodisch anmutete. Beim Abendessen hatte die Fotografin weite Kleidung getragen und so ihre Figur verborgen. Der kieselgraue Rock harmonierte ausgezeichnet mit dem Bordeaux der hüftlangen Jacke. Arndt legte offenkundig großen Wert auf ihre Kleidung, was Frank angesichts ihres Berufes allerdings wenig überraschte. Als Fotografin hatte sie zwangsläufig ein besonderes Auge für Ästhetik. Er folgte ihr aus der Wohnung, verriegelte die Tür hinter sich sorgfältig und stieg dann die Stufen hinunter in den Innenhof.

Arndt wartete dort auf ihn. »Kommen Sie mit Ihren

Ermittlungen voran? Jo hat erzählt, dass Sie ausgerechnet einen Mordfall zum Einstieg aufklären müssen«, sagte sie.

Frank blieb mit seiner Antwort so vage, wie er es für erforderlich hielt. »Der Tote scheint ein sehr unauffälliges Leben geführt zu haben. Bisher kann ich keine Hinweise in seinem Privatleben oder im beruflichen Umfeld finden, die ein Motiv für diese Gewalttat liefern könnten«, erwiderte er.

Ein nachdenklicher Ausdruck trat in Arndts Augen. »Dann suchen Sie vermutlich an der falschen Stelle, Herr Reuter«, stellte sie sachlich fest.

Frank lachte auf. »Danke für den Tipp, Frau Kollegin«, sagte er dann.

Die Fotografin schüttelte leicht den Kopf. Sie nahm seine Anspielung scheinbar übel.

»Ich wollte mich nicht in Ihre Belange einmischen, Herr Reuter. Trotzdem bleibe ich dabei. Wenn in meinem Beruf ein Bildmotiv nicht stimmig wird, liegt es immer am Blickwinkel«, beharrte sie.

Er hatte sie keinesfalls beleidigen oder von oben herab behandeln wollen. Aber er reagierte zu langsam. Bevor er eine Entschuldigung vorbringen konnte, verabschiedete Arndt sich kühl.

Verärgert über sich selbst schaute Frank ihr nach, bis die schmale Frau im Durchgang verschwunden war. »Na, das war mal wieder eine Glanzleistung«, rügte er sich selbst, so wie es früher oft seine Exfrau getan hatte.

Während Frank sich auf den Weg zurück zur Direktion begab, fragte er sich, wie es Jasmin und Karin in ihrem neuen Umfeld wohl erging. Keine Gedanken, die seine Laune aufbesserten.

*

Seinen nächsten Gesprächspartner fand Henrik zwei Straßen weiter. Als er den Renault Kangoo Rapid mit auffälliger Werbung an seiner Karosserie in einer Auffahrt entdeckte, zögerte er nicht lange und ging darauf zu.

Die hinteren Türen waren geöffnet und ein Mann mit eisengrauen Haaren und einem wilden Bartgestrüpp wuchtete gerade Tüten auf die Ladefläche. Als er Henrik näher kommen sah, schob der Mann beide Hände in die Taschen seines verwaschenen Overalls und musterte den Deutschen neugierig.

»Na, suchen Sie Ihr Haus?«, fragte er gutmütig.

»Nein, das nicht. Ich bin nur ein wenig verunsichert«, erwiderte Henrik.

Beim Reden zog er sein Zigarrenetui aus der Jackentasche und beobachtete dabei die Mimik des Mannes. Dessen Augen leuchteten beim Anblick des Etuis auf, sodass Henrik sein Vorhaben umsetzen konnte. Er öffnete die Klappe und streckte dem Mann die Zigarren entgegen. »Leisten Sie mir Gesellschaft oder haben Sie es eilig?«, fragte er dabei scheinheilig.

Wie erwartet, griff der Grauhaarige schnell zu und paffte Sekunden später dicke Rauchwolken in den Himmel.

»War sowieso mein letztes Haus für heute. Ist zurzeit wenig los und nicht einmal mehr die Deutschen leisten sich alle die Endreinigung. Putzen lieber selbst«, erklärte er dabei.

Besonders in der Nebensaison, wenn eine Wochenmiete von circa 400 Euro verlangt wurde, schlug die Endreinigung mit 50 Euro extrem zu Buche.

»Schlecht für Ihr Unternehmen, was, Herr Terpe?«, blieb Henrik zunächst beim Thema.

Er hatte die Erfahrung gemacht, dass die meisten Menschen in einem Gespräch gerne gute Zuhörer hatten und dadurch selbst redseliger wurden. Zu Henriks Erstaunen lachte der Grauhaarige laut auf.

»Nö, ich bin nur Angestellter. Die Firma gehört der Astrid Terpe. Gute Chefin. Putzt sogar selbst in der Saison noch mit. Mal sehen, wie lange sie uns noch beschäftigen kann«, sagte er anschließend.

Geduldig hörte Henrik sich an, wie wirtschaftlich schwierig die Zeiten auch bei Reinigungsunternehmen waren. Größere Konkurrenzfirmen drängten auf den Markt und machten Unternehmern wie Terpe mit Dumpingpreisen den Markt kaputt.

»Na ja. Wenigstens sorgt der Mikkelsen dafür, dass hier regelmäßig was zu tun ist«, erklärte der Grauhaarige.

Auf seine Nachfrage erfuhr Henrik, dass es sich dabei um den Hotelbesitzer im Ort handelte. Offenbar veranstaltete Mikkelsen besonders in den Wintermonaten regelmäßig Partys mit geladenen Gästen in den Ferienhäusern.

»Wieso macht er es nicht im Hotel? Ist es denn so gut gebucht in der Nebensaison, dass es nicht dort genauso gut organisieren könntet?«, fragte Henrik verblüfft nach.

Darüber hatte der Mitarbeiter der Reinigungsfirma sich offenbar noch nie Gedanken gemacht. Er zuckte lediglich mit den Schultern und paffte weiter Rauchwolken in den Himmel. Für Henrik war dies der Zeitpunkt, um den Grauhaarigen nach den Vorkommnissen im Vibevej zu fragen.

»Muss ich mir eigentlich Sorgen machen? Ich meine wegen dem Mord im Haus da hinten«, gab er sich beunruhigt.

Im Wesentlichen hörte Henrik die gleiche Geschichte wie von der deutschen Touristin. Nur eine Sache war neu.

»Der Tote kam also regelmäßig hierher?«, hakte er sofort nach.

Der Grauhaarige hatte den schwarzen VW-Bus mehrfach in der Ferienhaussiedlung gesehen. Er druckste ein wenig herum. Henrik ahnte, dass er etwas zu sagen hatte, von dem er aber Angst hatte, dass er deswegen Schwierigkeiten bekam.

»Wer weiß? Vielleicht war es einfacher für den armen Kerl, als lange nach einem Hotel zu suchen«, bot Henrik eine Theorie an.

Der Grauhaarige zog ein letztes Mal an der Zigarre, bevor er den Stummel fallen ließ und mit der Schuhsohle sorgsam austrat. Dann bückte er sich, nahm die Krümel auf und warf sie in einen der Säcke. Henrik folgte seinem Beispiel, was ihm ein anerkennendes Nicken einbrachte. Vermutlich war es diese Geste, die dem Grauhaarigen doch noch die Zunge lockerte. Er beugte sich vor, so wie es Menschen machten, wenn sie ihrem Gesprächspartner etwas Vertrauliches zuflüstern wollten. Dabei gab es weit und breit keine Menschenseele, die etwas mithören konnte.

»Ich denke, die Chefin kannte den Mann. Einmal konnte ich sehen, wie sie ein Paket von ihm bekommen hat. Glaube jedenfalls, dass es der gleiche Bully war«, sagte der Grauhaarige.

Seine zuletzt angefügte Einschränkung empfand Henrik als gewollten Notausgang, falls ihn jemals einer auf diese Aussage ansprechen würde. Keine Minute später drängte der Mann zum Aufbruch, obwohl er vorhin noch betont hatte, an diesem Tag keine weiteren Arbeiten mehr erledigen zu müssen. Henrik dankte ihm für das Gespräch und ging weiter.

Zwei Dinge beschäftigten ihn dabei: die Partys des Hoteliers und natürlich die Bekanntschaft zwischen Paulsen und Astrid Terpe.

*

May-Britt hatte die Unternehmerin nicht angetroffen. Ohne Begründung hatte Astrid Terpe ihre Termine am Nachmittag kurzfristig abgesagt. Als die Kommissarin an der Haustür in Christiansfeld klingelte, öffnete ihr Per. Er blinzelte sie verwirrt an, während May-Britt ihren Dienstausweis hochhielt. Ihr fiel die leicht gebeugte Haltung des Mechanikers auf. Per stützte sich mit der rechten Hand am Türrahmen ab.

»Astrid wollte auf jeden Fall bei den Dauercampern nach dem Rechten sehen. Vielleicht erwischen Sie meine Frau dort«, schlug er vor.

Doch May-Britt wusste längst, dass Astrid die Kontrolle an eine ihrer Angestellten übertragen hatte.

»Möglicherweise geht sie wieder Hinweisen auf Vandalismus nach. Laut Auskunft der Kollegen vor Ort gab es einige solcher Vorfälle«, sagte sie daher. Es war ein Versuch, den wortkargen Ehemann ins Reden zu bringen.

Per krauste die Stirn, schürzte die Lippen und zuckte schließlich mit den Schultern. »Keine Ahnung. Seit wann gibt es denn Fälle von Vandalismus in Hejlsminde? Davon hat Astrid noch nie etwas erwähnt«, erwiderte er.

Es war offenkundig sinnlos, mit Per reden zu wollen. Außerdem registrierte May-Britt den unverkennbaren Geruch von Bier in seinem Atem und brach daher das Gespräch ab. Per brummte nur etwas in seine grauen Bartstoppeln und verschwand danach wieder im Haus.

May-Britt ging zu ihrem Wagen und glitt hinters Lenkrad. Bevor sie den Motor startete, rief sie vom Handy aus im Büro an.

»Anne? Frag bitte bei den Vermietern der Häuser nach, ob und wann es Meldungen zum Vandalismus gegeben hat. Per Terpe hat vorhin von mir angeblich zum ersten Mal davon gehört«, sagte May-Britt.

Sie gab das kurze Gespräch wieder. Anne versprach ihr, der Sache umgehend auf den Grund zu gehen.

Nachdem May-Britt ihr Telefonat beendet hatte, lehnte sie sich nachdenklich im Sitz zurück. Sie fasste einen Entschluss. Vielleicht brachte es sie weiter, wenn sie mit der Angestellten von Astrid Terpe sprach. Da sie wusste, dass die engste Mitarbeiterin zurzeit die Kontrolle bei den Dauercampern vornahm, startete sie den Motor und verließ gleich darauf wieder Christiansfeld. Auf der Fahrt drängten sich andere Gedanken wieder in den Vordergrund. Wieso hatte Klaus Paulsen sich in einem Haus aufgehalten, das er nicht mieten konnte? Und wie war er hineingekommen, ohne irgendwelche Einbruchsspuren zu hinterlassen? Ole hatte sein Team danach suchen lassen, doch keiner seiner Techniker hatte entsprechende Hinweise entdecken können. Blieb nur ein Nachschlüssel, um ins Haus zu gelangen. Daraus ergaben sich zwangsläufig neue Fragen. Woher hatte Paulsen den Nachschlüssel und wen wollte er in Hejlsminde treffen? May-Britt seufzte leise auf. Die Zeit arbeitete unerbittlich gegen die Ermittler. Weder Reuter in Flensburg noch May-Britt und ihr Team hatten bislang echte Fortschritte erzielt. Auch wenn es nach Aktionismus aussehen würde, wollte sie die uniformierten Kollegen nochmals in die Siedlung schicken. Vielleicht war ihnen bei der ersten Befragung ja einer der Gäste durch die Lappen gegangen.

Als May-Britt den Leiter der Schutzpolizei anrief, reagierte er erwartungsgemäß abweisend. Doch May-Britt blieb hart und erhielt die Zusage, dass die Uniformierten am nächsten Vormittag nochmals eine Befragung in der Ferienhaussiedlung durchführen wollten. Gerade als sie ihren Wagen auf einer freien Parkfläche am Campingplatz ausrollen ließ, meldete sich Henner auf ihrem Handy.

»Ich habe mir die Geschäftsunterlagen von Terpe einmal

genauer angesehen. Es gibt unklare Zahlungseingänge, die nicht von Vermietungsfirmen stammen«, erklärte er.

Ein hilfreicher Hinweis, auch wenn May-Britt die daraus entstehenden Konsequenzen nicht umfassend einschätzen konnte.

»Gut gemacht. Grab weiter. Vielleicht findest du ja noch die Quelle, aus der das Geld stammt«, erwiderte sie.

May-Britt schob das Handy zurück in die Innentasche ihrer Jacke und stieg aus. Bei einem der Wohnmobile stand die Seitentür auf und Licht ergoss sich ins Freie. May-Britt ging hinüber. Sie klopfte gegen die offene Tür. Sekunden später erschien der gerötete Kopf von Ellen Jensen. Sie war die erste Mitarbeiterin gewesen, die Astrid Terpe eingestellt hatte, und heute so etwas wie eine Vorarbeiterin. Das ging aus den Mitarbeiterunterlagen des Unternehmens hervor, die sich die Ermittler angesehen hatten.

»Kommissarin Oldsen, Kripo Sonderburg«, stellte May-Britt sich vor.

Die Reinigungskraft wischte sich mit dem Handrücken den Schweiß aus der Stirn. »Sie kommen wegen dem Toten im Vibevej, richtig?«, fragte sie.

»Ja, genau. Ich hätte nur eine oder zwei Fragen an Sie. Können wir drinnen reden?«, erwiderte May-Britt.

Mit einem Nicken akzeptierte Jensen den Vorschlag und dirigierte die Kommissarin in eine gemütliche Sitzecke des Wohnmobils.

»Gab es auf dem Campingplatz eigentlich auch Probleme mit Vandalismus?«, wollte May-Britt wissen.

Jensen schloss die Dachluke, die sie zum Lüften geöffnet hatte. »Hier nie. In der Siedlung hatten wir vor einiger Zeit einen Vorfall. Muss gut ein Jahr her sein«, antwortete sie.

Damit bestätigte sie die Aussage von Per Terpe.

»Im Winter gibt es vermutlich nicht sehr viel zu reinigen, oder?«, fragte May-Britt weiter.

Mit einem erleichterten Seufzen sank Ellen Jensen der Kommissarin gegenüber in die Sitzbank. »Nein. Aber auch in der Saison wird es leider immer weniger für uns. Die Konkurrenz, wissen Sie. Früher war es kein Geschäft für größere Reinigungsunternehmen. Doch die suchen mittlerweile auch neue Einnahmequellen. Dafür holen sie sich billige Arbeitskräfte aus Osteuropa«, erwies die Angestellte sich als ausgesprochen auskunftsfreudig.

Vorsichtig erkundigte May-Britt sich nach der wirtschaftlichen Situation von Astrid Terpe.

Jensen wurde nicht misstrauisch. »War schon schwierig, als Per auf einmal nicht mehr das gute Geld auf der Plattform verdient hat. Bei Sven, dem krummen Hund, kann er nur stundenweise arbeiten, und das für einen sehr schlechten Lohn«, antwortete sie bereitwillig.

Es war bekannt, dass der Bruder des Hoteliers seine verschiedenen Geschäfte oft am Rande der Legalität betrieb. May-Britt hatte bereits gegen Sven Mikkelsen ermittelt, als es um gestohlene Autoteile ging. Damals hatte sie ihm nichts nachweisen können.

»Glauben Sie, dass es zu Entlassungen bei Ihnen kommen könnte?«, fragte sie weiter.

Jensen wischte einen Fussel von der Tischplatte. »Ja, was für mich nicht schlimm wäre. Aber Astrid würde es umbringen, wenn sie das Geschäft aufgeben müsste. Ohne das Geld können Per und sie vermutlich ihr Haus nicht halten. Wenn sie zur Kommune gehen und sich arbeitslos melden muss, ist es das Ende für Astrid«, erklärte sie.

Sie stockte. May-Britt verhielt sich still, übte sich in Geduld. Tatsächlich sprach Jensen unaufgefordert weiter.

»Hat uns sowieso gewundert, dass Astrid uns nicht schon zur Nebensaison entlassen hat. Keine Ahnung, wie sie das schafft«, sagte sie.

Zum Schluss wollte May-Britt noch erfahren, ob es mit dem Ferienhaus im Vibevej irgendetwas Besonders auf sich hatte.

Ellen Jensen schaute sie verwundert an. »Nein. Ein ganz normales Haus. Was sollte denn daran so besonders sein?«, fragte sie verwundert.

Es war nur ein Gedanke der Kommissarin gewesen, der sich als falsch herausgestellt hatte. Sie dankte Ellen Jensen für die Auskünfte und verließ das Wohnmobil. May-Britt hatte wichtige Informationen gesammelt. Im Nachhinein stellte es sich sogar als Vorteil heraus, dass sie nicht mit Terpe selbst hatte sprechen können. Jetzt gab es weitere Fragen, die sie der Unternehmerin gezielt stellen konnte.

*

Unbewusst folgte Frank später dem Rat der Fotografin. Er ließ sich aus allen verfügbaren Behördensystemen alle Daten zu Meike Paulsen anzeigen. Es gab mehr, als er gedacht hatte, und so vertiefte Frank sich in die Lektüre. Es war ermüdend und förderte in der ersten Stunde auch keine aufregenden Neuigkeiten zutage. Die Geschäfte liefen zu Beginn eher schleppend, doch schon bald wuchsen die Gewinne deutlich an. Es gab einen Zeitpunkt, der für Paulsens Unternehmen erkennbar zu einer positiven Veränderung führte.

»Ganz offensichtlich war Klaus Paulsen ein sehr guter Vertriebsmann. Sein Einstieg ins Unternehmen brachte richtig Schwung in die Verkäufe«, stellte Frank fest.

Er fragte sich, wie Meike Paulsen jetzt weiter vorgehen

würde. Als gute Geschäftsfrau musste sie schnell reagieren, um nicht ungeduldige Kunden zu verlieren. Ein Hinweis der Lübecker Kripo machte Frank stutzig. Er ging mit dem Mauszeiger auf das blinkende Icon, woraufhin sich eine stattliche Anzahl von Dokumenten öffnete. Frank krauste verblüfft die Stirn, als er das amtliche Formular einer Ermittlung in Bezug auf schwere Körperverletzung bemerkte. Er ließ sich die entsprechenden Unterlagen anzeigen und vertiefte sich die folgenden 20 Minuten darin. Mehrfach schüttelte er verwundert den Kopf. Zum Schluss verwiesen die Kollegen auf ein psychologisches Gutachten, das ebenfalls in den Dokumenten enthalten war. Frank rollte mit den Schultern, um die verkrampfte Muskulatur zu lockern. Dann erhob er sich und ging hinaus auf den Gang, um in der allen zugänglichen Küche einen Kaffee zu holen. Er traf dort auf den Hünen, der ihn unwillkürlich an seinen Freund Holly Fendt erinnerte. Der Mann war nicht nur fast genauso groß, sondern hatte wie Fendt kein einziges Haar auf dem Kopf. Er drehte sich mit einem Becher in der Hand um und bemerkte Frank erst jetzt.

»Kommen Sie voran?«, fragte er.

»Langsam ernährt sich das Eichhörnchen«, antwortete Frank.

Der Hüne nahm den Becher in seine Linke und grinste Frank an. »Falls Sie Hilfe brauchen, kann ich Sonja gerne um eine zeitweilige Abordnung bitten«, schlug er vor.

»Kraft, korrekt?«, fragte Frank.

Das Grinsen wurde noch breiter. »Ja, der Gag geht auf meine Eltern. Als Ausgleich haben sie mir den Vornamen Bastian gegeben«, bestätigte der Oberkommissar.

Frank dachte über das Angebot nach. Es klang verlockend, doch noch war er nicht bereit, die Kollegen von anderen Ermittlungen abzuhalten.

»Oldsen konzentriert sich auf die Arbeit in Dänemark und ich suche hier nach Hinweisen. Falls ich mehr Manpower benötige, komme ich gerne auf Ihr Angebot zurück«, erklärte er schließlich.

Er berichtete in wenigen Sätzen, dass er vermutlich bei der Ehefrau des Opfers auf interessante Details gestoßen war. Als er erwähnte, dass er sich als Nächstes in ein psychologisches Gutachten vertiefen musste, verzog Kraft sein Gesicht, als wenn er auf eine Zitrone gebissen hätte.

»Das ist so gar nicht mein Ding«, gestand er.

Frank räumte ein, dass er auch kein ausgewiesener Fan von Gutachten aller Art war. »Meistens existieren immer gleich mehrere davon und die widersprechen sich auch noch«, sagte er.

Der Oberkommissar konnte mit einem Tipp aufwarten. »Wir haben da eine Kollegin, die Oberkommissarin Thoms, die kann sehr gut mit dem Fachchinesisch von Psychoklempnern umgehen. Falls Sie also Hilfe benötigen, fragen sie am besten Helga«, stellte er großzügig die Unterstützung seiner Kollegin in Aussicht.

Frank dankte ihm für den Tipp, und sie trennten sich. Da Hauptkommissarin Martenson ihm bereits jede erdenkliche Unterstützung durch ihr Team zugesichert hatte, behielt er den Namen Helga Thoms im Hinterkopf.

Zurück an seinem Schreibtisch suchte Frank sich im Internet ein Fachlexikon für Psychologie. Erst dann vertiefte er sich in das Gutachten. Schnell stieß er auf den ersten Begriff, den er nachschlagen musste.

»Was ist eine anankastische Persönlichkeitsstörung?«, murmelte er leise vor sich hin.

Mittlerweile war es so spät am Nachmittag, dass Frank wegen der einsetzenden Dunkelheit die Schreibtischlampe einschalten musste. Während des Studiums des Gutachtens arbeitete Frank so konzentriert mit dem Fachlexikon, dass er seinen nur halb getrunkenen Kaffee völlig vergaß. Schließlich erreichte er das Resümee des Psychiaters. Danach lehnte er sich erschöpft zurück und rieb sich die brennenden Augen. Was er in dem Gutachten über Meike Paulsen erfahren hatte, ließ die Frau in einem völlig neuen Licht erscheinen.

»Ich muss unbedingt mit den Kollegen in Lübeck, dem Gutachter und ihrem früheren Ehemann persönlich sprechen«, arbeitete Frank vor sich hinmurmelnd gleich die Agenda für den nächsten Tag aus. In den Ermittlungsakten sowie dem Gutachten konnte man nur die offizielle Version lesen. Aus Erfahrung wusste Frank jedoch, dass jeder Ermittler und auch alle anderen mit dem Fall verbundenen Menschen gewisse Dinge für sich behielten. An die wollte er herankommen, um so sein Bild über die Ehefrau des Opfers zu vervollständigen. Dafür war es jetzt aber schon zu spät am Tag. Frank beschloss daher, Feierabend zu machen. In der Wohnung warteten noch einige Quadratmeter Holzfußboden darauf, abgeschliffen zu werden. Diese Arbeit wollte er unbedingt noch erledigen und trotzdem nicht so spät ins Bett gehen. Der morgige Tag war angefüllt mit Arbeit und deswegen musste Frank früh aufstehen, um alle Termine abhaken zu können.

Er schloss die Dateien und fuhr den Computer herunter. Dann schlüpfte er in seine Lederjacke und entschloss sich gleichzeitig, auf dem Heimweg an einem Imbiss anzuhalten und dort eine Kleinigkeit zu essen. Ausnahmsweise musste es mit Fastfood gehen, obwohl Frank eher ein ordentlich zubereitetes Mahl schätzte. Doch dafür mangelte es ihm an diesem Abend sowohl an der Zeit als auch an innerer Ruhe. Frank schaltete die Schreibtischlampe aus und schloss kurz darauf die Bürotür hinter sich. Auf dem Weg hinaus traf er verschiedene Kollegen, die alle freundlich grüßten. So langsam fühlte er sich in der Flensburger Direktion schon richtig heimisch. Ein gutes Gefühl.

*

Er hatte es übertrieben. Frank saß auf dem Fußboden, lehnte mit dem Rücken an der Wand. Alle Dielen waren von Farbresten befreit und er konnte in den kommenden Tagen mit dem Auftragen des Öls beginnen. Doch jetzt massierte Frank seine Hände, die völlig verkrampft waren. Da er unbedingt an diesem Abend mit dem Schleifen hatte fertig werden wollen, hatte er sich zu wenige Pausen gegönnt. Das Resultat war ein farbfreier Bodenbelag – und Schmerzen.

Als es an der Tür klopfte, rief er daher nur: »Ist offen. Einfach reinkommen!«

Im nächsten Augenblick erschien Ines Arndt in der Tür. Die Fotografin hielt die Flasche Rotwein in ihrer Linken, die Frank auf dem Nachhauseweg für sie erstanden hatte. Nach dem Imbiss war er an einem Feinkostgeschäft vorbeigekommen. Sofort hatte er sich an seinen wenig freundlichen Umgang mit seiner Vermieterin erinnert und beschlossen, ein Versöhnungsgeschenk zu kaufen. Als er den Rotwein jetzt in ihrer Hand sah, verflog die Hoffnung auf schnelle Vergebung umgehend. So leicht konnte er seinen Fauxpas offenbar nicht beheben.

Arndt musterte zuerst den sauber geschliffenen Fußboden. Dann hob sie den Blick und schaute Frank an, der immer noch an der Wand lehnte.

»Gute Arbeit, Frank. Ich dachte mir schon, dass Sie es geschafft hatten, als die Schleifmaschine endlich schwieg«, sagte sie.

Als er sich an der Wand hochstemmen wollte, winkte Arndt ab. Also sank er zurück und verfolgte, wie sie zu seiner Küche auf Rädern ging, nacheinander beide Schranktüren öffnete und sich dann mit Wassergläsern in der Hand umdrehte.

»Wenn es schon keine richtigen Weingläser hier gibt, hoffe ich doch, dass Sie wenigstens einen Öffner besitzen«, sagte sie.

Sie war demnach nicht länger sauer. Erfreut darüber deutete Frank auf die rechte Schublade. Arndt zog sie auf und nahm das Kellnermesser von Laguiole heraus. Frank hatte es sich zugelegt, da es nicht nur gut in der Hand lag, sondern vielseitig verwendbar war. Kronenverschlüsse ließen sich damit genauso entfernen wie normale Korken.

Die Fotografin entkorkte die Flasche und füllte beide Gläser halbvoll. Dann kam sie zu Frank, reichte ihm eines davon, stellte die Flasche vor ihm ab und setzte sich links von ihm ebenfalls auf den Boden.

»Die war als Entschuldigung für mein schlechtes Benehmen gedacht«, erklärte Frank.

Arndt betrachtete die Flasche. Dann drehte sie den Kopf und schenkte Frank ein breites Lächeln. Während sie ihr Glas sanft gegen seines stieß, spürte Frank ein seliges Gefühl in sich aufsteigen.

»Entschuldigung angenommen. Prost«, sagte sie.

Nach dem dritten Schluck und einem nicht störenden Schweigen dazwischen nickte die Fotografin in Richtung der Schleifmaschine. Die lag ordentlich gesäubert auf der Wachsdecke bei dem übrigen Werkzeug.

»Falls du sie in nächster Zeit nicht benötigst, würde ich die Maschine gerne einmal ausborgen. Wäre das in Ordnung für dich?«, fragte sie.

Es gefiel Frank, wie einfach sie zur persönlichen Anrede übergegangen war.

»Klar, jederzeit. Falls ich dir dabei helfen kann, sag es ruhig. Meine Vermieterin hat sicherlich Verständnis dafür«, antwortete er gut gelaunt.

Ines lachte vergnügt auf. Dann leerte sie ihr Glas, nahm die Flasche und füllte auch bei Frank auf.

»Darf ich dich einmal etwas Persönliches fragen?«, wollte sie wissen.

Er ahnte, was nun kommen würde, und nickte zustimmend. Irgendwie fand er es passend, dass Ines und er sich auf diese Weise näherkamen.

»Jo hat erwähnt, dass du in Kiel eine Frau und eine Tochter hattest. Seid ihr geschieden oder soll es eine Trennung auf Probe sein?«, fragte sie.

Frank gab unverblümt Auskunft und machte keinen Hehl daraus, dass er nur schwer über die endgültige Trennung von Karin hinwegkam. Dass dadurch auch Jasmin in so großer Entfernung lebte, machte es nicht leichter für ihn.

»Also wird es hier ein Neuanfang in beruflicher und privater Hinsicht«, resümierte Ines.

»Vor allem beruflich. In Kiel gab es eine Kollegin, Julia, die sich auf mich einlassen wollte. Das ging gründlich schief. Vorerst habe ich wenig Bedarf an einer neuen Beziehung«, räumte Frank ein.

Er wusste nicht, ob seine schonungslose Ehrlichkeit von Ines gut aufgenommen werden würde. Sein Instinkt riet ihm jedoch dazu. Aus dem Augenwinkel verfolgte er ihre Reaktion. Sie schaute in die Ferne. Dann nickte sie verstehend und stieß erneut mit ihrem Glas gegen seines.

»Kann ich gut nachvollziehen. Ich bin ebenfalls ein

gebranntes Kind und fände es schön, wenn wir Freunde sein könnten«, bot sie an.

Ein Vorschlag, der Frank zusagte. Ein Gefühl sagte ihm, dass eine Freundschaft mit Ines Arndt besonders sein könnte. Dabei zählte Frank zweifellos zu den Menschen, die sich grundsätzlich schwer mit der Pflege von Freundschaften taten.

Sie tranken langsam die Flasche Wein aus und plauderten drauflos. Ines erzählte von schwierigen Kunden und ihrem Vergnügen an künstlerischer Fotografie. Frank revanchierte sich mit Geschichten aus seiner Zeit beim LKA. Dann beendete Ines das gemütliche Sit-in und verabschiedete sich mit einer herzlichen Umarmung von Frank. Der drückte ihr die Schleifmaschine samt unbenutztem Papier in die Hand.

»Du lagst übrigens richtig. Als ich heute Nachmittag einfach einmal die Perspektive bei der Betrachtung der Personen gewechselt habe, ergaben sich tatsächlich neue Ansatzpunkte«, sagte Frank.

Ines balancierte die Maschine in der Linken und öffnete mit der anderen Hand die Haustür.

»Nur ein gut gemeinter Rat einer Freundin«, erwiderte sie.

»Zukünftig werde ich gleich auf dich hören. Gute Nacht«, versprach Frank.

Fünf Minuten später hatte er sich die Zähne geputzt und legte sich auf sein Futon. Der versöhnliche Abend mit Ines half ihm, ohne große Probleme einzuschlafen.

KAPITEL 5

Es war ein unauffälliger Treffpunkt. Niemand würde sich darüber wundern, wenn Astrids Volvo bei einem der zu vermietenden Wohnwagen stand. Ihre Firma reinigte diese genauso wie die Ferienhäuser und deswegen hatte sie Mikkelsen diesen Ort genannt. Ihre Hand glitt in die Umhängetasche und tastete prüfend über die prall gefüllte Tüte mit Pillen. Sie würde nicht nur keinen Cent an diesem Geschäft verdienen, sondern noch draufzahlen. In Sonderburg hatte Astrid mit Mühe und Not die vereinbarte Anzahl von Pillen kaufen können. Der Dealer hatte sie verwundert angesehen, als sie ihm die gewünschte Menge nannte.

»Das klingt ja nach einer Riesenparty. Geht da bei euch ein Rave an den Start, von dem ich wissen sollte?«, erkundigte er sich.

Bei Astrids verständnislosem Blick hatte der dürre Kerl kapiert, dass sie nicht einmal wusste, wovon er eigentlich redete. Mit einem blechernen Lachen füllte er aus verschiedenen Behältern die Pillen in eine Tüte, die er Astrid über den Tisch in der Ecke des Billardsalons zuschob. Seine Preise lagen fast 15 Prozent über denen von Astrid, die es aber zähneknirschend akzeptierte. Ihren Hinweis auf diese hohe Differenz konterte der Dealer mit einem knappen Satz: »Gefahrenzuschlag, falls die echten Dealer uns wieder einmal auf die Pelle rücken«, sagte er.

Auf eine Auseinandersetzung mit denen konnte Astrid ebenfalls gut verzichten. Die Aussicht, sich mit Mikkelsen anlegen zu müssen, hatte sie bereits einknicken lassen. Astrid verabscheute Gewalt, und so rollte sie jetzt nicht nur wegen der Kälte im Wohnwagen mit den Schultern. Trotzdem war sie bereit, sich notfalls zur Wehr zu setzen. Astrid fragte sich, ob der gewissenlose Hotelier persönlich kommen oder ihr einen seiner Handlanger schicken würde. Sie hatte die Frist knapp überschritten und ihn vom Handy aus angerufen, dass es circa eine Viertelstunde später werden würde. Jetzt hockte sie im fahlen Licht einer der Außenlaternen im Wohnwagen und wartete. Sie hoffte inständig, dass Mikkelsen selbst kam. Auch wenn Astrid Angst vor ihm hatte, wollte sie nicht noch mehr Mitwisser haben. Die Situation war auch so verfahren genug.

Leise Schritte näherten sich dem Wagen. Astrid hatte sich auf die Bank am Fenster gesetzt, um nach draußen gucken zu können. Eine dunkle Gestalt blieb kurz am Volvo stehen. Der Strahl einer Taschenlampe huschte über den Innenraum, bevor der Mann sie wieder ausschaltete. Das Licht hatte sein Gesicht für einen kurzen Moment aufleuchten lassen. Astrid seufzte schwer. Mikkelsen hatte Bo geschickt, der offiziell als Haustechniker arbeitete. Doch Astrid wusste, dass seine wirklichen Tätigkeiten sich weitgehend in der kriminellen Grauzone abspielten. Der drahtige Mann trat an den Wohnwagen und zog die Tür auf. Der Kegel seiner Taschenlampe traf Astrid unvorbereitet mitten ins Gesicht. In einem Reflex riss sie die Arme hoch und fuhr Bo wütend an.

»Mach das blöde Licht aus! Himmel, soll uns denn jeder sehen können?«, fauchte sie.

Er ließ ein kehliges Lachen ertönen. Vielleicht war es auch ein verärgertes Knurren wegen Astrids harten Worten. So oder so. Er lenkte den Strahl der Taschenlampe weg von ihrem Gesicht auf den mit dünnem Teppich ausgelegten Boden des Wohnwagens.

»Schlechte Nerven, was?«, höhnte Bo.

Vorerst genügte es Astrid, dass er das Licht so weit drosselte, dass sie einander gerade so erkennen konnten. Während Bo sich lautlos neben Astrid auf die Bank setzte, die instinktiv ein Stück zur Seite rutschte, zog sie den Beutel mit den Pillen aus der Umhängetasche neben sich.

»Hier. Alles wie besprochen«, sagte sie.

Bo warf ihr einen prüfenden Seitenblick zu. Seine grünen Augen waren voller Misstrauen. Er richtete sie schließlich auf die Tüte.

Bo löste den Verschluss und holte willkürlich einige der Pillen heraus. Astrid hatte keine Ahnung, was er damit bezweckte. Als Bo mit der flachen Hand zwei der Pillen mit einem harten Schlag auf der Tischplatte zertrümmerte, wäre sie um ein Haar vor Schreck aufgesprungen. Bo ließ erneut sein kehliges Lachen vernehmen. Es war vielleicht noch angsteinflößender als ein Knurren. Astrid wäre liebend gern weiter von ihm weggerutscht, doch sie presste bereits ihren Rücken gegen das Fenster.

Bo leckte seinen Zeigefinger an und steckte ihn anschließend in das leicht körnige Pulver einer der zerstörten Pillen. Zuerst betrachtete er es im Licht der Taschenlampe, bevor es dann auf seine Zunge wanderte. Verblüfft verfolgte Astrid dieses Vorgehen. Ihr war nicht bewusst gewesen, dass man den Inhalt der Pillen tatsächlich so prüfen konnte. Offenbar war Bo mit dem Ergebnis zufrieden. Denn nachdem er mit dem Pulver aus der anderen Kapsel ebenso verfahren war, grunzte er zufrieden und verschloss die Tüte wieder.

»Die Ware ist einwandfrei. Hier ist dein Geld«, sagte er dann und warf Astrid dabei eine Rolle mit Geldscheinen zu.

Sie fing die dicke Rolle auf und löste nun ihrerseits das Gummi. Schnell fächerte Astrid die Scheine nach ihren unterschiedlichen Werten auf und kam zu dem Schluss, dass Mikkelsen zehn Prozent weniger als ausgemacht zahlen wollte.

»Da fehlen 1.500 Kronen«, sagte sie verärgert.

Bo machte eine wegwerfende Handbewegung und wollte den Beutel unter seiner Jacke verstauen.

Es war vermutlich die Anspannung der letzten Tage gepaart mit zunehmender Frustration, die Astrid alle Angst vergessen ließ. Sie packte Bo hart am Unterarm und hielt ihn davon ab, den Beutel verschwinden zu lassen. »So nicht, Bo! Ich verlange die komplette Summe, die ich mit Mikkelsen vereinbart habe«, fuhr sie ihn scharf an.

In seinen grünen Augen blitzte Überraschung auf. Er hatte nicht mit Widerstand gerechnet und musste sich erst auf die neue Situation einstellen. Dann umspielte ein amüsiertes Lächeln seine schmalen Lippen.

»Was willst du machen, wenn ich dir nicht mehr zahle? Rufst du dann die Cops?«, fragte er anzüglich.

Offenbar gefiel Bo sich in der Rolle des abgebrühten Gangsters. Vermutlich imitierte er gerade seine Lieblingsfigur aus einer amerikanischen Serie und glaubte, Astrid damit einschüchtern zu können. Doch in ihr brodelte mittlerweile heißer Zorn. Sie zog ihre Linke ein Stück aus der Tasche ihres Parkas. Gerade so weit, dass Bo den brünierten Stahl der Glock erkennen konnte. Er konnte nicht wissen, dass es sich dabei um eine gut nachgemachte Schreckschusswaffe handelte. Astrid wusste aber auch, dass selbst damit auf so kurze Distanz durchaus schmerzhafte Verletzungen verursacht werden konnten. Per hatte den Nachbau bei einer Pokerpartie auf der Ölbohrinsel gewonnen und ihr als Geschenk übergeben. Astrid hatte nichts für Schusswaffen übrig, doch heute hatte sie aus einem Impuls heraus die Glock eingesteckt.

Bos Blick verfing sich an dem Stahl. Er krauste verwundert die Stirn und dachte angestrengt nach. Seine Überlegenheit war auf einmal wie weggewischt.

»Rück die 1.500 Kronen raus oder leg den Beutel zurück auf den Tisch und verpiss dich!«, fuhr Astrid ihn an.

Unbewusst ahmte sie jetzt ebenfalls die Sprechweise erfahrener Krimineller nach, wie man sie oft in Krimiserien hörte. Bo ließ ein heiseres Lachen erklingen, doch es wirkte jetzt nur noch wie ein schlechter Abklatsch eines bedrohlichen Knurrens. Er zog ein kleineres Bündel an Geldscheinen aus der Innentasche seiner Jacke, zählte die 1.500 fehlenden Kronen ab und legte sie auf den Tisch. Als er den Rest wieder wegstecken wollte, hielt Astrid ihn zurück.

»Leg noch 200 oben drauf, Bo. Das ist die Gebühr für deinen miesen Versuch, mich übers Ohr hauen zu wollen«, erklärte sie. Sie staunte selbst über den eisigen Klang in ihrer Stimme.

Bo atmete schwer, doch dann legte er zwei 100-Kronen-Scheine zusätzlich auf den Tisch. »Das wird Mikkelsen nicht gefallen«, stieß er wütend hervor.

Jetzt musste Astrid lachen. »Was? Dass du versuchst, hinter seinem Rücken deine eigenen Geschäfte abzuwickeln? Erzähl es ihm ruhig. Bin gespannt, wie er reagiert«, höhnte sie anschließend.

Astrid raffte die Geldscheine zusammen und stopfte sie in die Umhängetasche. Dann erhob sie sich und schaute auf Bo hinunter. Sie machte eine Geste, die Bo dazu bewegte, aufzustehen und zur Seite zu treten. Er erwiderte ihren Blick aus vor Wut dunklen Augen.

»Ich gehe zuerst. Du wartest, bis ich vom Platz verschwunden bin«, befahl Astrid ungerührt.

Sie wandte sich ab und stieß die Tür des Wohnwagens auf. Keine halbe Minute später verriegelte sie den Volvo von innen und startete den Motor. Für eine Sekunde fing sie ihren eigenen Blick im Rückspiegel auf. »Verflucht, Terpe! Du hast gerade eben einem der bekanntesten Kleinkriminellen der ganzen Gegend mächtig Angst eingeflößt«, murmelte sie verblüfft.

Sie beschleunigte den Wagen, kaum dass die Reifen richtigen Asphalt zu packen bekamen. Astrid fragte sich, wann dieser Wandel in ihrer Persönlichkeit stattgefunden hatte. Lange musste sie nicht überlegen, sah den in seinem Blut liegenden Klaus Paulsen wieder vor sich. Damit hatte alles seinen Anfang genommen und es war noch nicht klar, wohin sie die Reise führen würde. Für einen kurzen Augenblick fiel Astrid die verdreckte Fußmatte wieder ein, die immer noch im Fond des Kombis auf ihre Entsorgung wartete. Sie nahm sich fest vor, es baldmöglichst zu erledigen. Sie wusste natürlich, wie riskant es war, mit einem belastenden Beweisstück im Auto durch die Gegend zu fahren. Schließlich schaute sie regelmäßig Kriminalfilme im Fernsehen.

*

Seit mehr als einer Stunde wanderte Henrik durch die Ferienhaussiedlung. Kurz vor Einsetzen der Dämmerung hatte er sich erneut auf den Weg gemacht, um eventuell weitere Zeugen zu treffen. Henrik baute auf Hundehalter, denen er am Morgen noch nicht über den Weg gelaufen war, oder Spaziergänger, die ihre Torte zum Kaffee ablaufen wollten. Er traf niemanden und war entsprechend frustriert. Als er in einiger Entfernung ein von Laternen ausgeleuchtetes Areal bemerkte und das Licht auch auf ein Werbeschild eines Kiosks fiel, schlug er die entsprechende Richtung dorthin ein. Henrik wollte einen heißen Kaffee trinken und gerne auch einen Hotdog essen. Die Aussicht darauf ließ ihn seine Schritte unwillkürlich beschleunigen.

Schließlich erreichte er die Zufahrt zum Wohnwagenpark und sein Blick fiel auf den Kiosk. Kein einziges Licht brannte darin und als Henrik sich der verschlossenen Tür näherte, bemerkte er die Hinweistafel. Sie wies in drei Sprachen – Dänisch sowie Deutsch und Englisch – darauf hin, dass der Kiosk nur in der Zeit zwischen April und Oktober eines Jahres geöffnet war.

»Das ist wohl nicht mein Tag heute«, brummelte er genervt.

Als er Stimmen hinter sich hörte, drehte er sich um. Aus einem Wohnwagen trat eine Frau ins Freie, eilte hinüber zu einem Volvo-Kombi mit einem Firmenaufdruck an der Seite. Automatisch entzifferte Henrik die Angaben.

»A. Terpe. Gebäudereinigung«, las er halblaut ab.

Die Frau stieg in den Wagen, startete den Motor und fuhr los.

Henrik stand im Schatten der Überdachung vor dem Kiosk und verfolgte den Abgang. Vermutlich hatte sie den Wohnwagen gereinigt. Doch dann erschien ein drahtig gebauter Mann mit fettigen Haaren, die zu einem Pferdeschwanz zurückgebunden waren. Er wirkte wütend. Henrik hörte ihn unverständliche Worte vor sich hin knurren und dabei böse Blicke den schnell kleiner werdenden Rücklichtern des Volvos nachschicken. Nachdem er einen Beutel von der Rechten in die linke Hand gewechselt hatte, zog er ein Smartphone aus der Jacke und sprach leise mit jemandem. Henrik fing nur wenige Wortfetzen auf. Es genügte nicht, um sich einen Reim auf das Gesagte machen zu können. Doch ein Satz elektrisierte ihn, den der Mann in seiner aufwallenden Wut laut ausstieß.

»Ja, ich bring die Pillen sofort zu dir«, rief er.

Also gewährte Henrik ihm einen gehörigen Vorsprung, bevor er sich aus dem Schatten löste und dem Mann folgte. Eine innere Stimme warnte ihn, sich womöglich verhört zu haben. Vielleicht hatte er das Wort »Pillen« nur hören wollen oder es gab eine ganz simple Erklärung für dessen Erwähnung. Eine kranke Ehefrau oder Mutter, die dringend auf ihre Medikamente wartete. Trotzdem folgte Henrik dem Mann. Er vertraute seinem Instinkt und verweigerte sich dem Gedanken, damit einfach nur seine Zeit zu verschwenden.

*

Es war nicht so leicht, den Mann auf größerer Distanz im Blick zu behalten. Er schien sich bestens in der Siedlung auszukennen, denn er zögerte an keiner Kreuzung. Henrik verlor ihn einmal und musste auf sein Glück setzen. Es klappte, aber danach schloss er dichter zu dem Pferdeschwanzträger auf. Als sie erneut an einer Kreuzung ankamen, bemerkte Henrik mehrere hell erleuchtete Häuser und hörte gedämpft Musik. Instinktiv hielt er sich zurück und beobachtete den Mann, der quer über die Rasenfläche des einen Hauses ging und darin verschwand.

»Ziel erreicht«, murmelte Henrik vor sich hin.

Er hatte keine Ahnung, ob der Mann oder diese offensichtliche Party irgendetwas mit seinem Auftrag zu tun hatten. Henrik hatte aber auch keine bessere Idee, um an Informationen zu gelangen. Mitten in seiner Überlegung spürte er ein vertrautes Gefühl im Nacken. Langsam drehte er sich um und suchte nach dem heimlichen Beobachter. Seit seiner Zeit im Kosovo hatten sich seine Instinkte deutlich verbessert, wenn es um gefährliche Situationen ging. Damals gehörten Heckenschützen zum Alltag der internationalen Polizeieinheit, und genau so ein übles Gefühl breitete sich jetzt bei ihm aus. Er nutzte die Deckung eines Stromverteilers, der mannshoch war. Henrik schob sich vorsichtig zur anderen Ecke und spähte zu den Häusern hinter sich. Nirgends brannte Licht und trotzdem fühlte er sich weiterhin beobachtet. Die Sekunden dehnten sich zu Minuten, ohne dass etwas geschah. Schließlich musste Henrik einsehen, dass ihn sein Instinkt ausnahmsweise getäuscht hatte. Er schob es auf den nagenden Hunger und seine Erschöpfung, bedingt durch das sinnlose Herumstreifen durch die Ferienhaussiedlung. Leicht frustriert kehrte er zurück zur vorderen Kante des Stromverteilers und musterte die Häuser, in denen es offenbar hoch herging. Henrik rieb sich übers Kinn und spielte seine Optionen durch. Er konnte einfach hier abbrechen und zu seinem Feriendomizil zurückkehren. Natürlich wäre es interessant herauszufinden, was die vielen Deutschen in den Häusern so trieben. Die geparkten Autos mit ihren amtlichen Kennzeichen hatten Henrik verraten, dass es sich bei den Partygästen offenbar vorrangig um Landsleute handelte. Die dritte und am wenigstens ansprechende Möglichkeit wäre, einfach weiter zu beobachten und sich im Hintergrund zu halten. Dagegen sprach aber die Kälte sowie sein Hungergefühl. Da Henrik auch nicht einfach unverrichteter Dinge abziehen wollte, rang er sich zu einer Stippvisite durch.

Höchstens fünf Minuten. Dann nichts wie weg, ermahnte er sich stumm.

Es war ein fauler Kompromiss, aber besser als gar nichts. Also löste Henrik sich nach einem abschließenden Kontrollblick in die Runde aus seiner Deckung und nahm den gleichen Weg wie zuvor der Mann mit dem Pferdeschwanz. Er konnte ohne Umstände das Haus betreten und fand sich augenblicklich mitten in einem wüsten Saufgelage wieder. Henrik zählte mehr als ein Dutzend Männer, überwiegend im Alter jenseits von 40. Zu ihnen hatten sich lediglich vier Frauen gesellt, die offenbar als Servicepersonal fungierten. Henrik nahm eine Handvoll gesalzener Erdnüsse aus einer bereitstehenden Schale und schnappte sich eine Flasche Bier, die er mit einem daneben liegenden Öffner trinkfertig machte. Die Erdnüsse kauend und mit dem Bier in der Hand, schlenderte Henrik weiter. Seinen Parka hatte er kurzerhand an die Garderobe gehängt, um nicht aufzufallen. Den Schlüssel für sein Ferienhaus steckte in der Hosentasche, sodass Henrik notfalls auch ohne Jacke verschwinden konnte. Er prostete einigen Gästen zu, die den Toast erwiderten. Schnell war klar, dass es keine eingeschworene Gemeinschaft war. So erregte Henrik als Neuankömmling vorerst keine besondere Aufmerksamkeit und konnte sich ungehindert umsehen. Bei zwei Männern entdeckte er mintgrüne Pillen, die sie mit ihren Getränken einnahmen. Er war zwar kein Experte für Drogen, aber auf den ersten Blick schätzte Henrik die Substanzen eher als eine Art Aufputschmittel ein. Vielleicht verrannte er sich aber gerade auch fürchterlich in etwas und beobachtete in Wahrheit lediglich eine Truppe verheirateter Männer, die eine spezielle Form von Freizeitgestaltung ohne ihre Frauen pflegten.

»Na, auch zum ersten Mal dabei?«, meldete sich eine Stimme hinter ihm.

Er kämpfte den ersten Schreck nieder und wandte sich dem Sprecher zu. Der Mann hatte Henriks Größe, lichtes braunes Haar und vom Alkohol bereits verschleierte Augen.

»Ja. Sehr interessant, oder?«, erwiderte er ebenfalls in Deutsch.

Sein Gesprächspartner machte eine umfassende Bewegung mit der Hand, wobei er einen Teil seines Longdrinks verschüttete. Als er es bemerkte, kicherte er wie ein Teenager. Dabei war er mindestens Mitte 40.

»Das ist nur die offene Runde, mein Freund. Was glauben Sie, was dann erst in Mikkelsens Hotel abgeht? Mann, ich hoffe echt, dass ich eine Einladung bekomme«, plauderte er ungeniert weiter.

Henrik hätte ihn gerne genauer dazu befragt, doch das wäre zu auffällig gewesen. Also spielte er seine Rolle und tat so, als wenn er ebenfalls unbedingt zu der ausgewählten Gruppe gehören wollte. Der stark angetrunkene Mann beugte sich vor, um Henrik etwas vertraulich ins Ohr zu flüstern. Dabei büßte er sein Gleichgewicht ein, weshalb Henrik ihn stützen musste. Als der Mann sprach, senkte er seine Stimme kein Stück, um die laut aufgedrehte Popmusik zu übertönen.

»Angeblich gibt es harte Drogen und jede Menge heiße Bräute im Hotel. Natürlich auch echtes Glücksspiel und nicht nur so harmlose Pokerrunden wie im mittleren Haus«, rief er.

Henrik schob seine Hand unter die Achsel des Mannes, um ihn in Richtung eines gerade frei gewordenen Sessels zu schieben. Auf einmal ging es ganz leicht. Ausgerechnet der Kerl mit dem Pferdeschwanz half Henrik, der nur mühsam seine Überraschung verbergen konnte. Als sie gemeinsam den weiter laut vor sich hin brabbelnden Gast in den Ledersessel verfrachtet hatten, spürte Henrik, wie Mr. Pferdeschwanz ihn forschend musterte.

»Sie waren noch nie hier, oder?«, fragte er in Deutsch.

Die Situation drohte Henrik aus der Hand zu gleiten. Als zwei torkelnde Landsleute neben ihm auftauchten, drängte er sich zwischen sie. Bevor der misstrauische Pillenbote ihm weiter auf den Pelz rücken konnte, eilte Henrik aus dem Haus. Auf dem Weg schnappte er sich seinen Parka und beeilte sich, in die Dunkelheit einzutauchen. Als er gut 100 Meter von den Häusern entfernt war, drehte er sich um. Der Bursche mit dem Pferdeschwanz stand zusammen mit einem kräftig gebauten Mann in der Auffahrt. Beide spähten umher.

Das war verflucht knapp, dachte Henrik und atmete tief durch.

Im Gehen zog er den Parka an und spielte dabei gedanklich die Szene im Haus nochmals durch. Er suchte nach einem Weg, wie er unbemerkt einen Blick auf die geschlossene Runde im Hotel werfen konnte. Henrik wusste dabei nicht einmal, ob diese unmittelbar im Anschluss an diese Hausparty stattfand oder erst später. Es war zwar nur eine Vermutung, aber er tippte auf den folgenden Abend. Jetzt befanden sich alle Gäste bereits in einem rauschhaften Zustand und würden eine Steigerung des Vergnügens kaum noch honorieren. Henrik beschloss, den Vorschlag der freundlichen Angestellten aus dem Büro seines Vermieters anzunehmen. Er wollte für den kommenden Abend einen Tisch im Restaurant buchen. Als er bei seinem eigenen Ferienhaus ankam, hatte er einen weiteren Entschluss gefasst: Er würde nicht allein essen. Als Paar fielen sie weniger auf, und wenn er keinen Weg in die geschlossene Veranstaltung fand, konnte Henrik wenigstens den Abend in netter Gesellschaft verbringen.

*

Astrids Euphorie verflog, kaum dass sie ihr Haus betrat. Sie roch das angebrannte Essen und hörte die Stimmen aus dem Wohnzimmer. Fluchend zog sie die Stiefel aus, hängte ihre Jacke nachlässig an die Garderobe und eilte in die Küche. Per hatte offenbar während ihrer Abwesenheit Hunger bekommen und sich eine Pizza machen wollen. Beim Anblick der vielen leeren Bierdosen neben dem Mülleimer erklärte sich der weitere Verlauf quasi von selbst. Im angetrunkenen Zustand hatte Per vermutlich die Zeit vergessen und die Pizza zu spät aus dem Ofen genommen. Auf einem Teller in der Spüle klebten die Reste der angebrannten Mahlzeit. Astrid drehte den Abfluss im Becken zu, ließ es mit heißem Wasser halb volllaufen und gab einen kräftigen Schuss Spülmittel hinein. Dann versenkte sie den Teller mit den Essensresten und das daneben liegende Besteck darin. Sie öffnete das Fenster, bevor sie mit Wut im Bauch ins Wohnzimmer ging. Sie wollte Per ordentlich die Meinung sagen, doch dazu kam es nicht. Auf dem Tisch standen drei weitere geleerte Bierdosen neben einer Flasche billigen Wodkas, die mehr als zur Hälfte ausgetrunken worden war. Pers Kopf ruhte auf der Rückenlehne des Sofas. Sein Mund stand weit offen und er schnarchte, unterbrochen von regelmäßigem Prusten.

»Der Scheißalkohol bringt dich noch um«, stieß Astrid angewidert hervor.

Der Unfall und der damit verbundene Arbeitsplatzverlust auf der Plattform hatten Pers Selbstbewusstsein nachhaltig erschüttert. Die stundenweise Beschäftigung als Mechaniker bei Sven Mikkelsen führten ihm permanent vor Augen, wie tief er abgestürzt war. Hinzu kam die dadurch entstandene wirtschaftliche Abhängigkeit von ihr, seiner Ehefrau, was ihn zusätzlich belastete. Immer öfter suchte er Trost im Suff. Astrid ging zum Tisch, nahm die Fernbedienung und schaltete den Fernseher aus. Dann warf sie die Wolldecke über ihren schlafenden Ehemann und räumte auf. Sie hatte aber nicht mehr die Kraft, Per aufzuwecken und ins Schlafzimmer zu bugsieren. Also drehte sie einfach das Licht im Wohnzimmer ab und ließ ihn auf dem Sofa weiterschlafen.

In der Küche blieb sie am offenen Fenster stehen und starrte blicklos in die Dunkelheit. Sie dachte an die verkauften Pillen und was deren Inhalt mit den Konsumenten anstellte.

»Du hast kein Recht, über Per und seine Trinkerei zu urteilen. Nicht, solange du weit gefährlichere Stoffe an Menschen verkaufst, die damit Geld verdienen und andere in den Ruin treiben«, erteilte Astrid sich selbst eine Rüge. Ihr Seufzen ließ eine herumstreunende Katze aufschrecken, die sich bislang unbeobachtet gefühlt hatte. Mit einem verärgerten Fauchen beschwerte sie sich, um gleich darauf aus dem Lichtfeld zu verschwinden.

Astrid schloss das Fenster und ließ das Wasser aus dem Waschbecken ab. Anschließend reinigte sie den Teller sowie das Besteck, räumte alles säuberlich weg und ging dann ins Badezimmer. Während sie sich abschminkte, beschloss sie, dass der heutige Verkauf ihr letzter Handel mit Partydrogen gewesen sein sollte. Bei dem Gedanken, es Peter Mikkelsen mitteilen zu müssen, spürte sie ein gewisses Unbehagen. Dennoch schwor Astrid sich, bereits am nächsten Tag dem Hotelier ihre Entscheidung mitzuteilen. Dann blieb Mikkelsen ausreichend Zeit, um für seine nächste Party woanders die Drogen zu beschaffen. Mit Bo hatte er den dafür bestens geeigneten Mitarbeiter.

Als Astrid fünf Minuten später auf den Gang trat, lauschte sie einige Sekunden auf die Schnarchgeräusche aus dem Wohnzimmer. Mit einem Achselzucken wandte sie sich ab und schlüpfte bereits kurz darauf unter die Bettdecke.

KAPITEL 6

Er hatte Glück gehabt. Am Vormittag hatte Henrik die Kundennummer des Büros angerufen, in dem er bereits die Schlüssel für sein Haus entgegengenommen hatte. Schon nach den ersten Begrüßungsworten hatte er die Stimme der blonden Angestellten wiedererkannt und so seine Einladung für den Abend aussprechen können. Frederike Miller war sofort bereit gewesen, sich im Restaurant mit ihm zu treffen.

Den restlichen Tag verbrachte Henrik mit weiteren Spaziergängen, bei denen er mehrere Gäste traf. Doch keiner davon hatte etwas von den Vorfällen im Vibevej mitbekommen. Als er sich am frühen Abend für seine Verabredung im Badezimmer frisch machte, fasste Henrik einen Entschluss. Er würde nur dann länger in Hejlsminde bleiben, wenn es handfeste Hinweise für weitere Ermittlungen gab. Ansonsten konnte er die Ausgaben gegenüber seiner Mandantin kaum ehrlich begründen. Alles, was er bislang zutage gefördert hatte, stellte keine echte Belastung von Meike Paulsen dar. Falls die Ermittler der Polizei nicht über besseres Material gegen sie verfügten, drohte der Witwe von Klaus Paulsen keine Gefahr einer Anklage.

Henrik hatte Frederike angeboten, sie zu Hause abzuholen. Doch sie hatte es abgelehnt und so verabredeten sie sich vor dem Hotel, um dann gemeinsam ins Restaurant zu gehen. Als Henrik gut sieben Minuten vor der Zeit seinen Mietwagen abstellte und zur Vordertür des Hotels ging, wanderte sein Blick über die Fassade. Von außen betrachtet wies nichts auf eine größere Veranstaltung hin, nach der er Ausschau hielt.

Er musste nicht lange in der Kälte ausharren. Seine Abendbegleitung traf fünf Minuten vor der vereinbarten Zeit ein und freute sich sichtlich. Die niedliche Blondine strahlte Henrik an, als er ihr galant den Arm reichte. »Auch noch ein wahrer Gentleman. Ich bin beeindruckt«, säuselte sie gut gelaunt.

Der reservierte Tisch lag mitten im Raum, wie Henrik zufrieden registrierte. Von hier aus hatte er einen guten Blick auf das Foyer, durch das alle Gäste des Hotels kamen. Sollte sich seine Annahme als richtig herausstellen, würde früher oder später einer der Deutschen vom Vorabend dort auftauchen. Henrik konnte gleichzeitig entspannt mit Frederike plaudern und essen, ohne dabei zu auffällig das Kommen und Gehen im Foyer zu überwachen.

Das ausgesuchte Zanderfilet erwies sich als sehr gute Wahl. Henrik aß mit gutem Appetit und freute sich über Frederike, die sich als gutmütiges Plappermaul herausstellte. So musste Henrik sich nicht selbst um die Konversation kümmern, da seine Begleiterin die meiste Zeit etwas zu erzählen wusste. Frederike war nicht dumm oder langweilte ihn. Sie konnte gut erzählen und verfügte über einen wachen Verstand, der allerdings von ihrem warmherzigen Humor beherrscht wurde. Frederike gestand freimütig, dass sie sich ein solches Abendessen nur selten gönnte. Die Preise in dänischen Restaurants waren dafür schlicht zu hoch und ihr Einkommen reichte gerade so aus, um die kleine Wohnung und ein altes Auto zu finanzieren.

»Ich freue mich, dass Sie mir das Vergnügen Ihrer Gesellschaft bereiten. Das ist jede Krone wert«, versicherte Henrik.

Er würde Frederikes Anteil am Essen aus eigener Tasche übernehmen und es nicht als Spesen auf die Rechnung seiner Mandantin setzen. Schließlich genoss er ihre Anwesenheit tatsächlich sehr und hätte durchaus auch allein zu Abend essen können, ohne dadurch seinen Auftrag zu gefährden.

Die zum Essen bestellte Flasche Weißwein war bereits zu mehr als zwei Dritteln leer, sodass Henrik seine Begleitung fragte, ob er noch eine zweite bestellen sollte.

»Wollen Sie mich betrunken machen?«, fragte Frederike in gespieltem Entsetzen.

Henrik machte ein zerknirschtes Gesicht, was sie laut auflachen ließ. Das Paar am Nebentisch, die ihre beiden Kinder im Teenageralter dabeihatten, schauten amüsiert auf die Dänin. Frederikes Lachen war in der Tat eines von der ansteckenden Art.

»Erwischt. Wir können aber auch gerne noch woanders etwas trinken, wenn Ihnen das lieber wäre«, erwiderte Henrik.

Doch der nächste in Frederikes Augen angesagte Klub befand sich in Kolding.

»Dafür haben wir beide aber schon zu viel getrunken und ein Taxi käme uns teurer als die Flasche Wein hier im Restaurant«, brachte sie es auf den Punkt.

Also bestellte Henrik beim Kellner eine weitere Flasche und bat um die Dessertkarte.

Frederike zog erfreut die Augenbrauen in die Höhe und rieb sich genüsslich über ihren flachen Bauch. »Wie schön. Ein Genießer hat mich zum Essen eingeladen. Heute ist mein Glückstag«, frohlockte sie.

Während Henrik sich nach Durchsicht der Karte für einen Jubiläums Aquavit entschied, bestellte Frederike sich eine Crème brûlée. Kaum stand die französische Süßspeise vor ihr auf dem Tisch, vertilgte die Blondine sie mit einem so großen Genuss, dass Henrik ihr schmunzelnd zuschaute. Aus dem Augenwinkel bemerkte er im gleichen Moment, wie ein vertrautes Gesicht an der Tür zum Restaurant in seine Richtung schaute.

»Ich bin gleich zurück«, entschuldigte er sich bei Frederike und erhob sich.

Am Eingang stand der Deutsche vom Vorabend. Sein Gesicht glühte voller Vorfreude.

»Dann haben Sie es also auch geschafft. Mein lieber Freund! Das wird die Nacht aller Nächte und wie ich sehe, genießen Sie es jetzt schon«, begrüßte ihn der Mann wie einen alten Bekannten.

Henrik musste sich nicht sonderlich anstrengen, um den Ahnungslosen zu geben. »Ich weiß ja nicht, ob es später auch etwas zu essen gibt«, erklärte er.

Der Deutsche setzte eine verschwörerische Miene auf und beugte sich zu Henrik hinüber. Heute behielt er sein Gleichgewicht jedoch. »Auf jeden Fall gibt es reichlich zum Naschen. Wenn Sie verstehen, was ich meine«, raunte er und blinzelte Henrik dabei zu.

Gleichzeitig deutete er ziemlich auffällig mit dem Daumen in Richtung Foyer, wo soeben eine Gruppe sehr attraktiver junger Frauen aus ihren Wintermänteln schlüpfte. Henriks Ahnung hatte ihn demnach nicht getrogen: Mikkelsen veranstaltete an diesem Abend eine seiner speziellen Partys, zu denen nur ausgesuchte Gäste geladen waren. Womit sich die Frage ergab, wie Henrik es zur Veranstaltung schaffen sollte.

»Was, jetzt schon? So was Blödes. Da müsste ich zuerst noch zurück zu meinem Ferienhaus und verpasse vermutlich einiges«, stieß er hervor.

Henrik formulierte bewusst vage. Seine Hoffnung blieb nicht unerfüllt. Der Deutsche zog eine Kodekarte aus der Innentasche seines blauen Sakkos.

»Ach was, Kumpel. Servieren Sie nur schnell die kleine Maus da ab. Ich warte solange an der Bar. Dann können wir zusammen nach oben fahren«, sagte er.

Ein so abruptes Ende seines netten Essens hatte Henrik zwar nicht geplant gehabt, aber die Umstände zwangen ihn dazu. Er nickte dem Deutschen zu und eilte zurück an den Tisch, wo eine gut aufgelegte Frederike ihm zulächelte.

*

Er fühlte sich absolut mies. Henrik hatte keine echte Begründung für seinen plötzlichen Abschied vorbringen können. Frederike ahnte vermutlich, dass er zu einem der speziellen Männerabende von Mikkelsen gehen würde. Sie war nicht nur enttäuscht, sondern schaute Henrik mit echter Abscheu an. Dieser Ausdruck blieb ihm in Erinnerung, selbst als sein neuer Freund ihn an der Bar enthusiastisch in Empfang nahm. Der stürzte sein Bier in einem langen Zug hinunter und drängte Henrik dann zum sofortigen Aufbruch. Im Fahrstuhl zog der Deutsche die Kodekarte aus der Jackentasche und führte sie in den Schlitz ein, der zur Fahrt ins oberste Stockwerk berechtigte. Mikkelsen hatte seine Party gut abgesichert. Ohne diesen glücklichen Umstand mit dem Deutschen vom Vorabend hätte Henrik größte Schwierigkeiten gehabt, an den Ort der Veranstaltung zu gelangen.

»Oh, Mann. Sehen Sie sich das an. Mikkelsen hat wirklich nicht übertrieben!«, brach der sofort ins Schwärmen aus, kaum dass sich die Fahrstuhltüren geöffnet hatten und die Sicht auf einen großen Raum freigaben.

Auf den ersten Blick konnte Henrik keine Aufpasser ausmachen. Offenbar verließ Mikkelsen sich ganz auf die Kodekarten, ohne die ein Zutritt nicht möglich war. Bei erster Gelegenheit trennte er sich von seinem deutschen Begleiter, der an einem Roulettetisch stehen blieb. Leicht bekleidete Frauen, die Henrik zum Teil bereits im Foyer gesehen hatte, schlenderten umher und ließen sich bereitwillig von den Männern anfassen. Sie lachten, ja, animierten die Gäste sogar extra, und mehrfach konnte Henrik beobachten, wie ein sich gerade gefundenes Pärchen in einen der vielen Nebenräume verschwand. In einer Art Alkoven entdeckte er außerdem Stehtische, auf denen kleinen Töpfe mit weißem Pulver standen. Immer wieder traten Männer an die Tische heran, um sich etwas von dem Rauschgift zu nehmen. Sie schütteten jeweils eine Prise des Pulvers auf kleine Glasplatten und formten anschließend anhand von Plastikkarten Lines daraus. Dann holten sie ein Röhrchen aus einem ebenfalls bereitstehenden Behälter und zogen sich den Koks in die Nase. Einige rieben sich zusätzlich ein wenig Rauschgift ans Zahnfleisch. Es war wie im Film.

»Das ist wahrlich ein anderes Kaliber«, murmelte Henrik. Die Frauen gehörten eindeutig zur Spitzenklasse von Callgirls und waren keine einfachen Nutten, die Mikkelsen aus Kolding oder Kopenhagen herangeschafft hatte. Auch die ausgesprochen großzügige Verteilung von Koks brachte Henrik ins Grübeln. Welches Ziel verfolgte der Hotelier damit? Von seinem redseligen deutschen Freund wusste er, dass keiner der Gäste etwas für die Einladung bezahlt hatte. Für Henrik blieb im Grunde nur ein Motiv übrig, und um das zu bestätigen, musste er zwangsläufig in eines der Separees gelangen.

Bisher schien ihm die Göttin Fortuna hold zu sein. Solange er als einer der Gäste akzeptiert wurde, musste er also die

Gelegenheit nutzen. Kurz entschlossen verließ er den Alkoven wieder und schlenderte um die Tanzfläche herum. Dicke schwitzende Männer hielten junge Frauen in eng anliegenden Kleidern fest umschlungen. Als einer davon seine Rechte bereits bis in den Slip einer Frau geschoben hatte, dirigierte sie ihn gekonnt in einen der Nebenräume. Das war Henriks Chance. Er sicherte sich nach allen Seiten ab, doch niemand nahm Notiz von ihm. Auch nicht, als er dem Paar ins Separee folgte. Doch so leicht, wie er es sich vorgestellt hatte, war es dann doch nicht. Die Tür, die in den Nebenraum führte, war mit einem elektronischen Schloss gesichert. Einen leisen Fluch zwischen den Zähnen hervorpressend kehrte Henrik an die Tanzfläche zurück. Auf einmal schob sich eine Hand unter seinen Arm und er spürt den sanften Druck eines beachtlichen Busens an seiner Schulter. Henrik wollte das Callgirl gerade von sich schieben, als ihm ein Gedanke kam. Er wandte sich zu ihr um, musterte die blauen Augen unter dem braunen Pony und grinste dann. Mit einem professionellen Lächeln ihrer gebleichten Zähne reagierte das Callgirl.

»Möchtest du tanzen, Darling?«, fragte sie.

Um den Schein zu wahren, tat Henrik ihr den Gefallen. Für zwei Minuten lang genoss er den anschmiegsamen Körper der Frau von höchstens Mitte 20. Sie verstand es bestens, seine Blutversorgung aus dem Hirn in tiefere Gefilde umzulenken. Als sie die Erektion registrierte, vertiefte sich ihr Lächeln.

»Wir können uns zurückziehen, wenn du es möchtest«, blieb sie sehr serviceorientiert.

Henriks Plan ging auf. Er stimmte mit gespielter Begeisterung zu und ließ sich vom Callgirl in eines der Separees lotsen.

Als er die Ausstattung registrierte, konnte Henrik einen anerkennenden Pfiff nicht unterdrücken. Das Separee war in einem rechteckigen Raum untergebracht, der neben einem riesigen Bett zusätzlich eine große Sitzlandschaft aus weißem Leder aufwies sowie eine Bar, deren Regale mit lauter hochpreisigen Getränken aus aller Welt bestückt waren. Erst als das Callgirl mit einer Fernbedienung das Licht dimmte und auf einem großen Wandmonitor ein Musikvideo abgespielt wurde, löste Henrik sich aus der Betrachtung der Einrichtung.

»An der Bar gibt es nicht nur Alkohol, Süßer. Natürlich kannst du dir gerne noch eine Line reinziehen. Und falls dir mehr nach Sex in der Badewanne oder unter der Dusche ist, lässt sich das selbstverständlich ebenfalls einrichten«, gurrte sie ihm ins Ohr.

Er brauchte dringend einige Augenblicke für sich allein. Also nutzte Henrik das Badezimmer und schaute sich dort gründlich um. Obwohl er genau wusste, wonach er suchen musste, brauchte er sehr lange. Das Callgirl wurde bereits ungeduldig und rief nach ihm.

»Sekunde. Bin gleich bei dir«, erwiderte Henrik, während er die fast unsichtbare Linse einer Kamera inspizierte.

Er zog sein Handy aus der Tasche und machte in aller Eile eine Serie von Aufnahmen, um seine Entdeckung später belegen zu können. Nun bestand kein Zweifel mehr daran, welches Geschäftsmodell Mikkelsen hier aufgebaut hatte. Fragte sich nur, ob Klaus Paulsen in irgendeiner Weise ins Bild passte. Hatte er mit seinen legalen Partydrogen eventuell den Hotelier provoziert, sodass Mikkelsen sich zu Gegenmaßnahmen veranlasst sah?

Diese Überlegungen würde Henrik besser zu einem späteren Zeitpunkt anstellen, wenn ihm keine Gefahr mehr drohte. Zum Glück verhielt sich das Callgirl wieder ruhig. Henrik schob sein Handy zurück in die Hosentasche und atmete mehrfach tief durch. Jetzt wollte er schleunigst aus dem Separee sowie dem Hotel verschwinden, um sein Glück nicht unnötig zu strapazieren. Entschlossen stieß er die Badezimmertür auf und trat in den Raum. Das Callgirl konnte nicht nervös werden, denn es war schlicht nicht mehr anwesend. Dafür aber der drahtige Typ mit dem fettigen Pferdeschwanz, und am Bartresen lehnte ein bulliger Kerl, der Henrik aus fiesen, kleinen Augen musterte.

»Du schon wieder«, stellte Pferdeschwanz fest.

Ganz offensichtlich war Henriks Glückstopf geleert. Fieberhaft zermarterte er sich sein Hirn nach einem Ausweg aus der brisanten Situation. Unglücklicherweise fiel ihm keine glaubwürdige Ausrede ein.

*

Als Erstes fiel Henrik auf, dass der Pferdeschwanzträger seinen Parka bei sich hatte. Demnach musste er schon früher auf Henrik aufmerksam geworden und das Kleidungsstück geholt haben. Sie hatten unmissverständlich klargemacht, dass ein ruhiger, friedlicher Abgang ganz in seinem eigenen Interesse wäre. Angesichts der Alternativen befolgte Henrik vorerst die Anweisungen. Er trabte hinter Pferdeschwanz durch einen nur mäßig ausgeleuchteten Gang zur Rückseite des Hotels. Der Muskelprotz blieb ständig zwei Schritte hinter ihm, sodass für überraschende Ausbrüche kein Platz blieb. Wie bereits erwartet, öffnete Pferdeschwanz eine Stahltür, hinter der sich eine Feuertreppe befand. Nach einem mahnenden Blick zu Henrik machte er sich an den Abstieg. Henrik spürte den kalten Wind, vermischt mit Nieselregen besonders heftig. Nach der buchstäblich aufgeheizten Atmosphäre auf der Party, traf ihn das nasskalte Wetter jetzt doppelt hart. Zu gerne hätte Henrik sich seinen Parka übergezogen, doch Pferdeschwanz schleppte das Kleidungsstück die Stufen mit hinunter. Als sie den nassen Asphalt im entlegenen Bereich des Parkplatzes unter den Schuhen hatten, gesellte Peter Mikkelsen sich zu dem Trio. Man musste dem Hotelier nicht vorher persönlich begegnet sein, um ihn sofort zu erkennen. Im Foyer des Hotels sowie im Schaukasten vor dem Haupteingang lächelte sein markantes Gesicht von Werbeplakaten. Trotz des diffusen Lichtscheins einer einzelnen Lampe an der Seitenfront des Hotels konnte Henrik die Wut in den Augen des Hoteliers erkennen.

»Ich will wissen, wer dich auf mich angesetzt hat«, fuhr Mikkelsen ihn an.

Da er die Brieftasche mit Henriks Ausweis in der Hand hielt, war leugnen oder bluffen vollkommen sinnlos.

»Niemand. Ich war nur neugierig …«, setzte Henrik zu einer Antwort an.

Der hinterhältige Schlag in die Nieren ließ ihn verstummen und vor Schmerz keuchend nach vorne kippen. Doch der Muskelmann kannte das Spiel gut genug, um zuzupacken. Er drückte Henrik zurück in die Waagerechte und drehte ihn in Mikkelsens Richtung. »Falsche Antwort, Schnüffler. Raus mit der Sprache oder ich prügle die Wahrheit aus dir raus!«, fuhr er Henrik an.

Wie die meisten Dänen sprach der Hotelier fließend Deutsch. Daher konnte Henrik sich leider auch nicht auf Verständigungsprobleme berufen, um die Situation zu entschärfen. Mittlerweile hatte Pferdeschwanz den Parka achtlos zu Boden fallen lassen. Zu gerne hätte Henrik ihn an sich genommen und übergezogen. Er wusste natürlich, dass Mikkelsens Handlanger das niemals zulassen würden. So blieb er zitternd vor Kälte im Nieselregen stehen und suchte nach einer besseren Erwiderung. Er musste improvisieren, und das bedeutete lügen. Eine gut bewährte Weisheit besagte, dass die besten Lügen immer dicht an der Wahrheit blieben.

»Meine Mandantin will wissen, ob ihr Ehemann sie hier mit einer anderen Lady betrügt«, sagte Henrik.

»Warum sollte er sich ausgerechnet in meinem Hotel herumtreiben?«, hakte Mikkelsen nach.

Henrik schwafelte etwas von einer Tankquittung, die angeblich seine Mandantin bei den Unterlagen ihres Mannes gefunden hatte.

»Da er aber normalerweise keine Geschäftspartner in der Umgebung von Hejlsminde hat, wurde sie misstrauisch. Der gute Klaus hat sie bereits früher hintergangen und deswegen hat sich mich hierhergeschickt«, führte er seine Lügen weiter aus.

Als er den überraschten Blickwechsel zwischen Pferdeschwanzträger und Hotelier bemerkte, erkannte Henrik seinen Fehler. Mikkelsen beugte sich vor und fasste ihn scharf ins Auge.

»Heißt deine Mandantin vielleicht Paulsen mit Nachnamen?«, wollte er wissen.

In Sekundenbruchteilen wog Henrik Vor- und Nachteil ab, bevor er antwortete. Dabei beobachtete er die Reaktion des Hoteliers besonders aufmerksam.

»Stimmt. Scheiße, woher wissen Sie das? Dann hat er hier also tatsächlich seine Schäferstündchen abgehalten? Können Sie mir vielleicht eine Quittung oder Ähnliches mit seiner Unterschrift darauf geben? Dann wäre meine Mandantin bereit, weitere Ermittlungen zu bezahlen«, erwiderte Henrik.

Henrik erwartete nicht, dass Mikkelsen ihm so einen Gefallen tat. Er wollte nur ablenken. Ob es ihm gelungen war, würde er an diesem Abend nicht mehr erfahren. Ein Auto kam auf den Parkplatz hinter dem Hotel gefahren. Der Fahrer rollte langsam weiter und dann blendete er die Scheinwerfer auf. Vom plötzlichen Lichtschein getroffen, hoben Mikkelsen und seine beiden Helfer die Arme schützend vor die Augen. Henrik erkannte die einmalige Gelegenheit. Mit einem Satz war er neben dem Hotelier, entriss dem überrumpelten Mann seine Brieftasche und rannte los. Im Laufen bückte Henrik sich nach dem Parka und jagte weiter auf das nun anhaltende Fahrzeug zu.

»Nein! Lass ihn«, hörte er Mikkelsen rufen.

Der Hotelier wollte die sowieso schon verdächtige Situation nicht noch auffälliger gestalten, indem er seine Handlanger hinter Henrik herlaufen ließ. Im Vorbeirennen wollte Henrik dem Fahrer des Wagens dankend zuwinken. Doch zu seiner Überraschung war die Seitentür des Vans geöffnet und zwei Paar kräftige Hände packten zu. Bevor er wusste, wie ihm geschah, flog Henrik auf die Rückbank des Vans und stieß mit dem Kopf gegen die Seitenwand. Er hörte noch, wie die Schiebetür ins Schloss gezogen wurde und der Motor aufheulte.

»Unten bleiben«, schnauzte ihn jemand auf Deutsch an.

Henrik fragte sich, ob eigentlich jeder in Hejlsminde mittlerweile wusste, wer er war. Noch wichtiger herauszufinden war jedoch, wer ihn entführt hatte. Nur einen flüchtigen Augenblick lang dachte Henrik, dass es sich um eine clevere Falle von Peter Mikkelsen handeln könnte. Doch er verwarf den Gedanken genauso schnell wieder, wie er ihm gekommen war. Der Van fuhr zügig vom Parkplatz und im Schein der vorbeihuschenden Straßenlaternen zählte Henrik einen Fahrer sowie zwei Männer im Fond des Wagens. Beide behielten ihn wachsam im Blick, auch wenn er ihre

Gesichter aufgrund der Dunkelheit im Wagen nicht erkennen konnte.

Hoffentlich bin ich nicht vom Regen in die Traufe gekommen, dachte Henrik voller Anspannung.

Er wollte sich lieber nicht ausmalen, was ihm blühte, wenn er sich jetzt in der Gewalt von Klaus Paulsens Mördern befand. Trotz der Nervosität verhielt Henrik sich ruhig und kooperativ. Seine anfängliche Hoffnung, durch die Gespräche seiner Entführer etwas über sie zu erfahren, scheiterte an ihrem beharrlichen Schweigen. Also blieb ihm lediglich der Versuch, die Wegstrecke zu erahnen. Auch wenn er die Fahrtrichtung jetzt noch nicht nachvollziehen konnte, sollten ihm später möglichst viele Details bei einer Rekonstruktion helfen. Henrik hoffte inständig, dass es ein Später noch gab.

*

Anhaltendes Klingeln an der Tür, immer wieder von hartnäckigem Klopfen unterbrochen, riss Astrid aus einem wirren Traum. Gerade noch musste sie ganz allein eine ölverschmierte Plattform reinigen, jetzt fuhr sie mit einem erschrockenen Schrei in die Höhe.

»Verdammt! Was soll der Lärm?«, rief sie wütend.

Sie strampelte die Bettdecke von sich, schlüpfte in den bequemen Jogginganzug und eilte dann auf Socken die Treppe hinunter ins Erdgeschoss. Als Astrid an der nur angelehnten Tür zum Wohnzimmer vorbeikam, hörte sie das Schnarchen ihres Mannes.

»Deinen Schlaf hätte ich auch gerne«, murrte sie.

Mit der Linken schaltete Astrid die Deckenlampe sowie die Außenlaterne ein, bevor sie mit einem Ruck die Haustür aufriss. Beim Anblick des zornigen Peter Mikkelsen vergaß sie die bereits sorgsam zurechtgelegten Worte, mit denen sie den nächtlichen Störenfried hatte abfertigen wollen.

»Na, endlich«, stieß der Hotelier hervor und schob sich an Astrid vorbei in den Flur.

Sein Haar klebte feucht in der Stirn. Auf seiner modernen Trekkingjacke glitzerten Tausende von feinen Regentropfen. Astrid schloss die Haustür und warf im Umdrehen automatisch einen prüfenden Blick auf die Uhr, die neben der Garderobe an der Wand hing. Sie hatte kaum mehr als eine Stunde geschlafen.

»Spinnst du? Wieso machst du mitten in der Nacht hier so einen Aufstand?«, fuhr Astrid ihn an.

Statt einer Antwort drückte Mikkelsen die Wohnzimmertür auf. Bereits nach zwei Schritten blieb er stehen. Sein Blick hing finster an dem weiter ungeniert vor sich hin schnarchenden Per.

»Lass uns in der Küche reden«, schlug Astrid vor.

Sie ging voraus und schenkte sich ein Glas Wasser ein, während Mikkelsen sich gegen den Hochschrank neben der Tür lehnte. Er zog den Reißverschluss seiner Jacke auf und fuhr sich dann mit gespreizten Fingern durchs feuchte Haar.

»Hast du ein Bier?«, fragte er.

Wortlos holte Astrid eine Dose aus dem Kühlschrank und drückte sie dem Hotelier in die Hand. Sie hoffte, dass sich dadurch Mikkelsens Laune ein wenig verbessern würde. Er riss die Lasche auf, es zischte vernehmlich, dann trank er gierig aus der Dose. Anschließend wischte er sich den Schaum von den Lippen. Astrid ließ ihn gewähren, nippte am kalten Wasser und lauschte gleichzeitig auf Pers Schnarchen. Sie wusste, wie aggressiv ihr Mann reagierte, wenn sein Schlaf frühzeitig unterbrochen wurde. Halb betrunken konnte er dann sehr unbedachte Dinge tun, und das war mit einem ebenfalls sehr wütenden Mikkelsen kein wünschenswerter Gedanke. Doch noch blieb sein Schnarchen regelmäßig, nur von kurzen Aussetzern unterbrochen.

»Kennst du diesen Typen?«, fragte Mikkelsen und hielt Astrid sein Mobiltelefon entgegen.

Auf dem Display konnte Astrid einen rotblonden Mann sehen, der neben einem Tresen stand. Er trug seine Haare länger, als es die aktuelle Mode vorschrieb, und wirkte überrascht.

»Nein, nie gesehen. Wer soll das sein?«, erwiderte sie.

Peter Mikkelsen schnaubte verächtlich auf. Er schob sein Smartphone zurück in die Jackentasche, trank einen weiteren Schluck aus der Dose und antwortete erst dann auf Astrids Frage.

»Er war gestern Abend auf einmal unter meinen Gästen in der Siedlung. Bo hat ihn heute sofort wiedererkannt, als er sich in einem meiner Separees herumtrieb«, erklärte Mikkelsen.

Zunächst befürchteten Bo und er, es mit einem Polizisten zu tun zu haben, der ihre Partys ausspähen sollte.

»In Wahrheit ist der Typ ein deutscher Privatschnüffler«, sagte Mikkelsen.

Das erklärte zwar seine Anspannung, aber nicht, warum er deswegen Astrid aus dem Bett geklingelt hatte.

»Was hat das alles mit mir zu tun?«, fragte sie daher.

Erneutes verärgertes Schnauben. Mikkelsen trank einen langen Schluck, zerquetschte die leere Dose und warf sie ins Waschbecken. Astrid verfolgte es mit verkniffenem Mund.

»Als wir ihn ein wenig direkter gefragt haben, spuckte der Schnüffler endlich aus, was er bei mir gesucht hat«, erklärte Mikkelsen anschließend.

Was er mit »ein wenig direkter« meinte, musste er Astrid nicht erklären. Sie wusste schließlich, wie brutal Bo und der Hotelier sein konnten.

»Und?«, hakte Astrid genervt nach.

»Der Deutsche war im Auftrag von Paulsens Ehefrau hier. Kapierst du jetzt, warum ich dich belästige?«, erwiderte Mikkelsen.

Astrid glaubte, eine Spur des Triumphs in seiner Stimme mitschwingen zu hören.

»Klaus Paulsens Frau hat ihn geschickt? Ganz sicher?«, fragte sie nach.

»Todsicher. Fragt sich nur, ob seine Story mit der angeblichen Geliebten nicht nur frei erfunden ist, um seine Anwesenheit hier zu erklären«, antwortete Mikkelsen.

Natürlich verstand Astrid die Anspielung sofort. Der Hotelier stieß sich am Schrank ab, war mit zwei langen Schritten am Kühlschrank, den er ungefragt öffnete und ihm eine weitere Dose Bier entnahm. Astrid lag ein scharfer Protest angesichts dieser Eigenmächtigkeit auf der Zunge, doch sie schluckte ihn hinunter. Erneut zischte es laut, als Mikkelsen die Dose öffnete und weitertrank. Astrid beobachtete den Mann genau. Sie erkannte, dass Mikkelsen sich entspannte. Jetzt, nachdem er die schlechten Nachrichten überbracht hatte, ließ seine Aggressivität ein wenig nach. Der Alkohol trug vermutlich seinen Teil dazu bei, daher ließ Astrid ihn auch die zweite Dose leeren.

»Das ist verdammter Shit! Wenn er sich unter deinen Gästen umgehört hat, konnte der Privatdetektiv eventuell die richtigen Schlüsse ziehen. Was willst du jetzt machen?«, fragte sie schließlich.

Der Deutsche hatte großes Glück gehabt, dass der Van plötzlich auf den Parkplatz gefahren war und so für eine

Ablenkung gesorgt hatte. Als Mikkelsen es vorhin erzählt hatte, war seine Wut am schlimmsten gewesen. Der Privatdetektiv hatte sich schon in seiner Gewalt befunden, doch dann hatte ihn ein Unbekannter gerettet.

»Wieso ich? Vergiss bloß nicht, wer uns Paulsen angeschleppt hat. Das warst ja wohl du, oder etwa nicht?«, spielte der Hotelier den Ball umgehend in Astrids Feld zurück.

Dagegen war nichts zu sagen. Es stimmte einfach. Vor acht Monaten hatte Astrid den Deutschen auf dem Hof von Sven Mikkelsens Werkstatt getroffen. Sie wollte Per abholen und als sie aus dem Wagen stieg, weil ihr Mann noch nicht Feierabend hatte, bemerkte Astrid den schwarzen VW-Bus mit deutschem Kennzeichen. Sie sprach Klaus Paulsen an und erfuhr so, welche Geschäfte er mit Sven machte. Der kaufte einen speziellen Dünger bei Paulsen. Astrid ließ sich auf ein Gespräch ein, um die Wartezeit zu überbrücken; Paulsen wiederum witterte offenbar eine Geschäftsanbahnung, als er den Firmenaufdruck auf dem Volvo bemerkte. So erfuhr Astrid, welches umfassende Spektrum an chemischen Substanzen der umtriebige Geschäftsmann im Angebot hatte. Bei dem Gespräch deutete Paulsen auch an, was man mit den als Badezusätzen deklarierten Stoffen in Wahrheit machen konnte. Astrid verstand den Wink zuerst nicht, und da Per endlich Feierabend machen konnte, unterbrach sie das Gespräch an dieser Stelle und verabschiedete sich von Paulsen. Der drückte ihr zwei Flyer und eine Visitenkarte in die Hand, doch das Material landete in einem Ablagekorb in Astrid Büro und geriet dort zunächst in Vergessenheit. Viele Wochen später kam sie erstmals mit dem Thema Partydrogen in Kontakt, da sie ein großes Ferienhaus nach einer wilden Nacht reinigen sollte. Der Gastgeber erzählte ganz offen, seine Gäste hätten auch Rauschmittel genommen. Als er Astrids entsetztes

Gesicht bemerkte, beruhigte er sie und erklärte ihr, dass ausnahmslos als legal eingestufte Substanzen konsumiert worden waren. Als er in diesem Zusammenhang den Begriff »Badezusatz« verwendete, stieg plötzlich die Erinnerung an Paulsens Verkaufsgespräch in ihr auf und sie fragte den jungen Mann gezielt aus. In diesem Moment erkannte sie die geschäftlichen Möglichkeiten des Handels mit legalen Partydrogen. Mikkelsen wurde schon bald einer ihrer Hauptabnehmer.

»Ja, natürlich. Da er jetzt nicht mehr auspacken kann, kann der Privatdetektiv doch genauso wenig wie die Polizei gegen uns in der Hand haben. Paulsen wird kaum so blöd gewesen sein, die Deals mit uns etwa in seinen Geschäftsunterlagen vermerkt zu haben«, antwortete sie.

Die zweite Bierdose erlitt das gleiche Schicksal wie ihre Vorgängerin. Mikkelsen zerquetschte sie und schleuderte sie in die Spüle. Allmählich begann es, Astrid zu nerven. Ein drittes Mal würde sie es ihm nicht durchgehen lassen.

»Ach, und warum nicht? Stell dich doch nicht blöder an, als du in Wahrheit bist! Diese Partydrogen sind legal, also kann Paulsen seine Einnahmen daraus ganz ordentlich erfassen. So, wie diese Deutschen nun einmal sind«, erwiderte Mikkelsens scharf.

Zu ihrem Verdruss musste Astrid ihm recht geben.

»Dein Handel hier in Dänemark jedoch steht auf einem ganz anderen Blatt, oder hast du deine Gewinne etwa auch in der Buchhaltung aufgelistet?«, fragte der Hotelier provozierend.

»Das könnte man nachholen«, überlegte Astrid laut.

Mikkelsen lachte heiser auf. »Vielleicht. Trotzdem werden dir die Bullen einen Haufen Fragen stellen. Wenn die erst einmal Witterung aufgenommen haben, lassen die dich nicht so einfach wieder von der Leine. Eines führt zum Nächsten und auf einmal geht es um die Frage, woher die harten Drogen auf den Partys kamen. Da kannst du so viel Schwüre leisten, wie du willst. Die Cops haben dich am Kragen, und was dann mit deinem Geschäft passiert, kannst du dir ja leicht selbst ausrechnen«, beschwor er anschließend eine düstere Vision herauf.

Es leuchtete Astrid ein. Natürlich war ihr nicht entgangen, dass auf einigen der Partys auch härtere Drogen konsumiert worden waren. Sie hatte einfach die Augen davor verschlossen und sich immer damit beruhigt, dass von ihr nur legale Substanzen geliefert worden waren. Wenn sie sich aber die Sichtweise der Polizei zu eigen machte, würden ihre diesbezüglichen Versicherungen vermutlich nur wenig Glauben finden.

»Paulsens Unterlagen müssen verschwinden«, stieß sie hervor. Es war völlig einleuchtend, wenn man sich die Lage einmal verdeutlichte.

Mikkelsen stieß sich erneut vom Hochschrank ab. Doch dieses Mal verließ er die Küche und trabte in Richtung der Ausgangstür. Astrid folgte dem Hotelier, der im Gehen die Jacke schloss. Mikkelsen öffnete die Tür, trat ins Freie und drehte sich dort noch einmal zu Astrid um.

»Je früher, desto besser. Wir haben uns also verstanden, oder?«, hakte er nach.

Mehr als ein zustimmendes Nicken brachte Astrid nicht auf. Doch Mikkelsen schien es zu genügen.

Sie schaute ihm nach, wie er zu seinem Audi A8 eilte und kurz darauf davonfuhr. Als sich urplötzlich eine Hand auf Astrids Schulter legte, entfuhr ihr ein spitzer Schrei.

»Was ist denn mit dir los? Wenn ich es nicht besser wüsste, würde ich annehmen, du fühlst dich beim Fremdgehen ertappt. Aber kaum mit Peter. Der hat eine bessere Auswahl zur Verfügung«, lamentierte Per.

Gereizt fuhr Astrid herum und schob ihren immer noch leicht betrunkenen Mann zurück in den Flur. Dann schloss sie die Haustür, um anschließend die Treppe ins Obergeschoss hinaufzugehen. Per schaute ihr verwundert hinterher.

»Mikkelsen hat zwei Bier getrunken. Wirf die leeren Dosen zusammen mit deinen in den Müll und mach dann das Licht in der Küche aus. Ich geh schlafen. Muss morgen schließlich wieder früh hoch«, warf Astrid ihm im Hochgehen zu.

Pers gemurmelten Protest überhörte sie einfach. Eine Minute später zog sie den Jogginganzug wieder aus und schlüpfte unter die kalt gewordene Bettdecke. Astrid wäre am liebsten sofort eingeschlafen, doch ihre Gedanken hielten sie wach. Sie kreisten immer wieder um das neue Problem. Wie in aller Welt sollte sie es schaffen, Paulsens Geschäftsunterlagen zu vernichten? Sie entwickelte eine Idee nach der nächsten, nur um sie sofort wieder zu verwerfen. Irgendwann übermannte sie die Müdigkeit, sodass sie einschlief, ohne eine Lösung gefunden zu haben.

*

Als grobe Fahrtrichtung glaubte Henrik, nordwestlich zu erkennen. Sobald der Van den Ort hinter sich gelassen hatte, beschleunigte der Fahrer erheblich und schon bald fehlte es an einprägsamen Markierungen. So blieb Henrik nichts weiter übrig, als die Himmelsrichtung lediglich zu erahnen. Als der Van erst langsamer wurde, dann zweimal kurz hintereinander abbog und schließlich anhielt, warf Henrik einen schnellen Blick auf seine Armbanduhr. Seit dem Zwischenfall auf dem Parkplatz waren 36 Minuten verstrichen.

Einer der Männer stieß Henrik mit der Schuhspitze an. »Hoch. Raus«, kommandierte er knapp.

Der Fahrer hatte den Wagen bereits verlassen und behielt Henrik im Blick. Selbst wenn er einen Ausbruchsversuch gewagt hätte, die Erfolgsaussichten tendierten gegen Null. Gleichzeitig wuchs Henriks Neugier. Wer betrieb nur einen dermaßen hohen Aufwand, um mit einem deutschen Privatdetektiv zu sprechen? Also befolgte er weiterhin die Befehle seiner Entführer, die ihn zunächst an der östlichen Seite eines abgedunkelten Gebäudes vorbeiführten. Der Fahrer öffnete eine Tür an der Rückseite, die von einer mannshohen Mauer umschlossen wurde. Zwei Minuten später stand Henrik in einem Wohnraum, der unerwartet gemütlich war. Es gab reichlich Sitzgelegenheiten, sodass locker zehn oder zwölf Menschen es sich hier gleichzeitig bequem machen konnten. Tatsächlich konnte Henrik diverse Stimmen hören, die aus anderen Winkeln des Gebäudes zu kommen schienen. Seine Verwunderung nahm zu, als der Fahrer und einer der beiden anderen Männer sich wortlos entfernten.

»Setzen Sie sich. Kaffee, Wasser oder lieber etwas Stärkeres?«, wollte der verbliebene Entführer wissen.

Der plötzliche Wechsel in seinem Verhalten irritierte Henrik, der den Kaffee akzeptierte. Ein gutes Bier oder auch ein starker Whisky wären ihm zwar weit lieber gewesen, doch er musste seine Sinne beisammenhalten. Noch konnte er nicht absehen, wohin dieser merkwürdige Abend ihn noch bringen würde. Als er sich mit dem Becher Kaffee auf einem der vielen Sessel niedergelassen hatte, eilte ein bulliger Mann mit beginnendem Haarausfall und wachen, blauen Augen ins Zimmer. Er schickte den verbliebenen Entführer mit einem Wink weg, schenkte sich ebenfalls einen Kaffee ein und ließ sich dann in den Sessel gegenüber von Henrik fallen. Trotz seines Gewichts, welches Henrik auf rund 100 Kilogramm schätzte, bewegte der Mann sich erstaunlich flink. Sie musterten sich gegenseitig. Schließlich stellte der Mann seinen Becher auf einem Beistelltisch neben dem Sessel ab und holte ein Lederetui aus der Innentasche seines Sakkos. Als er es aufklappte und so hielt, dass Henrik den Ausweis studieren konnte, staunte er nicht schlecht.

»Polizei? Was soll dieser ganze Unfug mit der Entführung und der Verschleppung hierher?«, begehrte Henrik nach Antworten.

»Chefinspektor Frans Staal. Ich leite eine Sonderkommission, die sich aus den Drogenabteilungen von Kopenhagen und Kolding zusammensetzt. Sie werden mir zunächst einige Fragen beantworten, bevor sie selbst welche stellen dürfen«, erwiderte der Polizist in fließendem Deutsch.

Henrik kannte sich gut genug in den Diensträngen der dänischen Polizei aus, um zu wissen, dass ihm ein hochrangiger Vertreter gegenübersaß. Staal würde sich nicht auf irgendwelche Spielchen einlassen und so beschloss Henrik, vorerst weiter kooperativ zu bleiben.

»Was wollen Sie wissen?«, fragte er.

Staal nickte zufrieden, ließ den Ausweis wieder in seinem Sakko verschwinden und griff zum Kaffeebecher. Bevor er daraus trank, schoss er seine erste Frage ab.

»Wie haben Sie es geschafft, eine Einladung für die exklusive Party von Mikkelsen zu bekommen?«

Als Henrik es erklärte, stutzte der Chefinspektor und schüttelte dann grimmig den Kopf.

»Das darf doch nicht wahr sein. Privatschnüffler müsste man sein. Dann improvisiert man und kommt so in den engen Kreis dieses Mikkelsen. Unglaublich«, staunte er.

Er nippte erneut am Kaffee, verzog auf einmal die Lippen und stellte den Becher dann zurück auf den Beistelltisch.

»Schon zu viel Kaffee getrunken, was?«, erriet Henrik den Grund dafür.

»Viel zu viel. Woher kannten Sie den Landsmann von Ihnen, der Sie mit ins oberste Stockwerk genommen hat?«, wollte Staal dann wissen.

Dieses zähe Gespräch konnte sich noch länger hinziehen, außer Henrik würde dem Chefinspektor einen Vertrauensvorschub gewähren und darauf bauen, dass Staal diesen mit gleicher Münze zurückzahlte. Da er sehr müde war, ging Henrik das Risiko ein.

»Ich wurde in Schleswig von einem Rechtsanwalt mit Recherchen zum Mord an Klaus Paulsen beauftragt. Angesichts der wenigen Ansatzpunkte habe ich mich in einem Ferienhaus in Hejlsminde einquartiert, um mich dort umzuhören«, erzählte er daher von Anfang an.

Staal beugte sich vor, stellte die Ellenbogen auf seine Oberschenkel und stützte das kantige Kinn auf den ineinander verschränkten Händen ab. Er ließ Henrik ohne jede Unterbrechung erzählen.

»Tja, und dann haben mich Ihre Mitarbeiter auf dem Parkplatz entführt«, schloss der seinen Bericht.

Staal ließ ein amüsiertes Grinsen aufblitzen und lehnte sich dabei im Sessel zurück.

»Entführung? Aber, aber. Ich würde doch eher von einer gelungenen Befreiungsmission sprechen. Mikkelsen und sein beiden Handlanger hätten Sie mächtig durch die Mangel gedreht, wenn meine Leute Sie nicht vorher eingefangen hätten«, widersprach er.

Dabei brannte Henrik eine Frage unter den Nägeln, die er Staal nun stellte: »Wieso waren Ihre Leute eigentlich am Hotel?«, fragte er.

Der Chefinspektor musterte Henrik nachdenklich. Offenbar musste er sich noch darüber klar werden, welche Informationen er einem deutschen Privatermittler anvertrauen wollte.

»Wir observieren Mikkelsen seit Wochen. Meine Leute haben Sie bereits dabei beobachtet, wie sie Bo Madsen vom Campingplatz aus gefolgt sind, und auch ihr kleines Rendezvous ist uns nicht entgangen«, gab er schließlich zu.

Für Henrik erwies sich somit seine Offenheit als die richtige Strategie. Hätte er versucht, dem Chefinspektor etwas vorzuenthalten, wäre Staal vermutlich weniger entgegenkommend gewesen.

»Gehörte Klaus Paulsen auch zu den observierten Personen?«, wollte Henrik wissen.

Möglicherweise entpuppte sich der Zusammenstoß mit den Ermittlern der Sonderkommission als wahrer Glücksfall, der Henriks Aufgabe erheblich einfacher machte. Doch Staals Miene wurde schlagartig wieder verschlossen.

»Ich werde Ihnen sicherlich keine Auskünfte über unsere Ermittlungen geben, Bargen. Falls Sie nicht den Mund über alles halten, was Sie heute Abend erlebt haben, lasse ich Sie bei nächster Gelegenheit verhaften und wegen Behinderung polizeilicher Ermittlungen vor Gericht stellen. Als ehemaliger Bundespolizist dürfte es Ihnen nicht schwerfallen, die Ernsthaftigkeit zu erfassen«, warnte er Henrik.

Der wunderte sich nicht darüber, dass Staal so gut über seine Person informiert war. Eventuell wurden sogar Henriks Kommunikationsgeräte überwacht. Er forschte im Gesicht des Chefinspektors und fragte sich, ob der Däne eine Mordermittlung behindern würde, nur um seinen eigenen Fall nicht zu gefährden. Vermutlich nicht. Das sprach dann aber auch dafür, dass Staal in Meike Paulsen offenbar keine verdächtige Person sah, da er ansonsten seinen deutschen Kollegen einen entsprechenden Hinweis gegeben hätte. So kannte Henrik das gängige Prozedere jedenfalls aus der Vergangenheit und er glaubte nicht, dass sich daran etwas geändert hatte.

»Keine Sorge, Chefinspektor. Ich halte meinen Mund und werde meinem Auftraggeber lediglich die Dinge verraten, die ich bis zu Mikkelsens spezieller Party herausgefunden habe«, sagte er.

Doch Staal schränkte es noch stärker ein. »Peter Mikkelsen und seine Partys dürfen maximal eine Randnotiz in dem Bericht an Ihren Auftraggeber einnehmen. Besser noch, Sie halten ihn komplett da raus. Haben Sie mich verstanden?«, mahnte er.

Da Henrik keinen anderen Ausweg sah, akzeptierte er die Anweisung. Bevor Staal ihn zurück zu seinem Ferienhaus fahren ließ, musste Henrik die Abmachung noch unterschreiben. So konnte er sich später nicht auf mögliche Missverständnisse herausreden. Der Chefinspektor war ein sehr misstrauischer und gleichzeitig gewissenhafter Polizist.

Als hätte der Fahrer die ganze Zeit vor der Tür auf sein Stichwort gewartet, betrat er den Wohnraum, kaum dass sich Staal erhoben und Henrik verabschiedet hatte.

Während der gesamten Rückfahrt wechselten die beiden Männer keine zehn Worte miteinander. Henrik war mittlerweile todmüde und seine Gedanken verloren sich in einem Nebel von Erschöpfung. Als der Van vor seinem Ferienhaus anhielt, bedankte er sich beim Fahrer und ging schnell hinein. Er nahm sich nur noch die Zeit, seine Blase zu leeren und die Zähne zu putzen. Unmittelbar danach zog er sich im Schlafzimmer aus, ließ sich aufs Bett fallen und schlief übergangslos ein.

KAPITEL 7

Der frühe Aufbruch in Flensburg erwies sich als nur bedingt clever. Frank hatte sich eine entspannte Fahrt nach Lübeck vorgenommen, ohne dabei allerdings den morgendlichen Berufsverkehr einzuplanen. Als er zehn Minuten nach sieben die Auffahrt zur A7 hinaufrollte, war er bereits zwischen den Fahrzeugen diverser Pendler eingeklemmt. Aus leidlicher Erfahrung wusste Frank, wie umständlich die Fahrt in die Hansestadt Lübeck war. Es gab viele Historiker, die es der Abgelegenheit der alten Marzipanstadt zuschrieben, dass Kiel den Vorrang als Landeshauptstadt erhalten hatte. Daher seine Planung mit dem großen zeitlichen Rahmen, um auf jeden Fall pünktlich zu seinem Treffen mit Hauptkommissar Volker Schmitt in Lübeck zu sein. Doch neben dem dichten Verkehr sorgte eine Reihe von Baustellen auf der A7 und der A20 dafür, dass Frank mehr als fünf Minuten zu spät war. Zum Glück war Schmitt ein gutmütiger Kollege, der bei der Schilderung der komplizierten Anfahrt schnell abwinkte.

»Sparen Sie sich den Atem, Herr Reuter. Ich kenne das Dilemma nur zu gut. Selbst Fahrten ins Umland von Lübeck gestalten sich meist zu einer wahren Odyssee. Man könnte glauben, die Verkehrsplaner der unterschiedlichen Ebenen sprechen aus Prinzip nicht miteinander«, erklärte er.

Frank war nicht nur über dieses Verständnis sehr erleichtert, sondern auch über die Tasse frisch aufgebrühten Kaffee. Schmitt schob einen Stapel zusammengehefteter Kopien über den Tisch hinweg zu Frank.

»Ich war so frei, Ihnen von allen Unterlagen eine Kopie anzufertigen. Vermutlich können Sie auch besser mit echten Ausdrucken arbeiten als am Monitor eines Computers«, sagte er.

Dem war zwar nicht so, aber Frank hütete sich, dem hilfsbereiten Kollegen etwas Derartiges zu sagen.

»Ja, vielen Dank. Könnten Sie vorher den Fall aus Ihrer Perspektive schildern?«, erwiderte er daher.

Schmitt lehnte sich zurück, kratzte sich nachdenklich am Hinterkopf, wodurch seine blonden Locken lustig wippten. Zusammen mit den freundlichen, hellbraunen Augen erfüllte Volker Schmitt so gar nicht das Klischee eines hartgesottenen Ermittlers. Doch sein beruflicher Werdegang widersprach dem äußeren Erscheinungsbild. Als Reuter sich die Ermittlungen von Schmitt im Intranet angesehen hatte, zeigte sich schnell, wie gut der Kollege gearbeitet hatte. Die Beförderung zum Hauptkommissar erhielt sein Lübecker Kollege bereits mit Anfang 30, nachdem er ein halbes Dutzend schwieriger Fälle bravourös gelöst hatte. Schmitt hatte dabei nicht nur einen einflussreichen Stadtrat auf die Anklagebank gebracht, sondern erfolgreich ein rechtsradikales Netzwerk ausgehoben.

»Zunächst waren Kollegen der Streife vor Ort. Bei dem Anblick, der sich ihnen in dem Labor dann bot, zogen sie umgehend die Kripo hinzu«, begann Schmitt seine Schilderung.

Der Kriminaldauerdienst war bereits zu einem anderen Vorfall gerufen worden, weshalb die Zentrale sich bei dem Hauptkommissar gemeldet hatte. Volker Schmitt fuhr zusammen mit einem seiner Mitarbeiter ins Gewerbegebiet zu dem medizinischen Labor, in dem es zu einem schweren Angriff gekommen sein sollte.

»Die Streifenwagenbesatzung gehört zu den erfahrensten der Hansestadt. Als ich deren schockierte Gesichter sah, ahnte ich Böses. In Wahrheit war es noch viel schlimmer«, redete Schmitt weiter.

Als er an den Tatort kam, kümmerte sich bereits ein Team aus Notärzten und Rettungssanitätern um Heiner Bartlosch.

»Ich konnte nur einen kurzen Blick auf ihn werfen. Glauben Sie mir, Reuter, ich bin wahrlich nicht zart besaitet, aber diesen gruseligen Anblick werde ich bis zu meinem Lebensende nie wieder vergessen«, sagte Schmitt.

Er gab seinen Eindruck wider, und selbst diese Schilderung jagte Frank bereits einen kalten Schauer über den Rücken.

»Seine eigene Frau hatte die offene Flasche mit Salpetersäure nach Bartlosch geworfen. In einem Reflex hat er zwar noch beide Arme hochgerissen, doch sein Kopf und Teile des Oberkörpers waren bereits von der stark ätzenden Säure angegriffen worden. Sie hat zusätzlich eine schwere Schädigung der Atemwege verursacht. Bartlosch hat so laut geschrien, dass sogar Angestellte aus dem Verwaltungstrakt es hörten und zum Labor kamen. Drei verfluchte Stockwerke liegen zwischen diesen beiden Abteilungen!«, sagte Schmitt.

Es war erkennbar, wie sehr dem Kollegen diese Erlebnisse auch Jahre später noch nachhingen. Allein seine eindringliche Schilderung verdeutlichte, wie grausam die Attacke von Meike Paulsen, damals noch verheiratete Bartlosch, gewesen war.

»Was hat aus Bartloschs Sicht zu dem Angriff geführt?«, wollte Frank wissen.

Er rechnete mit einer zusammengefassten Wiedergabe der Zeugenaussage des Opfers. Doch Schmitt konnte mit etwas weitaus Besserem aufwarten.

»Ich dachte mir schon, dass Sie seine Aussage interessieren würde. Deswegen habe ich die Videoaufzeichnung aus der Asservatenkammer geholt. So erhalten Sie den gleichen Eindruck, den auch meine Mitarbeiter und ich gewonnen haben«, antwortete der Hauptkommissar.

Er holte einen Laptop an den Tisch und schaltete das Gerät ein. Bevor er die Zeugenaussage abspielte, ermahnte Schmitt seinen Kollegen aus Flensburg nochmals eindringlich. »Die Schäden in seinem Gesicht und am Hals sind zwar zu dem Zeitpunkt bereits erfolgreich behandelt worden, doch die plastischen Operationen erfolgten erst eine Weile später. Wappnen Sie sich bitte«, sagte er.

Frank sammelte seine Kräfte und nickte dann dem Kollegen zu. Sekunden später zuckte er fassungslos zurück und wäre um ein Haar aufgesprungen. Schmitt hatte nicht übertrieben. Frank schluckte schwer und kämpfte unter großer Mühe die aufwallende Übelkeit hinunter. Erst dann war er dazu in der Lage, der Aussage des Opfers konzentriert zuzuhören.

*

Es war wieder einmal Henner, der einen neuen Hinweis aus dem Hut zauberte. Als May-Britt den rundlichen Polizeiassistenten damals in ihr Team holte, warnte man sie eindringlich vor seinem eigenwilligen Arbeitsstil. Doch sie brauchte einen Mitarbeiter, der über mehr als nur grundlegende Kenntnisse der Internetrecherche verfügte. May-Britt sollte ihre Entscheidung nicht bereuen, und als Henner nun mit einem breiten Grinsen an ihren Schreibtisch trat, baute sich umgehend Hoffnung in ihr auf.

»Du bist auf etwas gestoßen, oder?« fragte sie.

»Ich bin ein wenig durch die sozialen Medien gesurft mit Schwerpunkten auf Hejlsminde, Partys und legale Drogen. War mehr Material als erwartet«, erwiderte Henner.

Er hatte eine Zusammenfassung ins Intranet der Sonderburger Kripo gestellt, sodass May-Britt sich die Ergebnisse sofort ansehen konnte. Schon nach wenigen Minuten war ihr bewusst, dass die Partyszene im Ferienhausgebiet wesentlich aktiver war, als von ihr angenommen. Auf diversen Fotografien oder kurzen Filmaufnahmen, samt und sonders von Partygästen mit ihren Smartphones angefertigt und im sozialen Netz geteilt, konnte May-Britt den scheinbar völlig normalen Umgang mit Partydrogen verfolgen. Pillen mit unterschiedlichen Farben gingen von Hand zu Hand und wurden gelegentlich sogar euphorisch in ihrer Wirkung beschrieben. Es war erschreckend und führte der Kommissarin vor Augen, welcher wirtschaftliche Faktor bei den Ermittlungen zu berücksichtigen war. Doch es fehlte ihr der spezielle Aspekt, auf den Henner sie aufmerksam machen wollte. Diese Aufnahmen hätten ihn kaum dazu bewogen, persönlich in ihrem Büro zu erscheinen. So gut kannte May-Britt ihn schon.

»Sehr gute Arbeit. Was wolltest du mir aber in Wahrheit präsentieren? Für diese Ergebnisse wärst du niemals hierhergekommen«, hakte sie also nach.

Das Grinsen wurde noch eine Nuance breiter. »Kennst mich ziemlich gut, Chefin. Du hast recht. Klick auf den unteren Link«, erwiderte Henner.

Den hatte May-Britt bislang noch nicht einmal registriert. Sie kam Henners Aufforderung nach und schaute sich dann eine Reihe von Filmchen an, die offenbar in einem Restaurant während einer Geburtstagsfeier gemacht worden waren. Sie wollte schon bei ihrem Mitarbeiter nachfragen, als sich der Bildausschnitt plötzlich radikal änderte. High-Heels kamen ins Bild. Jetzt konnte May-Britt die Kacheln offenbar einer Frauentoilette sehen und hörte einen Dialog, der an Eindeutigkeit nicht zu überbieten war.

»Drei Tüten kosten nun einmal so viel. Musst ja meinen Koks nicht kaufen, wenn es dir zu teuer ist«, erklärte eine Männerstimme.

Vermutlich hatten diese Worte die Besitzerin des Smartphones dazu bewogen, mit ihrem Gerät anschließend Aufnahmen unter der Kabinenumrandung anzufertigen. Es war keine gute Qualität, aber ausreichend, um Bo Madsen zu erkennen. Er schob soeben ein Bündel Geldnoten in die Seitentasche seiner Windjacke, während eine junge Frau bereits ein Tütchen geöffnet hatte und sich ihre Line am Waschbecken vorbereitete. Bo verließ die Damentoilette, und damit endeten die Aufnahmen auch schon.

»Das ist der Hammer. Damit haben wir Bo am Haken und mit ihm Mikkelsen gleich dazu«, stieß May-Britt erfreut hervor.

Henner tat so, als wenn es nichts Besonderes wäre. »Dachte mir schon, dass es deine Laune aufhellt«, sagte er.

Mit einem Satz kam May-Britt auf die Beine. »Sag Anne, dass ich sie in zehn Minuten mit zwei Streifenwagenbesatzungen auf dem Parkplatz erwarte«, wies sie Henner an.

Der strahlte übers ganze Gesicht, als seine Vorgesetzte ihm im Vorbeigehen einen Kuss auf die Wange hauchte.

May-Britt spürte förmlich, wie die Lethargie der letzten Stunden von ihr abfiel. Endlich kam Bewegung in ihre Ermittlungen. Sie eilte kurz darauf an der konsternierten Sekretärin von Polizeidirektor Mogensen vorbei und blieb direkt vor seinem Schreibtisch stehen. Der Direktor beendete sein Telefonat, wobei er May-Britt verwundert betrachtete. Dann legte er den Hörer aus der Hand.

»Was ist passiert?«, fragte er.

In wenigen Sätzen gab May-Britt die Erkenntnisse wieder, die dank Henners akribischer Recherchearbeit in den sozialen Netzen zum Vorschein gekommen waren.

Mogensens Augen leuchteten auf. »Mikkelsen! Endlich können wir diesen schleimigen Burschen in die Mangel nehmen. Ich spreche gleich mit dem Staatsanwalt. Die erforderlichen Beschlüsse schicke ich Ihnen aufs Handy und per Fax ans Hotel«, sagte er.

Mehr wollte die Kommissarin nicht. Sie dankte Mogensen und rannte in langen Sätzen den Gang hinunter, sodass zwei Kollegen ihr hastig Platz machten. Zwei Minuten später eilte May-Britt über den Parkplatz auf die wartende Anne zu. Die sah ihre Vorgesetzte kommen und gab den abfahrbereiten Polizisten in den Streifenfahrzeugen einen Wink. Anne rutschte selbst hinters Lenkrad des Peugeot und startete den Motor, noch bevor May-Britt auf den Beifahrersitz gesprungen war. Sekunden später jagten die drei Fahrzeuge mit geringem Abstand und eingeschaltetem Blaulicht durch den verschlafenen Ort.

»Falls einer der lieben Kollegen Mikkelsen etwas stecken möchte, kommt es dieses Mal zu spät«, stieß Anne angriffslustig hervor.

In der Vergangenheit war es mehrfach zu seltsamen Pannen gekommen, wenn die Kripo gegen den Hotelier ermitteln wollte. Die angeblich laufende Party mit reichlich Drogenkonsum stellte sich schließlich als harmlose Männerrunde heraus, die ein nettes Wochenende in Hejlsminde verbringen wollte. Nicht nur Anne ging davon aus, dass Mikkelsen mindestens einen, vermutlich aber sogar mehrere Beamte bestochen hatte. Sobald diese mitbekamen, dass eine Aktion gegen den Hotelier geplant war, warnten sie Mikkelsen. Doch das heutige Verfahren ließ einem möglichen Verräter kaum ausreichend Zeit, und vor allem der Hotelier konnte nicht mehr schnell genug reagieren. Sie waren nur noch eine Kreuzung weit vom Hotel entfernt, als Direktor Mogensen auf May-Britts Handy anrief. Sie meldete sich und hatte Sekunden später das Gefühl, einen üblen Tiefschlag verabreicht zu bekommen.

»Keine Beschlüsse? Hat Mikkelsen den Staatsanwalt jetzt etwa auch schon in der Tasche?«, brach es aus der Kommissarin heraus.

Sie machte Anne Zeichen, das Blaulicht auszuschalten und den Rückweg zur Wache einzuschlagen. Ihre Mitarbeiterin starrte finster vor sich hin, während sie den stummen Anweisungen nachkam und so auch den folgenden Streifenwagen signalisierte, dass der Einsatz abgebrochen werden musste. May-Britt lauschte noch den Ausführungen ihres Vorgesetzten. Dann beendete sie das Telefonat grußlos und schleuderte ihr Handy wütend in den Fußraum.

»Diese verfluchten Angeber!«, entfuhr es ihr.

»Was ist los, Chefin?«, wollte Anne wissen.

May-Britt schüttelte in hilfloser Verzweiflung immer wieder den Kopf. Dann schlug sie mit der flachen Hand mehrfach aufs Armaturenbrett, bückte sich, um das Handy einzusammeln, und klärte erst dann ihre Mitarbeiterin auf.

»Als Mogensen dem Staatsanwalt sagte, wofür er die Beschlüsse benötigte, lehnte Christiansen es rundweg ab«, sagte May-Britt.

»Wieso das denn?«, fragte Anne ungläubig.

»Weil es eine Sonderkommission der Drogenfahnder aus Kopenhagen und Kolding gibt, die seit Monaten verdeckt gegen Mikkelsen und seine Bande ermittelt. Wir würden ihnen jetzt nur in die Quere kommen und das können sie nicht riskieren«, erklärte May-Britt.

Sie hatte früher selbst oft genug an solchen komplizierten und langwierigen Operationen teilgenommen. Immer von der Angst begleitet, dass alles durch ein unvorhersehbares Ereignis zunichte gemacht wurde. Dazu zählten besonders Kollegen vor Ort, die wegen anderer Delikte gegen die observierten Personen vorgehen wollten. Solche verdeckten Einsätze waren immer ein zweischneidiges Schwert. Informierte man die Beamten vor Ort, sickerten häufig vertrauliche Informationen an die Zielperson oder wenigstens an die Medien durch. Aus dem Grund behielten die Spezialisten der Hauptstadt solche Dinge meistens für sich. Damit stieg allerdings das Risiko, dass sie anderen Ermittlern in die Quere kamen oder die ihnen. So wie im vorliegenden Fall.

»Wie bitte? Shit! Wir ermitteln hier schließlich in einem Mordfall und das dürfte wohl Vorrang haben«, echauffierte sich Anne.

Ihr hitziges Temperament ließ sie wie eine Löwenmutter reagieren, deren Nachwuchs angegriffen wurde. May-Britt musste dafür sorgen, dass Anne keine Dummheit beging.

»Ich treffe mich gleich mit Mogensen. Der Leiter der Sonderkommission soll bereits auf dem Weg sein, um das weitere Vorgehen mit uns abzustimmen. Bleib cool, Anne«, sagte sie.

Es funktionierte. Anne schaute zwar weiter finster vor sich hin, aber sie würde keine Gedankenlosigkeit begehen, wie etwa den Direktor zur Rede zu stellen.

An der Wache dankte May-Britt den beiden Streifenwagenbesatzungen, die nun wieder ihren täglichen Aufgaben nachgehen konnten. Anne dagegen schickte sie mit einer Aufgabe zurück in die Abteilung: »Setz dich bitte mit Henner zusammen und sieh zu, dass wir mehr über die Leute herausfinden, die ihre Aufnahmen ins Netz gestellt haben. Vielleicht taugt einer von ihnen als Zeuge gegen Mikkelsen«, bat sie.

Anschließend eilte sie weiter und wurde zwei Minuten später von der Sekretärin durchgewunken. Im Büro des Direktors saß ein kompakt gebauter Mann in einem dunkelgrauen Anzug, unter dem er einen blauen Rollkragenpullover trug.

»Kommissarin Oldsen, und das ist Chefinspektor Frans Staal. Er leitet die Sonderkommission«, stellte Mogensen die beiden einander vor.

May-Britt schüttelte die dargebotene Hand, zog ihre Jacke aus und hängte sie über die Rückenlehne des zweiten Besucherstuhls, bevor sie sich darauf niederließ.

»Ich bedaure, dass wir Ihnen Knüppel zwischen die Beine werfen müssen«, sagte Staal.

Da May-Britt in ihrer Zeit in Kopenhagen solche Gespräche selbst oft geführt hatte, hob sie die Hand. »Sparen wir uns das für Kollegen auf, die nicht mit der Vorgehensweise Ihrer Abteilung vertraut sind. Ich weiß es besser«, wies sie Staal zurecht.

Mogensen räusperte sich leise. Damit wollte er die Kommissarin offenbar daran erinnern, dass sie mit einem höheren Vorgesetzten sprach. Doch sie hatte keineswegs vor, aus ihrem Herzen eine Mördergrube zu machen.

»Sie behindern eine laufende Mordermittlung, Staal. Genau wie wir kennen Sie die zeitliche Problematik und trotzdem stehlen Sie uns wertvolle Zeit«, sagte May-Britt.

Der Chefinspektor ließ sie ausreden, hörte aufmerksam zu und erhob er sich dann. »Es ist, wie es ist, Frau Kommissarin. Solange unsere Operation gegen Mikkelsen läuft, halten Sie sich von ihm und seinen Leuten fern. Haben wir uns verstanden?«, wollte er eine Bestätigung von ihr erhalten.

May-Britt hielt seinem Blick stand und schwieg.

»Oldsen. Bitte«, mahnte sie der Direktor.

»Ja, ich habe es verstanden. Wir rücken Mikkelsen und seinen Leuten erst auf die Pelle, wenn wir das Okay von Ihnen erhalten haben«, gab May-Britt nach.

Mit einem zufriedenen Nicken in Mogensens Richtung ging der Chefinspektor zur Tür.

»Hoffentlich zeigt sich der Mörder von Paulsen genauso kooperativ«, murmelte May-Britt gerade so laut, dass Staal es noch vernehmen konnte. Doch der Chefinspektor ging einfach weiter, als hätte er es nicht gehört.

Als er das Büro verlassen hatte, wandte der Direktor sich an May-Britt. »War das denn unbedingt nötig?«, beschwerte er sich.

Sie stand ebenfalls auf und sagte, was ihr auf der Zunge lag: »Die scheren sich einen Dreck um unsere Ermittlungen. Denen geht es ausschließlich um ihren persönlichen Erfolg. Denken Sie daran, wenn Sie am Ende des Jahres erklären müssen, wieso der Mord an einem Deutschen nicht aufgeklärt werden konnte«, erwiderte May-Britt voller Zorn.

Ihr Vorgesetzter seufzte schwer und gab ihr damit zu verstehen, dass er sein Dilemma bislang noch nicht bedacht hatte. Jetzt war es zu spät für einen Rückzieher. May-Britt verließ ebenfalls das Büro, ignorierte den fragenden Blick der Sekretärin und ging weiter. Als sie im Gang an den offenen Türen zu den Räumen ihrer Mitarbeiter vorbeikam, schauten Henner und Anne hoch, doch auch diese Blicke blieben unerwidert. May-Britt warf die Tür zu ihrem Büro krachend hinter sich ins Schloss und schimpfte dann laut vor sich hin. Irgendwie musste sie ihren Frust loswerden.

*

Die verstörenden Bilder konnte Frank nicht aus dem Kopf verbannen. Aber auch die Schilderung von Heiner Bartlosch hatte ihn sehr aufgewühlt. Mit einer unfassbaren Detailversessenheit hatte der schwer gezeichnete Mann den exakten Ablauf des eskalierenden Streits mit seiner damaligen Ehefrau geschildert. An der Stelle, wo er den eigentlichen Angriff mit der Säure ansprach, stockte Bartlosch kurz und tauchte offenbar in die grausamen Erinnerungen an den Augenblick ab. Seine Finger spielten nervös mit dem Wasserglas, sein Blick war nach innen gerichtet und dicke Schweißperlen traten auf seine Stirn. Am schlimmsten war jedoch der Klang seiner Stimme. Von den Verätzungen der Luftröhre waren auch seine Stimmbänder betroffen. Bartlosch sprach nicht nur ungewöhnlich leise, sondern mit einem raschelnden, heiseren Tonfall. Frank musste sich zum Glück sehr auf den Verkehr in der Innenstadt Lübecks konzentrieren, doch bei jedem Halt überfluteten die Erinnerungen seinen Verstand sofort wieder. Es grenzte an ein Wunder, dass er unfallfrei bis zum Haus kam, in dem sich die Praxis von Dr. Enno Freyberg befand. Als Frank sich bei der Sekretärin auswies, zeigte sie sich ausgesprochen hilfsbereit.

»Dr. Freyberg muss noch ein Telefonat führen. Darf ich Ihnen einen Kaffee oder ein Glas Wasser anbieten? Sie sehen so aus, als wenn Sie eine Stärkung brauchen könnten«, sagte sie.

»Sieht man es mir so deutlich an?«, fragte Frank erstaunt.

Die Brünette mit dem warmen Lächeln schaute ihn mitfühlend an. »Dr. Freyberg bat mich, ihm das Gutachten zu Meike Paulsen herauszusuchen. Ich musste damals eine Transkription der Aussage von Heiner Bartlosch anfertigen. Ich weiß also, was Sie sich heute anschauen mussten«, antwortete sie.

»Wie lange hat es gedauert, bis Sie diese Bilder nicht mehr verfolgt haben? Oder seine Stimme?«, wollte Frank wissen.

Die Sekretärin hatte sich zu einer modernen Kaffeemaschine umgewandt, um den von Frank gewünschten Cappuccino zuzubereiten. Sie drehte sich halb um und dieses Mal lag kein Lächeln auf ihrem Gesicht.

»Die lassen mich nie wieder los. Eine Zeit lang verschwinden sie in irgendeiner Erinnerungsschublade, nur um völlig unvermittelt wieder aufzutauchen. Es gab bereits schlimme Transkriptionen, die ich anfertigen musste. Keine davon reicht auch nur halbwegs an die von Heiner Bartlosch heran. Es ist mir völlig schleierhaft, wie ein Mensch nach einem solchen Ereignis nicht den Verstand verlieren kann«, antwortete sie mit entwaffnender Offenheit. Die lauten Geräusche der Maschine, die den Cappuccino aufbrühte, machten ein weiteres Gespräch unmöglich.

Wenig später öffnete sich die Zwischentür zum Büro von Dr. Freyberg. Der Psychiater war einen guten Kopf kleiner als Frank, wog vermutlich kaum mehr als 70 Kilogramm und hatte eisengrauen Haare. Hinter den Gläsern einer Brille mit schwarzer Fassung musterten blaue Augen den Hauptkommissar. Die Sekretärin drückte Frank mit einem aufmunternden Lächeln den Cappuccino in die Hand.

»Herr Reuter? Verzeihen Sie die kurze Verzögerung, aber das Telefonat ließ sich leider nicht verschieben«, sagte Dr. Freyberg.

Er lotste Frank in sein Büro zu einer gemütlichen Sitzecke. Das schwedische Design mit viel hellem Holz und bunten Sitzbezügen schaffte eine angenehme Atmosphäre, die bestens von den schlichten weißen Wänden aufgegriffen wurde, an denen jede Menge Bilder mit bunten Motiven hingen.

»Falls Sie nach der obligatorischen Couch suchen, muss ich Sie enttäuschen«, scherzte der Psychiater.

Dr. Freyberg setzte sich in einen der Stühle mit hoher Lehne, füllte sich ein Glas aus einer Wasserkaraffe voll und musterte Frank dann ausgiebig. Angesichts seiner beruflichen Qualifikation empfand der es als ein wenig irritierend. Er fragte sich unwillkürlich, was der Arzt von ihm dachte.

»Sie haben die Aufnahmen gesehen, die bei der ersten Vernehmung von Heiner Bartlosch angefertigt wurden«, stellte Dr. Freyberg fest.

Frank trank einen Schluck und nickte nur. Ihm wären keine passenden Worte eingefallen, um seine Emotionen treffend zu beschreiben.

»Selbst für einen erfahrenen Gutachter wie mich zählen sie zu den beeindruckendsten Aufnahmen. Zum Glück verfügt Herr Bartlosch über eine ungewöhnlich stabile Psyche. Nur wenigen Menschen, die vergleichbare Erlebnisse zu verarbeiten haben, gelingt die Rückkehr in ein geregeltes Leben«, gestand der Psychiater.

»Ich werde ihn später treffen. Sollte ich auf bestimmte Dinge achten, um Herrn Bartlosch nicht unnötig aufzuwühlen?«, fragte Frank.

Doch Dr. Freyberg versicherte ihm, dass er sich dem Mann ganz unbefangen nähern könnte. Eine gute Nachricht für Frank.

»Jetzt würde mich natürlich sehr interessieren, was Sie mir über Meike Bartlosch erzählen können. Ich habe sie vor wenigen Tagen kennengelernt und mir wäre nicht im Traum eingefallen, sie mit einer so grausigen Tat in Verbindung zu bringen. Dabei müsste ich es als Kriminalist eigentlich besser wissen«, kam er auf den Anlass seines Besuches zu sprechen.

Der Psychiater zog seine Weste zurecht, die er über dem Hemd mit dem klein gedruckten Blumenmuster trug.

»Als Sie um dieses Treffen nachsuchten, habe ich mir nochmals die Akte von Frau Bartlosch angesehen. Mehr, als im offiziellen Gutachten steht, darf ich Ihnen aber nicht verraten. Frau Bartlosch genießt natürlich den üblichen Patientenschutz. Ich hoffe, dass ich Ihnen damit keine Illusionen raube«, sagte Dr. Freyberg.

Frank schüttelte den Kopf. »Nein, überhaupt nicht. Ich habe das Gutachten eingehend studiert und mir dafür im Internet sogar ein entsprechendes medizinisches Fachlexikon zur Unterstützung geholt. Mir wäre es aber sehr lieb, wenn ich von einem Fachmann wie Ihnen das Krankheitsbild verständlich erklärt bekäme. Ich befürchte, dass mein Eigenstudium wenig Erhellendes gebracht hat«, erwiderte er dann.

Ein kurzes Lächeln blitzte im schmalen Gesicht des Arztes auf. »Die vielen Jahre meines Studiums müssen schließlich einen Grund haben, nicht wahr? Wie stünden meine Kollegen und ich da, wenn man auch ohne dieses eine komplizierte Erkrankung nachvollziehbar erfassen könnte«, sagte Dr. Freyberg.

Sein spröder Humor sagte Frank zu. Es lockerte die Situation und er fühlte sich weniger unbehaglich als zu Beginn des Gesprächs. Allerdings vermutete Frank eine bewusste Technik dahinter. Sie wirkte und verschaffte ihm die Möglichkeit, den Ausführungen des Gutachters entspannt zu folgen.

»Was wissen Sie über die anankastische Persönlichkeitsstörung?«, fragte der Arzt.

Frank rekapitulierte sein aus dem Internet erworbenes Wissen: »Menschen mit dieser Persönlichkeitsstörung legen großen Wert auf die sorgfältige Beachtung von Regeln, Verfahrensfragen, Ordnung und Organisation. Nebensächlichen Details wird eine außergewöhnliche Beachtung geschenkt und sie werden auf mögliche Fehler überprüft. Der übertriebene Perfektionismus führt bei diesen Menschen zu erheblichen Beeinträchtigungen und Leid. In dem Bemühen, eine Aufgabe absolut perfekt zu erledigen, vertiefen sie sich so sehr in Details, dass die eigentliche Arbeit nie zum Abschluss kommt. Für Freunde oder Vergnügungen bleibt häufig keine Zeit mehr. Arbeit und Produktivität haben absolute Priorität. Im sozialen Umgang geraten sie schnell an Grenzen, da sie offenbar sehr unflexibel reagieren«, sagte er.

Dr. Freyberg nickte zustimmend und ergänzte die Zusammenfassung dann.

»Es bestehen sehr starre, unflexible Ansichten in Bezug auf Moral und Wertvorstellungen. Menschen mit dieser Persönlichkeitsstörung haben eine genaue Vorstellung davon, was richtig und falsch ist, dementsprechend verhalten sie sich und erwarten von anderen Menschen, dass diese sich genauso verhalten. Gegenüber eigenen Fehlern sind sie erbarmungslos selbstkritisch, aber auch im Familien- und Freundeskreis verhalten sie sich absolut kompromissunfähig«, sagte er.

Für Frank stellte sich vor allem die Frage, wie weit der Kontrollwahn sich auf Lebenspartner ausdehnte.

»Sie denken darüber nach, ob Frau Bartlosch in ihrer neuen Ehe eventuell ihren Ehemann überwacht hat und so auf in ihren Augen unakzeptable Verstöße beziehungsweise Verhaltensmuster gestoßen ist«, brachte der Arzt es auf den Punkt.

»Genau, Doktor. Mir gegenüber tat Frau Paulsen, wie sie heute heißt, so, als wenn ihre Ehe ausgesprochen harmonisch wäre. Jetzt, wo ich über ihre Persönlichkeitsstörung informiert bin, habe ich einige Zweifel an dieser Darstellung«, erwiderte Frank.

Bevor Dr. Freyberg diese Frage beantworten konnte, wollte er mehr über den Charakter von Klaus Paulsen erfahren. Nach Franks bisherigen Erkundigungen handelte es sich um einen ausgesprochen kommunikativen, lebensbejahenden Menschen mit gesundem beruflichen Ehrgeiz. Klaus Paulsen konnte sich hervorragend selbst organisieren und verfolgte seine Ziele mit Selbstbewusstsein.

»Dann wundert es mich ehrlich gesagt, dass eine Ehe mit einer Frau wie Meike Bartlosch respektive Paulsen funktioniert haben soll. Menschen mit einer anankastischen Persönlichkeitsstörung ist es häufig ganz gleichgültig, was andere Leute sagen, weil sie sich sicher sind, recht zu haben. Dabei sind sie so in ihre eigene Sichtweise verstrickt, dass es ihnen fast unmöglich ist, Vorschläge und Standpunkte anderer zu berücksichtigen. Wie sollte das mit einem selbstbewussten Mann zusammengehen?«, erklärte Dr. Freyberg.

Das wunderte Frank ebenfalls. Der Arzt wollte dann wissen, ob die Polizei mit Freunden des Ehepaares hatte sprechen können.

»Nein, leider nicht. Es scheint kein Freundeskreis zu existieren und weder Klaus noch Meike Paulsen pflegen enge Kontakte zur eigenen Familie«, gestand Frank.

Er hatte bei seinen Recherchen herausgefunden, dass sich die Eltern von Meike Paulsen bereits während ihrer Teenagerzeit als überfordert mit ihrer Erziehung gesehen und ihre Tochter ans Jugendamt übergeben hatten. Meike wurde daraufhin mit 14 Jahren in einer offenen Wohngruppe betreut, in der ausgebildete Sozialpädagogen sich neben ihr noch um drei weitere als schwierig eingestufte Jugendliche kümmerten.

»Meike passte sich sehr gut an. Den Betreuern fiel schnell auf, dass man sie gut auf sich allein gestellt agieren lassen konnte und sie sich an alle Regeln hielt«, berichtete Frank.

Ihr Vater hatte ihm am Telefon Auszüge eines der Berichte vorgelesen, wirkte gleichzeitig aber überfordert mit der Interpretation der daraus abzuleitenden Erkenntnisse. Dr. Freyberg fiel es hingegen sehr leicht.

»Ja, das passt hervorragend in Meikes Persönlichkeitsprofil. In der Wohngemeinschaft gab es klare Regeln, an die alle sich halten mussten. Bei Zuwiderhandlung erfolgten Sanktionen, und dadurch entstand ein Rahmen, in dem Meike sich wohlfühlte«, sagte er.

Doch die Eltern suchten vergeblich um Besuche nach. Meike lehnte es brüsk ab und auch die Sozialpädagogen mussten schließlich einsehen, dass es nur zu Problemen führte, sobald sie Meike zu einer anderen Entscheidung bewegen wollten.

»Tja, und dann ließ man sie eben gewähren. Da kann man den Betreuern oder Eltern keinen Vorwurf machen«, stellte Dr. Freyberg fest.

Dank ihrer Intelligenz sowie einer harten Eigendisziplin bewältigte Meike das Abitur mit guten Noten und suchte sich selbstständig einen Ausbildungsplatz.

»So konnte sie sich den passenden Beruf wählen und glänzte von Anfang an darin. Die sehr viel Präzision und Kontrolle erfordernde Aufgabe als Chemielaborantin liegt Meike. Es wundert mich also nicht, wie erfolgreich sie darin ist«, sagte Dr. Freyberg. Da Heiner Bartlosch ein ähnlich veranlagter Mann mit eingeschränkter Sozialkompetenz sei, hätten sie sich zueinander hingezogen gefühlt. »Während es sich bei Bartlosch allerdings noch in einem gesunden Rahmen bewegt, kann ich Meikes Störung nur als pathologisch und zwingend therapiebedürftig einstufen«, erklärte der Psychiater.

Eine entsprechende Empfehlung fand sich auch am Ende seines Gutachtens wieder. Frank hatte allerdings vergeblich nach einer aktuellen Therapiebehandlung geforscht.

»Dann hat sie lediglich die gerichtlichen Auflagen erfüllt und, sobald diese abgeschlossen waren, eine Rückkehr ins alte Leben vorgenommen«, sagte Dr. Freyberg.

Damit kamen sie wieder auf den Kern von Franks Besuch zurück. »Wie verhält sich ein Mensch wie sie, wenn eine solche Störung nicht therapiert wird? Muss ich nicht davon ausgehen, dass Frau Paulsen ihren Ehemann engmaschig überwacht hat?«, wollte er wissen.

Auch wenn es nur eine Vermutung war, hielt Dr. Freyberg ein solches Verhalten für sehr wahrscheinlich.

»Es widerspricht demnach also ihrer eigenen Aussage, wonach sie ihren zweiten Ehemann völlig unabhängig, zum Teil mit mehrtägigen Abwesenheiten, seiner Außendiensttätigkeit nachgehen ließ«, fasste Frank die Einschätzung des Arztes in eigene Worte.

»Was ist denn mit der Familie oder Freunden von Klaus Paulsen? Konnten die Ihnen keine objektivere Beschreibung der Beziehung mit Meike geben?«, fragte der Psychiater.

Diesen Ansatz hatte Frank bei seinen Recherchen natürlich ebenfalls verfolgt. Das Ergebnis fiel leider ernüchternd aus.

»Sein Vater starb vor der Eheschließung an Krebs. Paulsens Mutter erlitt daraufhin mehrere Schlaganfälle und musste anschließend in ein Pflegeheim eingewiesen werden. Sie ist nur drei Wochen vor der standesamtlichen Trauung verstorben. Geschwister gibt es keine«, antwortete Frank.

In Bezug auf Freundschaften erwies sich Klaus Paulsen als unzuverlässig. Obwohl es ihm leichtfiel, Kontakte zu knüpfen, bleiben die daraus entstehenden Verbindungen in aller Regel oberflächlich.

»Seit seiner Partnerschaft mit Meike existieren keine solchen Freunde mehr, die uns etwas über die Ehe erzählen könnten«, sagte Frank.

Das wunderte Dr. Freyberg überhaupt nicht. Es passte einfach perfekt in die Lebenswelt von Meike Paulsen, die in ihrem zweiten Ehmann offenbar doch einen passenden Partner gefunden hatte.

»Ich beneide Sie nicht um Ihre Aufgabe, Herr Reuter. Es dürfte ausgesprochen schwierig werden, Meike einen Fehler nachzuweisen, falls sie tatsächlich etwas mit dem Mord an ihrem Ehemann zu tun hat«, sagte der Psychiater.

Zum Abschluss des Gesprächs bat Frank noch um eine fachliche Einschätzung des Arztes in Bezug auf eine denkbare Täterschaft von Meike Paulsen.

»Sehen Sie es bitte als akademische Stellungnahme ohne jede fachliche Belastbarkeit an. Um eine ernsthafte Einschätzung von Meike Paulsen vorzunehmen, müsste ich ein aktuelles Gutachten verfassen«, gab Dr. Freyberg zu bedenken.

»Verstanden, Herr Doktor. Ich werde Ihre Einschätzung nur zu meiner eigenen Unterstützung benutzen. Versprochen«, versicherte Frank.

Damit war der Psychiater einverstanden. Er dachte kurz nach, bevor er seine Einsicht äußerte.

»Jedes Fehlverhalten von Klaus Paulsen musste zwangsläufig zu einer ernsthaften Krise bei Meike führen. Wenn sie sich über einen längeren Zeitraum, wobei wir hier ausschließlich über ihre sehr eigenwillige Sichtweise der Dinge sprechen, von ihm hintergangen fühlte, könnte es zu einer entsprechend heftigen Reaktion geführt haben«, erklärte er dann.

In Franks Vorstellung ergab es einen guten Ansatz für weitere Nachforschungen. Er musste herausfinden, ob Klaus Paulsen von seiner Ehefrau überwacht wurde und ob sie dabei auf ein mögliches Fehlverhalten gestoßen war. Dafür wollte Frank ein intensives Gespräch mit ihr führen, um mehr über Meike Paulsens Sichtweise auf das Leben zu erfahren. Erst dann existierte quasi eine Matrix, auf deren Grundlage er das Verhalten von Klaus Paulsen bewerten konnte. Er war aber bereits beim Verlassen der Praxis von Dr. Freyberg nahezu davon überzeugt, dass er ein entsprechendes Fehlverhalten entdecken würde.

*

Kaum hatte May-Britt ihrer Wut Raum zur Entfaltung gelassen, verrauchte sie auch schon. Für einen kurzen Moment lang blieb sie einfach stehen und genoss das befreiende Gefühl. In die dadurch gewonnene Klarheit im Denken blitzte ein Gedanke in ihrem Kopf auf. Mit einem zufriedenen Lächeln eilte sie auf den Gang und rief Anne sowie Henner in den Konferenzraum. Kaum hatten sich ihre Mitarbeiter an den ovalen Tisch gesetzt, weihte May-Britt sie ein.

»Die Kollegen der Sonderkommission werden uns sofort instruieren, sobald ihr Zugriff gegen Mikkelsen erfolgt ist. Chefinspektor Staal hat unmissverständlich zu verstehen gegeben, dass wir bis zu dem Zeitpunkt keinerlei Ermittlungen gegen Mikkelsen und seine Bande durchführen dürfen«, schloss sie den Bericht.

Während Anne halblaut die Arroganz der Kopenhagener Kollegen beschimpfte, zupfte Henner nachdenklich an seiner linken Augenbraue herum. May-Britt behielt ihn gespannt im Blick. Dann hob er den Kopf und schaute seine Vorgesetzte mit einem Funkeln in den Augen an.

»Der Chefinspektor hat dezidiert von Mikkelsen und seinen Leuten gesprochen, richtig?«, hakte er nach.

May-Britt verkniff sich ein Grinsen. Henner hatte offenbar die gleiche Lücke entdeckt, die ihr vor wenigen Minuten ebenfalls aufgefallen war.

»Na, das hat die Chefin doch gerade gesagt. Mensch, Henner. Ohne deinen Computer bist du aber wirklich nur halb so schnell«, antwortete Anne schnippisch.

Ihr rundlicher Kollege beugte sich vor und musterte dabei May-Britt mit einem listigen Funkeln in den Augen. »Du willst dich auf Terpe konzentrieren, da sie nicht von dem Ausschluss betroffen ist«, stellte er fest.

»Du sagst es, Henner«, bestätigte May-Britt.

Anne schaute verblüfft von ihrer Vorgesetzten zu Henner, der ihr dreist zuzwinkerte.

»Von wegen nicht schnell. Wer steht denn hier auf der Leitung, hä?«, frotzelte er.

»Wir durchleuchten ihr gesamtes Leben. Familie, Firma, Freundschaften und alles andere, was uns einfällt. Ich will wissen, bei welcher Lüge wir sie noch ertappen«, ordnete May-Britt an.

»Die Geschichte mit dem angeblichen Vandalismus war aus der Not geboren. Das heißt nicht, dass Terpe uns den Gefallen tut, weitere Lügen aufdecken zu können«, mahnte Anne. Es wurmte sie erkennbar, dass Henner ihr einen Schritt voraus gewesen war. Doch ihre Ermahnung verfing sich nicht.

»Bislang ahnt sie vermutlich nicht einmal, wie intensiv wir ihr Leben durchleuchten werden. Sie hatte ja keine Veranlassung, besonders vorsichtig zu agieren. Der Mord an Paulsen hat alles verändert«, widersprach May-Britt.

»Wie lange sollen wir zurückgehen?«, fragte Henner.

May-Britt dachte kurz darüber nach. »Zunächst sechs Monate. Anne übernimmt die Befragungen der Mitarbeiter sowie der Angestellten in den Ferienhausvermietungen. Du musst aber auch an jede Tür klopfen, die ansonsten infrage kommt. Restaurants, Tankstellen und so weiter«, sagte sie dann.

»Und ich stürze mich auf alle zugänglichen Daten, die irgendwo zu Astrid Terpe und ihrem Ehemann gespeichert wurden. Darf ich den Radius selbst festlegen?«, wollte Henner wissen.

Es gab zwar Ermittlungen, bei denen May-Britt ihrem Mitarbeiter einige Fesseln anlegen musste, doch diese zählte eindeutig nicht dazu.

»Ja, finde, so viel es nur zu finden gibt«, antwortete sie.

Henner reckte begeistert beide Daumen in die Höhe.

»Du siehst in Terpe also immer noch die Hauptverdächtige?«, fragte Anne.

May-Britt zählte die dafürsprechenden Fakten auf. »Sie war im Haus, ohne dafür einen triftigen Grund nennen zu können. Sie lügt uns offen an. Außerdem passt sie bestens auf die Beschreibung der Frau, die von den Zeugen beobachtet worden ist. Ausreichend Indizien, um ihr mehr auf den Zahn zu fühlen. Hast du Einwände?«, sagte sie.

»Reuter sollte uns mehr über die Witwe und das Umfeld von Paulsen liefern. Vielleicht ergibt sich daraus ein neuer Ermittlungsansatz«, antwortete Anne.

Sie hatte recht. May-Britt versicherte ihren Mitarbeitern, dass sie noch heute ein Gespräch mit dem deutschen Kollegen führen würde. Dabei wollte sie Reuter auf den aktuellen Stand der Ermittlungen in Dänemark bringen, wobei sie leider die Behinderung durch die Sonderkommission ausklammern musste und gleichzeitig ihren Wissensstand in Bezug auf die deutsche Komponente auffrischen konnte. Damit war die Besprechung beendet. Anne und Henner eilten an ihre Schreibtische, um die anstehenden Aufgaben anzugehen. Für May-Britt blieb zunächst nur, sich nochmals mit den Ergebnissen aus der Kriminaltechnik sowie der Rechtsmedizin zu beschäftigen.

KAPITEL 8

Die aktuellen Vorkommnisse hatten Astrid Terpe aufgerüttelt. Sie wollte nicht länger mit Menschen wie Peter Mikkelsen oder Bo Madsen zu tun haben. Astrid musste einen Weg finden, das Familieneinkommen ohne den Handel mit Partydrogen zu gewährleisten. Auch wenn ihr dazu noch konkrete Ideen fehlten, entschloss sie sich zum ersten Schritt ins neue Leben.

Astrid verabredete sich mit dem Hotelier. Das Treffen sollte wieder auf der Mole unten im Hafen stattfinden. Zu dieser Jahreszeit trieben sich nur wenige Besucher da herum, sodass Astrid und Mikkelsen ein Gespräch ohne mögliche Lauscher führen konnten. Der Hotelier wollte sie zunächst abwiegeln, doch Astrid blieb hartnäckig, und so hatte er schließlich eingelenkt.

Sie war schon fast zehn Minuten auf der Mole, wanderte mit wachsender Verärgerung auf und ab, während der Hotelier auf sich warten ließ. Astrid ahnte, dass es einer seiner miesen Winkelzüge war, um damit den Unterschied zwischen ihnen zu verdeutlichen.

»Das bestärkt mich nur darin, diese unselige Beziehung zu beenden«, murmelte Astrid in ihren Schal, den sie um den Hals geschlungen und bis zum Mund hochgezogen hatte.

Es war zwar der bislang schönste Herbsttag seit Wochen, die Sonne strahlte bereits seit Stunden vom überwiegend blauen Himmel. Doch der eisige Wind ließ es kälter wirken, als es tatsächlich war. Auf dem Weg hinunter zur Mole hatte Astrid automatisch einen prüfenden Blick auf das Außenthermometer an der Wand des seit Anfang November geschlossenen Kiosks geworfen. Die dort angezeigten acht Grad Celsius fühlten sich durch den Wind wie maximal ein oder zwei Grad über Null an.

Der Klang schwerer Schritte unterbrach Astrids Wetterbeobachtung. Sie drehte sich um und schaute Mikkelsen entgegen, der sich eine Schapka mit Kunstpelz aufgesetzt hatte. Die Ohrenklappen baumelten links und rechts an seinem breiten Schädel hinunter. Mikkelsens Gesicht war gerötet. Astrid glaubte nicht, dass der Wind dafür verantwortlich war. Dafür hielt Mikkelsen sich noch nicht lange genug im Freien auf. Außer natürlich, er kam nicht direkt aus dem Hotel.

Einen Meter vor ihr kam der Hotelier zum Stehen. »Ich hoffe, du hast einen sehr guten Grund für dieses Treffen«, schnauzte er sofort los.

Für einen winzigen Augenblick lang war Astrid verunsichert und stand kurz davor, ihr Vorhaben zu verwerfen. Doch dann räusperte sie sich und sagte, was sie Mikkelsen mitteilen wollte.

»Ich habe es mir überlegt. Die Lieferung neulich war gleichzeitig meine letzte. Der Handel mit diesen Pillen bringt mehr Ärger als Gewinn. Ich wollte es dir rechtzeitig sagen, damit du dir einen neuen Lieferanten besorgen kannst. Ohne Paulsen kann ich sowieso nichts mehr für dich tun«, sagte sie.

Mikkelsens Augen verdunkelten sich, während seine Gesichtshaut noch röter wurde. Er wirkte wie ein Dampfkessel, der unter zu hohem Druck stand. Astrid schob ihre Rechte in die Außentasche ihres Parkas, wo sie den Nachbau der Glock 21 griffbereit hielt. Es war eine reine Vorsichtsmaßnahme, von der sie ungern Gebrauch machen wollte. Als Astrid aber sah, wie sich Mikkelsens Ausdruck mehr und mehr verdüsterte, begrüßte sie ihre Entscheidung.

»Einfach so aussteigen? Bist du tatsächlich so dämlich, dir die daraus entstehenden Konsequenzen nicht vor Augen zu führen? Shit, Astrid! Die Polizei wird in den Geschäftsunterlagen von Paulsen so oder so auf deine Daten stoßen. Wäre gut, mich dann als Freund zu haben. Kapierst du das?«, brach es aus ihm heraus.

Es wunderte Astrid, dass Mikkelsen so einen Aufstand machte. Der Hotelier hatte vorher doch auch schon Partydrogen besorgt und als Anreiz an seine naive Kundschaft verteilt. Mit Bo verfügte er über einen Handlanger, der sich speziell in Koldings Szene bestens auskannte. Vermutlich konnte er auch in Kopenhagen jede Form von Drogen beschaffen. Wieso ging Mikkelsen also durch die Decke, nur weil Astrid aussteigen wollte? Dann ging ihr auf einmal ein Licht auf. Fast hätte Astrid laut losgelacht, als ihr der wahre Grund für Mikkelsens Ausbruch klar wurde. Der Hotelier hatte Angst, weil die Polizei sich jetzt ständig in Hejlsminde herumtrieb. Mikkelsen wollte sich bedeckt halten und dazu zählte auch, dass Bo Madsen nicht in Erscheinung trat. Mit Astrid verloren sie ihre sichere Quelle, die unter dem Radar der Polizei bleiben konnte.

»Nein, Mikkelsen, ganz im Gegenteil. Dich als Freund zu haben, ist gerade in Bezug auf die Polizei ein Problem. Also versuch gar nicht erst, mir so einen Blödsinn zu erzählen. Ich bin raus, und welche Konsequenzen das für mich hat, lass nur meine Sorge sein«, widersprach sie.

Es konnte sich nur um eine Einbildung handeln, doch Astrid glaubte einen Augenblick lang zu hören, wie Mikkelsen vor Wut mit den Zähnen knirschte. Er stierte sie voller

Abscheu an. Als er einen weiteren Schritt auf sie zumachte, holte sie in einem Reflex die Hand mit der Glock aus der Tasche. Es reichte aus, Mikkelsen die Waffe sehen zu lassen. Astrid musste sie dazu nicht einmal komplett herausziehen. Der Hotelier starrte sie ungläubig an. Dann zog er sich langsam wieder auf seine frühere Position zurück und kaute nachdenklich auf der Unterlippe. Nach einer gefühlten Ewigkeit begann Mikkelsen mit rauer Stimme weiterzusprechen.

»Mach keinen Quatsch. Vermutlich hast du ja recht mit der Polizei. Wir halten uns einfach so lange zurück, bis der Spuk hier verflogen ist. Später läuft alles wie gehabt und da ich einsehe, was für eine gute Geschäftsfrau du bist, biete ich dir sogar eine Beteiligung an. Na, wie klingt das für dich?«, sagte er.

Vor einer Woche oder vielleicht auch nur zwei Tagen hätte Astrid wenigstens darüber nachgedacht. Doch heute erkannte sie, wie dumm ein Abweichen von ihrem gut durchdachten Plan wäre. Sie musste keine Sekunde darüber nachdenken, sondern schüttelte sofort den Kopf.

»Keine Chance, Mikkelsen. Für mich ist hier und jetzt Schluss mit den Partydrogen. Such dir einen neuen Partner«, lehnte Astrid entschieden ab.

Der Hotelier forschte in ihrem Gesicht. Dann fluchte er halblaut vor sich hin, bevor er Astrid den Rücken zuwandte und wütend davonstapfte. Peter Mikkelsen hatte einsehen müssen, dass er Astrid weder durch Drohungen noch durch Bestechung zurück in seine Geschäfte locken konnte.

Sie blieb eine Weile bewegungslos an gleicher Stelle stehen. Sie befürchtete, dass ihre wackligen Knie sie ansonsten im Stich lassen könnten. Als sie sich ein wenig besser fühlte, folgte sie Mikkelsen und stieg kurz darauf in ihren Wagen.

Teil eins ihrer Ausstiegsreise hatte sie erfolgreich bewältigt. Astrid hakte es zufrieden gedanklich ab und konzentrierte sich umgehend auf den nächsten Teil.

Sie bemerkte nicht, wie eine junge Frau sich in einem parkenden Wagen tiefer in den Fahrersitz sinken ließ. Gleichzeitig behielt sie Astrid unablässig im Blick, so wie sie es bereits seit deren Eintreffen an der Mole getan hatte.

*

Es war ein glücklicher Zufall gewesen, dass Anne das Treffen zwischen Astrid Terpe und Peter Mikkelsen auf der Mole hatte beobachten können. Sie war am Kiosk mit dem Inhaber, Sören Jepsen, verabredet gewesen. Anne mochte diese Art der Fußarbeit als Ermittlerin, da sie gerne mit Menschen zu tun hatte. Immer wieder erwiesen sich diese mühsamen Gespräche als entscheidend, um eine Ermittlung voranzutreiben. Jepsen hatte den Treffpunkt vorgeschlagen, weil er einige Reparaturen in seinem Kiosk durchführte und sowieso dort war. Anne hatte ihn befragt, ob er etwas über die Partys in der Siedlung oder eventuell hier unten im Hafengebiet wusste.

»Das es diese Partys gibt, ist kein Geheimnis. Auch die Segler, die unten anlegen, beschaffen sich gerne Pillen. Soweit ich weiß, sollen die aber legal sein«, antwortete Jepsen.

Viel mehr konnte er nicht beitragen und außer dem Verdacht, dass Bo Madsen hinter dem Handel steckte, wusste Jepsen auch keine Angaben zu den Hintermännern zu machen. Der Name Astrid Terpe fiel nicht, also hakte Anne dieses Gespräch als wenig ergiebig ab. Als sie kurz darauf wieder in ihrem Wagen saß, informierte sie zunächst ihre Vorgesetzte über das Ergebnis der ersten Befragungen. Zu ihrer Überraschung rollte in diesem Moment auf einmal Terpes Volvo auf den Parkplatz. Anne rutschte im Sitz nach unten und berichtete May-Britt vom Eintreffen der Inhaberin des Reinigungsunternehmens.

»Behalt sie eine Weile im Blick. Ich kann mir eigentlich keinen Grund vorstellen, warum Terpe geschäftlich zum Hafen kommt. Die Mietboote sind doch längst alle im Winterquartier«, ordnete die Kommissarin an.

Zunächst war Anne unsicher, ob die Observation etwas bringen würde. Doch als Peter Mikkelsen sichtlich aufgebracht über den Parkplatz marschierte und ohne Umweg direkt zu Terpe auf die Mole ging, änderte sie ihre Meinung. Anne stieg aus und schlich sich am Kiosk vorbei zu dessen Hinterhof. Dort stapelte Jepsen seine Sommermöbel unter Planen. Der Maschendrahtzaun sicherte den Hof, gewährte aber einen freien Blick auf die Mole. Anne wäre gerne noch dichter an Terpe und Mikkelsen herangekommen, doch dafür fehlte es an entsprechender Deckung. Der böige Wind trieb gelegentlich Wortfetzen bis zu Annes Versteck. Es reichte jedoch leider nicht, um den Inhalt des Gesprächs nachzuvollziehen. Die Mimik und Körpersprache der beiden ließ Anne vermuten, dass es sich um einen handfesten Streit handelte. Offenbar zeigten die versuchten Einschüchterungen – als solche interpretierte Anne das dichte Herantreten des Hoteliers an sein Gegenüber – keine große Wirkung. Viel mehr schien Terpe sich resolut zu behaupten, denn Mikkelsen zog sich plötzlich wieder zurück und verhielt sich weniger aggressiv.

»Die Lady hat wohl Haare auf den Zähnen«, murmelte Anne beeindruckt.

Es wurmte sie, dass von ihrem Versteck aus Mikkelsen mit seinem Körper immer wieder die Sicht auf die Inhaberin des Reinigungsunternehmens verstellte. In den Momenten, in denen er sich bewegte und Terpe gut sichtbar wurde, studierte Anne deren Gesichtsausdruck. Angesichts des bekannten Rufs von Peter Mikkelsen bewies sie gute Nerven. Jedenfalls zeigte sich kein Anzeichen von Angst in Terpes Gesicht, als Anne es beobachten konnte. Das Treffen wurde abrupt beendet, indem Mikkelsen wutentbrannt die Mole verließ. Anne zuckte erschrocken zurück, als er einmal direkt in ihre Richtung zu schauen schien.

»Mist. Haben die mich etwa entdeckt?«, murmelte sie.

Sie war drauf und dran, sich zu verdrücken. Doch dann eilte Mikkelsen einfach weiter, überquerte den Parkplatz, ohne sein Tempo zu drosseln, und verschwand aus Annes Sichtfeld. Mit einem langen Seufzer entließ sie die angehaltene Atemluft und schaute wieder zur Mole. Dort stand Astrid Terpe immer noch an der gleichen Stelle.

Worauf wartest du? Triffst du dich vielleicht mit weiteren Geschäftsleuten?, fragte sich Anne.

Doch diese Annahme erwies sich als falsch. Terpe ging auf einmal los und setzte sich wenige Augenblicke später in ihren Volvo. Anne riskierte es, ebenfalls zu ihrem Wagen zurückzukehren und einzusteigen. Terpe fuhr nicht sofort los, sondern schaute durch die Seitenscheibe genau in die Richtung, in der Anne ihren Wagen abgestellt hatte. Unwillkürlich rutschte sie noch tiefer, sodass der Lenkradkranz ihren Kopf verdeckte. Anne schielte über den Rand des Armaturenbrettes und konnte so verfolgen, wie Terpe den Motor startete und abfuhr. Mit einem schnellen Ruck kam sie ebenfalls wieder hoch und nahm umgehend die Verfolgung auf.

Als Terpe an der Abzweigung zur Ferienhaussiedlung vorbeifuhr, nickte Anne zufrieden. Offenbar hatte sie noch andere Termine, die nichts mit ihrem Geschäft zu tun hatten. Diese Hoffnung erstarb für einen Augenblick, als die Unternehmerin den Volvo in Richtung Christiansfeld steuerte. Anne befürchtete, dass es zurück zum Privathaus der Familie ging, in dem sich auch das Büro der Reinigungsfirma befand. Doch Terpe fuhr nicht nach Hause, sondern in Richtung Vamdrup. Anne stutzte und suchte nach einer Erklärung. Die fiel ihr aber erst ein, als Terpe den Volvo aufs Firmengrundstück von Sven Mikkelsen lenkte. Mit einem leisen Fluch schlug Anne aufs Lenkrad.

»Natürlich. Sie holt Per ab. Shit! Und ich dachte schon, dass es ein zweites Treffen geben könnte«, schimpfte sie lautstark.

Trotzdem fuhr sie ein kleines Stück weiter und lenkte ihren Wagen dann in eine kleine Stichstraße, die vermutlich zu einem Bauernhof führte. Da der Verlauf parallel zum Firmengrundstück war, fand Anne einen Platz, von wo aus sie mit dem Fernglas aus dem Handschuhfach Astrid Terpe gut im Blick behalten konnte.

*

Die Idee kam Astrid, während sie noch über das Gespräch mit Mikkelsen nachdachte. Jetzt hing alles von ihrer Entschlossenheit ab. Sie startete den Motor und lenkte den Volvo zurück auf die Straße. Zügig ging es weiter, und die ganze Fahrt über spielte Astrid ihre Idee durch, um mehr und mehr einen brauchbaren Plan daraus zu entwickeln.

Als sie auf den Betriebshof von Sven Mikkelsen einbog, fiel ihr ein Wagen auf, den sie bereits im Hejlsminde sowie in der Nähe von Christiansfeld bemerkt hatte. Als der Honda aber hinter ihr an der Zufahrt vorbeifuhr und der Fahrer keine

Anstalten unternahm, die Geschwindigkeit zu drosseln, beruhigte Astrid ihre aufgewühlten Nerven schnell wieder. Wenige Minuten später überraschte sie Per mit ihrer Anwesenheit.

»Ich hatte einfach Lust, dich abzuholen. Du hast doch in zehn Minuten Feierabend, oder nicht?«, erklärte sie.

Gerade dieses Zeitfenster spielt eine gewisse Rolle in ihrem Plan. Per deutete auf einen weitgehend ausgeschlachteten Minivan.

»Schon. Ich muss nur noch die Bremssättel ausbauen«, antwortete er.

Astrid versicherte ihrem Mann, dass sie es nicht eilig hätte und sich die Zeit in der weitläufigen Halle gut vertreiben könne. Damit gab Per sich zufrieden und Astrid schlenderte los.

Von früheren Besuchen her kannte sie die vielen Ecken und Winkel der Halle bereits ein wenig. So wusste sie auch, dass Sven defekte Elektrogeräte in einem eigenen Verschlag aufbewahrte. Bei Bedarf konnte so ein passendes Ersatzteil gefunden und in ein anderes Gerät verbaut werden. Dieses spezielle Lager war Astrids Ziel. Sie bewegte sich trotzdem gemächlich und tat so, als wenn sie ohne besonderes Interesse lediglich ihre Zeit totschlug. Außer Per hielt sich nur noch der ständig nervöse, picklige Lasse in der Halle auf. Der Helfer warf Astrid einen kurzen Blick zu. Ihren Gruß erwiderte er gewohnt sparsam, bevor er hastig davoneilte. Vor ihm oder seiner Neugier musste Astrid sich nicht fürchten. Er war heilfroh, wenn man ihn in Ruhe ließ. Schließlich erreichte sie den Verschlag und atmete erleichtert aus, als sie das bereits geöffnete Vorhängeschloss bemerkte.

»Das läuft besser als erhofft«, murmelte sie.

Nach einem abschließenden Blick in die Runde – niemand hielt sich in der Nähe auf – zog Astrid die Holztür auf und schlüpfte in den Raum dahinter. Durch die verdreckten Dachfenster gelangte nur wenig Tageslicht in die Halle. In dem Verschlag war es noch finsterer und Astrid beglückwünschte sich selbst dazu, an eine Taschenlampe gedacht zu haben. Sie zog sie aus der Jacke, schaltete sie ein und ließ den Strahl über das aufgestapelte Gerümpel gleiten. Zuerst schien das Glück Astrid im Stich lassen zu wollen. Sie fand kein passendes Gerät, nach dem sie Ausschau hielt. Als sie aber mit dem Jackenärmel an einer Plane hängen blieb und diese ein Stück weit zur Seite zog, entdeckte sie die Heizstrahler. Hastig zerrte sie die staubige Plane komplett von den Geräten hinunter. Dann ging sie in die Hocke, um die verschiedenen Aufkleber zu studieren. Auf ihnen gab es immer einen knappen Hinweis, welchen Defekt das jeweilige Gerät aufwies. Der Lichtstrahl blieb an einer Notiz hängen, die Astrids Puls schneller schlagen ließ.

»Nicht einschalten. Heizröhre defekt!«, entzifferte sie den Warnhinweis.

Das war genau das Gerät, welches zu Astrids Vorhaben passte. Sie zog es heraus, breitete über den verbliebenen Stapel wieder die Plane aus und trat dann aus dem Verschlag. Sie schaute sich vorsichtig um. Doch noch immer war sie offenbar allein in dieser Ecke der Halle. Lautes Fluchen und das Klirren von Metall deuteten darauf hin, dass Per noch immer mit den Bremsen des Minivans zu kämpfen hatte.

Astrid nahm den defekten Heizlüfter unter ihren linken Arm und eilte auf die rückwärtige Tür zu. Während man im vorderen Bereich der Halle zwischen einer schmalen Personentür und einem breiten Tor auf Schienen wählen konnte, befand sich an der rückwärtigen Seite nur diese schlichte Tür. Astrid stieß sie auf, schaute ins Freie, und als sie dort niemanden sah, huschte sie zum Volvo. Sie öffnete die Heckklappe und schob schnell das defekte Gerät unter einen Stapel mit Schmutzwäsche. Dabei fiel ihr Blick auf die Fußmatte aus dem Haus, in dem Paulsen ermordet worden war.

»Dich habe ich ja völlig vergessen«, murmelte sie, erschrocken über ihre eigene Nachlässigkeit.

Da sie weiterhin allein im zugigen Wind stand, setzte Astrid nochmals auf ihr Glück. Sie schnappte sich die Fußmatte, kehrte durch die Hintertür zurück in die Halle und fand ein Versteck unter einem Haufen abgefahrener Autoreifen. Aufseufzend schlenderte sie daraufhin zurück zu Per, der seine Arbeit geschafft und auch schon die Hände vom gröbsten Dreck befreit hatte. Er zog gerade seine Winterjacke über, als Astrid ihn erreichte.

»Von mir aus können wir los. Ich muss noch Bier im Supermarkt kaufen. Zu Hause ist nichts mehr«, sagte Per.

Unter anderen Umständen hätte Astrid sich darüber aufgeregt und Per vermutlich eine Standpauke gehalten. Doch jetzt war ihre Laune so gut, dass sie nur nickte und mit Per zusammen zum Volvo ging.

Erst als das Ehepaar eingestiegen war und beide Türen zugeschlagen hatte, tauchte Lasse neben dem ausgeschlachteten Minivan auf. Er starrte Astrid einen Moment lang an, bevor er sich mit einem Ruck umwandte und in das Halbdunkel der Halle eintauchte.

KAPITEL 9

Die Überprüfung von Meike Paulsens Angaben zu ihren Terminen am Todestag ihres Mannes erwies sich als sehr schwierig. Frank Reuter sprach mit allen Angestellten und hatte Zugriff auf das elektronische Arbeitszeitüberwachungssystem. Doch anders als ihre Mitarbeiter musste die Unternehmerin sich dem Kontrollverfahren nicht unterwerfen. Es leuchtete Frank zwar ein, erschwerte jedoch seine Überprüfung von Paulsens Angaben.

Die Befragungen der Angestellten führte er so effektiv wie möglich durch, dennoch benötigte er dafür mehrere Stunden. Dabei war es ihm gelungen, Jo Fechner als Unterstützung zu erhalten. Die beiden Ermittler trafen sich im Eingangsbereich, um die Ergebnisse der Gespräche abzuklären. Längst hatte sich Dunkelheit über Schleswig gesenkt und im Gebäude brannte überall Licht. Sie standen weit genug vom Empfangstresen entfernt, um ungestört sprechen zu können.

»Elf von 18 Befragten haben Frau Paulsen am Tattag zu unterschiedlichen Zeiten gesehen, teilweise sogar mit ihr gesprochen. Doch es bleiben enorme Lücken und, was am schwersten wiegt, keiner hat sie vor Viertel nach acht in der Früh gesehen oder sich mit ihr unterhalten«, gab Jo seine Erkenntnisse weiter.

Frank nahm es gelassen auf. Es passte perfekt zu dem Ergebnis seiner Befragungen. »Meine Gespräche zeigen das gleiche Muster. Frau Paulsen tauchte irgendwann in den Abteilungen auf, sprach mit einigen Angestellten und ging wieder. Doch immer lag der entscheidende Zeitpunkt nach Viertel nach acht, also könnte sie zur Tatzeit in Hejlsminde gewesen sein«, ergänzte er.

Beiden Ermittlern war bewusst, dass es sich dennoch nur um ein schwaches Indiz handelte.

»Dann hätte Frau Paulsen die Gelegenheit gehabt, aber uns fehlt weiterhin ein schlagender Beweis und natürlich ein passendes Motiv. Ihre komplizierte Persönlichkeit allein dürfte dem Staatsanwalt kaum genügen, um auch nur einen Beschluss für eine Hausdurchsuchung zu erwirken«, sprach Jo es aus.

»Ich habe ihr gesagt, dass wir sie am Ende der Befragung über das Ergebnis in Kenntnis setzen werden. Mal sehen, wie sie darauf reagiert, dass dabei kein wirkliches Alibi für sie herausgekommen ist«, sagte Frank.

Er ging mit dem schlanken Kommissar an seiner Seite zurück zum Büro der Inhaberin. Als sie nach kurzem Warten vorgelassen wurden, wunderte sich Frank einmal mehr über den weißen Kittel. Meike Paulsen trug ihn scheinbar ununterbrochen in ihrem Unternehmen, obwohl er selbst ihn nicht als bequemes Kleidungsstück einstufen würde. Außerdem erachtete er es nicht als erforderlich, derartige Berufsbekleidung im Büro zu tragen. Nicht einmal die Abteilungsleiter taten es, und somit war klar, dass es eine Art Marotte von Meike sein musste.

»Nun, Herr Reuter? Konnten Sie mit meinen Angestellten sprechen?«, fragte sie.

Jo hielt sich im Hintergrund. Er wollte die Reaktionen der Unternehmerin ungestört beobachten und seine Schlüsse daraus ziehen.

»Ja, danke. Mein Kollege und ich können daraus ein sehr gutes Zeittableau erstellen. Es bleiben einige Lücken, Frau

Paulsen. Besonders die frühen Morgenstunden. Es gibt keinen einzigen Zeugen, der Sie zu dieser Zeit in der Firma gesehen hat«, antwortete Frank unverblümt.

Mehr als ein angedeutetes Hochziehen der Schultern war ihr nicht zu entlocken. »Da werden Sie sich einfach auf meine Aussage verlassen müssen, Herr Hauptkommissar. Ich habe konkret und verbindlich mitgeteilt, wo ich an dem Morgen war. Mehr ist dazu nicht zu sagen«, wies sie Frank anschließend zurecht.

Sie maßen einander mit Blicken. Meike Paulsens Hände ruhten, so wie bei ihrem ersten Gespräch, links und rechts von ihrem Smartphone. In ihrem Blick lag kontrollierte Gelassenheit. Es ärgerte Frank, dass er ihren Panzer nicht durchdringen konnte. Doch ihm lag viel daran, Meike Paulsen aus dem seelischen Gleichgewicht zu bringen. Nur dann würde sie ihnen einen Blick auf ihr wahres Naturell gewähren. Und sei es auch nur für den Bruchteil einer Sekunde.

»Eine abschließende Frage habe ich noch«, sagte Frank.

Sie erwiderte seinen Blick, ohne die geringste Regung.

»Stehen Sie eigentlich noch in Kontakt zu Heiner Bartlosch?«, fragte Frank.

Ihr Unterkiefer sackte ein wenig nach unten, gab den Blick auf eine Reihe gepflegter Zähne frei, ihre Pupillen weiteten sich und die Hände ballten sich zu kleinen Fäusten zusammen. An Meike Paulsens linker Schläfe schwoll die Ader an.

»Das ist ungeheuerlich, Hauptkommissar Reuter! Sie stochern ohne jede Berechtigung in meiner Vergangenheit herum. Ab sofort wenden Sie sich ausschließlich an Dr. Kersten, meinen Rechtsbeistand. Seine Kontaktdaten gehen Ihrem Büro noch heute zu«, stieß sie hervor.

Der Kontrollverlust hielt nur wenige Sekunden an. Doch

Frank erhielt den erwünschten Blick auf Meike Paulsen, so wie Dr. Freyberg ihre Persönlichkeit geschildert hatte. Diese Frau war nur äußerlich ein Paradebeispiel an Disziplin. Unter der Oberfläche brodelte ein Vulkan, der jederzeit mit brachialer Gewalt ausbrechen konnte. Jetzt war es an Frank herauszufinden, ob es einen solchen Anlass gegeben hatte. Dann war der Zeitpunkt endlich da, dieser Frau energischer auf den Zahn zu fühlen. Meike Paulsen konnte sich nicht ewig hinter einem Strafverteidiger verstecken. Dr. Kersten hatte sie allerdings schon einmal vor dem Gefängnis bewahrt. Frank kannte den exzellenten Ruf des Mannes und hatte bei den Kollegen in Lübeck erfahren, wie clever der Rechtsanwalt seine Mandantin vertreten hatte.

»Wir sehen uns wieder«, sagte er zum Abschied.

Zusammen mit Jo verließ er das Gebäude und steuerte den Golf zehn Minuten später zurück auf die A7. Bis dahin hingen beide Ermittler ihren eigenen Gedanken nach.

»Der Hinweis auf Bartlosch bringt Paulsen extrem aus der Fassung. Wollten Sie damit endlich eine unverstellte Reaktion erzwingen?«, erkundigte sich Jo.

Frank nickte. »Nur so konnten wir ihre Fassade kurz bröckeln lassen. Sie haben erlebt, welche Kräfte unter der Oberfläche der sonst so diszipliniert auftretenden Frau schlummern. Trauen Sie ihr unter den passenden Umständen den Mord zu?«, erwiderte er.

Jo schnaubte auf. »Ich würde ihr jedenfalls ungern in die Quere kommen. Entweder mischt die Lady ihrem Feind einen tödlichen, vermutlich aber nicht nachweisbaren Cocktail zusammen, oder killt ihn im Affekt. Das Ergebnis bleibt das Gleiche«, antwortete er.

»Stimmt. Tot ist tot. Mit Dr. Kersten verfügt Frau Paulsen aber auch über einen der besten Strafverteidiger

Deutschlands. Mit billigen Tricks ist dem nicht beizukommen«, pflichtete Frank ihm bei.

Wieder legte sich längeres Schweigen über die beiden Männer. Der Motor brummte gleichmäßig, und immer wenn Frank einen der vielen Lkw überholte, warf dieser riesige Wasserschleier über den Golf.

Als sie die Abfahrt Tarp passierten, brach Jo das Schweigen. »Ich könnte mich um Aufzeichnungen von Überwachungskameras bemühen, die es auf der Strecke zwischen dem Firmensitz und dem Ferienhaus gibt. Zusätzlich könnte ich mir einen Blick auf die Geschäftsunterlagen verschaffen. So ganz inoffiziell, versteht sich«, schlug er vor.

Frank warf ihm einen überraschten Seitenblick zu. Bislang hatte er den schlanken Kollegen eher für einen Ermittler gehalten, der sich immer streng an die Regeln hielt.

Als Jo den Blick bemerkte, schmunzelte er vor sich hin. »Sonja hält sich immer an die Vorschriften. Aber ab und an muss man das Pferd eben von hinten aufzäumen. Falls ich etwas entdecke, haben wir vielleicht einen Ansatz, um es auf legalem Weg ans Licht zu befördern«, erklärte er.

Als Frank nicht sofort antwortete, ruderte Jo zurück. »Natürlich nicht, wenn es Ihnen widerstrebt, Herr Hauptkommissar. War nur ein Angebot«, sagte er.

Frank setzte den Blinker und lenkte den Golf auf die Abfahrt, die nach Flensburg führte. »Von wegen. Der Vorschlag gefällt mir ausnehmend gut. Außerdem fände ich es angebracht, dass wir auf diese blöden Titel zukünftig verzichten. Frank reicht völlig«, erklärte er dabei.

Das breite Grinsen auf Jos Gesicht erheiterte Frank. Ganz offenkundig hatte er den Kommissar bislang falsch eingeschätzt.

»Gerne. Johannes sagt nur meine Mutter zu mir. Jo ist mir lieber«, antwortete der.

Frank nickte verstehend, während er den Golf auf die Schnellstraße in Richtung der Fördestadt lenkte. »Also abgemacht. Du schnüffelst ein wenig für mich herum und ich bespreche mich mit den dänischen Kollegen. Vielleicht konnten die mehr Licht ins Dunkel bringen«, sagte er.

Als er den Golf auf dem Parkplatz an der Direktion abstellte, erhielt Jo einen Anruf auf seinem Handy. Er stieg aus, um in Ruhe telefonieren zu können. Das Gespräch dauerte kaum mehr als eine Minute. Als Frank zu ihm aufschloss, schaute sein Kollege leicht verdrießlich in die Gegend.

»Schlechte Nachrichten?«, fragte Frank.

Eigentlich hatte Jo fürs Abendessen eine Verabredung mit Ines Arndt gehabt. Doch die Fotografin musste wieder einmal länger arbeiten und hatte daher abgesagt.

»Falls du Lust hast, komme ich gerne mit. Zum Einkaufen bin ich heute nicht gekommen und so ist mein Kühlschrank wieder einmal leer«, bot Frank sich an.

Das hellte die Laune von Jo umgehend wieder auf. »Passt gut. Wir wollten ins Hinkelstein. Dann lernst du gleich das Stammrestaurant des Teams kennen«, sagte er.

Damit war es beschlossene Sache. Frank wollte nur noch den Bericht anfertigen, um möglichst alle Details auch den Kollegen in Sonderburg zur Verfügung zu stellen.

*

Sein Kollege hatte nicht übertrieben. Als Frank hinter Jo das Restaurant in der Fruerlunder Straße betrat, fühlte er sich auf Anhieb wohl. Die rustikale Ausstattung wirkte einladend. Sie gingen an einer Reihe von Nischen vorbei, in denen Tische für bis zu vier Personen eingebaut waren. Da die andere Längsseite des Raumes offen am Tresen anschloss, entstand trotzdem ein luftiger Eindruck. Frank registrierte die vielen Gäste, die mitten in der Woche hierher zum Essen gekommen waren. Eine der aufmerksamen Kellnerinnen erkannte Jo und begrüßte ihn herzlich.

»Eure Kollegen sitzen da hinten«, teilte sie mit.

»Dann sehen wir mal, ob da noch Platz für uns ist«, erwiderte Jo.

Die freundliche Begrüßung beeindruckte Frank, der in seiner gesamten Zeit in Kiel in keinem Restaurant so vertraut empfangen worden war. Sein Hang zum Einzelgängertum wurde jetzt schon erfolgreich in Flensburg unterlaufen. Karin würde staunen, wenn er ihr davon berichtete. Mit den Gedanken an seine Exfrau kamen auch jene unerfreulichen an seine veränderte Lebenssituation. Bevor er jedoch in mürrisches Grübeln versinken konnte, erreichten sie einen der Ecktische, an dem bereits Sonja Martenson, Helga Thoms und ein ihm unbekannter Mann mit rotblonden Haaren saßen. Jo musste nicht lange fragen, ob er und Frank sich der Gesellschaft anschließen konnten.

»Das ist ja eine nette Überraschung. Rutscht rein. Kommt Ines auch noch?«, rief Sonja aus.

In den ersten Minuten wurde diskutiert, ob und wer von den Kollegen beziehungsweise deren Angehörigen ebenfalls noch ihren Weg ins Hinkelstein finden sollte. Die Bedienung nahm nebenbei die Getränkebestellung von Jo und Frank auf, der die lockere Atmosphäre in sich aufsog. Als ihre Gläser vor ihnen standen, prostete die Gruppe sich zu.

»Ach, ja. Sie kennen Henrik Bargen ja noch nicht. Er ist ein ehemaliger Kollege von der Bundespolizei«, erklärte Sonja an Frank gewandt.

Frank musste nicht lange darüber nachdenken, wie sie und Bargen zueinander standen. Interessiert hörte er sich die Kurzfassung der Geschichte an, wie Bargen als Privatermittler mit den Kollegen zusammen ein gefährliches Kartell zerschlagen hatte. Bargen jedoch wehrte sich gegen die Darstellung und relativierte seine Beteiligung an der Aufklärung. Das muntere Gespräch wurde nur kurz unterbrochen, damit alle ihre Bestellungen fürs Essen aufgeben konnten. Frank befolgte den Rat von Jo und entschied sich für eine Pizza mit Thunfisch. Als die Bedienung sich vom Tisch entfernt hatte, warf Bargen einen Vorschlag in die Runde.

»Spricht irgendetwas dagegen, dass wir uns alle duzen? Dieses Hin und Her macht mich ganz kirre«, fragte er.

Niemand am Tisch erhob Einwände und als dann auch der bullige Bastian Kraft dazustieß, wurde es noch lebhafter. Doch das störte im Hinkelstein niemanden.

Frank entspannte sich zusehends und überließ es Jo, von ihrem Besuch in Schleswig zu berichten. Dabei achtete der Kommissar genau wie seine Kollegen sorgsam darauf, dass kein Unbefugter ihren Ausführungen folgen konnte. Als Sonja schließlich von Frank den Stand der gesamten Ermittlungen erfahren wollte, brachte er diesen mit wenigen Sätzen auf den Punkt.

»Oldsen hat ihren Fokus auf Astrid Terpe gelegt. Für mich kommt aber Meike Paulsen ebenfalls als Täterin in Betracht, denn ihr Alibi existiert im Prinzip nicht«, sagte er.

Als sein Blick dabei zufällig Henrik Bargen streifte, bemerkte Frank, wie im Gesicht des Privatermittlers ein Anflug von Verärgerung aufblitzte. Er sprach ihn darauf an.

»Ich habe gerade erst einen Auftrag abgeschlossen, den ich für Dr. Kersten aus Schleswig übernommen hatte«, erklärte Henrik.

Als der Name des bekannten Strafverteidigers fiel, tauschten Jo und Frank einen Blick aus.

»Sag bloß, du arbeitest am gleichen Fall wie Frank?«, hakte Bastian nach.

Henrik wägte die Worte sehr sorgfältig ab, bevor er darauf antwortete.

»Ich unterliege natürlich ebenfalls der Verschwiegenheitspflicht gegenüber meinen Mandanten. Aber es gibt immer eine Einschränkung, auf die ich bestehe. Daher kann ich immerhin so viel sagen, dass deine Kollegen in Sonderburg mehr wissen, als sie dir gesagt haben«, erklärte er dann.

Das war ein unerwarteter Tiefschlag für Frank. Er ließ sich von Henrik berichten, welche Informationen Oldsen ihm angeblich vorenthielt. Da gleich darauf ihr Essen serviert wurde, nutzte Frank die Gesprächspause für einige Überlegungen dazu. Er musste Oldsen mit dem Vorwurf konfrontieren. Als er von Sonja auf sein weiteres Vorgehen angesprochen wurde, teilte er ihr seinen Entschluss ganz offen mit.

»Ich fahre morgen gleich rüber nach Sonderburg und kläre es ab. Ohne völliges gegenseitiges Vertrauen kann ich keine vernünftige Ermittlung führen. Dann muss ich mich selbst in Dänemark umsehen, was aber dem Grundgedanken des Grenzermittlungsabkommens widerspricht. Eigentlich soll die Zusammenarbeit mit Sonderburg unsere Arbeit effektiver gestalten«, antwortete er.

»So ein Verhalten passt eigentlich gar nicht zu May-Britt«, brach Helga Thoms eine Lanze für die dänische Kollegin.

Dem schloss sich Sonja sofort an. »Vielleicht sollte Henrik dich begleiten. Seine Version dürfte auch May-Britt interessieren«, schlug sie vor.

Frank warf dem Privatdetektiv einen fragenden Blick zu.

»Von mir aus gerne. Ich denke, das dürfte ein spannendes Gespräch werden«, erklärte Henrik sein Einverständnis.

Damit brachte der Abend Frank nicht nur ein entspanntes Essen in guter Gesellschaft ein, sondern auch einen unerwarteten Aspekt für seine laufenden Ermittlungen. Er nahm die positive Einschätzung von Oldsens Charakter durch seine Kollegen ernst. Also würde er beim Treffen in Sonderburg zunächst Henrik berichten lassen. Danach würde sich die Art der Zusammenarbeit mit Oldsen hoffentlich klären und sie konnten die Ermittlungen endlich ein Stück voranbringen.

*

Für May-Britt kam der Vorschlag zu einem Treffen, um eine Zwischenbilanz der Ermittlungen vorzunehmen, ein wenig überraschend. Bislang erschienen ihr die Ergebnisse aus Deutschland recht überschaubar und bestätigten vor allem ihre Haltung, dass Astrid Terpe als Hauptverdächtige geführt werden sollte. Ihre Überraschung wurde noch größer, als Reuter nicht allein kam, sondern einen Privatermittler im Schlepptau mitführte. May-Britt hatte den Pausenraum zu einem Frühstücksbüffet umwandeln lassen, um die Besprechung in einer entspannten Umgebung abzuhalten. Reuter hielt sein Versprechen. Er hatte zwei Tüten bei sich, die er Anne aushändigte.

»In der einen befinden sich verschiedene Sorten an Aufschnitt. Die in deiner Linken enthält unterschiedliche Käsearten«, erklärte er.

Während Anne die Tüten zusammen mit Henrik in den Pausenraum trug, führte May-Britt ihren deutschen Kollegen zunächst in ihr Büro. Sie verschloss sorgfältig die Tür hinter sich und wandte sich dann zu Reuter um.

»Wieso soll ein privater Ermittler an dem Gespräch teilnehmen? Sie müssen zugeben, dass so ein Vorgehen erklärungsbedürftig ist«, fragte sie ganz direkt.

Ihre Verärgerung löste eine andere Reaktion bei Reuter aus, als May-Britt erwartet hätte.

»Aber offenbar erforderlich. Er hat ebenfalls im Fall Paulsen ermittelt und ist dabei auf Kenntnisse der dänischen Polizei gestoßen, die mir bis gestern unbekannt waren. Halten Sie mit Absicht Informationen zurück, die eventuell der Zielrichtung Ihrer Ermittlungen entgegenstehen?«, erwiderte er gereizt.

May-Britt war so überrumpelt, dass sie die Vorwürfe einige Sekunden lang schweigend im Raum stehen ließ.

»Das Einzige, worüber ich Anweisungen habe, nicht mit Ihnen zu reden, sind verdeckte Ermittlungen der Drogenfahnder aus Kopenhagen. Die richten sich aber gegen nicht unmittelbar Tatverdächtige im Fall Paulsen«, erwiderte sie dann.

Reuters Augenbrauen ruckten in die Höhe. »Ist das so? Demnach zählt also Astrid Terpe nicht mehr zum Kreis der Tatverdächtigen?«, bohrte er nach.

May-Britt hatte plötzlich das unschöne Gefühl, dass ihr jemand den Boden unter den Füßen wegzog. »Wie bitte? Wollen Sie damit andeuten, dass meine Kollegen mehr über Terpes Rolle wissen und es uns nicht mitteilen?«, fragte sie.

Natürlich kannte May-Britt ein solches Vorgehen aus Berichten anderer Kollegen nur zu gut. Doch heute spürte sie zum ersten Mal, wie es sich als Betroffener anfühlte. Chefinspektor Staal hatte sie glatt angelogen oder ihr wenigstens wichtige Informationen bewusst vorenthalten. May-Britt konnte die Verärgerung ihres deutschen Kollegen sehr gut nachvollziehen.

»Hören wir uns einfach an, was Henrik Bargen zu erzählen hat. Dann können Sie sich am besten ein eigenes Bild machen. Einverstanden?«, schlug Reuter vor. Auch seine Wut war inzwischen abgeebbt.

Schweigend gingen sie hinüber in den Pausenraum. Anne, Henner und der Privatermittler hatten sich bereits Brötchen geschmiert und tranken Kaffee dazu. Ihre angeregte Unterhaltung verstummte, kaum dass May-Britt und Reuter zu ihnen stießen. Während der deutsche Hauptkommissar sich mit an den Tisch setzte und zur Thermoskanne griff, blieb May-Britt stehen und schaute auf Henrik Bargen.

»Herr Reuter hat mir zugesichert, dass Sie mit allen Informationen, die Ihnen heute zu Ohren kommen, nicht hausieren gehen. Trotzdem möchte ich es auch aus Ihrem Munde hören, Herr Bargen«, sagte sie.

Bevor der Privatermittler etwas erwidern konnte, hob Henner ein Formular in die Höhe. »Henrik kennt sich in so etwas gut aus, Chefin. Er hat die Verschwiegenheitserklärung bereits unterschrieben«, sagte er.

Mit einem zufriedenen Nicken setzte sich nun endlich auch May-Britt mit an den Tisch. Sie spürte förmlich, wie dringend ein Vertrauensbeweis für beide Seiten erforderlich war. Bisher hatten die Deutschen und die Dänen doch eher getrennt gearbeitet und es bei einem Informationsaustausch belassen. Außer gelegentlichen Treffen, so wie diesem hier, kam es kaum zu gemeinsamen Ermittlungsarbeiten. May-Britt wusste, dass sie selbst daran eine gewisse Schuld trug, und beschloss, es ab sofort anders anzupacken.

»Ich möchte, dass unser heutiges Treffen der Auslöser für eine wesentlich engere Zusammenarbeit wird. Zuerst entschuldige ich mich bei Hauptkommissar Reuter für die von unserer Seite entstandenen Behinderungen seiner Ermittlungsarbeit. So etwas wird es zukünftig nicht mehr geben«, teilte sie mit.

Verwunderte Blicke flogen über den Tisch hin und her.

»Einverstanden. Gestern Abend durfte ich erleben, was gute Teamarbeit ausmacht. Dazu gehört eben auch, sich gegenseitig besser kennenzulernen und dadurch Vertrauen aufzubauen. Mein erster Vorschlag lautet daher, dass wir uns ab sofort duzen. Ist bei euch ja sowieso üblich«, griff Reuter den Faden auf.

Diese erste Veränderung in ihrer Zusammenarbeit ließ sich leicht in die Praxis umsetzen. Dann bat May-Britt darum, dass Henrik von seinen Erlebnissen berichtete. Sie bereitete sich nebenbei ihre Brötchen zu und spürte gleichzeitig, wie mit jedem Satz ihr Appetit nachließ.

»Diese arroganten Arschlöcher aus Kopenhagen! Nur um selbst einen Erfolg zu erzielen, sabotieren sie eine Mordermittlung«, platzte es aus Anne heraus.

»Auf jeden Fall lagst du mit Astrid Terpe goldrichtig. Sie muss deutlich mehr Kontakt zu Klaus Paulsen gehabt haben, als sie selbst zugibt«, wandte Frank sich an May-Britt.

Die schluckte einen Bissen hinunter und hob gleichzeitig abwehrend eine Hand hoch. »Nicht sie alleine belügt uns. Die Witwe scheint ja auch viele Geheimnisse zu verbergen, wie dein Bericht belegt«, bemerkte sie.

»Ohne meine Pflicht gegenüber meinem Mandanten zu vernachlässigen, kann ich euch sagen, dass ich keine Beweise für eine Anwesenheit von Meike Paulsen während der Tatzeit in Hejlsminde finden konnte«, warf Henrik ein.

Es vervollständigte lediglich den Stand der Ermittlung, ohne die Witwe tatsächlich zu entlasten. Sowohl May-Britt als auch Frank wollten sich nicht mehr auf eine der beiden Frauen als Hauptverdächtige festlegen.

»Ich spreche nachher mit Mogensen und sorge dafür, dass die Sonderkommission uns nicht mehr in die Quere kommt«, sagte die Kommissarin.

Dann tauschten sie alle neuen Informationen aus. Henner und Anne hielten abwechselnd Bericht, sodass Frank nach einer halben Stunde auf dem gleichen Wissensstand wie seine dänischen Kollegen war. Henrik mampfte still vor sich hin.

»Alles kreist um diese verdammten Drogen. Wir sollten sowohl Terpe als auch Paulsen damit härter konfrontieren. Ich glaube einfach nicht, dass sie mit ihrer beruflichen Qualifikation keine Ahnung von den Partydrogen gehabt haben soll. Das Zeug wurde doch in ihren eigenen Labors hergestellt, in denen sie täglich herumläuft«, resümierte Frank.

Er einigte sich mit May-Britt darauf, dass sie gemeinsam noch am gleichen Tag einen Überraschungsbesuch in der Firma machen wollten. Henrik erinnerte aber daran, dass Dr. Kersten als Rechtsbeistand vorab informiert werden musste.

Frank nickte. »Das erledigen wir auf der Fahrt nach Schleswig.«

»Kurz vor Schleswig sollte genügen«, fand May-Britt.

Sie und Frank grinsten einander zu. Nach den Regeln zu spielen, bedeutete noch lange nicht, deren Grenzen nicht auszuloten. Darin waren die beiden leitenden Ermittler sich einig. Es wurde Zeit, die Samthandschuhe abzulegen und ihren Verdächtigen stärker auf die Zehen zu treten.

Da May-Britt sich vor der Abfahrt noch mit Mogensen besprechen wollte, verließ sie den Pausenraum. Henner nutzte die Gelegenheit, um Henrik auszuhorchen.

»Du bist doch der Schnüffler, der dieses Kartell in Flensburg hochgenommen hat. Erzähl mal. Wie lief das damals ab und was kam danach?«, zeigte er seine Neugier ganz offen.

Henrik gab nur wenig Einblick in die früheren Ereignisse. Doch auch Frank erfuhr so ganz nebenbei mehr über den Privatermittler.

KAPITEL 10

Sie erledigte ihre Aufgaben mit der üblichen Gründlichkeit, sodass niemand ihre Nervosität bemerken konnte. Der Tag schien aber ausnahmsweise doppelt so viele Stunden wie sonst zu haben. Dann sorgte sie noch dafür, dass man ihren Dienstschluss mitbekam, und machte sich auf den Weg nach Hause. Weitere Stunden musste sie abwarten, die erneut quälend langsam verstrichen. Erst spätabends, als die meisten Menschen bereits in ihren warmen Betten lagen, bewegte sie sich erneut durch die Kälte.

Immer wieder warf sie prüfende Blicke in die Umgebung, während sie sich der Seitentür näherte. Jetzt machte sich die gute Vorbereitung bezahlt. Sie holte das Werkzeug aus der Umhängetasche und knackte das Schloss.

Ab jetzt musste alles sehr schnell gehen. Mit langen Schritten eilte sie durchs Gebäude, wobei ihr die Stirnlampe half, die ursprünglich für Jogger entwickelt worden war. Nach wenigen Augenblicken erreichte sie das Foyer. Hier kreiselte sie einmal um die eigene Achse, versicherte sich, wirklich allein im Gebäude zu sein, und warf dann nur noch einen kurzen Blick auf die Skizze mit den Büro- und Laborräumen. Dann eilte sie weiter, bis ihr Ziel unmittelbar vor ihr lag. Ihr Vorhaben wäre noch effektiver gewesen, wenn sie direkt in eines der Labore hätte eindringen können. Doch der dafür erforderliche Aufwand war hoch, weshalb sie diese Möglichkeit allein aus Zeitgründen verworfen hatte. Also wandte sie sich der Bürotür links von sich zu und fand sie unverschlossen vor, so, wie erwartet. Hier hinderte sie kein Codeschloss am sofortigen Eintritt.

»Es wird auch so seinen Zweck erfüllen«, flüsterte sie vor sich hin.

Dann stellte sie das mitgeführte Paket neben dem Schreibtisch ab, schloss das Gerät mit einem Stecker an den Stromkreislauf an und musterte anschließend ihr Werk. Sie fand keinen Fehler, der ihren Plan zunichtemachen könnte.

»Morgen gibt es keine Beweise mehr«, stellte sie triumphierend fest.

Vom Gerät kam ein Geräusch, als wenn ein Luftzug eine Zimmertür ins Schloss hatte fallen lassen. Dann stiegen Funken auf, die sich schließlich zu langen Feuerzungen aufbauten. Der üble Geruch nach verbranntem Gummi stieg ihr in die Nase. Jetzt war sie sich völlig sicher: Der Anschlag würde funktionieren. Mit einem letzten Blick auf das ausbrechende Feuer wandte sie sich ab und verließ das Büro. Nach nur zehn Schritten verharrte sie urplötzlich. Lauschend neigte sie unbewusst den Kopf zur Seite, als auf einmal eine Gestalt vor ihr auftauchte.

»Wer sind Sie und was haben Sie hier verloren?«, drang die überraschte Frage zu ihr herüber. Der weiße Laborkittel der Frau ihr gegenüber leuchtete im Licht der Stirnlampe auf. Niemand hätte um diese Uhrzeit im Gebäude sein sollen. Sie hatte es doch über Stunden sorgsam beobachtet und war sich sicher gewesen, dass keiner vom Personal mehr anwesend war.

»Mein Gott! Was haben Sie getan?«, rief die Frau im Kittel. Ihr panischer Blick ging an ihr vorbei und richtete sich auf das sich schnell ausbreitende Feuer. Dann kam Leben in sie. Mit drei langen Sätzen war die Frau an der Treppe, riss dort einen Feuerlöscher aus der Halterung und wollte damit an ihr vorbeilaufen, um die Flammen zu bekämpfen.

»Nein, das kann ich nicht zulassen«, entfuhr es ihr. Entschlossen versuchte sie, der Frau den Feuerlöscher zu entreißen.

Die verlor dank der überraschenden Attacke für einen Moment das Gleichgewicht und streckte die Rechte Halt suchend nach der Wand aus.

Mit einem beherzten Ruck entriss sie der Frau den Feuerlöscher und versetzte ihr damit einen derart starken Stoß, dass sie gegen die Wand krachte. Es gab ein dumpfes Geräusch, als ihr Kopf gegen den Putz schlug. Mit einem gurgelnden Laut sank die Frau zu Boden und rührte sich nicht mehr.

Entsetzt ließ sie den Feuerlöscher fallen. Sie musste wegen der starken Rauchentwicklung bereits husten und ging neben der Bewusstlosen in die Hocke. Mit fliegenden Fingern prüfte sie den Pulsschlag an der Halsschlagader und seufzte dann erleichtert auf. Du wirst nur eine leichte Gehirnerschütterung haben und in den kommenden Tagen mit heftigen Kopfschmerzen rechnen müssen, sprach sie in Gedanken mit der Frau.

Das Feuer breitete sich auf dem Gang derweil sehr schnell aus. Glas zerbarst durch die Hitze und mit einem Mal wurde ihr ihre prekäre Lage bewusst. Mit einem leisen Fluch packte sie die Bewusstlose unter den Achseln und zerrte sie hinter sich her in Richtung der Seitentür. Das war weit anstrengender als gedacht, und nur wenige Meter vor der Tür lief ihr der Schweiß über Gesicht und Körper. Ihr Husten wurde immer schlimmer und sie erkannte, dass mittlerweile ihrer beider Leben in Gefahr war.

»Kein Mensch sollte zu Schaden kommen«, stieß sie keuchend hervor.

In einem letzten, verzweifelten Kraftakt versuchte sie, die ohnmächtige Frau ganz bis zur Tür zu schleifen. Doch ihre Kräfte ließen viel zu schnell nach, was auch der starken Rauchentwicklung geschuldet war. Schließlich ließ sie die bewusstlose Frau keine zwei Meter von der rettenden Tür am Boden liegen und eilte allein weiter.

Mittlerweile hatte das Feuer bereits den größten Teil des Erdgeschosses erfasst. Eine dicke Rauchwolke wälzte sich durchs Gebäude und es herrschten Temperaturen wie an einem Hochofen. Sie stieß die Seitentür auf, torkelte hustend und keuchend ins Freie, musste sich nach wenigen Schritten mit beiden Händen auf den Oberschenkeln abstützen. In anhaltenden Hustenattacken versuchte sie, den eingeatmeten Rauch wieder aus ihren Lungen zu bekommen. Dann hob sie auf einmal den Kopf und lauschte. Der Klang mehrerer Martinshörner schnitt durch die nächtliche Stille. Jemand musste die Polizei gerufen oder ein Feuermelder Alarm ausgelöst haben. So oder musste sie schleunigst von hier verschwinden. Nach kurzem Zögern, verbunden mit einem Blick auf die Seitentür, hinter der immer noch die ohnmächtige Frau lag, fasste sie ihren Entschluss.

»Die sind gleich hier und können dich retten«, murmelte sie in Richtung Tür, dann rannte sie los.

Als das erste Streifenfahrzeug in die Straße einbog, saß sie bereits hinter dem Steuer ihres Wagens, den sie brav an die Seite gelenkt und damit der Polizei das Vorrecht eingeräumt hatte. Es war nicht alles nach Plan verlaufen, aber insgesamt sollte die Aktion ihren Zweck erfüllt haben.

*

Sie standen in der Kälte dicht nebeneinander. May-Britt war keine fünf Minuten nach Frank in der Husumer Straße in Schleswig eingetroffen. Sie hatte ihren silbernen Toyota hinter Franks Golf abgestellt und dankbar einen Plastikbecher mit dampfendem Kaffee von einem der uniformierten Polizisten entgegengenommen. Jetzt starrten sie beide auf die Brandstelle.

»Ein Anwohner hat das Feuer bemerkt, als er zum Rauchen auf den Balkon gegangen ist«, berichtete Frank.

»Wie passend«, kommentierte May-Britt trocken.

Der Alarmruf habe zunächst eine Überprüfung durch eine Streifenwagenbesatzung ausgelöst, die zufällig ganz in der Nähe war, informierte Frank seine Kollegin. »Leider häufen sich Fehlmeldungen. Einige Menschen finden es wohl lustig, wenn ihretwegen Polizei oder Feuerwehr ausrücken müssen«, ergänzte er.

Doch als die Beamten in die Husumer Straße eingebogen seien, hätten sie die Flammen bemerkt. Das Erdgeschoss des Firmensitzes von Meike Paulsen habe da bereits lichterloh gebrannt, die Hitze immer wieder Fensterglas zum Bersten gebracht. Die sofort nachalarmierte Feuerwehr sei bereits ausgerückt gewesen, da zwischenzeitlich weitere Anrufe in der Notrufzentrale eingegangen seien.

»Die Einsatzkräfte waren innerhalb weniger Minuten vor Ort. Nachts ist es eben deutlich ruhiger auf Schleswigs Straßen«, schloss Frank seinen Bericht.

May-Britt nippte am Kaffee und zog die Schultern wegen der eisigen Kälte in die Höhe. Der Wetterumschwung war zum Glück erst in den frühen Morgenstunden eingetreten, sodass die Löscharbeiten dadurch nicht behindert worden waren. Die vielen Eisflächen stellten nur hinterher eine Erschwernis für die Einsatzkräfte dar.

»Wie schlimm ist es denn?«, wollte May-Britt wissen.

Dazu konnte Frank nur wenig sagen. Um den vollen Umfang des Schadens abzumessen, würde später ein Gutachter das Gebäude überprüfen.

»Im Moment ist der Brandursachenermittler mit den Feuerwehrleuten bei der Arbeit. Ich hoffe, dass er uns mehr Informationen über den Ausbruch und vielleicht auch die Art der Brandstiftung erzählen kann«, erklärte Frank.

Solange der Spezialist seine Arbeit nicht abgeschlossen hatte, durften auch die Polizeibeamten das Gebäude nicht betreten.

»Und Frau Paulsen?«, fragte May-Britt.

Frank wiegte skeptisch den Kopf. »Die Feuerwehrleute entdeckten sie im Gebäude ganz in der Nähe der hinteren Zugangstür. Sie war ohnmächtig und wurde zuerst geborgen, um dann an den Notarzt übergeben zu werden. Der hat sie mit Anzeichen einer starken Rauchgasvergiftung und leichten Verbrennungen ins Krankenhaus eingeliefert«, antwortete er.

Im Rettungswagen war Meike Paulsen wieder zu sich gekommen. Der Arzt und einer der Sanitäter hatten sie gewaltsam fixieren müssen, da die Unternehmerin unbedingt zurück ins Gebäude wollte. Sie schrieben es ihrem Schock zu, dass sie die Realität dermaßen verkannte. Als Frank mit dem Einsatzleiter der Feuerwehr gesprochen hatte, wollte er nicht nur mehr über den Ausbruch des Feuers wissen, er hatte den erfahrenen Mann auch nach seiner persönlichen Einschätzung zur Position der bewusstlosen Frau im Gebäude gefragt.

»Was hat er gesagt? Hält er es für denkbar, dass Meike Paulsen das Feuer selbst gelegt hat und nur deswegen im Gebäude blieb, um nicht unter Verdacht zu geraten?«, fragte May-Britt.

So konkret hatte der Feuerwehrmann sich nicht äußern wollen. Er bezweifelte, dass ein normaler Mensch ein derartiges Risiko eingehen würde. »Es ist selbst für Fachleute unwahrscheinlich schwer, den Weg oder die Intensität eines Feuers exakt vorauszuplanen. Wer einigermaßen bei Verstand ist, lässt sich nicht auf so ein Wagnis ein«, hatte seine klare Einschätzung gelautet.

Da Frank und May-Britt mehr über die komplizierte Persönlichkeit der Unternehmerin wussten, schlossen sie eine solche Möglichkeit trotzdem nicht von vorneherein aus. Als ein Feuerwehrmann aus dem Haus trat und ihm ein Zivilist folgte, schauten beide Ermittler gespannt zu ihnen hinüber.

»Der in Zivil ist Hauke Thordsen, der Brandursachenermittler. Bin gespannt, was er uns jetzt schon zu sagen hat«, erklärte Frank.

Die beiden Männer tauschten sich auf dem gesamten Weg bis zur Straße intensiv aus. Dann hob der Feuerwehrmann das Absperrband hoch, sodass sich Thordsen zuerst darunter durchschieben konnte. Anschließend trennten sie sich. Während der Feuerwehrmann zum Fahrzeug der Einsatzleitung ging, kam der Brandursachenermittler zu May-Britt und Frank.

»Das ist Kommissarin Oldsen aus Sonderburg. Wir ermitteln gemeinsam im Fall Paulsen«, stellte Frank seine dänische Kollegin vor.

Nach dem obligatorischen Händeschütteln gab Hauke Thordsen seinen vorläufigen Bericht ab: »Der Brandstifter hat sich zwar die Mühe gemacht und einen defekten Heizlüfter in einem der Büros angeschlossen, doch der Vorsatz ist einfach zu augenfällig«, lautete seine Einschätzung.

In der Nähe des Gerätes hatte der Brandstifter Kopierpapier sowie eine Jacke aus leicht entzündlichem Material platziert. Alles sollte den Anschein erwecken, dass der Brand ein Unglücksfall war.

»Das typische Szenario eines versuchten Versicherungsbetruges. Steckt das Unternehmen in wirtschaftlichen Schwierigkeiten?«, fragte Thordsen.

Frank klärte den Kollegen über die Hintergründe des Falles auf. Daraufhin wandte Thordsen sich nochmals um und schaute forschend auf das Gebäude.

»Was uns natürlich sehr interessiert, ist die Frage, ob Frau Paulsen wirklich ein Opfer war oder auch selbst als Täterin in Betracht kommt«, sagte Frank.

Thordsen drehte sich zu ihnen zurück. »Keine leicht zu beantwortende Frage. Sagen wir einmal so: Der gewählte Brandherd und die eingesetzten Materialien lassen mich vermuten, dass eine komplette Vernichtung des Gebäudes geplant war. Ohne die sehr frühzeitigen Anrufe hätte der Brandstifter sein Ziel auch erreicht«, antwortete er dann.

Unmittelbar neben dem Büro war der Technikraum untergebracht, in dem sich auch die Server des Unternehmens befanden.

»Darauf hat das Feuer bereits übergegriffen, als die Feuerwehr eintraf. Hier fand es nochmals sehr viel Nahrung und wäre als Nächstes in einen Labortrakt vorgedrungen, in dem jede Menge leicht brennbarer Flüssigkeiten gelagert werden«, erklärte Thordsen den voraussichtlichen Verlauf des Feuers.

»Spricht das für oder gegen eine Täterschaft von Frau Paulsen?«, hakte May-Britt nach.

Es gab einen Umstand, der es dem Brandursachenermittler besonders schwer machte, diese Frage zu beantworten.

»In der Nähe der ohnmächtigen Person haben die Feuerwehrleute einen Feuerlöscher gefunden, der aber nicht zum

Einsatz gekommen ist. Die Sicherung war nicht entfernt und der Inhalt noch komplett«, sagte Thordsen.

Dieser Umstand konnte allerdings für zwei sehr gegensätzliche Theorien herhalten.

»Entweder ist Frau Paulsen die Brandstifterin, dann hätte sie den Löscher vermutlich zu ihrer persönlichen Sicherheit mitgenommen, oder sie ist unschuldig und wollte tatsächlich den Brand bekämpfen. Die richtige Antwort müssen Ihre Ermittlungen liefern«, führte der Brandursachenermittler die Varianten aus.

Das half Frank und May-Britt nur bedingt weiter. Sie dankten dem Kollegen und baten ihn, den Abschlussbericht so schnell wie möglich zu erstellen. Thordsen sagte es zu und verschwand dann ebenfalls in Richtung des Fahrzeuges der Einsatzleitung.

»Wollte sie Spuren beseitigen?«, fragte May-Britt.

Frank schaute gedankenversunken auf die vom Feuer und Rauch geschwärzten Steine der Außenfassade. »Auf der einen Seite traue ich ihr zu, dass sie von sich annimmt, selbst ein Feuer kontrollieren zu können. Andererseits stand sie bislang doch gar nicht so sehr unter Druck, um zu einer solchen Verzweiflungstat zu schreiten. Ehrlich gesagt bin ich noch überfragt«, gestand er.

Seine Kollegin nickte mehrfach. »Geht mir genauso. Wenn Paulsen aber das Feuer nicht gelegt hat, ergibt sich daraus eine üble Konsequenz: Haben wir vielleicht die wahren Hintergründe für den Mord noch gar nicht erkannt? Kommen wir deswegen mit unseren Ermittlungen nicht voran, weil wir in einer völlig falschen Richtung suchen?«, warf May-Britt kritische Fragen auf.

Alles Überlegungen, die Frank ebenfalls umtrieben. Die Brandstiftung gab dem Fall eine andere Dynamik. Falls

Meike Paulsen als Opfer vorgesehen war, rückte es auch den Mord an ihrem Ehemann in ein anderes Licht. Was war so brisant an dem Unternehmen, dass jemand es mit Mord und Brandstiftung bekämpfen musste?

Frank nahm einen Anruf auf seinem Handy entgegen. Er lauschte dem Anrufer, zog dabei die Augenbrauen überrascht in die Höhe und schaute May-Britt verblüfft an. Sie wartete nicht einmal ab, bis er das Telefonat beendet hatte.

»Was ist los? Du siehst aus, als wenn es ein weiteres Feuer gäbe«, drängte sie ihn.

Er schüttelte den Kopf, als er aufgelegt hatte. »Nein, das nicht. Bei den Recherchen zum familiären und beruflichen Hintergrund der Paulsens habe ich eine Abfrage an alle Behörden gerichtet. Jetzt meldet sich ein Amtmann der Steuerfahndung aus Flensburg, der mit mir deswegen sprechen möchte«, erwiderte Frank.

Nach dessen Aussage liefen zurzeit Ermittlungen gegen den Steuerberater, der auch für Meike Paulsen die Bücher führte und die Jahresabschlüsse vorbereitete.

»Offenbar sind sie in den Unternehmensunterlagen auf Hinweise gestoßen, wonach es nicht oder wenigstens falsch deklarierte Geldströme gibt«, fasste er den Inhalt zusammen.

»Wir müssen dringend mit Frau Paulsen sprechen«, entgegnete May-Britt.

Das war auch Franks nächster Punkt auf seiner Agenda. Er würde zum Krankenhaus vorausfahren und May-Britt sollte ihm in ihrem Wagen einfach folgen. Sie hofften beide, dass Meike Paulsen wieder zu Bewusstsein gekommen und ansprechbar war. Die Unternehmerin würde ihnen einige Antworten liefern müssen.

*

Das Gespräch mit der behandelnden Ärztin im Krankenhaus Schleswig war kurz und wenig zufriedenstellend. Meike Paulsen litt weiter unter den Folgen der schweren Rauchgasvergiftung und war allein deswegen schon nicht ansprechbar.

»Sie benötigt künstliche Beatmung. Solange Frau Paulsen darauf angewiesen ist, kann sie keine Befragung über sich ergehen lassen«, lautete die kategorische Auskunft der Ärztin.

Frank wollte noch keinen Druck aufbauen, indem er Meike als mögliche Mörderin oder Brandstifterin benannte. Also blieb er zurückhaltend und erkundigte sich, wann ein besserer Zeitpunkt für eine Vernehmung wäre.

»Ich gehe davon aus, dass wir die Patientin morgen von der Beatmungsmaschine nehmen können«, erwiderte die Ärztin.

Damit gab Frank sich zufrieden und verließ gemeinsam mit May-Britt das Krankenhaus. Er schlug vor, dass sie ihn zum Treffen mit dem Amtmann der Steuerfahndung begleiten sollte. Seine Kollegin willigte ein und folgte anschließend Frank im eigenen Dienstwagen nach Flensburg. Der rief während der Fahrt den Amtmann in dessen Dienststelle an und konnte das sofortige Treffen arrangieren. Als Frank seinen Golf auf dem Parkplatz am Finanzamt in der Duburger Straße abstellte, drang erstmals an diesem Tag die Sonne durch den Hochnebel. Unter anderen Umständen hätte er sich an dem wunderbaren Herbsttag erfreuen können, doch heute war Frank völlig mit den Gedanken bei der laufenden Ermittlung. Fünf Minuten später saßen sie in einem kargen Dienstzimmer an einem runden Besprechungstisch. Amtmann Rehberg hatte die beiden Ermittler begrüßt und bereits für frischen Kaffee und sogar einen Teller mit Keksen gesorgt. Als die Vorstellungsrunde abgeschlossen war, deutete Frank auf eine vierte Kaffeetasse.

»Sie haben noch einen weiteren Gesprächspartner dazugeholt?«, fragte er.

»Allerdings. Unsere Ermittlungen werden immer komplizierter, und das verdanken wir aktuell vor allem der Unternehmung von Frau Paulsen«, erwiderte Rehberg.

Bevor er seine Andeutung näher ausführen konnte, klopfte es, und gleich darauf betrat ein Mann mit grau melierten braunen Haaren und dunkelbraunen Augen das Dienstzimmer. Er zog sofort die Wetterjacke aus und hängte sie an die Garderobe. Auf Frank wirkte es so, als käme der Mann regelmäßig mit Rehberg hier zusammen.

»Darf ich vorstellen: Zollrat Münster von der Zollfahndung«, machte der Amtmann sie bekannt.

May-Britt warf Frank einen irritierten Seitenblick zu. Der überließ es aber Rehberg, der dänischen Kollegin das komplizierte Zuständigkeitsgeflecht der deutschen Behörden zu erklären.

»Es geht mittlerweile nicht mehr nur um Fragen des Einkommensteuerrechts, sondern wir müssen auch Angelegenheiten in Bezug auf Arbeitnehmerüberlassung, Werkvertragsunternehmen und Werkvertragsarbeitnehmer im Baugewerbe sowie Umsatzbesteuerung für das Königreich Dänemark beachten. Deswegen habe ich den Kollegen Münster hinzugezogen« sagte er.

Als May-Britt ihm einen hilfesuchenden Blick zuwarf, zuckte Frank mit den Schultern. »Können Sie es bitte so erklären, dass auch wir Laien die Zusammenhänge verstehen?«, bat er Rehberg.

Der unscheinbare Beamte mit dem dunkelblonden Haar, das er sorgfältig über die erkennbare Glatze drapiert hatte, lächelte nachsichtig.

»Im Falle von Frau Paulsen sind folgende Punkte bei der

Überprüfung ihrer Geschäftsvorfälle der zurückliegenden Jahre aufgefallen: Es existieren Gehaltszahlungen für Klaus Paulsen, die über eine Hamburger Spezialfirma ins Unternehmen laufen. Gleichzeitig passen die gezahlten Umsatzsteuern im Ausgleich mit Dänemark nicht zu den angegebenen Geschäften dort«, sagte Rehberg.

Anschließend führte er aus, dass seine Behörde dem Anfangsverdacht von Einkommensteuerverkürzung nachging, während die Zollfahndung in Person von Zollrat Münster einen möglichen Umsatzsteuerbetrug verfolgte. Nach und nach dämmerte es Frank, mit welchen Problemen es Meike Paulsen zu tun hatte.

Auch May-Britt konnte den Erklärungen gut folgen. »Damit hätten wir ein Motiv für die Brandstiftung«, warf sie ein.

Jetzt musste Frank erst einmal Rehberg und Münster über die aktuellen Vorfälle informieren. »Falls Frau Paulsen, zum Beispiel über den Steuerberater, von Ihren Ermittlungen erfahren hat, könnte sie beabsichtigt haben, durch das Feuer mögliche Beweise zu vernichten«, erklärte er.

»Unwahrscheinlich, Herr Reuter. Erstens sind wir noch ganz am Anfang der Ermittlungen und zweitens wird der Steuerberater mit Sicherheit nicht wegen eines Mandanten seine gesamte berufliche Existenz gefährden. Seine Angestellten wissen nichts über die eingeleiteten Untersuchungen, sodass es auch dort keine Lücken geben kann«, widersprach Münster.

Dann holte Rehberg einige Kopien von Dokumenten aus einer Mappe. Er fächert sie auf dem Tisch vor Frank und May-Britt aus. Die beugten sich vor, um sie zu studieren.

»Das sind einige Belege, die vom Hamburger Unternehmen erstellt wurden. Danach wurden Gehaltszahlungen für

Klaus Paulsen über sie abgewickelt. Nachdem die erforderlichen Steuern und Abgaben geleistet worden sind, flossen die übrigen Gehaltsanteile ins Schleswiger Unternehmen. Dieser Umweg ergibt für uns keinen Sinn, da Herr Paulsens Gehälter ansonsten ausschließlich von dem beauftragten Steuerbüro vorgenommen worden sind. Daher unser Verdacht auf Steuerverkürzung, obwohl ich zugeben muss, dass wir die Zusammenhänge erst noch nachvollziehen müssen«, erklärte Rehberg.

»Tut mir leid. Mir sagt weder dieser Firmenname etwas noch kann ich aus den Vorgängen irgendwelche Rückschlüsse für unsere Ermittlungen ziehen«, gestand Frank.

May-Britt stimmte ihm zu. Auch ihr erschloss sich noch nicht, welche Bedeutung diese Vorgänge eventuell für die Mordermittlung haben könnten.

»Es besteht die Möglichkeit, dass Klaus Paulsen allein oder in Zusammenarbeit mit seiner Ehefrau in Dänemark legale Drogen verkauft hat. Zum guten Teil vermutlich gegen Barzahlung und ohne entsprechende Rechnung. Könnte es sich so erklären?«, bot Frank einen Ausweg aus dem Dilemma an.

Rehberg und Münster diskutierten diese Möglichkeit, ohne aber zu einem brauchbaren Ergebnis zu gelangen. So, wie es sich momentan darstellte, waren sie auf ein weiteres Rätsel gestoßen. Nach einer Stunde und Rehbergs Zusage, alle relevanten Ermittlungsergebnisse unverzüglich an ihn weiterzuleiten, war das Treffen beendet. Auf dem Weg zu ihren Fahrzeugen besprachen Frank und May-Britt ihre nächsten Schritte.

»Ich werde morgen Vormittag Meike Paulsen vernehmen. Dann sehen wir weiter«, sagte er.

Da May-Britt unbedingt dabei sein wollte, verabredeten sie sich für den kommenden Tag. Sie wollte direkt aus

Sonderburg zum Krankenhaus kommen. Beide waren sehr gespannt auf die Aussage der Witwe von Klaus Paulsen.

»Zu schade, dass wir sie noch nicht mit den Nachforschungen von Rehberg und Münster konfrontieren können. Wäre interessant zu sehen, wie sie darauf reagiert«, sagte May-Britt.

Frank war anderer Meinung: »Es ist weitaus effektiver, wenn wir etwas Handfestes vorbringen können. Lassen wir Rehberg und Münster noch ein wenig Zeit. Sobald sie uns konkrete Hinweise liefern, lohnt sich die Konfrontation umso mehr.«

Sie trennten sich auf dem Parkplatz des Finanzamtes. Während May-Britt sich auf den Rückweg nach Sonderburg machte, schlug Frank die Richtung zur Direktion ein.

KAPITEL 11

Der Tag fing schon schlecht für Astrid Terpe an. Per war extrem verkatert, und so musste sie ihren Mann zur Arbeit fahren, da er den Linienbus verpasst hatte. Die gereizte Stimmung sorgte für einige bissige Dialoge im Wagen, die Astrids Nerven zusätzlich belasteten. Daher war sie froh, als Per auf dem Hof vor der Halle ausstieg und wortlos an seinen Arbeitsplatz ging.

Astrid erwiderte den Gruß von Sven Mikkelsen, der mit seinem Landrover an ihr vorbeifuhr. Bevor sie aber wieder anfahren konnte, stand plötzlich Lasse vor ihrer Motorhaube und fixierte sie mit einem undefinierbaren Blick. Astrid drückte auf den Knopf für den elektrischen Fensterheber.

»Geh bitte zur Seite. Ich habe es eilig«, rief sie ihm zu.

Sie wusste, dass Lasse geistig ein wenig zurückgeblieben war. Deswegen beschäftigte Sven den jungen Mann, dessen Lohn überwiegend durch die Kommune getragen wurde.

Lasse reagierte nicht auf ihre Bitte, sondern stierte Astrid weiter mit diesem seltsamen Blick an. Seufzend schaltete sie den Motor aus, um aus dem Wagen zu steigen.

»Was ist denn los?«, fragte sie, als sie vor ihm stand. »Willst du mir etwas zeigen?«

Sie hatte früher schon erlebt, dass Lasse oft die passenden Worte fehlten und er sein Anliegen dann mit direktem Zeigen auf Dinge zu vermitteln versuchte. Niemand wusste, warum er an manchen Tagen fast wie ein ganz normaler junger Mann reagierte und ein andermal geistig wieder beinahe abwesend war.

»Komm«, sagte er und wandte sich um.

Obwohl sie längst bei einem Ferienhaus sein sollte, um dort mit Bengt eine Grundreinigung vorzunehmen, fügte Astrid sich. Sie wusste, wie stur Lasse sein konnte, und wollte daher lieber durch kooperatives Verhalten die Dinge beschleunigen. Also folgte sie dem Helfer von Mikkelsen zur Rückseite der Halle, wo er nach einem prüfenden Blick zu ihr die Hintertür öffnete und ins Halbdunkel der Halle verschwand.

Ein merkwürdiges Gefühl breitete sich in Astrid aus. Könnte ich dich übersehen haben?, fragte sie sich im Stillen.

Tatsächlich bewegte Lasse sich oft wie ein Geist durch die Halle und erschreckte seine Kollegen damit, wie aus dem Nichts plötzlich neben ihnen aufzutauchen. Astrid spürte ein zunehmendes Kribbeln im Nacken, als Lasse sich einem Stapel näherte. Es waren die abgefahrenen Reifen, die Astrid sich als Versteck für die verdreckte Fußmatte ausgesucht hatte. Lasse blieb daneben stehen, drehte sich zu ihr um und bleckte bei einem schiefen Grinsen seine gelblichen Zähne. Astrid tat so, als wenn sie keine Ahnung hätte, worauf er hinauswollte. Sie breitete die Arme aus.

»Und? Was willst du mir jetzt zeigen? Die alten Reifen?«, fragte sie.

»Du hast hier etwas versteckt. Ich habe dich gesehen. Jetzt haben wir ein Geheimnis«, erklärte Lasse in abgehackten Sätzen.

Er ging in die Hocke, schob seinen linken Arm zwischen zwei Reifen und zerrte dann unter leisem Stöhnen die Fußmatte hervor. Lasse zeigte sie Astrid und schob sie gleich darauf wieder zurück. So, wie er sich dabei anstrengte, würde es sehr schwer werden, die Matte erneut unter dem Stapel herauszuziehen.

Astrid suchte nach einem Weg, wie sie Lasse von diesem Versteck ablenken könnte. Er neigte dazu, sich schnell für etwas zu begeistern, und darauf baute sie. »Ich habe neue Computerspiele im Auto. Die haben Feriengäste in einem der Häuser vergessen. Soll ich dir die zeigen?«, bot sie an.

Mit einem Ruck war Lasse auf den Beinen. Selbst im Dämmerlicht konnte Astrid sehen, wie sein Gesicht vor Begeisterung zu glühen begann. Es war gelogen. Die beiden X-Box-Games hatte Astrid eigentlich für Per gekauft, um ihn damit vom Trinken abzuhalten. Solange ihr Mann sich stark auf eine Sache konzentrieren musste, ließ er die Finger von Bier und Schnaps. Doch die neue Bedrohung durch Lasse hatte jetzt Vorrang.

»Zeige sie mir«, forderte er.

Auf dem Rückweg zum Auto bestürmte Lasse sie ununterbrochen mit Fragen. Er wollte wissen, wie genau die Spiele hießen und ob er sie vielleicht auch auf seiner älteren Version der Spielekonsole verwenden konnte. Zum Glück war auch Pers X-Box ein älteres Modell, weshalb Astrid auf diesen Punkt beim Kauf geachtet hatte. »Ja, das geht«, antwortete sie, und Lasse strahlte.

Schließlich erreichten sie den Volvo. Lasse zerrte am Schloss der Heckklappe herum, bis Astrid ihn mit scharfer Stimme aufforderte, es zu unterlassen. Solange er an der Verriegelung zog, konnte Astrid das Schloss nicht mit der Fernbedienung öffnen. »Lass endlich los! Sonst kann ich die Klappe nicht aufmachen«, fuhr sie ihn an.

Mit mürrischem Grunzen folgte er, und so konnte sie endlich das Schloss entriegeln, um die beiden noch in Folie eingeschweißten Computerspiele aus dem Kofferraum zu nehmen.

Lasse riss sie ihr förmlich aus der Hand. Leise vor sich hinmurmelnd untersuchte er beide Verpackungen. Seine Stirn war vor Konzentration gefurcht, und als er alles erfahren hatte, was er wissen wollte, schaute er Astrid mit geschürzten Lippen an.

Die brachte ihr Vorhaben zu Ende. »Na, würden die auf deiner Konsole funktionieren?«, fragte sie scheinheilig.

»Ja, geht«, antwortete er knapp.

Nervös trippelte er von einem Fuß auf den anderen. Vermutlich hatte er die Fußmatte längst vergessen. Doch Astrid ging kein Risiko ein.

»Dann müsste ich die Spiele ja gar nicht abgeben. Die in der Verwaltung packen sie vermutlich in irgendeinen Schrank und dort geraten sie in Vergessenheit. Hm. Soll ich sie dir überlassen? Was meinst du?«, fragte sie.

Mit einem lauten Glücksschrei sprang Lasse auf Astrid zu, umarmte sie stürmisch und rannte dann mit seinem Schatz davon.

»Na, wenigstens habe ich einen glücklich gemacht. Hauptsache, er vergisst diese verfluchte Matte«, murmelte sie und schlug die Heckklappe zu.

Anschließend setzte sie sich wieder hinters Lenkrad und fuhr los. Auf der Fahrt in die Ferienhaussiedlung rief sie Bengt auf seinem Handy an und sagte ihm, dass sie wegen eines geschäftlichen Telefonates erst jetzt zu ihm auf dem Weg war. Mittlerweile gewöhnte Astrid sich schon beinahe daran, ihre Mitmenschen zu belügen. Sie hasste sich dafür.

*

Die behandelnde Ärztin verschob den Vernehmungstermin auf 13 Uhr, sodass Frank und May-Britt sich zunächst auf andere Aspekte der Ermittlung konzentrieren mussten. Beide kamen unabhängig voneinander auf die Idee, ein persönliches Gespräch mit dem Steuerberater von Meike Paulsen zu führen.

»Es müssen sich konkrete Hinweise in den Geschäftsunterlagen befinden, die uns eine Spur zu den Hintergründen liefern«, erklärte Frank dem Kollegen der Steuerfahndung am Telefon.

Rehberg war zuerst sehr abweisend. Vermutlich hatte er Angst, dass seine eigenen Recherchen dadurch gefährdet werden könnten.

»Können Sie es nicht wie einen ganz normalen Termin im Finanzamt aussehen lassen?«, schlug Frank vor.

Bevor Rehberg zustimmte, beriet er sich mit Münster vom Zoll. Erst als auch dieser seine Einwilligung erteilte, griff er die Idee auf. Fünf Minuten vor 11 Uhr trafen Frank und May-Britt also wieder im Finanzamt ein. Dieses Mal fand das Treffen in einem neutralen Besprechungsraum der Abteilung zur Erhebung der Gewerbesteuer statt. Der Steuerberater war jünger, als Frank erwartet hatte, und entsprach in seinen schwarzen Jeans mit hellblauem Hemd und einer lässigen Jacke so gar nicht dem gängigen Klischee seines Berufstandes.

»Herr Sievers ist über die Vertraulichkeit unseres Treffens umfassend belehrt worden und hat eine entsprechende Vereinbarung unterschrieben«, erklärte Rehberg.

Obwohl die Umstände für den Steuerberater eigentlich durchaus Anlass zur Nervosität gegeben hätten, wirkte Sievers überraschend entspannt. Er trank genüsslich seinen Kaffee und klappte dabei seinen silberfarbenen Laptop auf.

»Es scheint Sie nicht weiter zu beunruhigen, dass wir im

Rahmen einer Mordermittlung mit Ihnen sprechen müssen«, warf May-Britt ein.

Sievers sah auf, lächelte der Kommissarin zu und drehte dann den Laptop so um, dass sie und Frank den Monitor erkennen konnten.

»Ich habe ganz unterschiedliche Mandanten, Frau Oldsen. Dazu gehören international tätige Unternehmen und auch Firmen, deren Einnahmequellen durchaus als dubios bezeichnet werden können. Glauben Sie mir bitte, Erstere sind oftmals krimineller als die zweite Gruppe. Niemand zahlt gerne Steuern. Ich habe gelernt, meine Ansichten zu Mandanten möglichst neutral zu halten«, erwiderte er.

Seine fatalistische Sichtweise machte Sievers das Leben mit Sicherheit leichter. Doch Frank spürte Abneigung gegen diese Denkweise in sich aufsteigen. Vermutlich lag es an seinem gutbürgerlichen Elternhaus und der konservativen Wertevermittlung, die er dort erfahren hatte.

Er musterte die Daten auf dem Laptop. »Was sind das für Unterlagen?«, wollte er wissen.

»Als Herr Rehberg mir erklärt hat, wonach Sie suchen, habe ich mich an ein Gespräch mit Frau Paulsen erinnert«, erwiderte er.

Bei der Vorbereitung des vorletzten Geschäftsjahres hatten die Angestellten des Steuerberaters offenbar zwei Zahlungen nicht eindeutig zuordnen können.

»Dazu legten sie mir Kopien von Lieferscheinen einer Firma aus Dänemark vor«, fuhr Sievers fort und zeigte auf den Monitor.

Frank warf einen Blick darauf, schaute fragend zu May-Britt, die aber nur ratlos den Kopf schüttelte.

»Die Lieferscheine sehen für mich völlig normal aus. Was ist daran so auffällig?«, fragte sie.

Sievers lächelte milde. Er gefiel sich offenbar in der Rolle des gefragten Fachmannes. Frank fand ihn immer unsympathischer.

»Es sind Durchschläge, die Klaus Paulsen als Auftragsbestätigung in seiner Firma abgeliefert hat. Achten Sie aber bitte auf die Kontaktdaten, speziell die Telefonnummer für Rückfragen«, erklärte der Steuerberater.

Als Frank die Hamburger Vorwahl erkannte, stieß er einen leisen Pfiff aus. Er schaute zu Rehberg. »Gehört diese Telefonnummer zu dem Unternehmen, über das diese ominösen Zahlungen geflossen sind?«, fragte er.

»Exakt. Herr Sievers wusste damals noch nichts von dieser Abrechnungsfirma und bat daher Frau Paulsen um Klärung«, antwortete Rehberg.

»Wie hat sie reagiert?«, fragte May-Britt.

Meike Paulsen habe die Kopien an sich genommen und versprochen, die Angelegenheit zügig zu klären, berichtete Sievers. Bereits zwei Tage später habe sie die Unterlagen zurück an die Kanzlei geschickt.

»In dem kurzen Anschreiben wies sich mich an, die Lieferung wie üblich zu verbuchen. Die Kontaktdaten beruhten auf einer irrtümlichen Eintragung, die nichts zu bedeuten hätte«, ergänzte er.

Das passte nach Franks Ansicht kaum zum zwanghaften Kontrollverhalten der Unternehmerin. »Und es kam nie wieder die Sprache darauf?«, hakte er nach.

»Nicht mir gegenüber«, versicherte Sievers.

Der Kollege der Zollfahndung konnte aber noch einen wichtigen Hinweis liefern. »Bei der Überprüfung aller Abrechnungen, die durch das Hamburger Unternehmen vorgenommen wurden, stießen wir auf eine weitere Ungereimtheit«, sagte er. »Nicht alle Zahlungen für Klaus Paulsen gingen auf das Geschäftskonto des Schleswiger Unternehmens. Ein nicht unbeträchtlicher Anteil wurde auf ein Konto bei der dänischen Sydbank überwiesen. Die entsprechenden Daten habe ich bereits an Ihre Dienststellen übermitteln lassen«, erklärte Münster.

May-Britt entschuldigte sich, um Henner in Sonderburg den Auftrag zu geben, sich bevorzugt um die Kontoklärung zu kümmern. Sie rief ihn über ihr Handy an und stellte sich dazu an das einzige Fenster im Raum. Frank wollte von Sievers mehr über seine Zusammenarbeit mit Meike Paulsen erfahren. Eine Ahnung trieb ihn dazu, noch genauer in Bezug auf abweichende Lieferscheine oder vergleichbare Differenzen nachzuhaken.

»Ja, sie ist eine besonders anspruchsvolle Mandantin. Vor gut einem Monat tauchte zwischen zu bezahlenden Rechnungen eine Nachfrage zu einer Lieferung bei mir auf. Als ich Frau Paulsen darüber informierte, verlangte sie eine Nachprüfung. Dabei gehört das Unternehmen aus Randers überhaupt nicht zu den Kunden ihres Unternehmens«, berichtete der Steuerberater.

May-Britt kehrte zum Tisch zurück und folgte gespannt den Ausführungen. Frank notierte sich sowohl die Telefonnummer vom Lieferschein als auch die Geschäftsadresse des Unternehmens aus Randers. Sievers beschrieb Meike Paulsen als besonders kritisch. Doch von weiteren konkreten Vorfällen, die für Frank und May-Britt von Interesse waren, wusste er nicht zu berichten.

Zehn Minuten später war die Besprechung beendet. Für Frank und May-Britt wurde es Zeit, sich auf den Weg nach Schleswig zu machen. Auf der Fahrt dorthin gingen sie das Gespräch mit den drei Männern Punkt für Punkt durch.

»Kannst du dir vorstellen, dass sie diese Abweichungen nicht mit ihrem Mann besprochen hat?«, fragte Frank.

Nach allem, was May-Britt mittlerweile über Meike Paulsen wusste, erschien es ihr sehr unwahrscheinlich. »Außer sie war bereits misstrauisch und wollte sich lieber persönlich darum kümmern. Falls sie ihrem Ehemann nicht mehr traute, würde ein solches Verhalten doch wohl eher ihrem Charakter entsprechen«, gab sie zu bedenken.

Sie einigten sich darauf, Paulsen im Zuge der Vernehmung darauf anzusprechen.

Als sie im Krankenhaus angekommen waren und mit der behandelnden Ärztin gesprochen hatten, die ihnen 15 Minuten für die Befragung ihrer Patientin zubilligte, gingen sie zum Krankenzimmer der Unternehmerin. Meike Paulsen atmete wieder aus eigener Kraft und war daher auf die Innere Station verlegt worden. Als Frank und May-Britt nach kurzem Anklopfen den Raum betraten, trafen sie auf eine zwar sehr bleiche Frau, die aber dennoch aufrecht im Bett saß und gerade telefonierte.

»Ich melde mich später noch einmal«, sagte sie und beendete das Gespräch.

»Moin, Frau Paulsen. Ihre Ärztin hat uns gesagt, dass wir ein kurzes Gespräch mit Ihnen führen können. Fühlen Sie sich dazu in der Lage?«, sagte Frank.

»Ja, natürlich. Haben Sie diesen Brandstifter gefasst?«, erwiderte sie.

Während Frank sich auf den Stuhl neben dem Bett setzte, blieb May-Britt am Fußende stehen.

»Nein, so schnell geht das leider nicht. Können Sie uns schildern, was gestern Nacht passiert ist?«, wehrte Frank ab.

Meike Paulsen hüstelte leise, trank durch einen Strohhalm aus einem Becher und gab dann wieder, wie sie die Stunden erlebt hatte.

»Ich habe gegen 22 Uhr mein Büro verlassen und bin nach Hause gefahren. Dort wollte ich mir den Status der aktuellen Lieferungen ansehen und mir einen Weg überlegen, wie es ohne Klaus weitergehen soll«, erklärte sie.

Mit sachlicher Präzision gab sie einen Bericht über die Zeit ab, bis sie nochmals zurück in die Firma fahren musste. Angeblich funktionierte ein Programm auf ihrem Laptop nicht, den sie für die Bearbeitung benutzte.

»Ich konnte die Listen nicht anpassen und deswegen blieb mir nichts anderes übrig, als zurück in die Firma zu fahren«, sagte Meike Paulsen.

»Es war bereits weit nach Mitternacht. Hätten Sie nicht lieber einige Stunden schlafen und am Morgen dann ausgeruht die Arbeit fortsetzen sollen?«, fragte May-Britt.

»Schlafen? Glauben Sie ernsthaft, dass ich in meiner Lage auch nur ein Auge zubekomme? Nein. Ich muss mein Unternehmen am Laufen halten, und deswegen fuhr ich zurück zur Firma«, antwortete Paulsen.

Diese Motivation erschien Frank glaubhaft. Er ließ Meike Paulsen weiterreden und erfuhr so, dass sie zehn Minuten nach 1 Uhr in der Früh in der Husumer Straße eingetroffen war.

»Als ich aus dem Wagen stieg, bemerkte ich Licht in einem der Büros. Direkt neben dem Labor, in dem wir viele wertvolle Substanzen aufbewahren. Zuerst dachte ich an einen Einbrecher und wollte ihn vertreiben«, sagte sie.

Erneut unterbrach May-Britt den Erzählfluss. »Sie haben nicht daran gedacht, zuerst die Polizei zu alarmieren? Es hätten ja auch mehrere Einbrecher sein können. Es allein mit ihnen aufnehmen, wäre doch viel zu gefährlich gewesen«, sagte sie.

Ein eisiger Blick traf die dänische Kommissarin. Die mit Frank abgesprochene Strategie zeigte Wirkung. Meike Paulsen hasste es, wenn man sie kritisierte.

»Erstens bin ich kein Angsthase. Zweitens wollte ich einen Fehlalarm vermeiden, falls es sich nur um die Nachlässigkeit eines meiner Angestellten gehandelt hätte. Wie stünde ich denn da, wenn die Streifenpolizisten lediglich eine Schreibtischlampe vorfinden, die jemand angelassen hat«, erwiderte sie.

Dann setzte sie ihren Bericht exakt an der Stelle fort, an der May-Britt sie unterbrochen hatte.

»Ich ging zur Hintertür und sah sofort, dass sie unverschlossen war. Als ich schließlich ins Gebäude ging, erkannte ich meinen Irrtum«, sagte sie.

Der Geruch von Rauch und der Schein eines flackernden Feuers machte Meike Paulsen bewusst, dass es sich nicht um Einbrecher handelte.

»Dann traf ich auf die Frau. Instinktiv schnappte ich mir den nächsten Feuerlöscher, der an der Treppe zum Obergeschoss hing, und rannte in Richtung des Büros. Der Feuerschein zeigte mir, wohin ich musste«, erklärte Meike Paulsen.

»Sie haben nicht den Feuermelder gedrückt?«, warf May-Britt erstaunt ein.

Die dritte Unterbrechung machte die Unternehmerin richtig wütend.

»Hören Sie doch einfach zu! Wie soll ein Mensch einen korrekten Bericht abgeben, wenn Sie ständig dazwischenreden? Deswegen kommt es zu Irrtümern und Auslassungen. Sie sollten von Hauptkommissar Reuter lernen, wie man eine vernünftige Befragung eines Zeugen durchführt«, fuhr sie May-Britt barsch an.

Sekundenbruchteile später nahm Meike Paulsen den Faden

wieder auf, als wenn es nie zu einem Wutausbruch gekommen wäre. Frank und May-Britt tauschten einen Blick aus.

»Bevor ich den eigentlichen Brandherd erreichte, tauchte diese Person urplötzlich im Gang vor mir auf. Sie rief etwas auf Dänisch und griff mich dabei an. Ich versuchte, mich mit dem Feuerlöscher zu wehren, doch es misslang. Etwas traf mich hart am Kopf und dann kam ich erst wieder zu mir, als ich im Rettungswagen lag«, schloss Meike Paulsen ihren Bericht.

Ihre Schilderung passte zu den ersten Erkenntnissen des Brandursachenermittlers Hauke Thordsen. Es könnte sich so ereignet haben.

»Sie gehen also davon aus, dass der Brand gelegt wurde, um die Spuren des Einbruchs zu vertuschen. Ziel war Ihrer Ansicht nach das Labor mit den wertvollen Substanzen«, fasste Frank es zusammen.

Mit einem Seitenblick zu May-Britt bestätigte Meike Paulsen es.

»Könnten Sie einem unserer Zeichner dabei helfen, ein Porträt des Täters zu erstellen?«, fragte Frank.

Doch dafür reichten die wenigen Eindrücke dann doch nicht aus. Die Beschreibung blieb sehr vage und nicht einmal auf ein Geschlecht wollte die Unternehmerin sich festlegen. Lediglich bei der Sprache war sie sich sicher.

Mit einem leichten Nicken signalisierte Frank seiner Kollegin, dass sie jetzt wie besprochen übernehmen sollte.

»Kommen wir zurück zu den Kundenlisten, die Sie bearbeiten wollten. Was können Sie uns zu dieser Firma aus Randers sagen?«, fragte May-Britt.

Sie hielt Meike Paulsen ihr Smartphone hin. Damit hatte May-Britt ein Bild von der Rückfrage angefertigt, die im Steuerbüro aufgetaucht war.

Paulsen beugte sich leicht vor, um sich die Aufnahme genau anzusehen. Dann lehnte sie sich wieder zurück. »Ich kenne dieses Unternehmen nicht. Es gehört definitiv nicht zu unseren Kunden«, antwortete sie.

Als Nächstes zog May-Britt eine Notiz aus der Umhängetasche, die sie selbst während der Fahrt nach Schleswig angefertigt hatte. Sie reichte den Zettel an die Unternehmerin weiter.

»Das sind die Mobilfunknummern, die auf Ihr Unternehmen angemeldet sind. Falls es weitere gibt, möchte ich Sie bitten, die entsprechenden Nummern zu ergänzen«, sagte die Kommissarin.

Mit gefurchter Stirn studierte Meike Paulsen die Telefonnummern. Nach kurzem Zögern reichte sie den Zettel an May-Britt zurück.

»Das sind meines Wissens alle unsere Mobilfunkanschlüsse«, sagte sie.

Meike Paulsen hatte auch die falsche Telefonnummer von dem Lieferschein akzeptiert, über die vor einigen Wochen ihr Steuerberater gestolpert war.

Mit einem Lächeln reichte May-Britt den Zettel erneut an die Unternehmerin. »Wären Sie dann bitte noch so freundlich, hinter jeder Nummer den Nutzer des Telefons zu notieren?«, bat sie.

Zuerst schien Meike Paulsen die Bitte abschlagen zu wollen. Doch dann nahm sie den angebotenen Kugelschreiber und schrieb hinter jede Nummer den Namen des Benutzers. Als May-Britt hinter der bewussten Mobilfunknummer den Namen Klaus Paulsen entzifferte, nickte sie Frank unauffällig zu.

»Eine letzte Frage hätte ich noch«, sagte er.

Doch die konnte Frank nicht mehr stellen. Die Zimmertür

öffnete sich und zusammen mit der Ärztin betrat Dr. Kersten den Raum. Sein verärgerter Blick wanderte von May-Britt über seine Mandantin zu Frank.

»Das ist ein ungeheuerlicher Vorgang, Herr Hauptkommissar Reuter. Sie wissen genau, dass Sie ohne meine Anwesenheit Frau Paulsen nicht befragen dürfen. Ich werde mich bei Ihrem Vorgesetzten über diesen Vorgang beschweren!«, stieß er hervor.

Auch die Ärztin schoss wütende Blick auf Frank ab. Sie fühlte sich offenbar hintergangen.

»Frau Paulsen hat sich mit der Vernehmung einverstanden erklärt und zu keinem Zeitpunkt nach einem Rechtsbeistand verlangt. Es steht Ihnen selbstverständlich frei, sich trotzdem zu beschweren«, erwiderte Frank. So leicht ließ er sich nicht von Dr. Kersten provozieren. Er stand auf, bedankte sich bei Meike Paulsen und wünschte ihr weiterhin gute Genesung. Sie erwiderte sein Lächeln, während sie May-Britt geflissentlich ignorierte.

Mit einem Nicken in Richtung der Ärztin verließen die beiden Ermittler das Krankenzimmer. Als sie auf den Aufzug warteten, zog die Kommissarin eine erste Bilanz.

»Die Lady ist zwar clever, aber wir haben sie dennoch beim Lügen ertappt«, sagte sie.

»Warten wir ab, was die Recherchen in Bezug auf die Firma aus Randers sowie die Konten bei der Sydbank ergeben. Aber, ja, ich sehe in Meike Paulsen weiterhin eine Tatverdächtige«, stimmte Frank zu.

Zehn Minuten später stiegen sie auf dem Besucherparkplatz des Krankenhauses wieder in den Dienstwagen, um die Rückfahrt anzutreten.

KAPITEL 12

Henrik hatte nicht so schnell mit einem neuen Auftrag von Dr. Kersten gerechnet. Doch der Strafverteidiger machte es dringend, und so trafen die beiden Männer sich in der Cafeteria des Krankenhauses.

»Es geht noch einmal um meine Mandantin Meike Paulsen. Sie haben von dem Brand in ihrem Unternehmen gehört?«, fragte Kersten.

»Nur in den Nachrichten. Da wusste ich aber nicht, dass es sich dabei um das Unternehmen Ihrer Mandantin handelt«, antwortete Henrik.

Der Rechtsanwalt gab den Sachverhalt in wenigen Sätzen wieder und betonte, dass die Polizei offenkundig seine Mandantin selbst als Brandstifterin verdächtigte. »Das ist völliger Unsinn. Ich habe Ihnen die Aussage von Frau Paulsen als Mailanhang zugeschickt«, erklärte er Henrik.

Sein Handeln sprach Bände. Der Strafverteidiger setzte voraus, dass Henrik den Auftrag auf jeden Fall übernehmen würde. Gleichzeitig wirkte Dr. Kersten ehrlich entrüstet über die angebliche Vorverurteilung durch die Ermittler.

»Fahren Sie am besten direkt von hier in die Husumer Straße. Dort ist der zuständige Brandursachenermittler – er heißt Hauke Thordsen – mit Sicherheit noch bei der Spurensicherung. Außerdem sollten Sie mit der Brandwache sprechen und deren Sicht über Ausbruch und Verlauf des Feuers ermitteln«, teilte Kersten ihm weiter Aufgaben zu.

Henrik nutzte eine Atempause des Strafverteidigers, um selbst einen Vorschlag zu unterbreiten.

»Das kann ich alles machen, Herr Dr. Kersten. Noch dringlicher wäre es meines Erachtens aber, ein stichfestes Alibi für Frau Paulsen nachzuweisen. Dazu könnte ich nach Aufzeichnungen von Überwachungskameras suchen, die ihre Fahrt von ihrem Privathaus zur Firma belegen. Möglicherweise fördert eine Befragung in den umliegenden Häusern in der Husumer Straße zusätzlich Zeugen zutage«, sagte er.

Der Rechtsanwalt krauste die Stirn. Dann nickte er. »Natürlich, Herr Bargen. Sie machen es so, wie es Ihrer Erfahrung nach das Beste ist. Ich muss nur darauf bestehen, dass Sie sofort mit der Arbeit anfangen«, sagte er.

Das war durchaus in Henriks Sinn. Er war ja bereits vor Ort, und da wäre es reine Zeitverschwendung, nicht umgehend die Ermittlungen aufzunehmen.

Dr. Kersten war erneut bestens vorbereitet, denn er drückte Henrik ein Kuvert mit Geldscheinen in die Hand. »Das sind drei Tagessätze sowie ein Aufschlag von 50 Prozent für anfallende Spesen. Abrechnen werden wir wieder nach Abschluss der Ermittlungen«, sagte er und ließ sich den Empfang des Geldes gegenzeichnen.

Dann sprang der Strafverteidiger auf und eilte aus der Cafeteria. Henrik schmunzelte vor sich hin, während er seinen Cappuccino austrank. Anschließend ging er zu seinem Leihwagen und nahm den Laptop vom Rücksitz. Henrik war das Zeichen für frei zugängliches WLAN neben dem Eingang des Krankenhauses aufgefallen. Er schaltete sein Gerät ein und erhielt tatsächlich ungehinderten Zugang zum Internet, sodass er sich die Mail von Kersten durchlesen und den Anhang öffnen konnte. Henrik ließ sich die Tonaufzeichnung vorspielen und lauschte der seltsam spröden Stimme von Meike Paulsen. Ihre Schilderung war außergewöhnlich detailtreu und präzise.

»Solche Aussagen liebt der Ermittler«, murmelte Henrik.

Nachdem er sich die Aufzeichnung ein weiteres Mal angehört hatte, schaltete Henrik den Laptop wieder aus. Danach startete er den Motor des 1er BMW und fuhr in die Husumer Straße. Dort sprach er kurz mit einem zur Brandwache eingeteilten Feuerwehrmann, der das Gespräch als willkommene Abwechslung empfand. Doch Henrik erkannte schnell, dass der junge Mann nur vom Hörensagen über das Feuer berichten konnte. Thordsen war bereits vor zwei Stunden im Gebäude gewesen und längst wieder auf seiner Dienststelle. Daher schob der Privatermittler nach zehn Minuten einen Termin vor und setzte sich wieder in den BMW.

Zunächst fuhr er die Strecke vom Firmensitz bis zum Privathaus der Paulsens im Gartenweg in Lürschau ab. Sobald er eine Überwachungskamera entdeckte, hielt er den Wagen an und sprach mit den jeweiligen Besitzern. Bis zu dem kleinen Ort außerhalb Schleswigs, in dem die Paulsens privat wohnten, konnte er so sechs Kopien der nächtlichen Aufzeichnungen beschaffen. Besonders wertvoll waren die Aufnahmen einer Überwachungsanlage eines Privathauses, das direkt an der Kreuzung Holpuster Weg und Gartenweg rund um die Uhr die Umgebung ablichtete.

Als Henrik vor dem Haus der Paulsens anhielt und sich mit laufendem Motor einige Notizen machte, kam ein älterer Mann vom Nachbargrundstück. Er schaute zu Henrik, der ihm freundlich zunickte und schnell die Zündung abschaltete. Daraufhin fühlte der rotgesichtige Mann mit Kordhose und Holzfällerhemd sich scheinbar aufgefordert, zum

Wagen zu kommen. Henrik seufzte leise, stieß dann die Fahrertür auf, stieg aus und erwiderte den Gruß des Mannes.

»Moin. Ne, ich habe mich nicht verfahren«, sagte er.

Der Nachbar der Paulsens warf einen Blick auf das Kennzeichen am BMW. Henrik entschied sich spontan dazu, die Gelegenheit am Schopfe zu packen.

»Sie haben vom Feuer in der Firma von Frau Paulsen gehört, nehme ich an?«, fragte er.

»Oh, ja. Erst das mit ihrem Ehemann und nun auch noch Brandstiftung. Schlimme Sache. Sie sind aber nicht von der Presse, oder?«, antwortete der Nachbar.

Henrik schüttelte den Kopf. »Bargen. Ich ermittle in beiden Fällen und überprüfe hier die Angaben von Frau Paulsen, um welche Uhrzeit sie zu Hause war und wann sie nochmals nach Schleswig gefahren ist«, erklärte er.

Er bewegte sich tief in der rechtlich zulässigen Grauzone. Solange er sich aber nicht als Polizeibeamter ausgab, auch wenn der Nachbar eventuell zu dieser irrtümlichen Annahme gelangen konnte, verhielt Henrik sich korrekt. Ein verstehendes Nicken, verbunden mit dem Deuten des Daumens auf das Nummernschild, kam als Reaktion des Nachbarn.

»Verstehe. Habe schon in der Zeitung gelesen, dass die Flensburger Mordkommission die Ermittlungen übernommen hat. Vielleicht kann ich Ihnen sogar helfen«, sagte er.

Zunächst holte der Mann umständlich eine Brieftasche aus der offenen Wetterjacke, kramte seinen Personalausweis hervor und streckte ihn Henrik hin. Der nahm das Dokument, notierte sich Vor- und Zunamen sowie die Ausweisnummer. Nachdem er einen gewichtigen Blick auf die Meldeadresse auf der Rückseite geworfen hatte, reichte Henrik den Personalausweis an seinen Besitzer zurück.

»Danke, Herr Schubert. Mit welchen Informationen können Sie uns denn weiterhelfen?«, wollte er dann wissen.

Sekunden später dankte Henrik seiner spontanen Eingebung. Der Nachbar gehörte zu den älteren Herren, deren Prostata sie in der Nacht zu regelmäßigen Toilettengängen verdonnerte.

»Nach dem zweiten Mal gehe ich oft noch auf die Terrasse und rauch schnell eine Zigarette. Im Haus darf ich nämlich nicht mehr. Meine Frau kann den Geruch nicht ausstehen«, sagte Schubert.

Diese nächtliche Zigarette hatte er exakt um zwei Minuten nach 1 Uhr in der Früh genossen.

»Ich konnte noch den Schlag der Kirchenglocke hören. Das Gebimmel dauert immer genau zwei Minuten. Habe ich oft genug überprüft«, erklärte der Nachbar.

Als er seine Zigarette gerade angezündet hatte, ging auf einmal das Außenlicht vor der Haustür von Meike Paulsen an.

»Nicht, dass ich mich darüber gewundert hätte. Sie kommt und geht zu echt unchristlichen Zeiten. So ein Unternehmen verlangt es vermutlich. Wäre ja nichts für mich«, berichtete Schubert weiter.

Er hatte beobachtet, wie Meike Paulsen zu ihrem Audi A1 gegangen und damit weggefahren war.

»Hatte Frau Paulsen etwas dabei? Eine Tasche oder irgendeinen anderen Gegenstand?«, bohrte Henrik nach.

»Nein, ganz bestimmt nicht. Hätte ich gesehen. Am Carport ist ja auch eine Lampe, die auf Bewegung reagiert. War quasi taghell, als sie ins Auto einstieg und losfuhr. Die Frau hatte nur einen hüftlangen Mantel an und trug Handschuhe. Keine Tasche, keinen Koffer oder sonst etwas«, sagte Schubert.

Seine Aussage wirkte glaubhaft. Henrik notierte sich fleißig alles Gesagte. Zu guter Letzt wollte er vom Nachbarn wissen, ob er Meike Paulsen auch am Tag des Mordes gesehen hatte. Doch hier musste Schubert passen.

»Nein. Da waren meine Frau und ich auf dem Campingplatz. Den Wohnwagen ausräumen. Wir hörten erst am Abend von der Tragödie«, sagte er.

Trotzdem war Henrik sehr zufrieden. Als er Schubert dankte, fragte der nach einer Visitenkarte.

»Falls mir noch etwas einfällt oder Silke mehr weiß. Manchmal reden die beiden Frauen miteinander. Wer weiß, was sie dabei aufgeschnappt hat, Herr Kommissar«, sagte er.

Nach kurzem Zögern nannte Henrik die Telefonnummer von Jo Fechner in der Direktion. Sobald er ein Stück vom Haus weg war, wollte er seinen Freund anrufen und einweihen. Jo würde mitspielen, da Henrik auf diese Weise dafür sorgte, dass mögliche Aussagen auch wirklich bei der ermittelnden Dienststelle landeten.

Anschließend stieg er in den BMW und wendete quer über die Fahrbahn, um die Gartenstraße zu verlassen. Schubert verfolgte das Manöver und stand auch noch an der gleichen Stelle, als Henrik in den Holpuster Weg einbog.

*

Er folgte seinem Instinkt. Frank Reuter hatte den Ausführungen der Ärztin entnommen, dass Meike Paulsen im Laufe des Tages aus dem Krankenhaus entlassen werden sollte. Er beschloss, die Firmeninhaberin eine Weile zu beschatten. Dafür hätte er natürlich einen der Mitarbeiter von Hauptkommissarin Martenson anfordern können, doch er übernahm den Job lieber selbst.

Frank suchte sich einen Parkplatz für seinen Golf, von dem aus er den Haupteingang des Krankenhauses im Blick behalten konnte. Als er zwei Stunden in der ungemütlichen Kälte des Wagens zugebracht hatte, begann er selbst an seinem Vorhaben zu zweifeln. Was, wenn die Ärztin es sich anders überlegt hatte?

Um die Scheiben von der Feuchtigkeit im Wagen zu befreien, startete Frank regelmäßig den Motor und ließ ihn einige Minuten laufen. So regelte er auch gleich die Innentemperatur des Fahrzeugs wieder auf ein erträgliches Niveau. Während er über die wachsenden Zweifel nachdachte und das Gebläse die beschlagenen Scheiben wieder durchsichtig machte, blieb Franks Blick an einem Taxi hängen. Es war kein unüblicher Vorgang. Circa alle zehn Minuten rollte ein Taxi am Krankenhauseingang vor, um jemanden abzusetzen oder einzusammeln. Doch dieses Mal war es anders. Meike Paulsen eilte aus dem Eingangsbereich auf das Fahrzeug zu und verschwand im Fond.

»Also doch«, stieß Frank erleichtert hervor.

Da der Motor bereits im Leerlauf seinen Dienst verrichtete, konnte er dem abfahrenden Taxi unverzüglich folgen. Anfangs erwartete Frank, dass die Unternehmerin direkt in die Husumer Straße fahren würde. Doch schon bald erkannte er, dass ihr Taxi eine andere Richtung einschlug. Es ging raus aus Schleswig. Da der Lürschauer Weg genau zu der kleinen Gemeinde führte, in der Meike und Klaus Paulsen ihr Privathaus hatten, wusste Frank endlich, wohin die Reise ging.

»Nur schnell umziehen?«, spekulierte er.

Das gelbe Taxi bog vom Holpuster Weg in den Gartenweg ein. Dort stoppte der Wagen in der Einfahrt des Einfamilienhauses, in dem die Paulsens lebten. Frank konnte beobachten, wie Meike dem Fahrer Geldnoten in die Hand drückte. Anschließend stieg sie aus und eilte mit langen Schritten ins Haus. Frank suchte sich einen Parkplatz gut 50 Meter entfernt. Er stellte den Golf auf einer Grünfläche ab, von der aus er sowohl das Haus im Gartenweg als auch die Kreuzung am Holpuster Weg im Blick hatte. Er wollte nicht riskieren, dass Meike Paulsen das Grundstück über einen rückwärtigen Zugang verließ und ihn so austrickste.

Dieses Mal wurde seine Geduld nicht lange strapaziert. Bereits 30 Minuten später rollte Meike Paulsens A1 von der Einfahrt hinunter auf die Straße. Frank klappte die Sonnenblende zur Seite, damit sein Kopf davon verdeckt wurde. Doch diese Vorsichtsmaßnahme war überflüssig. Meike fuhr zügig vorbei, bog in den Holpuster Weg ein und beschleunigte stark. Frank ließ ihr einen ordentlichen Vorsprung, bevor er ihr folgte. Als der dunkelrote Audi an der Auffahrt Schuby zur Autobahn hinaufrollte, wurde Frank nachdenklich. Seine Verwunderung nahm zu, als Meike Paulsen zügig auf die deutsch-dänische Grenze zuhielt. Frank aktivierte die Freisprecheinrichtung, um von seinem Handy aus in Sonderburg anzurufen. Dort erreichte er Anne, der er vom Grenzübertritt Meike Paulsens erzählte.

»Ich bleibe dran. Falls ich eure Hilfe brauche, melde ich mich wieder«, sagte er.

Die Mitarbeiterin von Oldsen bat Frank, ihr regelmäßig Nachrichten über die Bewegungen der Unternehmerin zukommen zu lassen. Frank sagte es zu. Gleichzeitig wuchs seine Neugier. Wohin wollte Paulsen? Eine ganze Weile tippte er auf Hejlsminde als Ziel. Doch Paulsen blieb unbeirrt auf der A20 und behielt dabei immer die angegebene Höchstgeschwindigkeit bei. Dänische und auch deutsche Autofahrer überholten den A1 regelmäßig, was Frank seine Beschattungsaufgabe erleichterte. Er hatte allerdings auch nicht wirklich den Eindruck, dass Meike Paulsen überhaupt auf Verfolger achtete. Dann verließ sie die A20 an der Ausfahrt nach Kolding. Erst als er sicher war, dass sie tatsächlich ins Zentrum der Stadt fuhr, rief Frank in Sonderburg an. Erneut meldete sich Anne.

»Paulsen will offenbar nach Kolding«, informierte er sie.

»Hast du eine Idee, wen oder was sie dort sucht?«, fragte Anne.

Doch außer unzuverlässigen Spekulationen konnte Frank nichts anbieten. »Nein. Ich behalte sie einfach im Auge und informiere dich, sobald ich mehr weiß«, antwortete er.

15 Minuten später stoppte Paulsen ihren roten A1 in der Skovbrynet 1 am Hotel Comwell. Frank stellte seinen Golf ein Stück vom Audi entfernt auf einem freien Parkplatz ab. Gegen den dunkelgrauen Himmel schien die weiße Fassade des eckigen Hotelkomplexes intensiv zu leuchten. Frank stieg aus, um Meike Paulsen ins Innere zu folgen. Vielleicht wollte sie hier einen Gast treffen.

Er achtete sorgsam darauf, ihr nicht zu nahe zu kommen. Zum Glück gab es reichlich Bewegung in der Lobby, sodass Frank sich unbemerkt in einen der roten Klubsessel setzen konnte. Meike Paulsen wartete am Empfangstresen darauf, dass einer der dahinter arbeitenden Angestellten sich um sie kümmerte. Schließlich sprach sie ein junger Mann an und, soweit Frank es von seinem Beobachtungsposten aus verfolgen konnte, buchte Meike Paulsen ein Zimmer. Für einen Augenblick lang fragte er sich, ob die Unternehmerin auf der Flucht war. Doch ihr bisheriges Verhalten widersprach dem Gedanken. Es musste einen anderen Grund für ihren überhasteten Ausflug nach Kolding geben. Frank zog sein Mobiltelefon hervor und rief erneut in Sonderburg an. Dieses Mal meldete sich May-Britt selbst.

»Paulsen hat sich soeben im Hotel Comwell ein Zimmer gemietet. Kannst du herausfinden, welches und für wie lange?«, bat Frank seine Kollegin.

Die Kommissarin versprach es. Also beendete Frank das Gespräch und fasste sich in Geduld. Dabei sah er zu, wie Meike Paulsen mit einer kleinen Reisetasche sowie einem Laptop unter dem Arm in einem der Aufzüge verschwand. Eine Minute später rief May-Britt zurück.

»Zimmer 22. Sie hat nur für eine Übernachtung gebucht. Der Portier kannte sie zwar nicht persönlich, aber ihr Unternehmen. Offenbar ist Klaus Paulsen bereits mehrfach im Comwell abgestiegen«, sagte sie.

Kurzerhand entschloss sich Frank, ebenfalls ein Zimmer anzumieten. Als er sich am Empfang danach erkundigte, konnte die Angestellte ihn sogar auf dem gleichen Flur wie Meike Paulsen unterbringen. Was auch immer sie in Kolding vorhatte, Frank wollte unbedingt jeden ihrer Schritte verfolgen können.

※

Als Frank am Abend nach dem Restaurantbesuch zurück auf sein Zimmer ging, bat kurz darauf der Hotelmanager um ein Gespräch. May-Britt hatte ihn über Franks Funktion informiert und um seine Unterstützung gebeten. Der Manager war sehr kooperativ und versicherte Frank, dass man ihn umgehend in Kenntnis setzen würde, sollte Meike Paulsen das Hotel verlassen oder sich jemand nach ihr erkundigen. Ebenso würden Treffen mit anderen Gästen unverzüglich an Frank weitergegeben werden. Dank dieser ausgesprochen entgegenkommenden Haltung des Managers konnte Frank sich etwas entspannen und genoss anschließend den

Luxus seines Zimmers. Im Bad fand er alle erforderlichen Toilettenartikel einschließlich der beim Manager speziell georderten Zahnpasta und Zahnbürste, sowie am nächsten Vormittag das hervorragende Büfett zum Frühstück. Dabei konnte er Meike Paulsen von seinem Tisch aus gut beobachten, ohne dass es sonderlich auffiel.

Unmittelbar nach dem Frühstück checkte Frank wieder aus und bezog im Golf erneut seinen Beobachtungsposten. Zehn Minuten später eilte die Unternehmerin auf ihren Audi zu, entriegelte die Türen, warf Reisetasche und Laptop auf die Rückbank, um schließlich hinters Lenkrad zu rutschen. Am Himmel über Kolding wechselten sich weiße Wolkenbänke mit blauen Zonen ab. Gleich darauf rollte der A1 vom Parkplatz am Hotel. Frank nahm erneut die Verfolgung auf und war äußerst gespannt auf Meike Paulsens Ziel. Nach Auskunft des Managers hatte sie keine anderen Personen getroffen und auch das Telefon auf ihrem Zimmer nicht genutzt. Ungeklärt blieb lediglich, ob Meike Paulsen via Handy oder Internet mit jemandem in Verbindung getreten war.

Die Fahrt führte sie quer durch die Stadt und endete in der Nørregade. Hier suchte Meike Paulsen einen freien Parkplatz und eilte anschließend auf ein mehrstöckiges Bürohochhaus zu. Frank bemühte sich, ihren Vorsprung nicht zu sehr anwachsen zu lassen und stellte dafür den Golf auf einem Platz ab, der mit auf dem Asphalt angebrachten Streifen als verbotene Zone gekennzeichnet war. Dann rannte er hinüber zum Hochhaus und musste trotzdem einsehen, dass Meike Paulsen ihn abgehängt hatte.

Im Eingangsbereich gab es eine Übersichtstafel, die als Wegweiser zu den unterschiedlichen Firmen diente. Frank war es unmöglich, allein aus den Namen Schlüsse darüber zu ziehen, wohin Meike Paulsen sich gewandt hatte. Er versuchte sein Glück und erkundigte sich höflich bei dem älteren Mann am Infoschalter. Doch der konnte Frank nicht weiterhelfen.

Verärgert über seine in letzter Sekunde verpasste Chance blieb Frank im Eingangsbereich stehen. Jetzt musste er einfach abwarten und hoffen, die Unternehmerin abpassen zu können. Notfalls wollte er sie direkt ansprechen und sehen, was dabei herauskam. In Gedanken versunken schlenderte Frank umher, warf immer wieder prüfende Blicke zu den Firmenschildern, ohne dass sich eine Inspiration einstellen wollte. Plötzlich flog die Eingangstür auf und drei uniformierte Polizisten rannten am Infostand vorbei. Sie drückten auf die Rufknöpfe beider Fahrstühle und redeten dabei miteinander. Als Frank die Worte »Deutsche« und »Frau« aufschnappte, richteten sich seine Nackenhaare auf. Mit einem leisen Fluch rannte er hinüber zu den Polizisten, die sich soeben in einen der Fahrstühle schoben. Frank ignorierte die Aufforderung zurückzubleiben und holte stattdessen seinen Dienstausweis hervor.

»Hauptkommissar Reuter. Ich arbeite mit Kommissarin Oldsen aus Sonderburg an einem grenzüberschreitenden Fall zusammen«, erklärte er schnell in Dänisch.

Auf der Fahrt ins vierte Stockwerk informierte ihn der Streifenführer über den Anlass des Einsatzes. Die Angestellte eines Unternehmers, der sich gerade in einem Termin mit einem deutschen Gast befand, hatte laute Geräusche aus dessen Büro gehört und, als sie dort nach dem Rechten sehen wollte, ein Handgemenge registriert.

»Frau Paulsen hat Herrn Kristensen angegriffen?«, fragte Frank verdattert.

So jedenfalls hatte es die Sekretärin des Unternehmers dargestellt, als sie den Notruf abgesetzt hatte.

Zusammen mit den drei Polizisten rannte Frank keine Minute später über den Gang in der dritten Etage. Niemand musste ihnen zeigen, wo das Büro von Kristensen lag – es genügte vollauf, den aufgebrachten Stimmen zu folgen. An der Eingangstür des Unternehmens erwartete sie bereits eine etwa 40 Jahre alte Frau. Sie war sichtlich schockiert.

»Schnell. Diese Deutsche ist wie eine Furie. Nicht einmal unser Chef kann sie stoppen!«, rief sie beim Anblick der Uniformen.

Mit langen Sätzen durchquerten die drei Dänen und Frank das Großraumbüro. Sie eilten in das Zimmer, aus dem die lauten Stimmen kamen.

Als Frank hinter den uniformierten Kollegen eintrat, bot sich ihm ein skurriles Bild: Bislang hatte er Meike Paulsen immer als ausgesprochen disziplinierte Frau erlebt, doch jetzt glich sie tatsächlich einer Furie, wie es die Sekretärin bereits beschrieben hatte. Ein stämmiger Mann, bekleidet mit einem dunkelgrünen Poloshirt und einer hellgrauen Stoffhose, wehrte sich nach Kräften. Die roten Striemen in seinem Gesicht sowie der Riss am linken Ärmel zeigten aber, wie heftig die körperlichen Angriffe von Meike Paulsen gewesen sein mussten. Das Gesicht von Kristensen war gerötet und schweißnass, während er krampfhaft die Handgelenke der Unternehmerin festzuhalten versuchte. Doch allein in den wenigen Augenblicken zwischen dem Eintreffen der Polizei im Büro und dem Eingreifen der Beamten schaffte sie es, dem weitaus größeren und stärkeren Dänen mindestens vier Schläge zu verpassen.

»Loslassen! Dieser Mann ist ein mieser Lügner«, brüllte Meike Paulsen jetzt. Doch der Griff von zwei der Polzisten war unüberwindbar. Sie beherrschten ihr Handwerk und brachten die tobende Frau mit Gewalt zu Boden. Dort fixierten sie sie, damit der dritte Kollege ihr die Hände auf dem Rücken fesseln konnte. Frank verfolgte den schnellen Zugriff mit Anerkennung.

»*Ihn* müssen Sie verhaften«, rief Meike Paulsen auf Deutsch. Sie versuchte sich weiter nach Kräften gegen die Polizisten zu wehren, die ihrerseits ratsuchend zu Frank schauten.

Der trat vor und ging neben der Tobenden in die Hocke. »Beruhigen Sie sich, Frau Paulsen! Solange Sie sich wehren, sind die Kollegen gezwungen, Gewalt anzuwenden«, redete er auf sie ein.

Mit einem wilden Ruck warf Meike Paulsen ihren Kopf herum. Sie schaute Frank mit vor Wut funkelnden Augen an. »*Sie*? Statt diesem Verbrecher dort zu helfen, sollten Sie sich für mich einsetzen! Schließlich sind Sie als deutscher Beamter für mich verantwortlich«, fuhr sie ihn an.

Frank vermochte nicht zu sagen, ob es an dem harten Vorgehen der dänischen Kollegen lag oder an der Überraschung, ihn hier anzutreffen. Auf jeden Fall beruhigte Meike Paulsen sich nach und nach. Schwer atmend lag sie am Boden, aufmerksam von zwei Beamten bewacht. Sollte es erforderlich sein, konnten sie die Unternehmerin blitzschnell wieder zur Ruhe bringen.

»Bitte, Frau Paulsen. Versprechen Sie uns, ab jetzt friedlich zu sein und widerstandslos mitzukommen. Nur dann kann ich Ihnen helfen«, sagte Frank.

Langsam hob sie den Kopf. Die wilde Wut war aus ihren Augen verschwunden und Resignation war an ihre Stelle getreten. Meike Paulsen stieß die Luft aus und nickte ergeben.

»Sehr schön. Die Kollegen helfen Ihnen jetzt hoch. Bitte wehren Sie sich nicht«, mahnte Frank.

Tatsächlich blieb Meike Paulsen friedlich, und die beiden jüngeren Streifenpolizisten führten sie ab. Die Sekretärin sowie drei weitere Angestellte wichen hinter ihre Schreibtische zurück, als das Trio an ihnen vorbeiging.

Frank wandte sich zu Dirk Kristensen um, der immer noch schwer schnaufend an der Kante seines Schreibtisches lehnte. »Sollen wir einen Arzt verständigen?«, fragte er auf Dänisch.

»Nein, so schlimm ist es nicht. Ich kann mich selbst versorgen«, winkte Kristensen ab. »Aber würden Sie mir freundlicherweise verraten, wer Sie sind und was Sie mit Frau Paulsen zu schaffen haben?«

Als Frank auf die offene Tür deutete, nickte Kristensen zustimmend und ging, um sie zu schließen. Anschließend kehrte er hinter seinen Schreibtisch zurück, während Frank sich in einen der Besucherstühle sinken ließ. Kristensen schenkte sich mit fahriger Hand ein Glas Wasser ein und trank mehrere große Schlucke, ohne seinem Besucher etwas anzubieten.

Frank wartete ab. Erst als Kristensen sich auf seinem Schreibtischstuhl niedergelassen hatte und seine Aufmerksamkeit wieder ihm zuwandte, zeigte er seinen Dienstausweis vor. »Hauptkommissar Reuter«, stellte er sich vor. »Ich leite die Dienststelle für grenzüberschreitende Ermittlungen und arbeite dabei eng mit Kommissarin Oldsen aus Sonderburg zusammen.«

Kristensen schaute ihn überrascht an. »Welche Ermittlungen sind das denn? Wie passt Frau Paulsen ins Bild und warum greift sie mich an?«, schoss er gleich mehrere Fragen auf einmal ab.

Der Schock schien nachzulassen und Frank erkannte, dass Dirk Kristensen seine Selbstbeherrschung zurückgewann.

»Dann hat Frau Paulsen Ihnen also nichts von dem Mord an Klaus Paulsen erzählt?«, hakte er nach.

Kristensens buschige Augenbrauen zuckten in die Höhe. »Ermordet? Nein, das hat sie mit keinem Wort erwähnt. Sie wollte etwas über die Geschäfte erfahren, die ich mit Klaus Paulsen am Laufen hatte«, sagte er dann.

Das Lügen begann. Frank war es gewohnt, dass die meisten Zeugen in einer Mordermittlung logen. Jeder Mensch hütete nun einmal Geheimnisse und schützte sie. Selbst dann, wenn sie in keinerlei Verbindung zum Verbrechen standen. Ihm fehlte allerdings die Geduld, um Kristensen behutsam zu ehrlichen Aussagen zu bewegen. Also kam er direkt zur Sache und gab einen Schuss ins Blaue ab.

»Vermutlich wollte Frau Paulsen wissen, wie lange Sie schon über Klaus Paulsen Drogen bezogen haben. Offenbar fiel Ihre Antwort nicht befriedigend aus«, sagte er.

KAPITEL 13

Der Besuch des Chefinspektors weckte Hoffnungen bei May-Britt und ihrem Team.

»Wir haben unsere Ermittlungen so weit abgeschlossen und sowohl Peter Mikkelsen als auch Bo Madsen in Haft genommen«, erklärte der Leiter der Sonderkommission.

Neben May-Britt nahmen auch Anne und Henner an der Besprechung teil. Sie lauschten den Ausführungen von Frans Staal und bekamen auf diese Weise viele ihrer Annahmen in Bezug auf den dubiosen Hotelier bestätigt.

»Mikkelsen musste für die schlechten Monate irgendwelche Einkünfte generieren, wenn er sein Unternehmen nicht verlieren wollte. Vermutlich war es Bo Madsen, der seinem Chef die Idee mit den Partys einpflanzte«, erklärte er.

Anfangs gab es nur die Veranstaltungen, bei denen von Beginn an weiche sowie harte Drogen ins Spiel kamen. Auch die Bereitstellung von Prostituierten war ein fester Bestandteil des neuen Geschäftsfeldes.

»Es mussten ausreichend belastende Aufnahmen geschossen werden, um die potenziellen Erpressungsopfer damit unter Druck setzen zu können«, sagte Staal.

Das Geschäftsmodell war gleichermaßen simpel und risikoreich.

»Einige der geladenen Gäste erwiesen sich aber als resistent gegen jedweden Erpressungsversuch. Mikkelsen erkannte, dass er auf diese Weise viel Kapital umsonst einsetzte«, erklärte der Chefinspektor.

»Und so wurde die Idee mit den vorbereitenden Partys geboren, bei denen man den Kandidaten sozusagen erst einmal auf den Zahn fühlen konnte«, warf Anne ein.

Dafür erntete sie ein anerkennendes Nicken von Staal. »Exakt. Bo entwickelte bald ein Gespür für diejenigen unter den Gästen, die bereits durch die Teilnahme an diesen noch eher harmlosen Veranstaltungen Gewissensbisse entwickelten. Sie kamen anschließend auf die Liste für die speziellen Partys«, sagte er.

Durch die regelmäßigen Anforderungen von größeren Mengen an Koks und Prostituierten geriet laut seinen Ausführungen erst Bo Madsen ins Visier der Drogenfahnder. Sie beschatteten den Handlanger des Hoteliers und sahen schnell in Mikkelsen den noch größeren Fisch. Unter der Leitung von Chefinspektor Staal wurde eine Sonderkommission aus Drogenfahndern gebildet, die sowohl zum Koldinger als auch zum Kopenhagener Zuständigkeitsbereich gehörten.

»Das wurde notwendig, weil Bo clever genug war, seine Bestellungen auf beide Städte zu verteilen«, erklärte Staal weiter.

Über fünf Monate lang sammelten die Mitglieder der Sonderkommission fleißig Beweise gegen Madsen und Mikkelsen. Intern nannten die Ermittler das Duo nur noch »M&M«, was bei der Erwähnung sowohl May-Britt als auch ihre Mitarbeiter mit einem milden Lächeln quittierten.

»Nicht sonderlich einfallsreich«, stellte Henner fest.

Staal und seine Kollegen wurden durch die Ermittlungen von May-Britts Team aufgeschreckt.

»Wir wussten, dass uns nur noch wenige Fakten fehlten, um eine wasserdichte Anklage auf die Beine zu stellen. Deswegen reagierte ich so heftig, als Sie uns in die Quere kamen«, sagte er.

»Uns interessierte vor allem Astrid Terpe. Vielleicht wäre ein paralleles Ermitteln für Ihre Kommission sogar vorteilhaft gewesen«, gab Anne zu bedenken.

»Und es ging immerhin um eine Mordermittlung. Sie wissen selbst, wie zeitkritisch eine solche ist. Besonders am Anfang darf es zu keinen Verzögerungen kommen«, ergänzte May-Britt.

Der Chefinspektor hob beide Hände in die Höhe, um seine Hilflosigkeit zu verdeutlichen. »War mir bewusst, Frau Oldsen. Trotzdem konnte ich die Arbeit der Sonderkommission nicht gefährden und deswegen stehe ich weiterhin zu der Entscheidung, Ihre Ermittlungen von Mikkelsen fernzuhalten«, erwiderte er.

Der Verdruss bei May-Britt war damit längst nicht vom Tisch. Aber jetzt wollte sie vor allem wissen, welche Informationen der Chefinspektor ihnen zu Astrid Terpe mitteilen würde. Sie fragte bei Staal danach.

»Sie ist eine Randfigur in unserer Ermittlung«, erklärte der Chefinspektor. »Sie stieß mehr zufällig auf das Geschäftsfeld mit legalen Drogen, die besonders unter jungen Urlaubern in Hejlsminde gefragt sind. Aus einer früheren Begegnung kannte sie Klaus Paulsen und wusste, dass er solche Pillen herstellen konnte.«

Die beiden seien sich handelseinig geworden und Terpe habe begonnen, in steigendem Umfang Partydrogen unter den Feriengästen zu verkaufen.

»Ihr Reinigungsunternehmen verzeichnet seit zwei Jahren erhebliche Umsatzeinbußen und die wollte sie vermutlich auf diese Weise ausgleichen. Nicht illegal, aber wenigstens moralisch fragwürdig«, warf Henner ein.

Hinzu kam der Ehemann, der nur noch bedingt arbeitsfähig war und somit nur wenig zum Familieneinkommen beitragen konnte. Für Chefinspektor Staal wurde Terpe aber erst interessant, als sie sich zusätzlich als Lieferantin von Peter Mikkelsen entpuppte.

»So musste Madsen nur noch Koks und Prostituierte organisieren. Mikkelsen verdiente sogar noch besser an Terpes Partydrogen. Sie hat wenig Ahnung von den gängigen Marktpreisen und verkaufte ihre Ware daher extrem günstig«, erklärte er.

Doch dann wurde sie in die Mordermittlung von May-Britt zu einer wichtigen Zeugin. An dieser Stelle von Staals Bericht stieg die Spannung im Raum spürbar an.

»Stand sie die ganze Zeit unter Beobachtung Ihrer Leute?«, fragte May-Britt.

»Nein. Da muss ich Sie leider enttäuschen, Frau Oldsen. Wir hatten schlicht nicht genug Personal, um alle Randfiguren rund um die Uhr zu beschatten. Wir mussten Frau Terpe am späten Abend zuvor aus der Überwachung entlassen. Zu dem Zeitpunkt hielt sie sich in ihrem Privathaus in Christiansfeld auf«, antwortete Staal.

Während Anne fluchte und Henner verärgert mit der flachen Hand auf die Tischplatte schlug, brachte May-Britt die Bedeutung dieser Auskunft auf den Punkt.

»Womit sie weiterhin als Täterin in Betracht kommt. Terpe verfügt über kein ausreichendes Alibi und ihre Meldung des Leichenfundes kann immer noch ein Täuschungsmanöver sein, um mögliche Spuren am Tatort zu erklären«, stellte sie fest.

Da der Chefinspektor ihnen keine weiteren Hinweise zu der Verdächtigen liefern konnte, verabschiedete Staal sich. Es gab auch nach der Festnahme von Peter Mikkelsen und Bo Madsen noch sehr viel für die Sonderkommission zu tun.

May-Britt brachte ihn zum Fahrstuhl und dankte ihm für seinen Bericht. Als sie kurz darauf in den kleinen Besprechungsraum zurückkehrte, bemerkte sie die enttäuschten Gesichter ihrer Mitarbeiter. Genau wie May-Britt hatten sie sich weit mehr Aufschlüsse von Staal erhofft.

»Er kann nichts dafür, dass die Kapazitäten wie meistens zu begrenzt sind, um alle Personen in einer so umfangreichen Ermittlung permanent unter Beobachtung zu halten«, brach sie eine Lanze für den Chefinspektor.

»Stimmt schon. Aber das hat uns bei den eigenen Ermittlungen leider kein Stück vorangebracht«, räumte Henner ein.

Doch da war May-Britt anderer Auffassung. »Sehe ich nicht so. Astrid Terpe hat nur mit legalen Drogen gehandelt. Das hast du vorhin selbst richtig bemerkt, Henner. Wir können ihr strafrechtlich nichts vorwerfen, höchstens moralisch«, widersprach sie.

Anne zog fragend die Augenbrauen in die Höhe. »Und warum bringt uns das nach deiner Ansicht weiter?«

»Weil sie damit kein besonders tragfähiges Motiv mehr hat. Natürlich könnte es zu einem Streit zwischen ihr und Klaus Paulsen über geschäftliche Belange gekommen sein. Doch das ist vorerst reine Spekulation«, antwortete May-Britt.

Henner schüttelte genervt den Kopf. »Vielleicht jagen wir tatsächlich hinter der falschen Person her. Was Reuter über die Witwe ausgegraben hat, lässt sie doch als Mörderin viel wahrscheinlicher erscheinen«, sagte er.

Daran hatte May-Britt in den beiden zurückliegenden Tagen ebenfalls mehrfach denken müssen. Gäbe es nur nicht diese hartnäckige Stimme in ihrem Hinterkopf, die dunkle Geheimnisse bei Astrid Terpe witterte. Also sprach sie die folgenschweren Worte aus, die jedes Ermittlerteam zu diesem Zeitpunkt keinesfalls hören wollte: »Wir fangen noch einmal ganz von vorne an. Möglicherweise haben wir bisher etwas übersehen, was uns dieses Mal auffällt«, ordnete sie an.

Henner verdrehte wie erwartet die Augen, während Anne lästerlich vor sich hin fluchte.

*

Der Bluff hatte funktioniert. Dirk Kristensen räumte ein, dass er über Klaus Paulsen mehrfach Partydrogen bezogen hatte. Doch er betonte wiederholt, dass es sich dabei um legale Substanzen handele und ihm somit niemand einen Vorwurf machen könne. Kristensen hatte das auch gegenüber Meike Paulsen eingestanden, die daraufhin zuerst in eine Art Schockstarre verfallen und, als er ihr fürsorglich eine Hand auf die Schulter gelegt hatte, übergangslos zur Furie geworden war.

Frank erfuhr im Gespräch genug, um anschließend in die Dienststelle der Drogenfahndung zu fahren. Dort wurde er von Kommissar Michael Theisen empfangen.

»Mein Stellvertreter war mit in der Sonderkommission von Staal. Wir kennen daher die Vorfälle aus Hejlsminde«, erklärte er.

Frank musste dem Kommissar also lediglich zusätzliche Informationen zur Person von Meike Paulsen liefern. Nach seinen diesbezüglichen Schilderungen schüttelte Theisen mehrfach den Kopf.

»Was wollte sie bloß bei Kristensen? Der Mann ist aalglatt und dürfte sich kaum von einer Frau wie ihr aus der Fassung bringen lassen«, fragte er verständnislos.

Frank berichtete, was Kristensen ihm anvertraut hatte.

Theisen schürzte überrascht die Lippen, während er sich einige Details notierte. »Leider hat er recht. Die Zusammensetzung dieser sogenannten Partydrogen wird alle zwei oder drei Monate verändert, kaum dass eine neue rechtliche Basis existiert. Kristensen kann sich ganz und gar als Opfer darstellen«, sagte er dann.

Für Frank war es jetzt vor allem wichtig, mit Meike Paulsen sprechen zu können. Er wollte ihren Ausbruch nutzen und bat Theisen daher um die Genehmigung, ihr einige Fragen stellen zu dürfen. Der Kommissar war sofort einverstanden, was Frank zunächst verwunderte. Doch dann erfuhr er den Grund dafür.

»Frau Paulsen weigert sich beharrlich, mit uns zu sprechen. Eine Mitarbeiterin fand sogar, dass wir besser einen Psychologen hinzuziehen sollten. So merkwürdig verhält sich Frau Paulsen phasenweise«, erklärte Theisen.

Er brachte Frank in einen Technikraum, in dem eine Frau und ein Mann vor mehreren Monitoren saßen. Theisen stellte Frank kurz vor, dann deutete er auf einen der Bildschirme.

»Sehen sie, was ich meine? So etwas macht sie alle paar Minuten«, sagte der Kommissar.

Die Überwachungskamera im Vernehmungszimmer hielt jede Bewegung und Äußerung von Meike Paulsen fest. Fasziniert beobachtete Frank, wie sie ihren Oberkörper vor- und zurückwiegte und dabei immer wieder die gleichen Worte wie ein Mantra vor sich hinmurmelte. Er musste sich anstrengen, um sie zu verstehen.

»Alles Betrüger. Darf keinem mehr vertrauen. Alles Betrüger«, wiederholte er unwillkürlich. Als er zu Theisen hinüberschaute, zuckte der nur mit den Schultern.

»Versuchen Sie ruhig Ihr Glück, Herr Reuter. Wir zeichnen das Gespräch auf, falls es zu einer relevanten Aussage kommt«, sagte er.

Als Frank keine Minute später das Vernehmungszimmer betrat, wiegte sich Meike Paulsen zunächst weiter vor und zurück. Erst als er sich auf den Stuhl ihr gegenüber am Tisch niedergelassen hatte, hielt sie inne und schaute kurz hoch. In ihren Augen waren diverse Äderchen geplatzt, was ihr ein etwas unheimliches Aussehen verlieh. Mit einer trotzigen Bewegung wischte sie sich den Schleim weg, der ihr aus der Nase in den halb geöffneten Mund lief.

»Reuter? Sie jagen mich mittlerweile wie ein gefährliches Tier. Dabei bin nicht ich diejenige, die Menschen mit gefährlichen Substanzen versorgt. Nicht ich!«, stieß sie hervor.

Frank legte sich seine Worte sorgsam zurecht. Da er nicht wusste, wie lange diese Klarheit bei Meike Paulsen noch anhalten würde, musste er ein direktes Vorgehen wagen. »Ich weiß. Ihr Ehemann tat es. Wann haben Sie es herausgefunden?«, erwiderte er.

Ihr Blick löste sich aus seinem Gesicht, verlor sich irgendwo zwischen Tischkante und dem Fußboden. Frank wartete ab.

»Das erste Mal wurde ich stutzig, als diese unbekannte Mobilfunknummer auf einem der Lieferscheine auftauchte«, sagte Meike Paulsen.

Es war auf einmal keine Verärgerung mehr in ihrer Stimme wahrzunehmen. Frank hatte einen ersten Durchbruch erzielt. Jetzt galt es, äußerst vorsichtig nachzusetzen.

»Und dann? Was hat Ihr Misstrauen verstärkt?«, bohrte er weiter.

Wieder zogen sich Sekunden des Schweigens, bis es mehr als eine Minute geworden war. Das stille Abwarten bereitete Frank nahezu körperliche Schmerzen.

»Diese Nachfrage aus Randers. Ich kannte weder das

Unternehmen noch den Namen des Außendienstmitarbeiters, der dort angeführt wurde«, antwortete sie endlich.

Frank war heilfroh, dass er zuvor bereits mit Rehberg von der Steuerfahndung sowie Münster vom Zoll gesprochen hatte. Dadurch ersparte er sich Nachfragen, weil sich ihm der Zusammenhang von Paulsens Aussagen nicht erschloss.

»Wollten Sie die Spuren durch Brandstiftung vernichten?«, fragte er.

Frank hatte eigentlich nach dem Mord an Klaus Paulsen fragen wollen, doch er befürchtete, dass die Unternehmerin dann sofort in Schweigen verfallen würde.

Meike Paulsen richtete sich plötzlich kerzengerade auf. In ihren Augen lag tiefe Verachtung. »Ich habe das verdammte Feuer nicht gelegt, Herr Hauptkommissar! Sie sind so fixiert darauf, mich unter Anklage zu bekommen, dass Ihnen das Offensichtliche entgeht«, stieß sie wütend hervor. Ihre Stimme überschlug sich am Ende ein wenig.

»Und das wäre?«, wollte Frank wissen.

Mit flackerndem Blick beugte Meike Paulsen sich weit vor, legte ihre Hände flach auf die Tischplatte und starrte ihm ins Gesicht. »Ich würde niemals etwas tun, was meinem Unternehmen Schaden zufügt. Niemals! Wer immer das Feuer gelegt hat, sollte mir besser nie in die Quere kommen«, antwortete sie.

Die Veränderung in ihrem Verhalten war bemerkenswert. Vor wenigen Augenblicken noch war Meike Paulsen scheinbar geistig kaum ansprechbar gewesen, jetzt hingegen versprühte sie eine starke Energie. Frank musste diese Gelegenheit einfach ergreifen.

»So, wie Sie Ihren Mann bestraft haben?«, fragte er.

Paulsens Gesicht verdunkelte sich. Dann fiel ihr Körper wieder in sich zusammen. Frank rang mit sich. Er traute sich nicht, Meike Paulsen noch mehr zu drängen, obwohl alles in ihm danach schrie.

»Ohne Dr. Kersten sage ich kein Wort mehr«, verkündete sie.

Dabei blieb es. Frank nahm noch mehrere Anläufe, um Meike Paulsen zu einer Aussage zu bewegen. Doch sie bestand immer wieder darauf, dass Dr. Kersten kommen sollte. Schließlich sah Frank ein, dass er so nicht weiterkommen würde. Leicht frustriert verließ er das Vernehmungszimmer und ging zurück in den Technikraum. Als er dort May-Britt antraf, schaute er sie verblüfft an.

»Hallo, Frank. Wie der Zufall es will, oder sagen wir lieber die endlich eingegangene Auswertung der Funkzellen in Hejlsminde, gibt es einen neuen Verdächtigen. Ein Junkie, der hier in Kolding lebt. Er war zur Tatzeit ganz in der Nähe des Tatortes«, erklärte sie.

Da sie über die Monitore die Vernehmung von Meike Paulsen hatte mitverfolgen können, musste Frank sie nicht erst einweihen. Stattdessen berichtete sie weiter über Jasper Krogh, der unerwartet in den Kreis der möglichen Täter aufzunehmen sei. Bislang würde er nur erklären müssen, was er in Hejlsminde an dem Tag gemacht hatte.

Kommissar Theisen war der 19-jährigen Krogh sofort ein Begriff. »Jasper war einige Jahre hier in der Szene aktiv. Seiner Mutter ist es aber damals gelungen, ihn erfolgreich auf Entzug zu bekommen. Ich kläre ab, ob er in jüngerer Zeit meinen Mitarbeitern aufgefallen ist und ob die Meldeadresse noch aktuell ist«, sagte er.

Sobald dies geklärt wäre, wollten May-Britt und Frank zu Krogh fahren und ihn befragen.

*

Kommissar Theisen hatte ihnen Anders mitgegeben, einen erfahrenen Drogenfahnder, der Jasper Krogh aus der Vergangenheit kannte.

»Er ist eine Weile nicht in der Stadt gewesen. Seine aktuelle Anschrift ist in Apenrade bei seiner Mutter und dem Stiefvater. Vor einigen Wochen tauchte Jasper wieder in der Szene auf«, erklärte Anders.

Er wusste bestens über die einschlägigen Plätze für Dealer und Junkies in Kolding Bescheid. Er saß neben May-Britt, die den Dienstwagen durch das Zentrum lenkte. Schließlich wies er die Kommissarin an, einen frei zugänglichen Parkplatz an einem Hotel in Bahnhofsnähe anzusteuern. Frank musterte den ebenerdigen Bau und erkannte sofort, warum Dealer und Junkies diesen Ort bevorzugten.

»Sie können sich hier in den Gängen oder bei den abgestellten Wagen unauffällig treffen und ihren Deal tätigen. Die Inhaber des Hotels versuchen zwar alles, um das zu unterbinden, es gelingt ihnen aber nicht besonders gut. Wir sind angehalten, deswegen hier regelmäßig Razzien durchzuführen. Das Hotel ist nämlich auch bei Touristen wegen seiner zentralen Lage nahe am Hauptbahnhof beliebt«, erklärte Anders.

Sie blieben zehn Minuten im Wagen sitzen. Da May-Britts Fahrzeug den Dealern und Junkies nicht bekannt war, konnte Anders den Parkplatz bedenkenlos als Beobachtungsposten auswählen.

»So können wir alles im Blick behalten«, sagte er.

Vor ihrem Aufbruch hatte er noch mit Informanten telefoniert und sich bei ihnen nach Jasper Krogh erkundigt. Offenbar besuchte der zurzeit einen früheren Freund – die beiden jungen Männer waren gemeinsam am Hauptbahnhof gesichtet worden.

»Würden Sie Jasper als gewalttätig beschreiben? Trauen Sie ihm einen Mord zu?«, fragte Frank.

Anders holte tief Luft und wiegte dann skeptisch den Kopf. »Nicht, wenn er clean ist. Jasper ist bisher nur gewalttätig geworden, wenn er dringend Nachschub brauchte. Wir haben ihn in zwei Fällen als Täter ermitteln können, als es um Raubüberfälle auf Reisende am Bahnhof ging. Aber Mord? So mit Planung und gezielter Ausführung? Eher nicht«, erwiderte er dann.

»Und im Affekt?«, wollte Frank wissen.

Falls Jasper unter Stress geriet und sich eventuell bedroht fühlte, könnte Anders sich einen Angriff vorstellen. Im Mordfall Klaus Paulsen käme demnach der Junkie durchaus in Betracht. Besonders auffällig fand Anders den Umstand, dass Jaspers Handy in Hejlsminde eingeloggt gewesen war.

»Mir ist nicht bekannt, dass er sich früher dort schon einmal herumgetrieben hat. Allerdings kennt er Bo Madsen. Das ist aktenkundig«, sagte er.

May-Britt warf einen prüfenden Blick auf eine Fotografie von Jasper Krogh. Anders hatte es ihr auf ihr Smartphone geschickt, genau wie Frank auch. So konnten sie ohne Probleme den Gesuchten erkennen.

»Da drüben. Das ist er doch, oder?«, fragte May-Britt.

Beide Männer schauten in die Richtung, in die die Kommissarin blickte. Zwei junge Männer schlenderten gemächlich über den Vorplatz des Hoteleingangs.

»Yes, das ist Jasper. Der Typ neben ihm ist Lars Epsen. Die beiden sind gute Kumpel. Epsen ist immer noch drauf. Koks und Heroin oder jedes andere Dreckszeug, mit dem er sich aus der Realität wegballern kann«, stimmte Anders zu.

»Die Substanzen in Paulsens VW-Bus könnte man mit ein wenig mehr Erfahrung vermutlich auch zu härteren Drogen zusammenmischen. Habe ich das richtig verstanden, als Ole uns aufklärte?«, wandte Frank sich an May-Britt.

Sie bestätigte es und prompt ergänzte Anders seine Einschätzung dazu.

»Das Zeug wäre extrem gefährlich, aber weitaus billiger in der Herstellung, als sich Koks oder Heroin kaufen zu müssen«, sagte er.

Hier zeichnete sich ein mögliches Motiv für einen Junkie wie Jasper Krogh ab. Doch bevor Frank über diese Brücke ging, wollte er bessere Indizien in Händen halten. Noch gab es keine Verbindung zwischen Klaus Paulsen und Jasper. Sie beobachteten die beiden Freunde, die zwischen zwei Wagen auf dem Parkplatz verschwanden. Als sie auch nach einer halben Minute nicht wieder auftauchten, gab Anders den Befehl zum Zugriff.

»Schnell, bevor sie uns entwischen«, rief er.

Sekunden später eilten sie aus drei Richtungen auf den Opel Corsa zu, dessen Dach die Köpfe von Jasper und Lars nur unzureichend verdeckte. So konnten die Polizisten sie zwar gut im Auge behalten, die beiden jungen Männer aber ihrerseits auch den Parkplatz. Daher bemerkte Lars Epsen Frank, der sich auf die Motorhaube des Opels zubewegte. Sein Kopf flog herum, und als er Anders entdeckte, kam Leben in den Junkie.

»Weg! Das sind Bullen!«, brüllte er Jasper an und wollte sich absetzen.

Vermutlich ging er davon aus, dass er einer Frau leichter entkommen könnte. Jedenfalls sprintete Lars mit beachtlicher Geschwindigkeit auf May-Britt zu und wollte dann einen Haken schlagen. Sekunden später landete er unsanft auf dem Asphalt und schrie in einer Mischung aus Wut und Schmerz laut auf. Selbst Frank wurde von dem Wirbel aus

Tritten und Schlägen der Kommissarin überrascht. Anders hatte sich Jasper geschnappt und ihm trotz einigen Widerstandes bereits Handschellen angelegt. Während Frank mit langen Schritten zu May-Britt aufschloss und ihr Hilfestellung bei der Fixierung von Lars Epsen leistete, zerrte der Drogenfahnder die eigentliche Zielperson hinter sich her.

»Das war ein Volltreffer. Jasper kam nicht einmal mehr dazu, sein Werkzeug für den Autoeinbruch fallen zu lassen«, rief Anders begeistert.

Er streckte einen Stab mit einer Schlaufe am Ende in die Höhe und ignorierte Jaspers laute Beteuerungen, dass er natürlich keineswegs den Opel hatte aufbrechen wollen.

»Der gehört meiner Mutter und ich haben nur den Schlüssel verloren«, versicherte er.

Mittlerweile hatte auch Epsen eingesehen, wie unsinnig sein Widerstand war. May-Britt und Frank packten je einen Arm und zogen den Junkie auf die Füße.

»Eure Storys könnt ihr uns gleich auf dem Revier erzählen. Aber wir kennen uns ja schon, Lars. Also lass dir bitte unterwegs etwas Neues einfallen«, erklärte Anders grinsend.

Über Funk forderte May-Britt einen Streifenwagen an, der Lars und Jasper zur Polizeistation bringen sollte. Kaum hatten die uniformierten Kollegen die beiden jungen Männer übernommen, wandte Frank sich an Anders.

»Du glaubst ernsthaft, dass man mit so einem Stab einen Wagen aufbrechen kann?«, fragte er voller Neugier.

Anders ging mit seinen Kollegen zurück zu dem betagten Opel Corsa. »Es funktioniert nur bei älteren Fahrzeugmodellen, deren Fenster noch mit Kurbeln betätigt werden«, erklärte der Drogenfahnder.

Geschickt drückte er das Fenstergummi an der Fahrerseite zusammen, schob den Stab durch die so entstandene Lücke ins Wageninnere und angelte anschließend mit der Schlaufe nach der Fensterkurbel. Nach einigen Fehlversuchen schaffte Anders es und begann, die Seitenscheibe langsam zu senken. Auf ein Drittel der Gesamtfläche kurbelte er sie hinunter, dann stellte er seine Vorführung ein. Er konnte nun die Fahrertür entriegeln, die Scheibe wieder in ihre Ursprungslage zurückkurbeln und die Tür schließen. Anders schaffte es, dass sie danach sogar wieder verriegelt war.

»Der geborene Autoknacker«, bemerkte Frank anerkennend.

Solche Dinge hatte Anders teils auf Lehrgängen, teils auf der Straße gelernt.

»Die Junkies sind ständig auf der Suche nach Einnahmequellen. Da viele Menschen Wertgegenstände wie Laptops oder Kameras immer noch offen im Wagen herumliegen lassen, lohnt sich das Aufknacken oft noch«, erklärte Anders.

May-Britt deutete mit hochgezogener Augenbraue auf den alten Opel. »Da liegt doch gar nichts drin, was von Wert sein könnte«, bemerkte sie.

Doch Anders hatte einen geschulten Blick und so waren ihm sofort das teure Autoradio und eine Freisprecheinrichtung aufgefallen. Beides ließ sich leicht zu Geld machen, weswegen der Corsa für die beiden Junkies zur potenziellen Einnahmequelle geworden war.

Frank sah es als guten Aufhänger, um Jasper Krogh zum Sprechen zu bringen. Sie kehrten zu May-Britts Dienstwagen zurück, um ebenfalls zur Wache zu fahren.

*

Als Frank das Vernehmungszimmer betrat, bemerkte er sofort das nervöse Tippen des linken Fußes von Jasper

Krogh auf dem Boden. Er hatte seine Arme vor der Brust verschränkt und bemühte sich um eine Haltung, die wohl entspannte Erwartung ausdrücken sollte. Frank kannte diese Art von Junkies, ihre Suchtprobleme nicht nach außen dringen lassen zu wollen. Meistens blieb es bei dem Versuch. Auch Jasper konnte Frank nicht davon überzeugen, dass er in sich ruhte und sich keine Sorgen um die bevorstehende Vernehmung machte. Während Frank sich neben May-Britt setzte, belehrte die Kommissarin den jungen Mann. Als sie von Mord sprach, klappte der Unterkiefer von Jasper nach unten. Obwohl Frank es für unmöglich gehalten hatte, wurde das Gesicht des Junkies um noch eine Nuance bleicher.

»Spinnt ihr? Ich bring doch niemanden um«, stieß Jasper hervor.

Wortlos holte May-Britt die Aufstellung des Mobilfunkanbieters aus ihrer Mappe, schob sie zu Jasper hinüber und tippte mit der Spitze des Kugelschreibers auf die markierte Zeile.

»Das ist deine Mobilfunknummer, korrekt?«, fragte sie.

Jasper schluckte schwer und starrte angestrengt auf die Liste. Schließlich räusperte er sich und hob den Kopf. Sein Blick irrte von May-Britt zu Frank, der bisher kein Wort gesagt hatte.

»Ja, und? Dann liegt eben ein Irrtum vor. Diese blöden Typen beim Anbieter haben einen Fehler gemacht«, sagte Jasper.

Es war ihm anzuhören, dass er dieser Erklärung selbst nicht glaubte. Frank schüttelte den Kopf.

»Alles doppelt und dreifach gecheckt. Hier liegt kein Fehler vor. Ihr Handy war zur Tatzeit in der Funkzelle in Hejlsminde eingeloggt. Irrtum ausgeschlossen«, widersprach er.

Jasper schob die Liste mit einer angewiderten Bewegung von sich.

»Was für eine Tatzeit? Ich habe keinen Schimmer, wovon ihr eigentlich redet«, spielte er den Ahnungslosen.

»Ach, nein? Vielleicht helfen diese Fotografien deinem Gedächtnis auf die Sprünge«, sagte May-Britt.

Sie zog drei verschiedene Tatortfotos aus der Mappe und breitete sie vor Jasper auf dem Tisch aus.

»Das ist …«, setzte er an, unterbrach sich jedoch selbst.

»Klaus Paulsen«, ergänzte Frank ungerührt. »Sie hatten offenbar Streit mit ihm und stachen ihn dabei nieder.«

Jasper schüttelte den Kopf, versuchte mehrfach etwas zu sagen, bevor er plötzlich die Augen verdrehte und vom Stuhl zu Boden rutschte. Sein Zusammenbruch kam so unerwartet, dass weder May-Britt noch Frank rechtzeitig aufspringen konnten.

»Ich hol einen Arzt«, rief sie.

In der Zwischenzeit bettete Frank den Kopf des jungen Mannes auf seine eigene Jacke. Als er prüfend die Fingerspitzen an die Halsschlagader hielt, spürte er einen gleichmäßigen Pulsschlag. Jasper schien lediglich das Bewusstsein verloren zu haben.

Es verstrichen nur wenige Minuten, bis ein Arzt und ein Sanitäter ins Zimmer eilten. Frank machte ihnen Platz und schaute seine Kollegin an, die in der offenen Tür stand. »Das ging ja reichlich fix«, stellte er fest.

Es war ein glücklicher Zufall gewesen, der den Arzt samt Sanitäter so schnell zu Jasper geführt hatte. Sie hatten in einer anderen Angelegenheit noch Protokolle ihrer Aussagen unterschreiben müssen. Als May-Britt einen uniformierten Kollegen wegen der Anforderung eines Notarztes ansprach, holte der die beiden Männer aus dem anderen Stockwerk.

Der Arzt untersuchte Jasper Krogh, erteilte dem Sanitäter einige Anweisungen und erhob sich dann. »Offenbar hat der junge Mann einen Schock erlitten«, wandte er sich an Frank und May-Britt. »Dabei fiel er in eine leichte Ohnmacht. Er wird gleich wieder zu sich kommen. Sollte es Anzeichen von Übelkeit oder Verwirrtheit geben, rate ich zur Überstellung ins Krankenhaus«, teilte er mit.

Der Arzt ging zwar nicht von solchen Symptomen aus, wollte sie aber auch nicht völlig ausschließen. May-Britt bat ihn, bis zu Jaspers Aufwachen im Raum zu bleiben. Gerade wollte der Notarzt entgegnen, dass er und sein Sanitäter nicht länger in der Wache bleiben könnten, da kam Jasper mit einem leisen Seufzer zu Bewusstsein. Er schaute verwirrt auf den Sanitäter, der besänftigend auf ihn einredete. Dann klärte sich sein Blick und er richtete ihn auf May-Britt.

»Was ist Aksel passiert?«, fragte er mit belegter Stimme.

May-Britt warf Frank einen Seitenblick zu, der nur ratlos mit den Schultern zucken konnte.

»War vielleicht ganz gut, dass Sie geblieben sind. Möglicherweise ist Herr Krogh doch ein wenig verwirrt«, sagte May-Britt zum Arzt.

Mittlerweile hatte der Sanitäter Jasper dabei geholfen, sich auf den Stuhl zu setzen, von dem er vor wenigen Augenblicken zu Boden gerutscht war. Mit einer wilden Handbewegung wischte er die Fotografien vom Tisch.

»Aksel. Was hast du nur getan?«, rief er dabei.

Verwundert schaute Frank auf die Bilder, die er vom Boden aufhob. Er drehte sie so, dass Jasper den toten Klaus Paulsen ansehen musste. »Das ist Klaus Paulsen. Was hat Aksel mit ihm zu schaffen?«, hakte er nach.

Der Arzt machte dem Sanitäter ein Zeichen, woraufhin der ihm aus dem Raum folgte.

»Aksel Krogh ist mein Stiefvater. Scheiße, Mann! Was ist da passiert? Von mir erfahren Sie gar nichts mehr!«, schrie Jasper wütend.

Der junge Mann war nicht verwirrt. Wohl aber May-Britt und Frank.

KAPITEL 14

»Na, kämpfst du wieder mit den Zahlen?«

Astrid fuhr zusammen. Sie hatte ihren Mann nicht kommen hören. Per lehnte am Türpfosten im Durchgang zum Wintergarten, den sie zum Büro umfunktioniert hatte. Astrid suchte seinen Blick. Hatte er sie schon länger beobachtet? Möglichst unauffällig zog sie beide Ärmel ihres Pullovers bis über die Handgelenke hinunter.

»Na ja. Es muss ja wieder der Monatsabschluss zum Steuerberater«, erwiderte sie.

Normalerweise würde Per sich mit der Antwort zufriedengeben und zurück ins Wohnzimmer gehen. Er würde vielleicht noch erfahren wollen, wann es Abendessen gab. Doch heute fragte er nicht danach, machte auch keine Anstalten zu gehen. Astrid fiel auf, dass der Blick seiner Augen ungewöhnlich klar war. Offenbar war Per nüchtern. Ein Zustand, der in den zurückliegenden Wochen eher selten gewesen war. Statt sich darüber zu freuen, spürte Astrid ein leichtes Unbehagen.

»Ist noch was?«, fragte sie vorsichtig.

Per nickte in Richtung des Computers, vor dem Astrid saß. »Die Zahlen sind doch schon seit Monaten schlecht. Warum verheimlichst du es vor mir?«, fragte er.

Er war kein Dummkopf. Doch seine Lethargie in Kombination mit Trunkenheit hatte Per nicht gerade zum geeigneten Gesprächspartner gemacht. Mehr als einmal hatte Astrid versucht, mit ihrem Ehemann über die zunehmenden Probleme in der Firma zu sprechen. Sie hatte es jedoch meistens aufgegeben, sobald sie die vom Alkohol getrübten Augen gesehen hatte. Jetzt kam er mit Vorwürfen. Astrid fühlte sich ungerecht behandelt.

»Ich wollte mit dir reden, Per. Aber du hast es immer vorgezogen, deinen Verstand mit Alkohol zu vernebeln«, protestierte sie.

Er krauste die Stirn, öffnete den Mund und schloss ihn dann wieder, ohne etwas zu sagen. Er nickte nach kurzem Überlegen. »Ja, da hast du vermutlich recht. Dann reden wir jetzt. Wie schlimm ist es?«, räumte er ein.

Sie hatte gehofft, dass er keine Lust auf einen Streit hatte, und schon gar nicht auf ein echtes Problemgespräch. Astrid erkannte, dass sie sich geirrt hatte.

Sie seufzte auf. »Selbst, wenn ich alle entlasse, werden die Aufträge in der kommenden Saison kaum die Kosten decken. Von Gewinn gar nicht zu sprechen«, antwortete sie unverblümt.

Per stieß einen überraschten Pfiff aus. Dann grübelte er einige Augenblicke, bevor ihm die nächste Frage einfiel.

»Wie konnte es so abrupt schlechter werden? Die letzte Saison lief doch noch sehr gut«, wollte er wissen.

Astrid spürte eine Taubheit, die von fehlender Kraft herrührte. Besonders die zurückliegenden Tage hatten noch die letzten verbliebenen Reserven aufgezehrt. Sie war so erschöpft, dass sie keine Energie für Ausreden oder Beschönigungen mehr fand.

»Nein, die war auch schon schlecht. Ich habe andere Einnahmequellen gefunden, um die gröbsten Löcher zu stopfen«, antwortete sie.

Ganz offensichtlich überraschte Per diese Auskunft. Erneut suchte er nach Worten.

»Echt? Was für eine Quelle meinst du?«, fragte er.

Damit hatten sie die Grenze erreicht. Innerhalb weniger Sekunden musste Astrid entscheiden, wie ihr weiteres Leben aussehen sollte. Entweder log sie weiter und hoffte, irgendwie aus der Misere zu kommen, oder sie gab alles zu. Es war diese endlose Erschöpfung, die Astrid die Richtung wies.

»Partydrogen. Ich habe die letzten Monate regelmäßig Pillen an Urlauber und an Mikkelsen verkauft. Nur deswegen sind wir noch nicht komplett pleite«, antwortete sie.

Per starrte sie ungläubig an. »Drogen? Du hast allen Ernstes so ein Scheißzeug vertickt?«, brach es aus ihm heraus.

Per hatte sich vom Pfosten abgestoßen und machte zwei Schritte auf seine Frau zu. Seine Entrüstung machte Astrid wütend.

»Kein Koks oder Heroin, mein Gott noch mal! Legale Partydrogen, damit die Leute sich besser fühlen oder länger durchhalten. Was hätte ich denn deiner Meinung nach tun sollen? Du hast ja nur stundenweise gearbeitet und die restliche Zeit gesoffen!«, entgegnete sie scharf.

Per schüttelte immer wieder den Kopf, so als wenn er eine Betäubung loswerden wollte. Seine Mimik blieb von Ungläubigkeit gekennzeichnet.

»Du bist zur Dealerin geworden, um dein kleines Reinigungsunternehmen zu retten? Das kann unmöglich dein Ernst sein«, stieß er hervor.

Die Herablassung in seinen Worten brachte das Fass zum Überlaufen. Astrid sprang auf und war mit zwei Schritten bei ihrem Ehemann. Per konnte nicht reagieren, so schnell geschah es. Mit der flachen Hand schlug Astrid ihm ins Gesicht. Während er sich instinktiv die schmerzende Wange hielt, taumelte sie erschrocken zurück zu ihrem Schreibtischstuhl. Noch nie hatte es Gewalt zwischen ihnen geben.

»Nicht für mich oder die Firma, Per. Für uns! Du bringst

doch kaum Geld nach Hause. Wovon sollten wir wohl dein Bier und den Schnaps bezahlen? Oder wie konntest du so viel Zeit auf der Couch vor dem dämlichen Fernseher zubringen? *Dafür* musste ich zur Dealerin werden. *Deinetwegen*«, schrie sie ihm entgegen.

Eine Mischung aus Enttäuschung und Zorn hatte dafür gesorgt, dass diese weiteren Vorwürfe über ihre Lippen kamen.

Per rieb sich die schmerzende Wange. »Nein, Astrid. So nicht! Ich habe mir das Kreuz kaputt gemacht. Glaubst du denn, ich saufe, weil es so toll ist? Nein, verdammt! Ich komme mir wie ein Schmarotzer vor und gehe trotz der Schmerzen arbeiten. Du kannst mir nicht allein die Schuld für dieses Dilemma geben. Zum Dealer habe ich dich nicht gemacht. Das war ganz allein deine Entscheidung«, sagte er.

Seine Gegenwehr traf einen wunden Punkt. Astrid wusste, dass sie sich selbst etwas vormachte.

Eine Weile starrten beide den Fußboden an. Es war die Stille nach einer heftigen Aussprache. Schließlich ergriff Per erneut das Wort. »Ab sofort reden wir ganz offen über alles. Einverstanden?«, schlug er vor.

Astrid nickte.

»Ich hole mir einen Kaffee. Dann setzen wir uns zusammen an die Zahlen und sehen, welche Optionen uns bleiben. Selbst wenn ich zur Kommune muss, um Unterstützung zu holen. Ich springe über meinen Schatten und mache es. Keine Lügen mehr«, erklärte Per.

Erneut blieb Astrid nur ein stummes Nicken. Per lächelte ihr aufmunternd zu und verließ den Wintergarten, um sich den Kaffee zu holen. Astrid blieb zurück, zupfte an den Ärmeln ihres Pullovers herum und schämte sich. Es gab immer noch Lügen. Per wusste noch nicht, wie schlimm sie alles gemacht hatte. Doch das konnte Astrid ihm jetzt nicht beichten. Vielleicht nie. Dabei ahnte sie natürlich, dass die ganze, scheußliche Wahrheit ans Licht kommen würde. Dafür würden die dänischen und deutschen Polizisten sorgen. Für heute musste es jedoch bei den bereits zugegebenen Verfehlungen bleiben. Mehr schaffte Astrid einfach nicht.

*

Seit Stunden sichtete Henrik Bargen alle Videoaufzeichnungen, derer er hatte habhaft werden können. Bisher konnte er Meike Paulsens Aufbruch in der Nacht sowohl mit dem Augenzeugen als auch mit den Aufnahmen einer privaten Überwachungskamera nachweisen. Der Nachbar kannte Paulsen zwar nur vom Sehen, schätzte sie aber trotzdem sehr und rückte daher sofort die Datei mit den Bildern aus der bewussten Nacht heraus. Doch danach wurde es schwierig. Bis zur Stadtgrenze von Schleswig existierte lediglich noch eine Überwachungskamera an einer Tankstelle. Deren Objektiv war aber auf die Säulen sowie den Eingangsbereich ausgerichtet. Trotzdem ließ Henrik sich die Aufnahmen aushändigen und überprüfte sie. Genauso vergebens wie die Daten aus einem halben Dutzend weiterer Kameras entlang der Wegstrecke bis in die Husumer Straße. So blieb nur ein lückenhafter Nachweis, der vor keinem Gericht der Welt standhalten würde.

»Deutschland hinkt in der Frage der Videoüberwachung einfach noch weit hinter den internationalen Standards her«, erwiderte Dr. Kersten, als Henrik ihm am Telefon einen Zwischenbericht erteilte.

Nach dem Gespräch fuhr er in die Husumer Straße und ging dort von Haus zu Haus. Doch Henriks Bemühungen blieben zunächst fruchtlos, sodass er zusehends an Motivation verlor. Schließlich rang er sich zu einem letzten Anlauf durch. Er klingelte an den Türen der Häuser im Moordiek, deren Fenster zur Hinterfront des Bürogebäudes von Meike Paulsen zeigten. Im zweiten Haus öffnete ihm in der ersten Etage ein Jugendlicher, der seine Aufmerksamkeit zwischen seinem Smartphone und dem Privatdetektiv aufteilte. Henrik hatte keine große Hoffnung, bei diesem Teenager auf einen hilfreichen Zeugen zu stoßen.

»Deshalb klappere ich die Häuser hier ab, um nach Augenzeugen zu suchen. Du hast nicht zufällig gesehen, wann das Feuer ausgebrochen ist, oder?«, stellte er dennoch die entscheidende Frage.

Zum ersten Mal nahm der junge Mann seinen Blick länger als nur für einen Sekundenbruchteil vom Display seines Smartphones. Ein lauernder Ausdruck trat in seine braunen Augen.

»Gibt es so etwas wie eine Belohnung?«, fragte er.

Keiner der anderen Befragten hatte sich danach erkundigt. Unwillkürlich beschleunigte sich Henriks Pulsfrequenz.

»Sicherlich. Aber nur, wenn der Anwalt meiner Mandantin mit der Aussage auch vor Gericht gehen kann«, antwortete Henrik.

»Soll heißen?«, hakte der Teenager nach.

Henrik verkniff sich ein Grinsen. »Es reicht nicht, irgendwelche vagen Beobachtungen von sich zu geben. Du musst stichhaltiges, nachprüfbares Wissen anbieten. Ansonsten wird das nichts mit einer Belohnung«, erklärte er.

Der Blick senkte sich zurück aufs Display. Henrik spürte Enttäuschung in sich aufkeimen. Offenbar hatte der junge Mann nur einen ausgeprägten Geschäftssinn und sich deswegen nach einer Belohnung erkundigt. Also wandte Henrik sich mit einem gemurmelten Gruß ab und war bereits im Begriff, ins nächste Stockwerk zu gehen.

»He, nicht so schnell. Was wäre, wenn ich Ihnen Aufnahmen zeigen könnte, die ich in der Nacht vom Feuer gemacht habe?«, rief ihn der junge Mann zurück.

Langsam drehte Henrik sich um und musterte den angeblichen Zeugen. »Fangen wir doch erst einmal damit an, wie du heißt«, blieb er skeptisch.

»Steven Wallner. Das ist die Wohnung meiner Mutter und ich habe tatsächlich Aufnahmen. Ich habe mit meinem Kumpel Denis telefoniert und dabei auf der Fensterbank meines Zimmers gesessen. Auf einmal sah ich, wie hinter den normalerweise dunklen Scheiben im Bürogebäude so merkwürdiges Licht herumflackerte. Da habe ich automatisch die Kamera aktiviert und alles aufgenommen«, rang er sich zu einer ausführlichen Antwort durch.

Es klang überzeugend. Henrik ließ sich das Zimmer von Steven zeigen und fand dessen Angaben bestätigt. Von der Fensterbank aus hatte man freie Sicht auf die Rückseite des Bürogebäudes. Da der Jugendliche spürte, dass der Privatdetektiv weiterhin skeptisch war, spielte er Henrik die Aufnahmen seines Smartphones vor. Der schaute sie sich sehr aufmerksam an – und konnte sein Glück kaum fassen. Es gab einen eindeutigen Zeitstempel, der den exakten Moment dokumentierte, in dem das Feuer sich im Erdgeschoss auszubreiten begann.

»Hast du eventuell auch einen Schwenk über die Parkplätze gemacht?«, fragte Henrik voller Hoffnung.

»Nee. Aber es gibt eine Aufnahme von einem Auto, das kurz vor Eintreffen der Feuerwehr hinter dem Haus anhält«, erwiderte Steven.

Als Henrik sich auch diese Bilder in Ruhe anschaute, hatte

er seinen Beweis. Steven hatte das Eintreffen von Meike Paulsen mit seinem Smartphone festgehalten, und da brannte es bereits. Mit diesen Aufnahmen würde Dr. Kersten jeden Verdacht gegen seine Mandantin in Bezug auf eine Brandstiftung mühelos entkräften können.

»Nicht schlecht. Ich telefoniere mit dem Rechtsanwalt und kläre ab, mit welcher Belohnung du rechnen kannst«, sagte Henrik.

Steven sah seine Chance gekommen und stellte klare Forderungen: »Da muss mindestens ein Tausender pro Film rausspringen, Mann. Sonst gehe ich damit zu einem der Privatsender. Die blechen garantiert noch mehr Kohle für so einmalige Aufnahmen.«

Henrik hob die Augenbrauen in die Höhe. Mit einem bösen Grinsen trat er an Steven heran. »Falsch, Kleiner. Die Aufnahmen sind Beweismittel, und wenn du sie zurückhältst, machst du dich strafbar. Du hast sie mir freiwillig gezeigt und kannst dich somit nicht mehr herausreden. Hier deine Optionen: Entweder ich spreche mit dem Rechtsanwalt, der dir eine angemessene Belohnung anbietet, oder mit der Polizei. Die bezahlt nicht, sondern prüft, ob du wegen der Zurückhaltung der Aufnahmen nicht ein Strafverfahren bekommen solltest. Deine Wahl«, erklärte er.

Steven war ein unbedarfter Teenager, der leicht einzuschüchtern war. Jeder hartgesottene Kriminelle hätte Henrik aus der Wohnung geworfen, die Aufnahmen auf ein anderes Medium oder an einen Freund überspielt und vom Smartphone entfernt. Ihm anschließend etwas nachzuweisen, wäre viel zu aufwendig geworden und kein Staatsanwalt hätte sich darauf eingelassen. Doch das wusste Steven alles nicht und reagierte wie erwartet. »Schon gut, Mann. War nur ein Versuch. Ruf den Anwalt an«, gab er kleinlaut nach.

Zehn Minuten später fuhr Henrik mit Steven zur Anwaltskanzlei von Dr. Kersten. In Bezug auf die Brandstiftung war Meike Paulsen definitiv unschuldig. Doch was den Mord an ihrem Ehemann anging, war Henrik sich nicht so sicher.

*

Als Frank sich am Abend endlich auf den Nachhauseweg machte, war er total erschöpft. Da er unbedingt noch das Protokoll für den Tag hatte anfertigen wollen, hatte er eine vom Lieferservice in die Direktion gebrachte Pizza verschlungen und dazu eine eiskalte Cola getrunken. Als er den umfangreichen Bericht fertig geschrieben hatte, las er ihn nochmals gründlich durch, korrigierte Fehler und schickte ihn schließlich nach Sonderburg. May-Britt war nicht so versessen darauf gewesen, diese Pflichtaufgabe noch am gleichen Tag zu erledigen. Von ihrer Seite lag noch kein Tagesprotokoll vor, was Frank aber keineswegs störte. Vermutlich hätte er sich ansonsten dazu genötigt gesehen, es zu lesen, und wäre dadurch noch später nach Hause gekommen.

Auf dem Spaziergang von der Direktion zu seiner Wohnung ließen Frank die Erlebnisse des Tages nicht los. Alles hatte so gemächlich angefangen. Doch mit dem wütenden Angriff von Meike Paulsen auf Kristensen hatten die Ereignisse mächtig Fahrt aufgenommen. Ob das bereits ein Anzeichen von Kontrollverlust bei ihr gewesen war? Er hätte sie gerne noch intensiver befragt, doch die Forderung nach ihrem Rechtsbeistand hatte ihn daran gehindert.

Erst als Frank in den Hinterhof einbog, kehrte seine gesamte Konzentration zurück in die Gegenwart und ihm fiel ein, dass er etwas Wichtiges versäumt hatte.

»Verdammt! Der Kühlschrank ist leer und ich könnte

jetzt einen Drink wirklich gut vertragen«, schimpfte er halblaut vor sich hin.

Gerade setzte er den Fuß auf die unterste Treppenstufe, als Ines ihn ansprach. Sie stand in der Tür zu ihrem Geschäft und lächelte ihn verschmitzt an.

»Hallo, Frank. Falls es dir nichts ausmacht, könntest du den Drink bei mir im Atelier bekommen«, schlug sie vor.

Darüber musste er nicht lange nachdenken. Erfreut folgte er der Fotografin in ihre Wirkungsstätte. Ines hatte eine Unzahl von Fotoabzügen auf dem Fußboden ausgebreitet und sich dazu eine Flasche Rotwein geöffnet. Während Frank seine Jacke auszog und im Ladenbereich auf den Verkaufstresen legte, holte Ines ein zweites Glas und füllte es.

»Setz dich doch auf den Hocker da drüben. Dann störst du mich nicht bei der Arbeit«, sagte sie.

Ihre direkte Art gefiel ihm immer besser. Er toastete ihr zu und nahm dann einen tiefen Schluck.

»Na, das muss ja ein harter Tag gewesen sein«, kommentierte Ines es schmunzelnd.

Frank wollte es bei einem kurzen Bericht belassen, um die Fotografin nicht zu lange von der Arbeit abzuhalten, doch Ines wollte mehr erfahren.

»Ob du es glaubst oder nicht: Ich bin tatsächlich dazu in der Lage, die Bilder auszuwählen und dir gleichzeitig zuzuhören«, versicherte sie.

Eigentlich hatte Frank keinen weiteren Gedanken an seinen Job verschwenden wollen, doch da Ines sich als gute Nachbarin erwiesen hatte, kam er der Bitte nach. Die Erstellung des Tagesprotokolls erleichterte ihm die chronologische Zusammenfassung, bei der er allerdings nicht zu viele Details verriet. Ines legte einen Stapel mit Bildern an und hörte stumm seiner Schilderung zu. Zwischendurch nippte

Frank immer wieder am Wein. Nach gut zehn Minuten hatte er das Wesentliche des Tages wiedergegeben.

»Tja, das war schon ein verrückter Tag. Paulsen hat sich im Grunde nur noch verdächtiger gemacht durch ihren Angriff auf Kristensen«, schloss er den Bericht.

Mehr als zwei Minuten lang sagte Ines nichts, sondern vervollständigte ihren Stapel. Nach einem abschließenden, kritischen Blick auf die restlichen Aufnahmen raffte sie diese mit einem entschlossenen Griff zusammen und warf sie in eine silberne Metallkiste. Dann fuhr sie sich durch die dunklen Haare und gähnte ausgiebig. Frank nahm es als Signal, sein Glas auszutrinken, und wollte aufstehen, um in seine Wohnung zu gehen.

Ines schaute ihn überrascht an. »Was ist? Musst du schon los?«, fragte sie.

»Ich will dir nicht den wohlverdienten Feierabend verderben. Du bist müde und willst bestimmt schnell nach Hause in die Badewanne oder ins Bett«, antwortete Frank.

Mit einem unverständlichen Brummeln füllte Ines beide Gläser auf, zog einen zweiten Barhocker hinter einem Vorhang hervor und setzte sich Frank gegenüber. Dabei stellte sie ihre Füße auf der dafür vorgesehenen Stange an seinem Hocker ab.

»Ja, ich bin echt geschafft. Das ist aber eine angenehme Erschöpfung, denn ich habe einen Job erledigt. Morgen schlaf ich, solange ich will, aber jetzt möchte ich mit dir trinken und reden. Außer natürlich, du hast keine Lust darauf«, erklärte sie.

»Von wegen. Mit dir trinke ich besonders gerne«, rutschte es Frank heraus.

Das erfreute Aufleuchten ihrer grünen Augen machte das unfreiwillige Geständnis weniger schlimm. Ines legte den Kopf leicht schräg, wodurch die längeren Haare sich über ihre linke Gesichtsseite legten. Es war eine unschuldige Geste, doch für Frank unglaublich erotisch. Er streckte die Hand aus und strich ihr mit den Fingerspitzen die Haare aus dem Gesicht. Einige Sekunden lang schauten sie sich nur tief in die Augen. Keiner sagte ein Wort. Dann richtete Ines den Kopf wieder auf und zog ihn sanft zurück, sodass sich Franks Fingerspitzen automatisch entfernten.

»Vielleicht war es aber auch nur die verständliche Reaktion darauf, dass sie endlich Gewissheit über seinen Verrat hatte«, sagte sie.

Für einen Moment lang wusste Frank nicht, von wem Ines sprach. Dann dämmerte es ihm. Ein wenig enttäuscht über die abrupte Rückkehr zu seinem Fall fragte er, was genau sie damit meinte.

»Nun. Bis zu dem Treffen mit dem Unternehmer in Kolding hatte Meike vielleicht noch Hoffnung, dass sich die Vorwürfe gegen ihren Ehemann als falsch herausstellen würden. Doch als der den Ankauf von Partydrogen bestätigte, brach in ihr etwas entzwei und führte zu dem gewalttätigen Angriff«, erklärte Ines.

Frank wiegte nachdenklich den Kopf. »Nur unter der Bedingung, dass sie es nicht schon vorher gewusst hat. Ich denke aber, dass es so war und sie deswegen ihren Mann getötet hat. Nicht als sorgsam geplante Tat. Viel mehr während eines Streits im Affekt«, erwiderte er.

Ines nippte am Wein und schüttelte anschließend den Kopf. Frank hätte das Thema liebend gern beendet. Doch die Fotografin verbiss sich offenbar darin.

»Das passt meines Erachtens kaum zu Meikes Persönlichkeitsprofil. Sie neigt nur unter großem Stress zu unbedachten Handlungen«, widersprach sie.

»So ein Verrat zählt doch wohl dazu. Schließlich war Meike ein gebranntes Kind, und als sie jetzt erkennen musste, dass Klaus sie ebenfalls hinterging, kam es zu dem Angriff mit dem Messer«, verteidigte Frank seine Theorie.

Ines hob verwundert die Augenbrauen. »Und wozu dann noch der Ausflug nach Kolding und ihr Angriff auf den Unternehmer? Passt für mich nicht zusammen«, blieb sie skeptisch.

Frank war perplex. Tatsächlich gelang es der Fotografin, dicke Löcher in sein Theoriegebäude zu schießen. Doch wohin führte es, wenn er Meike Paulsen nicht mehr als Verdächtige ansah? Unweigerlich zu Astrid Terpe, die von Anfang an von May-Britt Oldsen in den Mittelpunkt der Ermittlungen gerückt worden war. Mit einem Seufzen hob er sein Weinglas und prostete Ines zu.

»Touché, Madam. Es sind noch viele Fragen offen. Mehr, als uns lieb sein können«, gestand er.

Zu seiner Überraschung schlüpfte Ines aus ihren flachen Schuhen und legte ganz ungeniert ihre Füße auf seinen rechten Oberschenkel.

»Jo sagt immer, dass ich ausgesprochen nervtötend sein kann. Findest du auch, nicht wahr?«, fragte sie kokett.

Frank stellte sein Weinglas auf eine geschlossene Truhe neben seinem Hocker und begann, ihre Füße sanft zu massieren. Sie strahlte übers ganze Gesicht und schloss genießerisch die Augen.

KAPITEL 15

Am nächsten Vormittag war ein Arbeitstreffen in Sonderburg angesetzt. Frank brachte dieses Mal, in Absprache mit Anne, eine große Tüte mit frischen Brötchen mit. Die gemütliche Atmosphäre bei der Besprechung gefiel ihm ausnehmend gut, unterschied sie sich doch grundlegend von den nüchternen Veranstaltungen beim LKA.

»Zuerst neue Hinweise von den Kollegen aus Kolding. Lars Epsen hat Jasper Krogh dahingehend entlastet, dass er ebenfalls ausgesagt hat, seinem Freund das Werkzeug lediglich gezeigt zu haben. Glaubwürdig? Eher nicht, aber ausreichend für eine sofortige Freilassung der beiden«, sagte May-Britt.

Krogh war unter der Auflage entlassen worden, sich unter seiner Meldeadresse zur Verfügung zu halten.

»Demnach hält er sich jetzt bei seiner Mutter Eva Krogh in Apenrade auf«, sagte May-Britt.

Frank nahm es zur Kenntnis und konnte seinerseits ebenfalls mit Neuigkeiten aufwarten: »Henrik Bargen konnte Beweise sowie einen Augenzeugen ausfindig machen, die Meike Paulsens Angaben zur Brandnacht bestätigen. Sie hat das Feuer nicht gelegt«, teilte er mit.

Anschließend trug Henner seine Ergebnisse vor. Die Hintergrundrecherchen rundeten das Gesamtbild weiter ab. Doch zum Schluss ließ er eine kleine Bombe platzen. »Die Sydbank hat uns die Kontodaten übermittelt. Als Inhaber wird nicht Klaus Paulsen, sondern Aksel Krogh aus Apenrade geführt«, sagte er.

May-Britt warf ihrem Mitarbeiter einen verblüfften Blick zu, während Frank sich an seinem Brötchen verschluckte und einen heftigen Hustenanfall bekam. Anne klopfte ihm hilfsbereit auf den Rücken und reichte ihm dann ein Glas Wasser.

Frank trank einen großen Schluck und atmete mehrfach tief durch. »Danke, Henner«, knurrte er dann.

Der rundliche Mann schmunzelte in sich hinein. »Krogh? Sein Sohn treibt sich zur Tatzeit in Hejlsminde herum und nun existiert ein Bankkonto auf den Namen des Vaters, auf das Zahlungen aus Hamburg eingehen. Dem Unternehmen, über das Klaus Paulsen ebenfalls einige Buchungen laufen ließ. Wie passt das zusammen?«, fragte May-Britt.

»Offenbar gibt es Querverbindungen, die wir bislang übersehen haben. Könnte es sein, dass Krogh für Paulsen gearbeitet hat?«, warf Anne ein.

Frank verfolgte den Ansatz weiter und entwickelte daraus eine neue Theorie. »Vielleicht wollte Paulsen so verschleiern, dass er seinen Ausstieg aus Meikes Unternehmen vorbereitete. Dann käme Krogh als Strohmann in Betracht«, sagte er.

»Und durch die aufgetretenen Fehler, die vom Steuerberater an Meike Paulsen gemeldet wurden, bekam sie Wind davon. Krogh hat nicht sorgfältig genug gearbeitet, weshalb es bei der Firma aus Randers zu Nachfragen kam. Und auf einem Lieferschein trug er aus Versehen die falsche Mobilfunknummer ein. Ja, so weit ergibt es alles einen Sinn«, fasste May-Britt zusammen.

Henner hatte noch eine Ergänzung. »Eva Krogh hat ihren Ehemann vor drei Tagen bei den Kollegen in Apenrade als vermisst gemeldet. Sie konnte Aksel nicht mehr auf seinem Handy erreichen, und da er bereits mehrere Geschäftstermine versäumt hatte, obwohl er als ausgesprochen zuverlässig gilt, wandte sie sich an die Polizei. Die Fahndung läuft. Bisher ohne Ergebnis«, erklärte er.

Frank ordnete im Kopf die Daten und stieß dann einen leisen Pfiff aus. »Vom Ablauf her ist Aksel Krogh also einen Tag nach dem Mord an Klaus Paulsen verschwunden. Abgetaucht nach einer tödlichen Auseinandersetzung?«, sprach er seinen Gedanken laut aus.

In den Gesichtern der Kollegen konnte Frank Zustimmung erkennen.

»Mal angenommen, Klaus Paulsen hat sich mit Krogh in dem Ferienhaus getroffen. Dort eröffnet er ihm, dass der Job als Strohmann beendet ist und er ab sofort die Kunden selbst betreut. Für Krogh möglicherweise ein zu früher Zeitpunkt und es kommt zum Streit. Als er erkennt, was er getan hat, gerät Krogh in Panik und verschwindet«, entwickelte May-Britt eine vollständige Theorie.

»Dann könnte die Frau, die von den Zeugen am Haus gesehen wurde, vielleicht doch Astrid Terpe gewesen sein. Sie wollte sich mit Paulsen treffen, um neue Partydrogen zu kaufen. Als sie auf den Toten stößt, gerät sie ebenfalls in Panik und haut ab. Doch dann erkennt sie, dass es Augenzeugen gegeben haben könnte«, sagte Anne.

»Und beschließt die Flucht nach vorne. Später verwickelt sie sich so sehr in ihre Lügen, dass wir ihr vermutlich nicht einmal mehr die Wahrheit abkaufen würden. Deswegen dieses ganze Durcheinander«, ergänzte Henner.

Auf wundersame Weise fügte sich auf einmal alles in ein stimmiges Bild. Alle kauten ihre Brötchen, tranken Kaffee und hingen ihren eigenen Gedanken nach.

»Wir müssen noch klären, warum Jasper Krogh in Hejlsminde war. Ist er seinem Vater gefolgt? Wenn ja, hat er die

Tat beobachtet und hilft Aksel jetzt, sich zu verstecken?«, sagte May-Britt schließlich.

Zum Ende der Besprechung einigten sie sich auf einen Fahrplan. May-Britt und Frank wollten zuerst mit Astrid Terpe sprechen. Vielleicht gelang es ihnen, der Unternehmerin die Wahrheit zu entlocken, wenn sie mit ihr die neuen Überlegungen teilten. Anschließend wollten die beiden Ermittler nach Apenrade fahren, um Jasper Krogh nochmals auf den Zahn zu fühlen. Entweder packte er aus und lieferte die erforderlichen Beweise, einschließlich des Aufenthaltsortes seines Vaters, oder May-Britt wollte ihn unter Beobachtung stellen. Sie baute darauf, dass Jaspers Nerven dem Druck nicht standhalten und er die Kollegen zum Versteck von Aksel Krogh führen würde.

*

Bereits eine Stunde nach Ende der gemeinsamen Besprechung trafen May-Britt und Frank in Christiansfeld ein. Sie hatten sich zuvor versichert, dass Astrid Terpe dort anwesend sein würde. Kaum hatten die beiden Ermittler die Autotüren ins Schloss geworfen, öffnete Terpe ihnen und führte sie in den Wintergarten. Jetzt, an einem sonnigen Tag, konnte Frank die herrliche Aussicht über weite Felder erkennen. Es war schade, dass das Ehepaar Terpe diesen herrlichen Wintergarten nun nicht mehr in seiner eigentlichen Funktion nutzen konnte.

»Setzen Sie sich. Kaffee oder Wasser?«, bot Terpe an.

Ihr Auftreten wirkte im Verhältnis zu den früheren Begegnungen ungewöhnlich aufgeräumt. Fast so, als wenn sie ahnte, nicht mehr im Zentrum der Ermittlungen zu stehen.

»Kaffee, bitte«, sagte Frank.

May-Britt verzichtete auf eine Erfrischung. Terpe rief ihren Ehemann, der die beiden Ermittler neugierig begrüßte.

»Wärst du so nett und würdest Kommissar Reuter einen Kaffee bringen?«, bat Astrid Terpe.

Per nickte und verließ den Wintergarten, um zwei Minuten später mit dem Gewünschten zurückzukehren. Er stellte das Tablett, auf dem sich neben dem Becher Kaffee noch ein kleines Sahnekännchen sowie eine Glasschüssel mit Würfelzucker befanden, vor Frank auf die Schreibtischplatte. Dann zog Per sich in den Hintergrund zurück, blieb aber im Raum.

»Womit kann ich Ihnen helfen?«, fragte Astrid Terpe.

Da sie sich darauf geeinigt hatten, dass May-Britt die Führung des Gesprächs übernehmen sollte, überließ Frank seiner Kollegin die Antwort.

»Wir konnten mittlerweile viele Fragen klären. Neue Informationen lassen uns an eine etwas anders gelagerte Rolle für Sie denken«, erwiderte die Kommissarin.

Sie präsentierte die Variante, in der Astrid Terpe auf den Leichnam von Klaus Paulsen stieß und in ihrer Panik zunächst aus dem Haus floh.

»Sie waren die Frau, die von verschiedenen Zeugen am Tatort gesehen wurde. Später kehrten Sie zurück und alarmierten unsere Kollegen«, sagte May-Britt.

Frank hatte seinen Stuhl ein wenig nach hinten geschoben und zur Seite gedreht. So konnte er auch Per Terpe im Blick behalten. Der schaute mit gefurchter Stirn zu seiner Frau. Er wartete offenbar genauso gespannt auf ihre Antwort wie die beiden Ermittler.

»Sie wissen über die Partydrogen, Klaus Paulsen und Mikkelsen also Bescheid?«, fragte Astrid.

»Absolut. Was Sie noch nicht wissen können, Frau Terpe: Eine Sonderkommission der Drogenfahnder aus Kopenhagen und Kolding haben Peter Mikkelsen seit Monaten überwacht. Dabei sind Sie natürlich auch in ihr Visier geraten, und wir wurden über Ihre Rolle bei dem Drogenhandel informiert«, bestätigte May-Britt.

Aus dem Augenwinkel registrierte Frank ein unbewusstes Nicken bei Per. Er ahnte, dass es zuvor eine Aussprache bei dem Ehepaar gegeben haben musste.

»Gut. Dann wissen Sie auch, dass ich nur mit legalen Partydrogen gehandelt habe und meine Zusammenarbeit mit Peter Mikkelsen beendet war«, sagte Astrid Terpe.

»Ja, so weit ist es uns klar. Kehren wir nun aber wieder zu dem toten Klaus Paulsen zurück. Von ihm haben Sie die Drogen erhalten. Richtig?«, fragte May-Britt weiter.

Das Nicken von Astrid reichte vorerst aus.

»Dann schildern Sie uns bitte, was an dem Morgen tatsächlich passiert ist. Lassen Sie dieses Mal aber nichts mehr aus, ansonsten müssen Sie sich wegen Behinderung unserer Ermittlungen vor Gericht verantworten«, sagte May-Britt.

Mit dieser Formulierung verdeutlichte die Kommissarin nochmals, dass Astrid Terpe nicht länger unter Mordverdacht stand. Sie baute ihr eine goldene Brücke, über die sie nun aber auch gehen musste.

Terpe räusperte sich. »Ihre Annahme ist richtig. Ich war mit Klaus an dem Tag verabredet. Er hatte eine neue Lieferung für mich, die ich im Ferienhaus abholen sollte«, berichtete sie.

Astrid Terpe habe ihren Volvo in der Nebenstraße geparkt, um möglichst wenig aufzufallen. Sie sei zum Haus im Vibevej gegangen, habe den schwarzen VW-Bus im Carport stehen sehen und die Haustür unverschlossen vorgefunden.

»Ich ging hinein und rief nach Klaus. Er antwortete nicht. Der Fernseher lief. Also ging ich weiter und wäre um ein

Haar über seinen Leichnam gestolpert. Es war fürchterlich. Überall sein Blut, und seine gebrochenen Augen starrten mich an«, sagte sie.

Sie machte eine Pause, schluckte angestrengt und musste dann mehrfach tief durchatmen.

Frank glaubte ihr. May-Britt wollte mehr Details erfahren. »Haben Sie jemanden gesehen, als sie auf das Haus zugingen?«

»Nein«, erwiderte Astrid Terpe.

»Und die Haustür war definitiv unverschlossen?«, fragte die Kommissarin weiter.

»Ja, so wie immer. Klaus benutzte einen Nachschlüssel, den er mir nach unseren Zusammenkünften immer wieder aushändigte. So konnten wir uns unauffällig treffen. Es war meine Idee. Ich habe ja Zugriff auf alle Schlüssel, und ihm gefiel das Arrangement«, antwortete Astrid.

Damit war eines der vielen Rätsel geklärt. Frank hakte es gedanklich ab.

»Sie haben kein blutiges Messer gesehen?«, fragte May-Britt.

»Nein. Ich habe aber auch nicht danach gesucht«, erwiderte Astrid Terpe.

Als May-Britt ihm einen auffordernden Blick zuwarf, übernahm Frank die weitere Befragung. Ein Detail war ihm noch wichtig.

»Es hatte bereits in der Nacht angefangen, heftig zu regnen. Als Sie ins Haus gingen, müssen Ihre Schuhe vom Schlamm doch sehr dreckig gewesen sein. Wieso konnten wir dann keine Spuren davon finden?«, fragte er.

Darauf hatte Astrid Terpe eine simple Antwort. »Im Eingangsbereich lag ein Fußabtreter. Beide Male habe ich meine Schuhe dort ausgezogen und bin dann auf Socken ins Haus gegangen. Deswegen gab es keine Dreckspuren«, erklärte sie.

»Und wo ist diese Matte geblieben? Wir haben sie nicht gefunden«, bohrte Frank weiter.

Astrid sah zu ihrem Mann. Frank behielt beide im Blick.

»Die habe ich in der Lagerhalle von Sven Mikkelsen versteckt«, erwiderte sie schließlich.

»Du hast was? In der Halle, in der ich arbeite? Ja, wann denn?«, kam es von dem sichtlich überraschten Per.

Astrid schilderte es. Sie erzählte auch von Lasse, der sie dabei beobachtet und später erpresst hatte.

Per murmelte verärgert vor sich hin, als er erfuhr, wo die für ihn bestimmten Computerspiele abgeblieben waren. »Und ich dachte schon, dass du sie mir vorenthalten hättest, um mich zu bestrafen«, sagte er.

Da weder May-Britt noch Frank für den Augenblick weitere Fragen hatten, wollten sie das Beweisstück aus der Lagerhalle holen. Astrid und ihr Ehemann fuhren mit dem Volvo voraus. May-Britt und Frank folgten in ihrem Dienstwagen.

15 Minuten später rollten sie hintereinander auf das Firmengrundstück in Vamdrup. Sven Mikkelsen kam gerade aus seinem Büro und wunderte sich über den Aufmarsch, denn May-Britt hatte zusätzlich einen Streifenwagen angefordert. Der kam hinter ihrem Dienstwagen zum Stehen, als May-Britt und Frank gerade ausstiegen.

»Hast du Ärger, Per?«, fragte Mikkelsen seinen Mitarbeiter irritiert. Der schüttelte mit verdrießlicher Miene den Kopf.

Da tauchte im offenen Rolltor der Lagerhalle ein jüngerer Mann in einem verdreckten Overall auf. Sein Blick wanderte von Astrid zu den uniformierten Polizisten, dann wirbelte er herum, um im Halbdunkel der Halle einzutauchen.

»Haltet ihn auf!«, befahl May-Britt.

Die beiden Streifenbeamten jagten los.

»So, und Sie zeigen uns jetzt, wo Sie die Fußmatte versteckt haben«, wandte Frank sich an Astrid Terpe.

Mit ihr an der Spitze setzte sich die kleine Prozession in Bewegung. Sven Mikkelsen hielt sich zurück, blieb aber in der Nähe. Während sie sich einem Verschlag näherten, zerrten die beiden Uniformierten den sich wehrenden jungen Mann mit sich.

»Hör endlich auf, dich zu wehren, Lasse! Du kannst doch die Spiele behalten«, rief Astrid ihm zu.

Ihre Worte brachten den jungen Arbeiter tatsächlich zur Räson. »Ehrlich?«, fragte er.

»Ja, Lasse. Wir wollen nur die Fußmatte holen. Von dir wollen wir nichts«, bestätigte May-Britt.

Sein Gesicht hellte sich auf. Auf einen Wink der Kommissarin ließen die Streifenpolizisten Lasse los, der wie ein Blitz im Hintergrund verschwand. Von dort rief er: »Hier. Die Matte ist immer noch hier.«

Wenige Augenblicke später stand die Gruppe um einen großen Stapel alter Autoreifen herum, während Lasse danebenhockte und schließlich mit einem triumphierenden Schrei die Fußmatte hervorzog. Einer der Polizisten nahm sie an sich und versicherte dann May-Britt, dass er und sein Kollege das Beweisstück umgehend zur Kriminaltechnik bringen würden.

Lasse hüpfte nervös von einem Bein auf das andere. Auf einmal packte er Astrid Terpe am linken Unterarm. »Die Spiele behalte ich aber wirklich. Du lügst mich doch nicht an, oder?«, fragte er.

Während Astrid ihn umgehend beruhigte, löste sie vorsichtig seine Finger von ihrem Arm. Frank war nicht entgangen, wie sie zusammengezuckt war, als der junge Mann zugepackt hatte.

Auf einmal hatte er eine Eingebung. Er wartete ab, bis sich alle wieder im Freien befanden, dann drehte er sich zu Astrid Terpe um. »Machen Sie bitte einmal Ihren linken Unterarm frei«, forderte er sie auf.

Alle Blicke wanderten zu der Inhaberin der Reinigungsfirma, die nervös auf ihrer Unterlippe herumkaute.

»Astrid? Was hat das zu bedeuten?«, fragte Per.

Mit einem Seufzen senkte sie den Kopf, zog die Winterjacke aus und schob den Ärmel ihres bunten Pullovers bis zum Ellenbogen hinauf. Ein weißer Verband kam zum Vorschein, der nicht sehr fachmännisch angelegt worden war.

May-Britt trat vor und schob auch den anderen Ärmel in die Höhe. Das gleiche Bild wie am linken Unterarm. »Das sind Brandwunden, nicht wahr?«, fragte sie leise.

Astrid Terpe schluchzte auf und nickte nur. Per und Sven tauschten einen fragenden Blick aus.

»Wieso Brandwunden?«, fragte Astrids Ehemann schließlich.

»Erklären Sie es, Frau Terpe«, bat Frank.

Nach wenigen Sekunden der Stille hob Astrid Terpe den Kopf und schaute mit leerem Blick in die Ferne. »Ich wollte alle Hinweise vernichten, die mich mit Klaus in Verbindung bringen konnten. Dazu fiel mir nur ein Feuer ein, und als ich mich an die defekten Heizstrahler in Svens Halle erinnerte, entstand der Plan. Niemand sollte dabei zu Schaden kommen«, antwortete sie mit brüchiger Stimme.

»Astrid. Was hast du getan?«, fragte Per erschrocken.

»Sie stand auf einmal im Gang. Hinter mir breitete sich das Feuer rasend schnell aus. Viel schneller, als ich es erwartet hatte. Als sie mich sah, griff die Frau mit einem Feuerlöscher an. Es kam zu einem Kampf, bei dem sie mit dem Kopf gegen die Wand knallte. Danach war sie ohnmächtig. Ich habe sie, so weit es ging, zur Hintertür geschleift. Dann verließen mich meine Kräfte, aber ich hörte schon die Martinshörner der Feuerwehr«, schilderte sie den Ablauf.

»Mein Gott, Astrid.« Mit einem ungläubigen Kopfschütteln rückte Per von seiner Frau ab. »Ist die Frau tot?«, fragte er in Franks Richtung.

»Nein. Sie hatte großes Glück und konnte mit leichten Verletzungen geborgen werden. Dafür werden Sie sich bei uns in Deutschland zu verantworten haben, Frau Terpe. Brandstiftung mit Körperverletzung ist keine Kleinigkeit«, antwortete er.

May-Britt forderte einen zweiten Streifenwagen an, der Astrid Terpe abholen sollte. Per konnte mit dem Volvo nach Hause fahren. Er war völlig konsterniert und sprach kein Wort mehr mit seiner Ehefrau.

Solange sie auf das Eintreffen des Streifenwagens warteten, ließen May-Britt und Frank sich den Verschlag mit den defekten Elektrogeräten zeigen. Sven Mikkelsen fluchte fast ununterbrochen vor sich hin, während Astrid Terpe völlig apathisch durch die Lagerhalle trottete.

*

Sie hatten nur einen Zwischenstopp in Sonderburg eingelegt. Dort verteilte May-Britt anstehende Aufgaben, um anschließend mit ihrem Wagen hinter Franks Golf in Richtung Deutschland zu fahren. Amtmann Rehberg hatte sie zu einer Besprechung hinzugebeten, an der neben Zollrat Münster auch Dr. Kersten mit seiner Mandantin teilnahm. Die Ermittlungen von Steuer- und Zollfahndung waren an dem Punkt angelangt, an dem die Geschädigten zu Wort kamen. Für die beiden Ermittler eine günstige Gelegenheit, um Meike Paulsen mit eigenen Fragen zu konfrontieren.

Ein Verkehrsunfall auf der B199 in Höhe des Friesischen Bergs sorgte für eine Verzögerung, wodurch May-Britt und Frank acht Minuten nach der vereinbarten Zeit im Finanzamt eintrafen. Als sie den Fahrstuhl verließen, erwartete sie Amtmann Rehberg bereits auf dem Gang.

»Verzeihen Sie bitte die Verspätung. Ein Unfall hat für eine Vollsperrung auf der B199 gesorgt«, erklärte Frank.

Rehberg winkte ab. »Kein Problem, Herr Reuter Frau Paulsen musste zunächst jede Menge an Formularen unterschreiben und eine umfassende Rechtsbelehrung über sich ergehen lassen. Sie kommen so gesehen zum optimalen Zeitpunkt«, sagte er.

Im Gehen zogen Frank und May-Britt ihre Winterjacken aus, die sie im Besprechungsraum an eine Garderobe hängten. Da sich alle Beteiligten persönlich kannten, war nur eine kurze Begrüßung erforderlich. Meike Paulsen saß neben ihrem Rechtsanwalt auf der linken Seite eines Konferenztisches, während sich Rehberg und Münster auf der gegenüberliegenden Seite mit diversen Unterlagen und zwei Laptops ausgebreitet hatten. Mit einem kurzen Blickwechsel verständigten die beiden Ermittler sich, woraufhin Frank auf der Seite der Kollegen von Steuer- und Zollfahndung einen Stuhl belegte. May-Britt setzte sich neben Meike Paulsen, was diese mit einem irritierten Stirnrunzeln quittierte.

»Wir haben so weit alle Formalitäten erledigt. Hauptkommissar Reuter und Kommissarin Oldsen möchten ebenfalls zur Klärung offener Fragen beitragen. Zusätzlich erhoffen sie sich durch dieses Gespräch einige Aufschlüsse für ihre Ermittlungen«, erklärte Rehberg.

»Aber nicht in Bezug auf die Brandstiftung, nehme ich an«, warf Dr. Kersten ein.

»Nein. Die Ermittlungen führt der Kollege Thordsen aus Schleswig. Durch die Beweise von Herrn Bargen zählt Frau Paulsen nicht mehr zum Kreis der Verdächtigen«, antwortete Frank.

Sie erwiderte seinen Blick, während Dr. Kersten zufrieden eine Notiz anfertigte.

»Unser vordringliches Interesse gilt einigen ungewöhnlichen Zahlungen, die über eine Hamburger Abrechnungsfirma und auf ein Konto bei der Sydbank gelaufen sind. Herr Münster hat Ihnen dazu sicherlich die entsprechenden Unterlagen vorgelegt«, fuhr Frank fort.

Der Rechtsanwalt zog zwei Kopien aus einem Stapel und legte sie vor sich auf den Tisch.

»Es dreht sich vermutlich um diese Nachfrage aus Randers sowie die abweichende Mobilfunknummer auf diesem Lieferschein. Korrekt?«, fragte er.

»Stimmt. Wobei Frau Paulsen die Telefonnummer als eine ihrer Geschäftsanschlüsse identifiziert hat«, erwiderte May-Britt.

Dr. Kersten schüttelte nachdrücklich den Kopf. »Eine Aussage, die Sie meiner Mandantin abgerungen haben, als sie unter Schock im Krankenhaus lag. Ein fragwürdiges Vorgehen, zumal ich über die Vernehmung nicht informiert wurde. Die Aussage ist somit erstens nicht gerichtsfest und zweitens zu korrigieren. Die bewusste Mobilfunknummer gehört definitiv nicht zum Geschäftsbereich des Unternehmens von Frau Paulsen«, widersprach er scharf.

Eine entsprechende Erklärung schob er zu Frank hinüber. Der überflog die Zeilen und nahm den Inhalt kommentarlos zur Kenntnis.

»Wie erklären Sie dann das Auftauchen der Nummer auf einem Lieferschein aus dem Unternehmen Ihrer Mandantin?«, wollte May-Britt wissen.

Mit der Spitze seines Kugelschreibers tippte Dr. Kersten nacheinander auf das Schreiben des Unternehmens aus Randers und den Lieferschein.

»Diese beiden Dokumente gehören quasi inhaltlich zueinander. Als ein Mitarbeiter von Herrn Sievers sie in den zu bearbeitenden Unterlagen von Frau Paulsen fand, übergab er sie zur weiteren Klärung an seinen Arbeitgeber. Der hielt dazu Rücksprache mit meiner Mandantin. Sie wiederum zog ihren Ehemann zurate, der schließlich den Irrtum aufklären konnte«, führte er umständlich aus.

Dann machte Dr. Kersten eine Kunstpause, wie er es vermutlich als Stilmittel auch bei Gerichtsverhandlungen einsetzte. Frank warf May-Britt einen gequälten Blick zu. Seine dänische Kollegin erwiderte ihn mit einem Lächeln. Da meldete sich plötzlich Meike Paulsen zum ersten Mal zu Wort: »Als ich Klaus das Schreiben mit der Nachfrage und den Lieferschein mit der unbekannten Telefonnummer zeigte, glaubte er sofort an einen Irrtum. In meinem Beisein rief er das Unternehmen in Randers an und sprach mit dem Geschäftsführer. Es stellte sich schnell heraus, dass tatsächlich nur eine Verwechslung vorlag. Der Auftrag gehörte zu einem Konkurrenzunternehmen, dessen Außendienstmitarbeiter eine Kleinigkeit vergessen hatte«, erklärte sie sachlich.

Das klang zwar schlüssig, blieb aber viel zu vage.

»Wie kam das Unternehmen dazu, die Nachfrage an Ihre

Anschrift zu senden, wenn es doch gar keine Geschäftsbeziehung gab?«, fragte Frank.

Hierauf antwortete wieder Dr. Kersten, der seine Mandantin offenkundig am liebsten stumm sah. »Es hatte einige Monate zuvor einen Anbahnungsversuch durch Herrn Paulsen gegeben. Obwohl kein unmittelbarer Kontakt zustande kam, wurde die Geschäftsadresse meiner Mandantin in der Buchhaltung in Randers eingepflegt. Beim Versand der Nachfrage wählte dann eine Mitarbeiterin aus Versehen diese Anschrift aus. So einfach erklärt es sich, Herr Hauptkommissar«, sagte er.

Der Rechtsanwalt zog eine schriftliche Bestätigung des Geschäftsführers aus Randers hervor und legte sie vor Frank auf den Tisch. »Das ist eine Kopie. Sie können sie gerne zu Ihren Akten nehmen.«

Eine ähnliche Erklärung lieferte er wenige Augenblicke später für die falsche Mobilfunknummer auf dem Lieferschein: »Offenbar waren Herr Paulsen und sein Kollege von der Konkurrenz mit kurzem Abstand beide bei dem gleichen Unternehmen. Der Angestellte hat beim nachträglichen Ausfüllen der Lieferscheine einige Daten vermischt«, sagte Dr. Kersten.

Auch hierzu präsentierte der Rechtsanwalt ein Schriftstück des betreffenden Unternehmens, in welchem es sich für die entstandenen Unannehmlichkeiten bei Meike Paulsen entschuldigte. Trotzdem reichte es May-Britt nicht.

»Haben Sie denn auch Kontakt zu dem Mitarbeiter des Konkurrenzunternehmens aufgenommen, um sich diese Versionen bestätigen zu lassen?«, fragte sie den Rechtsanwalt.

Dr. Kersten schaute sie mit einem kühlen Lächeln an. »Das ist nicht meine Aufgabe, verehrte Frau Kommissarin«, erwiderte er.

An dieser Stelle mischte sich Zollrat Münster ein. »Wir versuchen seit zwei Tagen, mit Herrn Krogh in Verbindung zu treten. Bisher leider ohne Erfolg. Unter der Mobilfunknummer geht immer nur die Mailbox ran«, sagte er.

Als der Name Krogh fiel, schaute May-Britt den Zollrat ungläubig an. Frank verdaute die Überraschung ein wenig schneller.

»Sprechen wir hier von Aksel Krogh aus Apenrade?«, fragte er.

Jetzt war es an Münster, verblüfft auszusehen. »Ja, genau. Sie kennen ihn?«, erwiderte er.

Anstatt darauf zu antworten, wandte Frank sich direkt an Meike Paulsen: »Ist Ihnen Aksel Krogh ein Begriff?«, wollte er wissen.

»Nein. Ich höre den Namen gerade zum ersten Mal«, antwortete sie.

May-Britt holte Kopien einiger Unterlagen aus ihrer Mappe und reichte sie an Zollrat Münster weiter. Dr. Kersten verfolgte es mit Argwohn.

»Falls Sie belastendes Material gegen meine Mandantin vorlegen, erwarte ich selbstverständlich, auch eine Kopie davon ausgehändigt zu bekommen«, forderte er.

Münster überflog die Unterlagen, hob alarmiert die Augenbrauen an und schob die Papiere dann zu Amtmann Rehberg. Nachdem dieser die Inhalte studiert hatte, erhob er sich. »Ich fertige sofort Kopien für Sie an, Dr. Kersten«, sagte er und verließ den Besprechungsraum.

»Was hat das zu bedeuten?«, fragte Meike Paulsen.

»Das wüsste ich auch gerne«, erwiderte der Rechtsanwalt in Franks Richtung.

Der nickte May-Britt zu, die es erklärte.

»Vor einigen Tagen stießen wir im Rahmen unserer

Ermittlungen auf das Hamburger Abrechnungsunternehmen. Von dort flossen Teilzahlungen für Klaus Paulsen in Ihr Unternehmen, Frau Paulsen. Weitere Buchungen gingen auf ein Konto der Sydbank in Sonderburg. Diese Teilzahlungen erhielt der Inhaber, eben jener Aksel Krogh aus Apenrade. Demnach hat er nicht für ein Konkurrenzunternehmen, sondern für Ihren Ehemann respektive Sie gearbeitet. Wie erklären Sie uns das?«, fragte sie.

Meike Paulsen blinzelte verwirrt, schaute fragend zu Dr. Kersten. Doch auch er war offenbar ratlos.

»Vielleicht kann ich es erklären«, meldete sich Rehberg, der mittlerweile wieder zurückgekehrt war und Dr. Kersten die Kopien ausgehändigt hatte.

Er holte ein wenig aus und erklärte zunächst, welche Ermittlungen die Steuer- und Zollfahndung gemeinsam gegen die Kanzlei des Steuerberaters Karsten Sievers aktuell durchführten. Rehberg bemühte sich, die Sachverhalte möglichst allgemein verständlich darzustellen, damit Meike Paulsen die Zusammenhänge verstand.

»Es existieren also konkrete Verdachtsmomente, wonach Herr Sievers seine Mandanten hintergeht und dazu mit dem Hamburger Abrechnungsunternehmen gemeinsame Sache macht«, fasste Dr. Kersten es zusammen.

Tatsächlich war Sievers ein Teilhaber des Unternehmens, und da es in einem anderen Fall bereits der Steuerfahndung aufgefallen war, dehnte diese ihre Ermittlungen gegen die drei Inhaber des Abrechnungsunternehmens aus.

»Es geht dabei um fehlerhafte Meldungen ans Finanzamt und an diverse Krankenkassen. Allerdings kann ich zurzeit noch nicht sagen, wie die Vorgänge Paulsen/Krogh ins Schema passen«, sagte Rehberg.

Hier sah sich Münster in der Verantwortung: »Es gibt einige Hinweise auf Steuerverkürzung im Bereich Außenhandel mit Dänemark. Vermutlich stoßen wir bei weiteren Nachforschungen auf die Sydbank sowie Herrn Paulsen und Krogh.«

»In keinem der Verfahren existiert aber auch nur der kleinste Verdacht gegen meine Mandantin«, fühlte Dr. Kersten sich zu einer Klarstellung genötigt. »Stimmen Sie dem zu?«, wollte er von Rehberg und Münster wissen.

Während beide Fahnder es ausdrücklich versicherten, schwirrten in Franks Kopf die Gedanken nur so durcheinander. Er versuchte, die neuen Informationen irgendwie in die laufende Mordermittlung einzusortieren.

»Möglicherweise müssen wir unsere Recherchen stärker auf Aksel Krogh konzentrieren«, warf May-Britt ein.

Die Verbindung zwischen den beiden Männern blieb nebulös. Ob es zwischen ihnen zu einer tödlichen Auseinandersetzung gekommen sein konnte, vermochte Frank zu diesem Zeitpunkt nicht zu sagen. Was er aus der Besprechung jedoch mitnahm, war eine veränderte Sichtweise auf Meike Paulsen.

Nachdem er und May-Britt sich aus der Runde verabschiedet hatten, kehrten sie zu ihren Fahrzeugen zurück. Frank blieb an seinem Golf stehen und schaute seine Kollegin an. »Sehe das nur ich so oder teilst du meine Einschätzung, dass Meike Paulsen jetzt weniger verdächtig wirkt?«, wollte er wissen.

May-Britt schniefte und warf dabei einen abschätzenden Blick hinauf in den grauen Himmel. Erste Schneeflocken, noch klein und wässrig, legten sich auf ihr Haar.

»Die Ermittlungen der Fahnder entlasten sie. So viel steht fest. Bevor ich aber nicht mehr über diesen Krogh und seine

Verbindung zu unserem Opfer weiß, versuche ich gar nicht erst, eine neue Theorie aufzubauen«, antwortete sie.

Als Frank sich von ihr verabschieden wollte, überraschte ihn May-Britt mit einem völlig anderen Thema: »Du hast mir doch von den Wänden in deiner Wohnung erzählt. Falls du immer noch keine Idee hast, wie du sie stimmiger zum Fußboden umarbeiten kannst, hätte ich da einen Vorschlag. Sieh mal hier.« Sie öffnete den Kofferraum ihres Wagens und deutete auf eine Holzplatte, auf die dunkelrote Ziegel geklebt waren. Damit hatte ihr Bruder zwei Räume auf dem Bauernhof ausgekleidet und ihnen dadurch ein rustikales Aussehen gegeben. »Ich dachte mir, dass so etwas in der Art auch für deine Wohnung gut wäre. Was sagst du dazu?«, fragte sie.

Frank gefiel es ebenfalls. Er schlug ihr vor, mit ihm zur Wohnung zu fahren und sich selbst ein Bild zu machen. Außerdem wollte er Ines mit in die Entscheidung einbeziehen. Falls es ihnen beiden zusagte, konnte May-Britt ihm die Herstelleranschrift verraten. Sie willigte ein und folgte Frank wenige Minuten später durch die Innenstadt von Flensburg.

KAPITEL 16

Sie war froh, endlich den alten Mazda als fahrbaren Untersatz zur Verfügung zu haben. May-Britt hätte bei dem heftigen Wintereinbruch kaum mit ihrem Motorrad zur Dienststelle in Sonderburg fahren können. Doch auch mit dem Auto blieb es eine Herausforderung, über die vereisten und zum Teil durch Schneewehen bedeckten Straßen in die Stadt zu kommen. Dort hatte der Streudienst jedoch bereits gute Arbeit geleistet, sodass May-Britt pünktlich zur morgendlichen Besprechung im Büro war.

Sie setzte sich mit Anne und Henner zusammen, um den aktuellen Stand der Ermittlungen aufzuarbeiten. »Die Aussagen von Astrid Terpe sind sehr aufschlussreich. Damit können wir wichtige Punkte, wie die Suche nach der ominösen Frau im Ferienhaus oder der fehlenden Fußmatte, abhaken. Doch sie bleibt dabei, dass Klaus Paulsen bei ihrem Eintreffen bereits tot war«, sagte sie.

»Und das gestrige Treffen in Flensburg hat Meike Paulsen wohl eher als Opfer denn als Tatverdächtige aussehen lassen«, ergänzte Anne.

Doch so weit wollte May-Britt noch nicht gehen. »Was die Brandstiftung angeht, ja. Die merkwürdigen Zahlungsströme erfolgten höchstwahrscheinlich ohne ihr Wissen. Aber Frau Paulsen hat mit Sicherheit gewusst, dass ihr Ehemann mit Partydrogen handelte. Außerdem ist ihr Alibi für die Tatzeit weiterhin extrem vage. Für mich und Frank bleibt sie im Kreis der Verdächtigen«, erwiderte sie.

»Im Zentrum steht jedoch jetzt Jasper Krogh. Der Junge ist süchtig und hat bei der Vernehmung seinen Stiefvater um ein Haar belastet. Unglücklicherweise nicht konkret genug und seitdem schweigt er sich aus«, sagte Henner.

Vorerst mussten sie weitere Indizien sammeln, die Jasper eventuell mit dem Mord in Verbindung brachten. Doch May-Britt wollte eine ganz andere Priorität festlegen. »Alles dreht sich jetzt darum, Aksel Krogh aufzuspüren. Wo steckt er und wieso ist er überhaupt abgetaucht?«, warf sie die zentralen Fragen in den Raum.

»Weil er Paulsen ermordet hat«, lautete Annes simple Erklärung. »Vermutlich nach einem Streit im Affekt. Deswegen ist er getürmt und steckt jetzt in der Klemme.«

»Klar ist das unsere beste Arbeitstheorie. Doch dafür existieren schlicht zu wenige Beweise. Ich sehe nur einen Weg, wie wir in dieser Sache weiterkommen können«, fand Henner.

May-Britt sah ihn fragend an.

»Wir müssen Jasper so unter Druck setzen, dass er uns zu seinem Vater bringt. Ich verwette meinen dicken Hintern darauf, dass er ihm hilft und genau weiß, wo er sich versteckt«, sagte Henner.

Das gleiche Gedankenspiel hatte May-Britt bereits mit Frank entwickelt. Sie beschloss, mit ihm zu telefonieren und sich seine Meinung abzuholen. Vorher verteilte sie wie üblich neue Aufgaben an ihre Mitarbeiter.

»Du checkst den Hintergrund von Aksel Krogh. Wo kam er zur Welt? Was wissen wir über seine Familie und den weiteren Werdegang bis zum heutigen Tag? Alles klar?«, wandte sie sich an Henner.

Der nickte nur und eilte zurück an seinen Schreibtisch.

»Du legst bitte eine Liste mit Kunden an, die Krogh und

Paulsen in Dänemark aufgesucht haben. Mal sehen, ob es weitere Überschneidungen gibt. Halte bitte Rücksprache mit den Kontaktpersonen in den jeweiligen Unternehmen und lass dir eine Aufstellung der Aufträge aus den beiden zurückliegenden Jahren zuschicken«, sagte sie zu Anne.

Diese Art von Jagd nach kleinsten Hinweisen gehörte zur täglichen Routine der Ermittler. Meistens gelang ihnen nur so der entscheidende Durchbruch, daher erledigten Henner und Anne diese oft nervtötende Arbeit ohne Murren.

Kaum war May-Britt allein im Büro, griff sie zum Telefon und wählte Frank Reuters Nummer in der Flensburger Polizeidirektion. Sie besprachen das weitere Vorgehen und als May-Britt ihm von Henners Vorschlag berichtete, war Frank sofort einverstanden.

»Die Kollegen sollen dich sofort verständigen, wenn Jasper die Wohnung verlässt. Falls er sich mit jemandem trifft, wäre ich am liebsten in der Nähe«, sagte er.

Das entsprach auch May-Britts Vorstellung. Sie einigte sich mit Frank darauf, dass sie ihn umgehend informierte, sobald die Kollegen des Observationsteams ungewöhnliche Bewegungen bei Jasper Krogh ausmachten. Dann konnte der Deutsche sich sofort auf den Weg machen und May-Britt einsammeln. Frank war, genau wie seine dänischen Kollegen, überzeugt davon, dass Aksel Krogh der Schlüssel zur Aufklärung des Mordes an Klaus Paulsen war. Und sein Stiefsohn war wahrscheinlich wirklich die einzige Person, die zurzeit den aktuellen Aufenthaltsort von Aksel kannte. Bis aber Bewegung in die Sache kam, blieb den Ermittlern lediglich jede Menge Routinearbeit.

*

Der Anruf erreichte Frank, als er bereits sein Büro verlassen und nach Hause gehen wollte. May-Britt teilte ihm knapp mit, dass die Beschatter von Jasper Krogh ungewöhnliche Aktivitäten registriert hätten.

»Ich fahre sofort los«, erwiderte Frank.

Er eilte aus dem Gebäude und wäre auf dem vereisten Parkplatz an der Direktion fast gestürzt. Frank mahnte sich selbst zu mehr Zurückhaltung. Es nützte niemandem, wenn er sich in seinem Eifer nun auch noch verletzte.

Sekunden später lenkte er den Golf durch den dichten Feierabendverkehr der Fördestadt. Viele Autofahrer waren verunsichert oder hatten noch Sommerreifen auf ihren Fahrzeugen. Der zähe Verkehrsfluss ließ Frank nervös mit den Fingern auf das Lenkrad trommeln. Er drehte das Radio lauter und musste erfahren, dass die Situation auf allen Straßen rund um Flensburg äußerst angespannt war.

»*Es beginnt bereits erneut zu frieren, sodass Sie auf allen Wegen mit vereistem Untergrund zu rechnen haben. Passen Sie Ihre Fahrweise unbedingt den Witterungsverhältnissen an und vermeiden unnötige Autofahrten*«, mahnte der Sprecher.

Frank murmelte einen leisen Fluch und übte sich weiter in schmerzhafter Geduld. Die Lage entspannte sich ein wenig, als er auf die A7 fuhr. Dank des unermüdlichen Einsatzes des Winterräumdienstes war der Belag trocken und alle Schneeverwehungen waren entfernt worden. Endlich konnte Frank den Golf schneller fahren lassen und war dankbar, als May-Britt ihn zu einem Parkplatz an der E45 in Höhe Kliplev lotste.

»So sparen wir Zeit ein«, sagte sie.

Frank ignorierte das Tempolimit. Da die Autobahn auch auf der dänischen Seite hervorragend präpariert worden war, riskierte er es, mit hoher Geschwindigkeit zu fahren. Mehrfach wurde er von anderen Autofahrern mit fassungslosem Kopfschütteln bedacht, doch das übersah Frank geflissentlich. Auf dem Parkplatz sammelte er May-Britt ein, die kaum die Autotür ins Schloss gezogen hatte, als er schon wieder das Gaspedal kräftig durchdrückte.

»Ich würde es vorziehen, ein wenig später, dafür aber unversehrt in Apenrade anzukommen«, mahnte sie Frank.

Während sie anschließend mit den Kollegen der Personenüberwachung in permanentem Funkkontakt blieb, jagte Frank den Golf weiter mit hoher Geschwindigkeit durch die Dunkelheit.

»Jasper ist mit dem Bus zu einem Freund gefahren, bei dem er sich einen Wagen geliehen hat. Zurzeit ist er auf der A45 in Höhe Hovslund unterwegs«, sagte sie.

Frank warf einen prüfenden Blick auf die Karte seines Navigationssystems. »Richtung Norden. Hmm. So würde ich auch fahren, um nach Hejlsminde zu kommen«, stellte er überrascht fest.

Seine Kollegin zog die Augenbrauen in die Höhe, während sie nun ihrerseits den Kartenausschnitt im Display studierte. »Stimmt. Darüber bin ich noch gar nicht gestolpert«, gestand sie.

Jasper Krogh behielt die Richtung bei. Da er erheblich langsamer als Frank fuhr, schlossen sie in Höhe von Moltrup Sogn zum Wagen des Observationsteams auf. Alle warteten gespannt darauf, ob Jasper die Autobahn verlassen und tatsächlich in Richtung Küste weiterfahren würde. Mittlerweile fielen die ersten dicken Schneeflocken vom Himmel. Der Scheibenwischer von Franks Dienstwagen quietschte leise, während er die Frontscheibe freihielt.

»Achtung! Zielperson nimmt die Ausfahrt Christiansfeld«, meldete der Kollege von der Personenüberwachung.

May-Britt warf Frank einen Seitenblick zu. Gleichzeitig bestätigte sie die Meldung und ermahnte die Kollegen, nicht zu dicht auf den Wagen von Jasper Krogh aufzuschließen. Der zunehmende Schneefall half ihnen zwar dabei, nicht so schnell entdeckt zu werden, dennoch wollte May-Britt keine Panne erleben.

»Eigentlich ergibt es sogar Sinn«, murmelte Frank.

»Ach, ja? Und was genau meinst du damit?«, fragte May-Britt.

Frank griff die Theorie mit dem Streit und dem Totschlag im Affekt auf. »Vermutlich befand sich Aksel Krogh in einem Schockzustand. So konnte er nicht weit kommen, also suchte er sich ein Versteck in der Nähe. Warum nicht ein Ferienhaus?«, erklärte er.

May-Britt wiegte skeptisch den Kopf. »Klingt auf den ersten Blick durchaus logisch. Aber es ist gar nicht so einfach, von jetzt auf gleich ein Ferienhaus anzumieten«, antwortete sie.

Frank zuckte mit den Schultern. »Aber möglich. Und außerdem gibt es doch bestimmt einige Privathäuser, die zu dieser Jahreszeit leer stehen und bei denen die Gefahr sehr gering ist, dass die Besitzer überraschend auf der Matte stehen«, sagte er.

Während sie weiter über diese Möglichkeit diskutierten, durchquerten sie die Ortschaft Christiansfeld. Mittlerweile war der Schneefall so heftig geworden, dass alle Autofahrer die Geschwindigkeit anpassten. Auch Jasper Krogh fuhr immer bedächtiger, und da seine Verfolger um keinen Preis auffallen wollten, versäumten sie ein unerwartetes Abbiegen. Mitten in einer kleinen Gemeinde mit dem schönen Namen Torning bog Jasper ohne zu blinken links ab und überraschte damit das Observationsteam, welches auch May-Britt nicht mehr rechtzeitig warnen konnte. Sie mussten ein ganzes Stück weiterfahren, bevor es endlich eine Möglichkeit zum Wenden gab. Unter leisem Fluchen machte Frank jedes Manöver seines Vordermannes mit.

»Bei unserem sprichwörtlichen Glück in dieser Ermittlung schließt sich soeben das Garagentor hinter Jaspers Wagen und wir haben keine Chance mehr, ihn wiederzufinden«, beschwerte er sich.

Seine Kollegin nahm es gelassener: »Es war schon unerhörtes Glück, dass Jasper sich hat aufscheuchen lassen und wir ihm bisher folgen konnten. Der Rest ergibt sich von selbst«, widersprach sie.

Frank räumte innerlich ein, dass May-Britt damit durchaus richtiglag. Trotzdem besserte sich seine Laune nicht, während er dem Wagen der Kollegen in die Seitenstraße folgte, in der wenige Minuten zuvor Jasper Krogh verschwunden war. Sie hieß Steenbjerg. Die Straße schlängelte sich durch eine unübersichtliche Siedlung aus Einfamilienhäusern, weshalb Frank sich für eine getrennte Suche entschied. Die meisten Fenster waren erleuchtet. Der Camry von Krogh blieb zunächst unauffindbar. May-Britt wurde zusehends nervöser und Frank sah schon seine düstersten Gedanken bestätigt.

»Wir haben das Fahrzeug der Zielperson entdeckt. Keine Spur von Jasper Krogh«, meldete da auf einmal der Kollege der Personenüberwachung.

Frank fuhr zu der angegebenen Position. Der rostrote Camry stand in einer Zufahrt zu einem Feld. Die Kollegen hatten ihren Dienstwagen daneben geparkt und diskutierten gerade über den Verbleib des Fahrers. Frank ließ den Golf am Straßenrand ausrollen und schaltete den Warnblinker ein, bevor er ausstieg. Schnell zog er den Reißverschluss seiner Jacke bis unters Kinn hinauf und streifte sich Handschuhe über. Im Licht der eingeschalteten Autoscheinwerfer tanzten dicke Schneeflocken. Frank drehte sich einmal um die eigene Achse und erkannte mindestens vier Häuser, deren Fenster hell in der Dunkelheit leuchteten. Dann ging er zu den dänischen Kollegen.

»Hauptkommissar Reuter von der Kripo Flensburg«, stellte May-Britt ihn auf Dänisch vor.

Mit einem knappen Nicken erwiderten die beiden Kollegen Franks Gruß und nannten ihre Vornamen.

»Es gibt nicht einmal Fußspuren, die uns eine Richtung zeigen können. Es schneit einfach zu stark«, sagte May-Britt.

Ab jetzt konnte ihnen nur ein glücklicher Zufall oder ihr guter Instinkt weiterhelfen.

*

Ihnen blieb nichts weiter übrig, als sich aufzuteilen und die Gegend zu durchkämmen. So gering die Chance auch war, Jasper auf diese Weise zu finden, mussten sie es dennoch versuchen. Vielleicht würde einer von ihnen Jasper durch ein erleuchtetes Fenster entdecken.

So stapfte Frank genau wie seine Kollegen kurz darauf über die dicker werdende Schneedecke. Die Bewohner im Steenbjerg hatten sich bisher nicht darangemacht, die Fußwege freizuschieben. Immer wieder rutschte Frank weg. Er hatte die falschen Schuhe für einen Marsch über Eis und Schnee angezogen. Ein Fehler, der sich jetzt nicht mehr korrigieren ließ. Langsam passierte Frank ein Haus nach dem anderen, spähte angestrengt durch die erleuchteten Fenster und wurde immer aufs Neue enttäuscht. Jasper Krogh blieb verschwunden.

40 Minuten dauerte die Suche, während der die vier Ermittler ihre Standorte und Ergebnisse über Funk ausgetauscht hatten. Nun versammelten sie sich wieder an ihren Fahrzeugen. Nicht nur Franks Nase war von der Kälte gerötet, und doch war er der Einzige, der eiskalte Füße in durchnässten Halbschuhen hatte. Mürrisch trat er von einem Fuß auf den anderen, um wenigstens die Durchblutung in Gang zu halten.

»Es wäre ein Glückstreffer gewesen, wenn einer von uns Krogh entdeckt hätte. Versuchen mussten wir es«, stellte May-Britt lakonisch fest.

Sie befahl dem Observationsteam, vor Ort zu bleiben. May-Britt wollte für eine Ablösung sorgen, damit die durchgefrorenen Kollegen demnächst Feierabend machen konnten. Sie und Frank konnten im Augenblick nicht weiterhelfen, also stiegen sie in den Golf und fuhren los.

»Es kann doch kein Zufall sein, dass Jasper ausgerechnet hierhergekommen ist. Bis ins Ferienhausgebiet sind es nur noch wenige Kilometer«, sagte May-Britt.

Frank hatte die Heizung voll aufgedreht. Deswegen kämpfte er jetzt zwar mit beschlagenen Fensterscheiben, aber die Wärme tat ihnen beiden gut.

»Was schlägst du vor? Sollen wir einfach auf Verdacht nach Hejlsminde fahren?«, fragte Frank.

Er erwartete, dass May-Britt den absurden Vorschlag ablehnen würde. Zu seiner Überraschung tat sie es nicht.

»Es klingt zwar verrückt, aber ich würde es tatsächlich riskieren«, erwiderte sie.

Frank warf seiner Kollegin einen verwunderten Seitenblick zu. War May-Britt schon so verzweifelt, dass sie nach jedem Strohhalm griff? »Ganz ehrlich? Ich halte es für Schwachsinn. Besonders bei diesem Wetter«, tat er seine Meinung kund.

Möglicherweise fehlte May-Britt die Erfahrung in Mordermittlungen, um mit dem Rückschlag besser umgehen zu können. Frank kannte diesen Punkt, an dem man total frustriert war, aus der Vergangenheit bestens.

Seine Kollegin ging nicht weiter auf seinen Widerspruch ein, sondern nahm über Funk mit den Beamten des Observationsteams Kontakt auf.

»Habt ihr nachgesehen, ob der Camry abgeschlossen ist?«, wollte sie wissen.

Verblüfft verfolgte Frank die merkwürdigen Anordnungen der Kommissarin. Offenbar ging May-Britt einer Ahnung nach, die sich ihm bislang jedoch nicht erschloss. Keine Minute später meldete sich einer der Kollegen wieder über Funk.

»Der Wagen war nicht verriegelt und du hattest recht. Der Tank wurde leer gefahren«, teilte er mit.

Schlagartig erkannte Frank, was May-Britt umtrieb. Kein Wunder, dass sie Jasper Krogh im Steenbjerg nicht finden konnten: Er war nicht mehr dort. Während seine Kollegin weitere Befehle gab, wendete Frank den Golf bei nächster Gelegenheit und ließ sich vom Navigationssystem in Richtung Skovehuset lotsen. Mit halbem Ohr lauschte er dem Funkgespräch seiner Kollegin, die immer wieder Rückmeldungen des Observationsteams erhielt.

»Einer der Kollegen klappert die Häuser in der Nähe des Camrys ab. Der andere telefoniert mit den Taxiunternehmen. Möglicherweise hat …« erklärte May-Britt gerade, als sie von einer eingehenden Meldung unterbrochen wurde.

Sie drehte den Lautstärkeregler am Funkgerät auf maximale Lautstärke, damit Frank trotz des Motorengeräusches mithören konnte.

»Volltreffer. Ein Taxifahrer hat einen Mann, auf den die

Beschreibung von Jasper passt, im Steenbjerg eingesammelt«, sagte der Kollege.

»Lass mich raten. Als Ziel der Fahrt hat er die Ferienhaussiedlung in Hejlsminde genannt. Richtig?«, gab May-Britt zurück.

Nachdem der Kollege es bestätigt hatte, beorderte sie ihn und seinen Partner ebenfalls ins Ferienhausgebiet.

»Jetzt verfluchen sie mich bestimmt. Wir müssen aber so viel Manpower wie möglich vor Ort haben. Ich will Jasper unbedingt aufspüren und Aksel Krogh damit ebenfalls«, sagte May-Britt. Tiefe Entschlossenheit schwang in ihrer Stimme mit.

Für den Augenblick hatte Frank sowohl seine Müdigkeit als auch die nassen Füße vergessen. »Ein Hoch auf deinen Instinkt. Ich hätte die Suche abgebrochen und wäre zurück nach Flensburg gefahren. Gut, dass wenigstens einer von uns an einen nicht mehr fahrbereiten Untersatz gedacht hat«, räumte er ein.

Seine Kollegin zuckte mit den Schultern. »Wird sich erst noch herausstellen, ob es uns wirklich weiterbringt. Vielleicht fangen wir uns auch nur eine deftige Erkältung ein«, antwortete sie.

Darauf konnte Frank sehr gut verzichten. Obwohl gerade in seinem Fall die Wahrscheinlichkeit dafür sehr hoch war.

*

Auf der Fahrt in die Ferienhaussiedlung alarmierte May-Britt auch die örtliche Polizeistation. Als Frank den Golf auf den Parkplatz am Hotel am Hafen lenkte, erwarteten sie dort bereits die Kollegen des Observationsteams sowie vier Beamte in Uniform. May-Britt stieg sofort aus, kaum dass Frank den Wagen angehalten hatte. Er schaltete den Motor ab und folgte der Kommissarin, wobei ihm die nassen Halbschuhe keinen Schutz mehr gegen den Schnee bieten konnten.

Einer der Polizisten aus Hejlsminde warf einen ungläubigen Blick auf sein Schuhwerk. »Damit kannst du unmöglich weiter herumlaufen. Du holst dir doch den Tod«, sagte er.

Frank stimmte ihm zwar zu, musste aber auf eine fehlende Alternative verweisen. Das ließ Sören aber nicht gelten.

»Im Hotel gibt es inzwischen eine ganze Sammlung von Schuhen, die von Gästen nach ihrer Abreise dort vergessen wurden. Normalerweise verschenkt Mikkelsens Geschäftsführerin sie immer mal wieder an bedürftige Leute. Heute gehörst du dazu«, erklärte er und ging vor Frank über den Parkplatz zum Hintereingang des Hotels. Dort hämmerte er so lange an die verschlossene Tür, bis ein mürrischer Mann in Kochkleidung endlich öffnete.

»Was soll denn der Aufstand? Ihr solltet doch wissen, dass der Laden dichtgemacht wurde«, schimpfte er.

Doch Sören verfügte über ausreichend Autorität, damit der Koch die beiden Männer ins Gebäude ließ. Dort führte der uniformierte Kollege Frank zu einem Lagerraum. In einer Ecke stapelten sich tatsächlich die unterschiedlichsten Schuhe für Damen, Herren und Kinder. Als Frank ein fast neuwertiges Paar Trekkingschuhe in seiner Größe fand, tauschte er sie eilig gegen seine durchnässten aus. Jetzt hatte er zwar immer noch feuchte Strümpfe, aber das war nur noch halb so schlimm.

»Danke. Das war meine Rettung, Sören«, sagte er zum Kollegen.

Als sie kurz darauf zurück zu den anderen kamen, hatten die schon ein Suchmuster erstellt.

»Der Taxifahrer hat Jasper im Udsigten abgesetzt«, erklärte May-Britt.

Dort würden sie anfangen. Die ortskundigen Kollegen konnten leider keinen Hinweis darauf geben, welches Haus Jasper eventuell aufsuchen wollte. Also setzten die Beamten sich in ihre Fahrzeuge und fuhren in Kolonne los. Im Udsigten gab es kleine Einfamilienhäuser mit Gärten. Während Frank den Golf an der gleichen Adresse stoppte, zu der Jasper den Taxifahrer gelotst hatte, rollten die beiden Streifenwagen sowie das Zivilfahrzeug des Überwachungsteams weiter die Straße hinunter.

»Wenigstens hast du jetzt vernünftige Schuhe an«, sagte May-Britt.

Frank grinste zufrieden, während er ebenfalls ausstieg. »Langsam tauen meine Füße auch wieder auf. Ein herrliches Gefühl«, erwiderte er.

Dann ließ er seinen Blick über die Häuser in unmittelbarer Umgebung wandern. Alles wirkte friedlich und nirgendwo war eine Spur von Jasper Krogh auszumachen. Nicht, dass Frank damit gerechnet hätte. Dennoch wäre ein Wink von Kommissar Zufall ihm sehr willkommen gewesen.

»Es ist völlig egal, wo wir anfangen. Nimmst du die andere Straßenseite und ich frage mich hier durch?«, schlug May-Britt vor.

Diese Aufteilung war genauso gut wie jede andere, und so drückte Frank eine Minute später bereits auf den ersten Klingelknopf. Das Handfunkgerät hatte er in die rechte Außentasche seines Parkas geschoben.

Es öffnete eine Frau etwa in Franks Alter, die eine Schürze umgebunden hatte. Den Spuren von Mehl in ihren Haaren nach zu urteilen, war sie gerade beim Kuchenbacken. Frank wies sich aus und fragte nach, ob Jasper Krogh eventuell im

Haus sei. Die Frau verneinte es glaubwürdig. Frank verabschiedete sich und war fast schon wieder an der Gartenpforte angekommen, als sich die halb geschlossene Haustür auf einmal wieder öffnete.

»Vielleicht solltet ihr mit Barne reden. Wenn hier einer Kontakt zu Junkies hat, dann er«, rief ihm die Frau nach.

Dabei deutete sie auf eine Stelle zwischen zwei Häusern auf der anderen Straßenseite. Frank schaute sie fragend an, da er den Hinweis nicht deuten konnte.

»Da ist ein schmaler Grasstreifen zwischen den Grundstücken. Barne hat seinen Wohnwagen darauf abgestellt«, erklärte die Frau.

Frank winkte ihr dankend zu und zog dann im Gehen das Handfunkgerät aus der Tasche. Er nahm mit May-Britt Verbindung auf und bat sie, ebenfalls zu dem Wohnwagen zu kommen. Jetzt war es sein Instinkt, der ihm riet, diesem Hinweis unbedingt nachzugehen.

Sie trafen sich an einem alten, ungepflegten Wohnwagen, der auf platten Reifen stand.

»Da brennt Licht. Barne scheint zu Hause zu sein«, raunte May-Britt.

Daraufhin lehnte Frank sich vorsichtig gegen die Tür und lauschte auf die Geräusche von innen. Nach wenigen Sekunden hob er zwei Finger in die Höhe und signalisierte seiner Kollegin so, dass er Stimmen von zwei Personen hörte. Unwillkürlich öffnete May-Britt ihre Jacke und legte die Rechte auf den Knauf ihrer Pistole. Frank folgte dem Beispiel der Kommissarin, bevor er gegen die Tür klopfte.

Es rumpelte im Wohnwagen.

»Das ging ja schnell«, rief eine junge Stimme.

Gleich darauf schwang die Tür nach außen auf und warmes Licht fiel in einem Rechteck auf den vom Schnee bedeckten Rasen. Jasper stierte die beiden Beamten verdattert an. Bevor er auf eine dumme Idee kommen konnte, schob Frank ihn zurück in den Wohnwagen. May-Britt folgten ihnen und schloss dann die Tür hinter sich.

Jasper stolperte rückwärts und sank in die Eckbank. Franks Blick ging zu einem kleinen Fernsehapparat. Es lief eine Serie, und als ein Mann etwas sagte, erkannte Frank die Stimme von eben wieder. Er schaltete das Gerät aus und schob sich dann neben Jasper auf die Bank. May-Britt lehnte sich indessen mit dem Rücken an einen Einbauschrank, zog das Funkgerät aus ihrer Manteltasche und informierte die Kollegen, damit diese ihre Suche abbrechen konnten.

»Sören? Kommst du bitte zum Wohnwagen?«, bat sie daraufhin einen der örtlichen Kollegen.

Die andere Streifenwagenbesatzung wurde nach Hause geschickt, genauso wie die Männer des Überwachungsteams, die es erleichtert zur Kenntnis nahmen.

Frank schaute Jasper an. »Wo ist dein Vater?«, fragte er direkt.

Jasper starrte auf die Tischplatte und schwieg.

»Lüg uns nicht an. Wir wissen, dass er hier ist«, bluffte May-Britt.

Jasper schaute auf und dann sackten seine Schultern nach vorne. »Barne hat mich angerufen und gesagt, dass er Aksel heute hier gesehen hat. Deswegen habe ich mir den Wagen geliehen und bin hierhergekommen. Ich muss ihn sehen«, antwortete er leise.

Frank tauschte einen Blick mit May-Britt aus.

»Woher kennst du Barne?«, fragte er dann.

Laut Jaspers Auskunft trieb er sich regelmäßig in einem Spielsalon in Apenrade herum, den er selbst ebenfalls öfter aufsuchte. Vermutlich ein Umschlagsplatz für Drogen.

»Wo ist Barne jetzt? Holt er Aksel hierher?«, fragte May-Britt weiter.

Jasper schüttelte den Kopf. »Nein. Er hat die zugesagte Belohnung bekommen und kauft Schnaps. Muss jeden Augenblick zurück sein, außer er versackt im Pub«, antwortete er anschließend.

Frank stutzte. »Belohnung? Er wollte Geld von dir, weil er dich wegen Aksel angerufen hat?«, hakte er nach.

»Klar. Barne ist ein echter Schnorrer. Für lau macht der keinen Finger krumm oder sagt dir, was du von ihm hören willst. Nee, der Barne ist schon clever«, erklärte Jasper.

Frank erschien es auf einmal äußerst fraglich, ob dieser Barne den Vater von Jasper tatsächlich gesehen hatte. Er konnte an May-Britts Gesicht ablesen, dass ihr ebenfalls Zweifel gekommen waren. Sie drehte den Kopf, als die Wohnwagentür geöffnet wurde und Sören in der Öffnung erschien.

»Gut, dass ihr kommt. Du kennst doch bestimmt den Barne, der hier haust, oder?«, fragte May-Britt.

Sören nickte. »Gehört zu der Sorte Mensch, bei denen man besser seine Finger nachzählt, nachdem man ihm die Hand geschüttelt hat«, sagte er.

Franks Skepsis nahm zu. Er berichtete, was Jasper ihnen vor wenigen Augenblicken gesagt hatte.

»Dann hängt Barne garantiert im Pub rum und trinkt. Wie lange ist er denn schon weg?«, wollte Sören wissen.

Nach Jaspers Schätzung konnte es kaum mehr als eine halbe Stunde sein.

»Dann könnten wir Glück haben und Barne ist noch nicht voll wie eine Strandhaubitze. Wir sollten zum Pub fahren und nachsehen«, sagte Sören.

Obwohl Jasper lautstark protestierte und den gemütlich warmen Wohnwagen nicht verlassen wollte, musste er sich schließlich doch geschlagen geben. Frank übergab ihn an die uniformierten Kollegen, bevor er und May-Britt zurück zum Golf gingen.

»Mittlerweile befürchte ich, dass Jasper diesem Barne auf den Leim gegangen ist. Hoffentlich täusche ich mich«, sagte May-Britt.

Doch Frank teilte ihre Annahme und baute darauf, dass sie Barne noch einigermaßen ansprechbar vorfanden. So würden sie vielleicht mehr über Aksel Kroghs angeblichen Aufenthalt in Hejlsminde erfahren.

*

Die Fahrt ging in den Brodrehoj. Dort lag der Pub, der während der Wintermonate offenbar der einzige Anlaufpunkt auch für Feriengäste war. Während Sörens Kollege mit Jasper im Streifenwagen blieb, folgten May-Britt und Frank ihrem uniformierten Kollegen in die Gaststätte.

Als sie durch die Tür gingen, traf sie die warme, abgestandene Luft wie eine Wand. Frank öffnete eilig den Reißverschluss seiner Jacke, woraufhin die Gespräche der anwesenden Gäste beim Anblick der Polizeiuniform deutlich abebbten. Sören hielt Ausschau nach Barne. Als ein schwammiger Mann mit Halbglatze und fettigen braungrauen Haaren sich im Rücken einer Männergruppe in Richtung der Toiletten absetzen wollte, drängte Frank sich zwischen den Tischen hindurch und schaffte es, ihm den Weg zu verstellen.

»Verpiss dich, Mann!«, fuhr Barne ihn an.

Als gleich darauf Sören neben ihnen auftauchte und den Mann am Arm packte, wusste Frank, dass er richtig gehandelt hatte. Sonst wäre eine Entschuldigung fällig gewesen.

»Nicht so eilig, Barne. Du begleitest uns auf die Wache«, sagte er.

Mit einer ruckartigen Bewegung wollte Barne sich losreißen. »Das ist doch Polizeiwillkür. Ich habe nichts getan«, beschwerte er sich.

Doch Sören ließ sich nicht beirren. Er packte Barne am linken Oberarm und schob ihn vor sich her. Frank folgte ihnen bis zur Tür, wo May-Britt bereits auf die Männer wartete. Gleich darauf kehrten sie zurück in die eisige Kälte. Der Schneefall war vorerst vorbei, doch der sternenklare Abendhimmel hatte dafür gesorgt, dass die Temperaturen nochmals drastisch gesunken waren. Barne maulte die ganze Zeit, während Sören ihn zu Franks Golf bugsierte. So sollte vermieden werden, dass er und Jasper sich absprechen konnten, und sei es nur durch Handzeichen. Frank öffnete die hintere Tür und schob sich gleich hinter Barne auf die Sitzbank.

»Was für ein Typ Bulle bist du eigentlich, hä?«, fragte Barne provozierend.

May-Britt rutschte hinters Lenkrad und startete den Motor. Sören stieg gleichzeitig in den Streifenwagen und übernahm Sekunden später die Führung. Während die Kommissarin ihm zur Wache folgte, drehte Frank sich zu Barne um.

»Hauptkommissar Reuter von der Kriminalpolizei Flensburg. So wie ich es sehe, stecken Sie mitten in einem internationalen Mordfall. Besser Sie sagen nichts mehr, bis Ihr Rechtsanwalt da ist«, antwortete er bewusst sachlich.

Barnes Kiefer klappte vor Schreck nach unten. Die Schweißperlen, die plötzlich sein gesamtes Gesicht bedeckten, konnten unmöglich nur wegen der Wärme im Wagen ausgetreten sein.

»Mordfall? Kripo Flensburg? Scheiße! Wo hat Jasper mich denn da mit reingezogen?«, brach es aus ihm heraus.

Frank machte eine unmissverständliche Geste, indem er den Zeigefinger auf seinen Mund legte.

»Nicht reden. Ist angesichts der hohen Strafen wirklich besser«, ermahnte er Barne nochmals.

Sie erreichten die Wache und trafen dort auf Sören, der Jasper bereits in einen Vernehmungsraum gebracht hatte.

»Er besteht darauf, mit Barne reden zu wollen«, erklärte der Kollege.

Frank sah dem anderen Uniformierten hinterher, der Barne in ein weiteres Zimmer führte.

»Eins nach dem anderen. Was ich bisher noch nicht verstehe, ist, woher Barne vom Verschwinden Aksel Kroghs wusste?«, erwiderte er.

Auf Sörens Gesicht erschien ein nachdenklicher Ausdruck. Dann hob er die Hand und eilte zu einem der Schreibtische, wo er zum Telefonhörer griff und ein kurzes Gespräch führte. May-Britt und Frank zogen derweil ihre Winterjacken aus, während Sörens Kollege zurückkam und auf eine moderne Kaffeemaschine deutete.

»Möchtet ihr?«, fragte er.

Dankbar nahmen May-Britt und Frank das Angebot an. Kaum hatten sie die Becher mit dampfendem Kaffee in den Händen, beendete Sören sein Telefonat und kehrte mit verärgerter Miene zu ihnen zurück.

»Ich denke, ich weiß jetzt, woher Barne es wusste. Er wurde von einem meiner Leute gestern eingesammelt und für ein Protokoll mit zur Wache genommen. Dabei konnte er die Fahndungsmeldung nach Aksel Krogh auf dem Monitor lesen«, räumte er ein.

Mit dieser Information erhielt Franks Skepsis neue Nahrung. »Gut. Sprechen wir zuerst mit Barne und finden heraus, ob er Jasper nur abziehen wollte«, sagte er.

Sie tranken zunächst in aller Ruhe ihren Kaffee aus. Barne sollte eine Weile im eigenen Saft schmoren, damit er zugänglicher wurde. Als May-Britt und Frank fünf Minuten später den Raum betraten, in dem er wartete, rutschte Barne bereits nervös auf dem Stuhl hin und her.

»Mit Mord habe ich nichts zu schaffen! Echt nicht, Herr Kommissar«, rief er.

In aller Seelenruhe zog Frank einen Stuhl unter dem Tisch hervor und ließ sich Barne gegenüber nieder.

»Packen Sie jetzt umfassend aus, dann können wir Ihnen vielleicht helfen. Lügen Sie jedoch weiter, beantrage ich die sofortige Überstellung nach Deutschland«, teilte er kühl mit.

Das nervöse Zappeln war mit einem Schlag verschwunden. Barnes Pupillen weiteten sich vor Entsetzen.

»Was soll ich denn aussagen? Ich habe doch überhaupt nichts gemacht«, stieß er mit weinerlicher Stimme hervor.

May-Britt stemmte beide Fäuste auf den Tisch und beugte sich zu Barne hinunter, sodass sich ihre Nasenspitzen fast berührten.

»Aksel Krogh. Wann hast du ihn zum letzten Mal gesehen?«, fragte sie.

Die Verwirrung nahm weiter zu. Barne wischte sich mit dem Handrücken über die schweißnasse Stirn. »Was hat denn Jaspers Vater mit dem Mord zu schaffen?«, fragte er.

Frank schüttelte den Kopf und machte Anstalten, sich zu erheben.

Barne breitete die Arme in einer flehenden Geste aus. »Nein, warten Sie. Ich habe Aksel seit einer Ewigkeit nicht mehr gesehen. Das letzte Mal liegt schon Monate zurück.

Damals hat er Jasper vor dem Spielsalon in Apenrade abgeholt. Ich schwöre es!«, sagte er.

Mit einem verärgerten Kopfschütteln schaute May-Britt zu Barne hinunter, dessen Blick zwischen den beiden Ermittlern hin- und herwechselte.

»Blödsinn, Barne. Du hast Jasper heute angerufen, um ihm zu erzählen, dass sein Vater sich hier in Hejlsminde aufhält«, fuhr sie ihn an.

Er atmete immer schwerer und rang offensichtlich mit sich. »In Ordnung. Das war gelogen. Ich bin pleite und als ich diese Suchmeldung von Jaspers Vater hier auf der Wache sah, kam mir der Gedanke mit dem Anruf. Das war vielleicht ein blöder Gedanke, aber mit Mord hat das nichts zu tun«, gestand er.

Sie bearbeiteten Barne noch weitere 15 Minuten, bis sie sich absolut sicher sein konnten. Der schleimige Mann hatte seinen Freund lediglich abzocken wollen, weil er dringend Geld brauchte. Schließlich verließen May-Britt und Frank den Raum. Auf dem Gang tauschten sie kurz ihre Überlegungen aus.

»Barne sagt die Wahrheit. Jasper ist nur deswegen nach Hejlsminde gefahren. Trotzdem sollten wir die Gelegenheit nutzen und ihn ein wenig in die Mangel nehmen. Vielleicht weiß er doch etwas und kennt lediglich das Versteck seines Vaters nicht«, schlug Frank vor.

Seine Kollegin teilte diese Einschätzung und war auch bereit, noch ein wenig mehr Zeit auf der Wache zu verbringen.

*

Sie waren noch in die Auswertung vertieft, als Sören mit einem zufriedenen Lächeln auf sie zukam. Triumphierend hielt er eine Beweissicherungstüte in die Höhe.

»Da wir vorhin keine Zeit hatten, den Wohnwagen zu durchsuchen, bin ich nochmals hingefahren. Barnes Widerstand war mir zu heftig, und siehe da, ich lag richtig«, erklärte der uniformierte Beamte.

Frank und May-Britt sahen sich den Inhalt der Tüte genauer an. Beim Anblick der erheblichen Menge hellblauer Pillen mit dem vertrauten Aufdruck tauschten sie einen überraschten Blick aus.

»Reicht Barnes Widerstand gegen die Vernehmung aus, um diese Durchsuchung zu rechtfertigen, oder fallen die Beweise durchs Raster?«, fragte Frank.

Bevor die Kommissarin etwas erwidern konnte, meldete sich erneut Sören zu Wort.

»Da gibt es keine Probleme. Uns liegt seine Einverständniserklärung vor, die er erst gestern und ohne zeitliche Befristung unterschrieben hat. Barne will verhindern, dass sein Wohnwagen abgeschleppt wird, und dazu mussten wir ihn uns genau ansehen. Damit war er einverstanden, besonders weil er seit Jahren keine Drogen mehr nimmt«, sagte er.

Das würde rechtlich vermutlich ausreichen.

»Und wie erklärst du dir diesen Fund?«, fragte May-Britt jedoch.

Sören nickte in Richtung des Raumes, in dem Barne saß. »Er ist nicht blöd. Ich kann mir nicht vorstellen, dass diese Drogen ihm gehören. Vermutlich hat Jasper sie als Teil der Bezahlung gedacht, denn er konnte offenbar nicht die vereinbarte Geldsumme nicht ganz auftreiben«, erwiderte er und verwies auf die bei Barne gefundenen Banknoten.

Frank fand die Erklärung nachvollziehbar. Er wollte aber auf Nummer sicher gehen, bevor er Jasper Krogh damit konfrontierte. Also kehrten er und May-Britt zurück in den Vernehmungsraum, wo Barne im Stuhl nach unten gerutscht war und die Augen geschlossen hielt. Er war eingenickt und fuhr erschrocken auf, als Frank die Beweissicherungstüte mit einem Knall auf die Tischplatte warf. Er rieb sich mit der flachen Hand übers Gesicht, stierte ratlos auf die Tüte und schaute schließlich Frank an.

»Na, erkennen Sie das wieder?«, fragte der. »Es wird immer übler für Sie. Jetzt haben die Kollegen auch noch Drogen in Ihrem Wohnwagen gefunden.«

Barne schluckte schwer und rang nach Worten. Dann schob er mit einer angewiderten Geste die Tüte bis an den entgegengesetzten Rand des Tisches.

»Niemals«, stieß er hervor. »Das ist ein blöder Trick, um mich zu verunsichern. Ich nehme keine Drogen mehr und gedealt habe ich noch nie. Fragt Sören. Der kennt mich genau.«

May-Britt nahm die Tüte in die Hand und schaute Barne eindringlich an. »Du hast vorhin ausgesagt, dass du Jasper Informationen über Aksel gegen eine Belohnung verkaufen wolltest. Dann waren diese Drogen also die Bezahlung?«, fragte sie.

Barne riss die Augen auf. »Was? Nein, zum Teufel. Er hat mir weniger Geld als ausgemacht gegeben. Das ist richtig. Es stimmt auch, dass er mir dafür angeblich legale Partydrogen andrehen wollte, doch dazu kam es nie. Ich habe Jasper gleich klargemacht, dass bei mir nur Bargeld zählt. Mit dem anderen Dreck braucht er bei mir gar nicht auftauchen. Er wollte mir nächste Woche das restliche Geld bringen. Ehrenwort«, sagte er.

Seine Aussage passte zu Sörens Informationen über Barne.

Frank reichte es, um jetzt Jasper zu befragen. Zusammen mit May-Britt verließ er den Vernehmungsraum und wies Sören an, Barne nach Hause zu entlassen, sobald er das Protokoll unterschrieben hätte. Dann begaben sich die beiden Ermittler in das Zimmer, in dem Jasper Krogh schon voller Ungeduld auf sie wartete.

»Ich muss meine Mutter anrufen. Sie macht sich sonst zu viele Sorgen«, flehte er, kaum dass sie den Raum betreten hatten.

Frank und May-Britt gingen nicht auf seine Forderung ein. Da er volljährig war, konnte er nicht auf einen Anruf bei seiner Mutter bestehen. Und solange er keinen Rechtsanwalt verlangte, durften die Kommissare ihn zur Befragung festhalten.

»Wir hatten ein ausführliches Gespräch mit Barne, Herr Krogh. Daher wissen wir jetzt, dass er Sie angerufen und unter einem falschen Vorwand nach Hejlsminde gelockt hat«, begann Frank das Gespräch, nachdem sie sich gesetzt hatten.

Jasper kaute auf seiner Unterlippe und nickte zustimmend. Er knetete nervös seine Hände und auf seinem Gesicht glänzte Schweiß. Frank erkannte darin typische Anzeichen einer akuten Drogensucht.

»Wo ist dein Vater, Jasper? Wir müssen Aksel dringend finden und sind sicher, dass du weißt, wo er sich versteckt«, sagte May-Britt.

Der junge Mann zuckte mit den Schultern, schüttelte den Kopf und wippte auf dem Stuhl vor und zurück. Frank nahm die Beweissicherungstüte, die er zuvor neben seinen Stuhl auf den Boden gelegt hatte, um sie nun wirkungsvoll auf dem Tisch zu drapieren. Jasper schaute mit gefurchter Stirn drauf.

»Wir wissen von Barne, dass du diese Drogen als Bezahlung statt Bargeld mitgebracht hast. Wir können dich also wegen Dealens verhaften, denn die Menge überschreitet erheblich die Grenzen für den Eigenbedarf«, erklärte Frank.

»Das geht nicht. Die Pillen sind völlig legal. Das hat Aksel mir gesagt. Und wegen so einer kleinen Menge Pot werdet ihr mich doch nicht einsperren, oder?«, wehrte Jasper sich.

May-Britt tippte mit dem Zeigefinger auf die Tüte. »Ob die Pillen wirklich legale Substanzen enthalten, muss unser Labor erst nachprüfen. Doch das Haschisch, das wir bei dir gefunden haben, ist mehr als die zulässige Höchstmenge, die du bei dir haben darfst. Also müssen wir dich vorläufig in Haft nehmen«, erwiderte sie.

Das nervöse Wippen wurde stärker. Jasper leckte sich über die Unterlippe und schien verzweifelt nach einem Ausweg zu suchen.

»Falls du aber mit uns kooperierst, könnten wir eventuell von einer Festnahme absehen«, bot Frank an.

Schlagartig hörte Jasper mit der Wipperei auf. »Echt? Was wollt ihr wissen? Ich kooperiere!«, stieß er hervor.

Mittlerweile war Frank sich völlig sicher. Jasper hatte den Kampf gegen die Sucht erneut verloren. Alle Symptome sprachen dafür.

»Fangen wir damit an, wo du diese Pillen herbekommen hast. Hat Aksel sie dir verkauft?«, fragte Frank.

»Nee, die habe ich abgezweigt. Meine Mutter hat oft die Bestellungen für ihn fertiggemacht, wenn Aksel auf Tour war. Als sie einmal den Raum verlassen hat, habe ich mir eine der Tüten geschnappt. Wollte sie in der Spielhalle verticken«, antwortete Jasper.

Verblüfft beugte May-Britt sich vor und fixierte ihn dabei scharf. »Deine Mutter hat Aksel dabei geholfen, Partydrogen zu verkaufen? Obwohl sie wegen deiner Sucht strikt gegen jede Art von Drogen ist? Das kauf ich dir nicht ab«, sagte sie.

Doch Jasper blieb bei seiner Darstellung, die auch Frank

wenig plausibel fand. In dem Spielsalon in Apenrade hätte er nur einen Teil der Pillen verkaufen können.

»Aksel hat ja immer gesagt, dass sie ungefährlich sind. Keine echten Drogen eben. Da habe ich einfach mal probieren müssen«, gestand Jasper.

Was er damit ausgelöst hatte, lag auf der Hand. Schon bald hatte ihm der Rausch der Partypillen nicht mehr ausgereicht, und so hatte er begonnen, sich Marihuana zu beschaffen.

»Wenn meine Mutter rausfindet, dass ich wieder Pot rauche, wirft sie mich raus. Dieses Mal aber endgültig«, kam es weinerlich über seine Lippen.

Unbewusst lieferte Jasper ihnen ein mögliches Motiv für einen Mord an Klaus Paulsen. Noch gab es keine Verbindung zwischen ihm und Jasper, doch es existierten die Hinweise auf einen Kontakt zu Aksel Krogh. Frank spürte, dass sie an diesem Abend einen großen Schritt in Richtung Aufklärung getan hatten. Noch fehlten zwar einige Beweise, um Jasper oder seinen Vater mit dem Mord unmittelbar in Verbindung zu bringen, doch die Indizien mehrten sich, und er entschied, Jasper Krogh weiter vorläufig in Haft zu belassen.

Der brach daraufhin zusammen, sodass ein Rettungswagen angefordert werden musste. Als der Notarzt sich um den jungen Mann kümmerte, diskutierten die Ermittler im Vorraum der Wache die Aussagen. Sören legte ein gutes Wort für Barne ein, doch das war im Grunde nicht mehr nötig. May-Britt und Frank hatten die Aussage von Jasper Krogh, der die Drogen als seinen Besitz ausgewiesen hatte.

»Machen wir erst einmal Schluss für heute. Morgen ist auch noch ein Tag und ich brauche eine heiße Dusche«, schlug Frank vor.

Da seine dänische Kollegin keine Einwände hatte, setzte er May-Britt in Sonderburg ab und fuhr dann weiter nach

Flensburg. Dabei musste Frank gegen die immer stärker werdende Müdigkeit ankämpfen. Er wählte den unmittelbaren Weg zu dem Kaufmannshof, in dem sich seine neue Wohnung befand. Ausnahmsweise würde er den Dienstwagen mit nach Hause nehmen. Die erforderlichen Protokolle mussten bis zum nächsten Tag warten. Dafür fehlte Frank heute schlicht die Kraft.

KAPITEL 17

Er konnte es nicht unterdrücken. Frank schaffte es gerade noch, ein Tempotaschentuch vor Mund und Nase zu halten, bevor ihm der nächste krachende Nieser herausrutschte. Anne und Henner hatten beim Anblick der geröteten Nasenflügel und den ersten Niesattacken schleunigst den Weg zurück an ihre Schreibtische gesucht.

»Ich kann dir Mittel gegen eine Erkältung besorgen lassen«, bot May-Britt an. Im Gegensatz zu ihren Mitarbeitern konnte sie sich nicht von Frank fernhalten.

Der winkte ab und holte zwei Schachteln mit Tabletten aus der Jackentasche. »Bin schon von Ines versorgt worden«, erwiderte er.

Als sie gestern Abend den Golf auf dem Hof entdeckt hatte, war sie an seine Wohnungstür gekommen und hatte angeklopft. Bei seinem Anblick war Ines erschrocken zusammengezuckt und hatte Frank umgehend ins Bett geschickt. Er solle dort unter ihrer Aufsicht die anbrechende Erkältung auskurieren. Doch Frank wollte unbedingt weiter an den Ermittlungen teilhaben, weshalb er sich lediglich zu einem Kompromiss hatte durchringen können: Ines hatte die nötigen Medikamente beschafft und darauf bestanden, dass er sich im Laufe des Tages noch mal bei ihr meldete, um ihr zu berichten, wie es ihm ging. So viel liebevolle Betreuung war Frank gar nicht mehr gewohnt, empfand sie aber durchaus als angenehm.

»Ines? Ist das nicht deine Vermieterin?«, fragte May-Britt.

»Ja, aber lass uns lieber über den Fall sprechen. Wie hat Jasper die Nacht in der Untersuchungshaft überstanden?«, wechselte Frank das Thema. Das breite Grinsen im Gesicht der Kommissarin übersah er dabei geflissentlich.

»Der Arzt hat ihn am Vormittag nochmals untersucht. Jasper ist definitiv auf Droge. Seine Sucht stellt aber kein Hafthindernis dar und er ist auch vernehmungsfähig«, sagte May-Britt.

Sie beschlossen, später ins Untersuchungsgefängnis zu fahren – zuvor mussten erst noch die entscheidenden Puzzleteile ihrer Ermittlung zusammengesetzt werden.

»Wir wissen, wann Klaus Paulsen ermordet wurde. Die Tatwaffe wurde bisher nicht gefunden. Die Frau, von denen die Zeugen sprachen, konnten wir als Astrid Terpe identifizieren. Ihre Aussage erscheint stimmig. Unserer Erkenntnis nach verfügen aber weder sie noch Meike Paulsen über ein ausreichend starkes Motiv für den Mord. Stimmst du so weit mit mir überein?«, fasste May-Britt die bisherigen Erkenntnisse zusammen.

»Ja, absolut. Die Indizien deuten sehr stark auf Aksel und Jasper Krogh als mögliche Täter hin. Meiner Ansicht nach griff einer von ihnen Klaus Paulsen bei einem Streit an. Vermutlich lag nicht einmal eine Tötungsabsicht vor, ein geplanter Mord erscheint mir sogar noch unwahrscheinlicher«, erwiderte Frank.

An dieser Stelle warf May-Britt einen Blick auf den Stand der laufenden Fahndung nach Aksel Krogh. »Ich verstehe einfach nicht, wie ein simpler Vertreter dermaßen unauffindbar untertauchen kann. Dänemark ist doch kein Entwicklungsland«, beschwerte sie sich.

Dazu hatte Frank sich bereits einige Gedanken auf der Fahrt nach Sonderburg gemacht. Wären dieses elendige

Kribbeln in der Nase und die tränenden Augen nicht gewesen, hätte er vermutlich den Anblick der wunderbaren Winterlandschaft unter einem blassblauen Himmel als Ablenkung empfunden. So aber war er auf den Fall fokussiert geblieben und hatte eine neue Theorie entwickelt.

»Wir sollten Europol einschalten. Ich gehe mittlerweile davon aus, dass Krogh sich in ein Nachbarland abgesetzt hat«, sagte er.

Zu seiner Überraschung fand der Vorschlag keine Unterstützung.

»Das wird vermutlich nicht erforderlich werden. Henner hat einige hochinteressante Details über Aksel Krogh herausgefunden«, widersprach May-Britt.

Sie musste warten, bis Frank geräuschvoll seine triefende Nase geputzt hatte. Als er sich dafür entschuldigen wollte, winkte sie nur ab.

»Unter anderem konnte er den Fahrzeugtyp sowie das amtliche Kennzeichen von Kroghs Dienstwagen ermitteln. Er weiß sogar exakt, wo der sich zurzeit befindet. Darüber hinaus ist Henner bei der Sydbank auf Kopien von Aksel Kroghs Arbeitsvertrag gestoßen. Wirf mal einen Blick auf die Daten«, sagte May-Britt. Sie schob zwei Kopien über den Schreibtisch zu Frank hin.

Der zog sie zu sich heran, und wollte sie nach kurzem Überfliegen direkt an May-Britt zurückgeben. »Hier ist etwas durcheinandergeraten. Diese Unterlagen müssen zu Klaus Paulsen gehören«, sagte er.

Seine Kollegin blieb zurückgelehnt sitzen und machte keine Anstalten, die Kopien zurückzunehmen. »Das dachte ich zuerst auch«, erwiderte sie. »Doch Henner hat wie immer sorgsam gearbeitet und nichts durcheinandergebracht.«

Frank studierte die Unterlagen noch einmal und suchte nach einer Erklärung für die Ungereimtheiten. »Demnach hat nicht nur Paulsen, sondern auch Aksel Krogh den VW-Bus mit dem Schleswiger Kennzeichen gefahren?«, staunte er laut.

»Und auch sein Arbeitsvertrag läuft auf das Unternehmen von Meike Paulsen. Dabei hatte die Dame uns doch sehr glaubwürdig versichert, keinen Aksel Krogh zu kennen. Seltsam, nicht wahr?«, ergänzte May-Britt.

Für einen Augenblick vergaß Frank seine laufende Nase und die brennenden Augen. Henner war auf ein neues, vermutlich weitreichendes, Rätsel gestoßen. Doch die einzelnen Stücke ließen sich nicht zu einem passenden Bild zusammenfügen. Frank rieb sich nachdenklich am Kinn.

»Wir müssen unbedingt mit Eva Krogh sprechen. Wenn sie tatsächlich ihrem Mann bei der Zusammenstellung der Waren geholfen hat, weiß sie vermutlich mehr über seine Arbeit. Vielleicht bringt sie ja Licht ins Dunkel«, sagte er schließlich.

Ohne ein wenig Hilfe von außen kamen die Ermittler an diesem Punkt nicht weiter. May-Britt hatte deswegen bereits mit Jaspers Mutter telefoniert und sie nach Sonderburg eingeladen. Zunächst hatte Eva Krogh nicht kommen wollen, doch der Hinweis auf den inhaftierten Sohn ließ sie umgehend ihre Meinung ändern. Bis zu ihrem Eintreffen blieben Frank und seiner Kollegin nur noch zehn Minuten, in denen sie die Vernehmung vorbereiten konnten.

*

Sie gebärdete sich wie eine Löwenmutter. Frank hatte zwar grundsätzliches Verständnis, doch diese Form von Mutterliebe für einen erwachsenen Mann ging ihm dann doch zu weit. Als Eva Krogh verlauten ließ, nur dann mit den Ermittlern sprechen zu wollen, wenn sie zuvor Jasper sehen durfte, setzte Frank schon zu einer scharfen Erwiderung an. Doch May-Britt kam ihm zuvor.

»Das lässt sich einrichten. Ich habe dafür gesorgt, dass Jasper Zugang zu einem Laptop erhält. Ihr könnt skypen«, sagte sie.

Damit war Eva einverstanden. May-Britt führte sie in ein Vernehmungszimmer, wo bereits ein Laptop vorbereitet worden war.

Frank fand das Vorgehen nicht besonders professionell. Er hielt sich mit dem Protest jedoch so lange zurück, bis er mit May-Britt gemeinsam den Raum wieder verlassen hatte.

»Ich halte es für keine gute Idee, dass die beiden unbeobachtet mit einander reden können. Was, wenn sie sich dabei absprechen?«, sagte Frank.

Seine Kollegin schmunzelte in sich hinein, während sie ihm voraus in Henners Büro eilte. Dort deutete sie auf die beiden Monitore.

»Links siehst du Jasper und rechts seine Mutter. Natürlich sind sie keine Sekunde unbeaufsichtigt. Wir können zuhören und das Gespräch sogar aufzeichnen«, erklärte May-Britt.

Kleinlaut entschuldigte Frank sich. Dann wandte er sich an Henner. »Wie ist es rechtlich verwertbar? Könntet ihr die Aufzeichnungen später vor Gericht verwenden?«, wollte er wissen.

»Da sich beide Geräte in Einrichtungen befinden, die zum Justizsystem gehören, sind Aufzeichnungen erlaubt. Außerdem weisen Aushänge jeden Besucher darauf hin, dass grundsätzlich alles in Wort und Bild festgehalten wird. Wer das nicht möchte, muss schweigen oder wenigstens keine

Kommunikationsmittel benutzen«, antwortete Henner. Er zoomte die entsprechenden Aushänge in beiden Räumen heran, sodass Frank sie entziffern konnte.

Die nächsten fünf Minuten verfolgten sie schweigend die Unterhaltung zwischen Eva und Jasper Krogh. Die Frau war sichtlich betroffen über den Zustand ihres Sohnes. Seine Entzugserscheinungen waren sehr ausgeprägt und sein Verhalten glich eher dem eines 13-jährigen Jungen als eines Erwachsenen. »Ich muss hier raus, Mama. Hilf mir bitte dabei«, flehte er.

Mit keinem Wort wurde Aksel Krogh erwähnt. Frank fragte sich, ob Eva und Jasper eventuell ein Zeichen zum Stillschweigen ausgetauscht hatten. Während er sich zum wiederholten Male die Nase putzte, fragte er sich allerdings auch, ob er nicht langsam paranoid wurde. Möglichst unauffällig prüfte er seine Körpertemperatur an der Stirn. Offenbar hatte er leichtes Fieber. Er zog eine Packung mit Tabletten aus der Hosentasche, füllte sich ein Glas mit Wasser und schluckte zwei Pillen.

»Na, geht's noch?«, fragte May-Britt besorgt.

»Halb so wild. Ich habe nichts Verdächtiges bemerkt. Ihr?«, erwiderte Frank.

Auch Henner noch May-Britt sahen in der Unterhaltung nichts, was ihre Ermittlungen beflügeln könnte. Also kehrten Frank und sie zurück ins Vernehmungszimmer, wo Eva Krogh bereits das Gespräch beendet hatte.

»Danke. Jetzt können Sie gerne mit mir sprechen. Warum befindet Jasper sich in Untersuchungshaft?«, fragte sie.

May-Britt und Frank setzten sich mit an den Tisch. Die Kommissarin schilderte die Ereignisse vom Vortag und informierte Eva darüber, dass bei ihrem Sohn Drogen gefunden worden waren. May-Britt hatte auf dem Weg zum Vernehmungsraum die Beweissicherungstüte aus ihrem Büro geholt und legte sie nun auf den Tisch.

»Das bei Jasper sichergestellte Marihuana übersteigt die tolerierte Menge für den Eigenbedarf«, erklärte sie.

Mit einem Kopfschütteln schaute Eva Krogh auf die Tüte.

»Kommen Ihnen die hellblauen Pillen vertraut vor?«, fragte Frank.

Eva zog die Tüte zu sich heran und musterte die Partydrogen sorgfältig.

»Sie sehen genauso aus wie die Pillen, die Aksel vertreibt«, antwortete sie.

»Es sind exakt die Partydrogen, die von Ihrem Ehemann verkauft werden. Jasper hat einige abgezweigt, als Sie Lieferungen zusammengestellt haben. Er verkaufte anschließend die Partydrogen teilweise in einem Spielsalon in Apenrade«, sagte Frank.

Er achtete sorgsam auf jede Regung bei Eva Krogh. Sie schien nichts von Jaspers kleinem Deal gewusst zu haben.

»Als er nicht alle an den Mann bringen konnte, schluckte Jasper leider selbst mehrere Pillen«, warf May-Britt ein.

Evas Schultern sackten nach vorne, während sich ihre Augen mit Tränen füllten.

»Ich hatte einen Beitrag im Fernsehen über solche Partydrogen gesehen. Als ich Aksel darauf ansprach, nannte er es völlig übertrieben. Seine Kunden erhielten ausschließlich legale Partydrogen, die man bestenfalls als Stimmungsaufheller bezeichnen könne. Er hat mir versichert, dass unsere Pillen keine süchtigmachenden Substanzen enthalten«, berichtete sie mit brüchiger Stimme.

Frank hatte sich die Leidensgeschichte von Eva und Jasper Krogh durchgelesen. Er war im Alter von 14 Jahren erstmals mit Haschisch in Kontakt gekommen. Auf dem

Pausengelände seiner Schule wurde damit gehandelt. Es folgten diverse Medikamente und zum Schluss der Griff zum Koks. Jasper flog von zwei Schulen, verlor eine Ausbildungsstelle und trieb sich fast zwei Jahre in der Szene von Kolding herum. Mehrfach nahm ihn die örtliche Polizei fest, wenn er zur Finanzierung seiner Sucht Straftaten begangen hatte. Eva erkannte, dass sie dabei war, ihren Sohn an die Drogen zu verlieren, und fasste einen bemerkenswerten Entschluss: Sie ließ sich für drei Monate von ihrem Arbeitgeber beurlauben, machte sich nach Kolding auf und suchte Jasper. Sie ließ sich weder von hartgesottenen Dealern noch von gefährlichen Junkies abhalten. Nach fünf Wochen gelang es ihr, Jasper tatsächlich in einer besetzten Wohnung aufzuspüren und ihn mit nach Apenrade zu nehmen. Da er sich hartnäckig weigerte, in eine Entziehungsanstalt zu gehen, führte Eva einen kalten Entzug in ihrer eigenen Wohnung durch.

»Sie hatten Angst, dass Jasper wieder rückfällig werden würde«, stellte Frank fest.

Sie hob den Kopf, rang sich trotz der Tränen ein müdes Lächeln ab. »Noch mal hätte ich diese Hölle nicht durchgestanden. Daran wäre nicht nur Jasper kaputtgegangen. Ich auch«, antwortete sie.

May-Britt zögerte einen Augenblick, doch dann fuhr sie mit der abgesprochenen Strategie fort. »Dummerweise sind die Substanzen tatsächlich in dieser Zusammenstellung legal. Aber nicht weniger gefährlich, denn sie gelten unter Fachleuten als Einstiegsdroge«, sagte sie.

Das Kinn von Jaspers Mutter sank nach unten. Frank bemerkte die Tränen, die auf ihren Jackenärmel tropften. Eva machte keine Anstalten, sie aufzuhalten oder wegzuwischen. Er fühlte mit ihr, doch darauf durfte er jetzt keine Rücksicht nehmen. Er holte die Aufnahmen des toten Klaus Paulsen aus der Mappe und legte sie vor Eva auf den Tisch.

»Erkennen Sie diesen Mann?«, fragte er.

Mit zittriger Hand zog Eva die Bilder zu sich heran. Einige Sekunden studierte sie die Aufnahmen stumm, dann presste sie mit atemloser Stimme hervor: »Oh Gott. Aksel.«

Frank tauschte einen Blick mit seiner Kollegin. Eva reagierte genauso, wie ihr Sohn reagiert hatte.

»Wir wissen, dass Klaus Paulsen, so heißt der Tote, ein Arbeitskollege deines Mannes ist. Warum glaubst du, dass Aksel ihn getötet hat?«, hakte May-Britt nach.

Noch immer starrte Eva auf die Bilder. Jetzt hob sie den Kopf und schaute die Kommissarin verwundert an. »Paulsen? Ich kenne niemanden mit diesem Namen. Das ist Aksel, mein Ehemann«, erwiderte sie.

Verblüfft sah May-Britt zu Frank, der sich zu Eva vorbeugte.

»Wollen Sie damit sagen, dass der Tote nicht Klaus Paulsen, sondern Aksel Krogh ist? Verstehen wir Sie da richtig?«, fragte er.

Eva Krogh tippte nachdrücklich mit dem Finger auf das Bild des ermordeten Klaus Paulsen, wie die Ermittler bislang angenommen hatten.

»Ich werde doch wohl meinen eigenen Ehemann erkennen! Wieso erfahre ich erst jetzt, dass man ihn ermordet hat?«, erwiderte sie.

Frank sank in seinen Stuhl zurück.

May-Britt nahm die Fotografien vom Tisch, schob den Stuhl zurück und erhob sich. »Ich lasse dir einen Kaffee bringen. Wir müssen etwas überprüfen und kommen gleich zurück«, sagte sie zu Eva.

Die schien in ihrem Stuhl geschrumpft zu sein. Frank erhob sich ebenfalls und folgte seiner Kollegin hinaus auf den Gang.

»Kapierst du das? Meike Paulsen erzählt uns die ganze Zeit, dass der Tote ihr Ehemann sei. Jetzt behauptet Eva Krogh das Gleiche. Wer von den beiden lügt?«, fragte May-Britt sichtlich verwirrt.

Frank nieste mehrfach, säuberte sich die Nase und schüttelte gleichzeitig den Kopf. »Langsam glaube ich, in einem Fiebertraum gefangen zu sein. Hatte Henner sich nicht um einen Backgroundcheck von Aksel Krogh gekümmert? Vielleicht kann er uns helfen, das Rätsel zu lösen«, sagte er dann.

May-Britt hatte keinen besseren Vorschlag, also eilten sie zu Henner in sein Büro. Als sie dort eintrafen, war der rundliche Mann bereits aktiv. »Ich habe zugehört und überprüfe gerade, ob irgendwelche Hinweise existieren, die uns dabei helfen, die wahre Identität des Toten zu ermitteln«, erklärte er.

*

Eine Stunde später setzten sich Frank und May-Britt wieder mit Eva Krogh zusammen. Die Frau wirkte inzwischen regelrecht lethargisch.

»Wir möchten wissen, wie du Aksel kennengelernt hast. Erzähl uns bitte davon«, sagte May-Britt.

Sie habe als Servicekraft in einem Veranstaltungszentrum in Apenrade gearbeitet, berichtete Eva. Vor zwei Jahren sei dort eine Tagung durchgeführt worden, an der auch Aksel Krogh teilgenommen hatte. Eva habe ihm dabei geholfen, ein gutes Hotelzimmer zu finden.

»Er war für einen Kollegen eingesprungen und der hatte unglücklicherweise sein Hotelzimmer storniert. Aksel versuchte zunächst auf eigene Faust, eine bezahlbare Übernachtungsmöglichkeit in Apenrade zu finden. Doch da es in jener Woche viele Veranstaltungen in der Stadt gab, blieben seine Versuche erfolglos«, erzählte sie.

Dank ihrer Insiderkenntnisse gelang es Eva, doch noch ein gutes Zimmer nur wenige Kilometer außerhalb der Stadt aufzutreiben.

»Darüber war er so begeistert, dass er am nächsten Tag einen großen Blumenstrauß mitbrachte. Meine Kolleginnen waren ganz neidisch und ich bedankte mich später noch per SMS. Von da an hielten wir Kontakt und irgendwann entwickelte sich mehr daraus«, sagte sie.

Eva erfuhr von Aksel, dass seine Eltern bei einem Autounfall ums Leben gekommen waren. Außer einer Tante, die es in die USA verschlagen hatte, gab es keine weiteren Verwandten.

»Aksel wuchs in einem Heim auf und lernte dort, auf sich selbst gestellt zu sein. Doch bei mir und Jasper zeigte er sich als echter Familienmensch«, erzählte Eva weiter.

Sie geriet ins Schwärmen und schilderte einige Erlebnisse, die sich ihr besonders eingeprägt hatten. Obwohl Jasper anfangs sehr abweisend gegenüber Aksel gewesen war, änderte sich seine Haltung im Laufe der Monate immer mehr zum Positiven.

»Er hat Aksel als Freund akzeptiert und keine Einwände gehabt, als ich ihm vom Heiratsantrag erzählte. Endlich schien unser Leben sich in Richtung Normalität zu entwickeln. Und jetzt ist er tot«, sagte Eva.

May-Britt warf Frank einen Seitenblick zu, bevor sie Henners Rechercheergebnisse zu Aksel Krogh präsentierte.

»Er hat dich belogen, Eva. Wir haben die Angaben zu Aksel überprüft und sind auf Erstaunliches gestoßen«, sagte sie.

Sie breitete eine Serie von Kopien auf dem Tisch aus. Eva beugte sich vor und schaute sich alles genau an. Ihre sowieso schon fahle Gesichtshaut wurde immer bleicher. Schließlich hob sie den Blick und schaute May-Britt ungläubig an.

»Alles erfunden? Aksel Krogh existiert so überhaupt nicht? Wie kann das sein und warum sollte er so etwas getan haben? Wer ist Aksel in Wirklichkeit?«, sprudelten die Fragen nur so aus ihr heraus.

Doch noch war es nicht an der Zeit, ihr diese Fragen zu beantworten.

»Wir haben uns mit richterlicher Genehmigung in Ihrer Wohnung umgesehen und auch Ihr Auto unten auf dem Parkplatz durchsucht. Dabei sind wir auf interessante Dinge gestoßen«, sagte Frank.

Eva krauste die Stirn und schaute ihn verärgert an. »Was soll das hier eigentlich werden? Stehe ich etwa unter Verdacht?«, fragte sie.

May-Britt holte einen Laptop und ein Mobiltelefon aus einer Tasche. Sie legte beide Geräte auf den Tisch, nachdem Frank die Kopien sauber zu einem Stapel am Rand zusammengeschoben hatte.

»Erkennst du den Computer oder das Smartphone?«, wollte May-Britt wissen.

Beides konnte Eva ohne Schwierigkeiten Jasper zuordnen. Er liebte es, seine Geräte mit Aufklebern zu verzieren, darunter die Logos der Handballer von KIF Kolding sowie der Kopenhagener Metal-Band »Vollbeat«.

»Unser Spezialist hat sich den Browserverlauf auf dem Laptop angesehen. Jasper war demnach mehrfach auf der

Homepage eines Schleswiger Unternehmens. Es gehört Meike Paulsen, der Ehefrau des ermordeten Klaus Paulsen. Du kanntest ihn unter dem falschen Namen Aksel Krogh«, sagte May-Britt.

»Na und? Was hat das zu bedeuten?«, fragte Eva.

»Außerdem haben wir das Smartphone von Jasper in Ihrem Wagen entdeckt. Es war zwischen die Polster der Rücksitzbank gerutscht. Soweit wir wissen, benutzt Jasper auch Ihr Auto ab und an, und zuletzt war er damit offensichtlich in Hejlsminde«, sagte Frank.

Die Nachfragen von Eva Krogh ignorierten sie weiterhin. Im Vorgespräch zum zweiten Teil der Vernehmung waren May-Britt und Frank sich darin einig geworden, dass sie von Jaspers Mutter vermutlich mehr Informationen erhalten würden, wenn sie ihr wenig Zeit zum Nachdenken ließen. Sobald sie erkannte, in welche Richtung sich die Fragen der Ermittler bewegten, würde Eva sich vermutlich schützend vor ihren Sohn stellen.

»Wir stellen es uns so vor: Jasper hat sich schlaugemacht, welche Kunden Aksel besuchen sollte. Sein Stiefvater hat sich wahrscheinlich geweigert, ihm einfach so Partydrogen zu überlassen. Aksel kannte ja seine Vergangenheit als Junkie. Deswegen die Online-Recherche. Möglicherweise wollte er auch mehr über die Inhaltsstoffe erfahren. Auf jeden Fall ist Jasper ihm gefolgt und war sicherlich erstaunt, als die Fahrt in die Ferienhaussiedlung ging«, präsentierte May-Britt ihre neueste Theorie.

Eva hörte schweigend zu.

»Hier kam es zu einem Streit zwischen Aksel und Jasper, in dessen Verlauf der tödliche Angriff erfolgte. Kein geplanter Mord«, schloss May-Britt.

Viele Details waren immer noch sehr vage. Dennoch ließ

sich aus den aktuellen Hinweisen der mögliche Verlauf wie geschildert rekonstruieren.

Gespannt warteten die Ermittler auf eine Reaktion von Eva, die nur stumm die Tischplatte betrachtete.

»Die Indizien sind erdrückend, Frau Krogh. Wir wollten Ihnen alles erklären, bevor wir Jasper damit konfrontieren. Ich gehe davon aus, dass er unter diesem Druck ein Geständnis ablegt«, sagte Frank.

Mit einem Ruck hob Eva den Kopf. Ihr Blick war klar und verriet Entschlossenheit. »Ich wusste nichts vom Doppelleben meines Mannes. Jasper auch nicht. Er war nicht in Hejlsminde, sondern ich. Aksel hatte seine Mappe mit den Unterlagen für die Kunden an dem Tag in der Wohnung vergessen. Ich dachte, ich würde ihn noch einholen können, bevor er Apenrade verließ«, sagte sie.

Vorerst ließen May-Britt und Frank sie reden. Eva verhielt sich erwartungsgemäß und musste sich früher oder später zwangsläufig in Lügen verstricken. Dann konnten die Ermittler ihre Aussage zerpflücken.

*

Eva verzettelte sich keineswegs in widersprüchliche Aussagen, wie Frank 40 Minuten später einsehen musste. Es gab keine bedenklichen Lücken in ihren Ausführungen. Die Tatsache, dass Jaspers Handy unsichtbar zwischen den Polstern der Rücksitzbank gesteckt hatte, konnten sie Eva kaum anlasten. Es reichte völlig, dass er regelmäßig den Wagen benutzte und nicht gerade ein sehr ordentlicher Mensch war. Ihre Schilderung in Bezug auf den fraglichen Vormittag klang plausibel und ließ sich nicht auf Anhieb erschüttern.

»Ich hätte Aksel um ein Haar verpasst. Doch dann sah ich den VW-Bus plötzlich an einer entfernten Kreuzung vor einer roten Ampel stehen. Es war nicht die geplante Fahrtrichtung, deswegen wäre ich da eigentlich nie hingefahren«, sagte Eva.

Es gelang ihr, sich in einigem Abstand hinter dem Transporter einzuordnen.

»Als wir schließlich durch die Ferienhaussiedlung fuhren, verstand ich es zunächst überhaupt nicht. Dort gab es keine Kunden, die Aksel aufsuchen musste. Zuerst dachte ich, dass er mich betrügen und im Haus seine Geliebte treffen würde. Kurze Zeit später sah es auch wirklich danach aus«, sagte Eva.

Sie hatte ihren Wagen in einem Seitenweg geparkt und sich dem Ferienhaus im Vibevej zu Fuß genähert.

»Aksel stellte den Bus unter den Carport und ging anschließend ins Haus. Ich lief zum Wagen und warf einen Blick hinein. Es war nichts Ungewöhnliches darin zu entdecken, also wollte ich meinen Mann zur Rede stellen. Die Haustür war unverschlossen, und als ich in den Flur trat, hörte ich Aksel reden«, sagte Eva.

Sie habe zuerst gedacht, dass die mögliche Geliebte bereits im Haus wäre. Doch schnell habe sie erkannt, dass Aksel telefonierte.

»Aber das, was ich da mit anhören musste, war weit schlimmer als jede Affäre. Aksel teilte jemandem mit, dass er soeben eingetroffen wäre und ihr Paket mit den Partydrogen dabeihätte. Es war wie ein Schlag in die Magengrube«, erklärte sie.

Während Aksel ihr gegenüber immer so getan hatte, als seien die Inhaltsstoffe der Pillen völlig harmlos, sprach er jetzt am Telefon offen von Drogen.

»Ich ging weiter und stand schließlich hinter Aksel. Er musste etwas gehört haben, denn er drehte sich um und zuckte zusammen, als er mich sah. Er wurde wachsbleich und begann herumzustammeln. Von wegen er könne alles erklären und es wäre nicht so, wie ich es mir dachte«, sprach Eva weiter und ihre Stimme wurde immer lauter. Sie habe aber gespürt, dass er ihr nur Lügen auftischte. »Ich wollte nichts mehr davon hören, ging hinter den Tresen und hatte auf einmal dieses Messer in der Hand. Während er mich anlog, konnte ich nur an Jasper denken. Aksel hatte meinem Sohn Drogen gegeben, sodass er rückfällig geworden war«, sagte sie.

Mit brüchiger Stimme berichtete sie von der schlimmen Zeit, die Frank bereits aus den Akten kannte. Wie furchtbar es gewesen war, als ihr Sohn erstmals zu Drogen gegriffen hatte und in die Abhängigkeit abgerutscht war. Wie sie Monate um ihn gekämpft hatte und es schließlich ganz allein geschafft hatte, ihn durch einen kalten Entzug wieder clean zu bekommen. Jasper sei danach Drogen gegenüber standhaft geblieben und als Aksel auftauchte, glaubte sie, dass ihr Familienglück nun endlich perfekt wäre.

»Ich konnte an nichts anderes mehr denken als daran, wie sehr er mich getäuscht hatte, und dann stach ich zu. Keine Ahnung, wie oft. Er sollte nur aufhören, mich weiter anzulügen«, schilderte Eva die eigentliche Tat.

Es klang glaubhaft. Doch sie blieb exakt an den Stellen vage, an denen Detailkenntnisse ihr Geständnis glaubwürdig gemacht hätten. Frank blieb skeptisch, und als er zu May-Britt schaute, konnte er in ihren Augen ebenfalls Zweifel erkennen.

»Was dann?«, hakte er nach.

Eva zögerte kurz. »Aksel stöhnte ganz fürchterlich und auf einmal bekam ich es mit der Angst zu tun. Was, wenn jemand es hörte und nachsehen kam? Mir fiel nichts Besseres ein, als den Fernseher einzuschalten und so sein Stöhnen zu übertönen«, erklärte sie schließlich.

Dann sei sie in Panik verfallen. Ihr sei klar geworden, dass Aksel sich ja mit einem Kunden am Haus verabredet hatte, der nun jeden Augenblick auftauchen konnte.

»Ich bin aus dem Haus hinaus und in die Nebenstraße zu meinem Wagen gelaufen. Dann fuhr ich los und bemerkte erst eine ganze Weile später, dass das blutige Messer im Fußraum vor dem Beifahrersitz lag. Also hielt ich an einem Grundstück, auf dem ein neues Ferienhaus gebaut werden sollte. Dort habe ich das Messer entsorgt«, antwortete sie.

Danach sei sie wie in Trance nach Apenrade zurückgefahren und habe erst später realisiert, was an dem Morgen geschehen war.

»Warum hast du nicht den Notruf gewählt?«, wollte May-Britt wissen.

»Mir wurde bewusst, dass Jasper mich jetzt unbedingt brauchte. Aksel hatte kein Recht, meinen Jungen zu verführen. Ich hatte ihn nicht töten wollen, aber es war nun einmal passiert und mein Leben musste weitergehen«, erwiderte Eva.

Sie war nicht die erste Täterin, die sich in dieser Weise rechtfertigte. Frank beschäftigte jedoch ein anderer Gedanke.

»Sie haben Ihren Ehemann am Tag darauf als vermisst gemeldet. Wozu diese Scharade?«, fragte er.

Die Antwort war simpel. »Ich konnte Jasper doch nicht sagen, was passiert war. Für ihn war Aksel bei seinen Kunden, und nachdem er sich gegen seine normale Gewohnheit nicht bei uns meldete, musste ich so tun, als wenn ich mir Sorgen machte. Es ging nicht anders«, erwiderte Eva.

An dieser Stelle unterbrachen May-Britt und Frank zum zweiten Mal die Vernehmung. Sie gingen in die Etagenküche, um sich bei einem Kaffee zu stärken. Frank entsorgte bei der Gelegenheit die benutzten Papiertaschentücher in einem Mülleimer. Mittlerweile brummte sein Kopf und er wäre am liebsten einfach nach Hause gefahren. Die Vorstellung, dort von Ines liebevoll umsorgt zu werden, ließ diesen Gedanken besonders reizvoll erscheinen.

»Sie macht es gut, aber ich bleibe dabei: Eva will Jasper vor dem Gefängnis beschützen. Deswegen nimmt sie die Schuld auf sich«, sagte May-Britt.

Frank schnäuzte sich geräuschvoll und nickte zustimmend.

»Gut. Dann knöpfen wir uns am besten Jasper noch einmal vor und fühlen ihm richtig auf den Zahn. Vorher muss ich aber Anne und Henner noch mit Arbeit versorgen«, entschied May-Britt.

Während Frank sich erschöpft auf einen der Küchenstühle sinken ließ, ging May-Brit zuerst zu Anne.

»Du musst bitte herausfinden, was Eva Krogh am Tag des Angriffs auf Paulsen gemacht hat. Wir brauchen einen möglichst lückenlosen Nachweis für jede Minute«, bat sie die Kollegin.

Anschließend übertrug sie Henner die Aufgabe herauszufinden, wie Klaus Paulsen es geschafft hatte, sich eine derart glaubhafte falsche Identität aufzubauen, und holte danach Frank in der Küche ab, um mit ihm in den Trakt mit den Zellen für Untersuchungshäftlinge zu gehen.

*

Offenbar hatte der Arzt Jasper Krogh ein Mittel gegen seine Entzugserscheinungen gegeben. Als May-Britt und Frank in das Vernehmungszimmer im Erdgeschoss traten, saß er relativ entspannt auf seinem Stuhl.

»Haben Sie meine Mutter informiert? Kommt sie hierher?«, lauteten seine ersten Fragen.

Während Frank sich einen Stuhl heranzog und sich setzte – allerdings nicht, ohne zuvor kräftig zu niesen –, beantwortete May-Britt Jaspers Frage.

»Ja, sie weiß Bescheid. Bevor wir aber zulassen können, dass ihr euch seht, müssen wir einige Dinge klären«, sagte sie.

Zunächst musste Jasper nochmals schildern, warum er nach Hejlsminde gefahren war und was er mit den hellblauen Pillen vorgehabt hatte.

»Barne rief an und erzählte mir, dass er Aksel gesehen hätte. Vielleicht war er ja doch nicht tot und das Bild von euch zeigte nur einen Doppelgänger, so wie man es oft schon gelesen hat. Gegen eine kleine Belohnung wollte er mir das Haus zeigen, wo er sich aufhielt. Da ich nicht genug Kohle hatte, schnappte ich mir die Tüte mit den Partydrogen und dem Hasch«, erklärte er.

Da Jasper bei seiner Geschichte blieb, griff Frank ein.

»Du warst aber schon einige Tage vorher in Hejlsminde. Was wolltest du damals in der Feriensiedlung?«, fragte er.

Der Junkie furchte die Stirn und schien angestrengt nachzudenken. »Nee, dass stimmt nicht. Ich bin erst einmal in Hejlsminde gewesen. Das ist aber schon Jahre her«, erwiderte er.

»Du lügst. Wir haben die Daten deines Smartphones ausgelesen. Es war an dem Tag eindeutig in der Funkzelle unweit des Vibevejs eingeloggt. Es verschlimmert deine Situation nur, wenn du uns weiter Märchen erzählst«, sagte May-Britt.

Die Schärfe in ihrer Stimme ließ Jasper zusammenzucken. Er stierte die Kommissarin verwirrt an. »Hä? Mein Handy? Das blöde Teil habe ich seit fast einer Woche nicht mehr in der Hand gehabt. Ich muss es irgendwo verlegt haben«, entgegnete er dann.

Frank schnäuzte sich ausgiebig. Anschließend warf er das Papiertaschentuch in den Mülleimer in der Ecke des Raumes. »War es nicht viel mehr so, dass du deinem Stiefvater nach Hejlsminde gefolgt bist und ihr über die Drogen in Streit geraten seid?«, fragte er dann.

Jaspers Blick zuckte zu Frank. »Was für ein Streit?«, fragte er und riss die Augen auf einmal weit auf. »Shit! Ihr denkt, dass ich Aksel gekillt habe? Nie im Leben, Mann. Ich kann nicht einmal Blut sehen«, stieß er dann hervor.

Sein hartnäckiges Leugnen überraschte Frank. An einer Tatsache kamen sie nicht vorbei: Wenn Jasper seinen Stiefvater tatsächlich getötet hätte, wäre er kaum auf den Anruf von Barne hin in die Ferienhaussiedlung gefahren. Außer ...

»Barne weiß es auch und deswegen wollte er dich erpressen. Die Geschichte mit der angeblichen Sichtung von Aksel habt ihr euch nur ausgedacht, um uns davon abzulenken«, sagte Frank.

Selbst May-Britt wurde von dieser Wendung überrascht, wie ihr Seitenblick verriet.

Jaspers Unterkiefer klappte nach unten. Dann schloss er den Mund wieder. »Hat Barne euch diesen Scheiß aufgetischt? Das ist absoluter Blödsinn«, stieß er aufgebracht aus.

Wie auch immer May-Britt und Frank es auch versuchten, Jasper blieb bei seiner Darstellung. Sie gaben es schließlich auf und brachen die Vernehmung ab. Auf dem Weg nach oben zu den anderen diskutierten sie Jaspers Verhalten.

»Es könnte an dem stabilisierenden Medikament liegen, dass er sich auf einmal wieder so selbstsicher gibt«, sagte Frank genervt. In seinem Kopf wurde scheinbar ein Wettkampf mit Presslufthämmern ausgetragen. Daher holte er sich in der kleinen Küche ein Glas Wasser und schluckte zwei Schmerztabletten.

Als er daraufhin zu Henner ging, wo auch Anne und May-Britt schon am Schreibtisch standen, hoffte er auf einen hilfreichen Hinweis.

»Ich konnte mit Chefinspektor Staal sprechen. Der ließ Bo zu den falschen Dokumenten befragen, da er dafür in der Vergangenheit schon einmal vor Gericht gestanden hat«, erklärte der gerade.

Tatsächlich hatte Klaus Paulsen den Handlanger von Peter Mikkelsen dafür bezahlt, dass er ihm alle erforderlichen Dokumente beschaffte, um als Aksel Krogh ein neues Leben anzufangen.

»Das passt auch zu den Bankgeschäften bei der Sydbank. Paulsen hat vor acht Monaten angefangen, regelmäßig Teile seines Gehaltes dorthin zu transferieren. Als Aksel Krogh hat er zusätzliche Kundentermine wahrgenommen, um mehr Einnahmen zu generieren«, warf Anne ein.

»Und dabei zweimal die Übersicht verloren und damit den Steuerberater verwirrt«, ergänzte Frank.

Klaus Paulsen hatte gewusst, wie viel Angst Bo Madsen vor seinem Boss hatte, und darauf gesetzt, dass der Handlanger kein Wort über dieses Nebengeschäft verlieren würde. Hatte Bo auch nicht. Erst jetzt gab er es gegenüber den Ermittlern der Sonderkommission zu.

»Ob Meike Paulsen geahnt hat, dass ihr Göttergatte sich nach Dänemark absetzen wollte?«, fragte May-Britt.

Frank wiegte skeptisch den Kopf. »Hättest du mich vor einer Woche gefragt, hätte ich es vermutlich bejaht. Heute glaube ich nicht mehr daran«, erwiderte er.

Anne und Henner schauten ihn überrascht an.

»Die Vernehmungen von Eva und Jasper Krogh machen es immer wahrscheinlicher, dass einer von ihnen der Täter ist. Weder gegen Astrid Terpe noch gegen Meike Paulsen haben wir auch nur halb so viel belastendes Material gefunden«, erklärte Frank.

»Einer von ihnen? Jetzt kannst du dir doch vorstellen, dass Eva die Mörderin ist?«, staunte May-Britt.

Hier meldete sich Anne wieder zu Wort: »Ich konnte nichts herausfinden, was dagegenspricht. An dem Tag musste Eva erst am frühen Nachmittag bei der Arbeit sein. Sie kam pünktlich, wirkte aber abgelenkt. So beschrieb es ihre Vorgesetzte im Kongresszentrum«, warf sie ein.

May-Britt stieß hörbar die Luft aus. Sie kratzte sich nachdenklich an der Schläfe. »Na, schön. Wie würdest du weiter vorgehen wollen, um Eva Kroghs Aussage zu untermauern?«, fragte sie dann Frank.

Obwohl sein ganzer Körper nach Ruhe verlangte, schlug er genau das Gegenteil vor. »Wir fahren mit Eva nach Hejlsminde. Sie soll uns zeigen, wo sie das Messer entsorgt hat. Wenn das Ganze nur eine Finte war, dürfte es ihr sehr schwerfallen«, sagte er.

Seine Kollegin willigte ein. Doch May-Britt bestand darauf, dass sie und nicht Frank das Steuer übernahm. »Außerdem kommt Anne mit. Sie kann die Suche nach der Tatwaffe mit einer Kamera aufzeichnen. Das erleichtert uns später das Erstellen des Protokolls«, entschied die Kommissarin.

*

Es war kurz nach halb zwei am Nachmittag, als May-Britt einen dunkelgrünen Audi A4 über Sonderburgs Straßen steuerte. Frank saß auf dem Beifahrersitz und dämmerte vor sich hin. Anne hatte sich auf der Rückbank neben Eva Krogh gesetzt. Die war sofort mit dem Ausflug einverstanden gewesen.

Während der Fahrt wurde nur wenig gesprochen. May-Britt hatte das Radio eingeschaltet und warf gelegentlich einen amüsierten Blick auf den schnarchenden Frank Reuter. Als sie in der Ferienhaussiedlung eintrafen, rüttelte die Kommissarin ihn sanft an der Schulter.

Frank öffnete die Augen, nieste zweimal und stemmte sich dabei im Sitz nach oben. »Verfluchte Erkältung«, knurrte er.

Zunächst lenkte May-Britt den Wagen zum Ferienhaus im Vibevej, in dem Klaus Paulsen getötet worden war. Frank warf einen prüfenden Blick in den Rückspiegel und verfolgte so die Reaktionen von Eva. Sie erbleichte beim Anblick des Hauses. Ihr war anzusehen, wie sehr sie die Anwesenheit am Tatort belastete. Ein weiteres Indiz für ihre Täterschaft.

»So, jetzt muss ich von dir wissen, wo ich hinfahren soll«, wandte May-Britt sich an sie.

Eva schluckte schwer und lotste die Kommissarin dann in den Svalvej zu einem Neubau. Frank war sehr gespannt, ob sie dort tatsächlich das Messer finden würden oder Eva ihnen nur einen Bären aufgebunden hatte.

Nachdem alle aus dem Audi ausgestiegen waren, zögerte Jaspers Mutter keine Sekunde. Sie marschierte in den Rohbau, wo es noch keine Türen oder Fenster gab. Die Arbeiter hatten lediglich dicke Planen zum Schutz vor Kälte und Nässe angebracht, die kein Hindernis darstellten. Eva durchquerte den kurzen Flur und wandte sich im größten der Räume sofort nach links. In der westlichen Ecke ging sie in die Hocke und wollte gerade Dämmwolle aus einem Rohr ziehen, welches aus dem Boden ragte.

Anne war sofort neben ihr und hielt sie zurück. »Das machen wir«, sagte sie streng.

Dann trat sie zurück und filmte weiter, so, wie sie es bereits seit dem Eintreffen im Ferienhausgebiet getan hatte.

May-Britt trug, genau wie Frank, Handschuhe, sodass sie, ohne Spuren zu überlagern, die Dämmwolle aus dem Rohr ziehen konnte. Dann schob sie ihre Rechte hinein und zog gleich darauf eine Plastiktüte mit Aufdruck heraus.

Als sie sich aufrichtete und zu Eva schaute, nickte diese. »Das ist eine Einkaufstüte, die ich im Wagen hatte. Das Messer befindet sich darin«, bestätigte sie.

May-Britt entrollte die Tüte und nahm dann vorsichtig ein Küchenmesser mit Blutflecken heraus. Anne hielt jede Handbewegung mit der Kamera fest. Frank betrachtete das Messer und spürte, wie eine Last von ihm abfiel. Eva Krogh hatte die Wahrheit gesagt. Der Ausflug nach Hejlsminde war nicht umsonst gewesen.

»Letzte Chance, Eva. Wenn wir im Labor Fingerabdrücke von Jasper auf dem Messer finden, kann ihm auch kein Geständnis mehr helfen«, mahnte May-Britt.

Doch Eva Krogh blieb unbeeindruckt bei ihrer Aussage. »Sie werden nur meine Abdrücke im Labor finden. Ich habe Aksel erstochen. Er wird nie wieder Drogen an unschuldige Menschen verkaufen. Vor allem nicht an Jasper«, sagte sie voll trauriger Genugtuung.

Mit dem entscheidenden Beweisstück im Kofferraum kehrten sie zurück nach Sonderburg. Während May-Britt sich um die Formalitäten kümmerte, damit Eva Krogh in Untersuchungshaft genommen werden konnte, musste Frank sich in der Küche ausruhen. Dort dämmerte er immer wieder ein und wurde erst wieder richtig wach, als Fechner ihn ansprach.

Frank schaute den Kommissar verwundert an. »Jo? Wie kommst du denn hierher?«, fragte er.

May-Britt hatte bei Sonja Martenson angerufen und der Hauptkommissarin erklärt, dass Frank außerstande sei, allein nach Flensburg zu fahren. Daraufhin hatte sich Fechner in einen Dienstwagen gesetzt und war nach Sonderburg gekommen.

»Danke dir, Jo. Den Golf kann ich in den nächsten Tagen hier abholen«, stellte Frank erleichtert fest.

Er verabschiedete sich von den dänischen Kollegen, die ihm alle eine schnelle Genesung wünschten, und trabte dann mit Jo davon.

KAPITEL 18

Es vergingen drei Tage, bevor Frank sich wieder halbwegs wie ein normaler Mensch fühlte. Ines erwies sich als sehr fürsorgliche Vermieterin, die ihn regelmäßig besuchte und mit Essen versorgte. Auch Jo sah mehrmals nach Frank und gab ihm zu verstehen, dass die Schreibtischarbeit nicht weglief.

Als er sieben Tage vor Heiligabend wieder in die Direktion kam, stieß Frank auf dem Gang zuerst auf Sonja Martenson.

»Oh, doch schon wieder auf den Beinen?«, fragte sie.

»Ja, es geht mir schon viel besser. Vielen Dank auch für den Fahrdienst. Ich muss noch den Golf aus Sonderburg abholen«, erwiderte er.

Doch das war längst erledigt. »May-Britt hat eine Streifenwagenbesatzung mit der Überführung beauftragt. Der Wagen steht unten auf dem Hof«, erklärte Sonja.

Einmal mehr wurde Frank klar, wie richtig sein Wechsel nach Flensburg gewesen war. Der Zusammenhalt mit den Kollegen in der Direktion sowie den dänischen Partnern war jetzt schon bemerkenswert.

Beschwingt ging er in sein Büro und rief als Erstes May-Britt an.

»Schön, dass es dir besser geht«, begrüßte ihn die Kommissarin am Telefon.

Frank dankte ihr für die Überführung des Golfs und erkundigte sich nach dem Stand der Formalitäten.

»Du musst dich nur noch um die deutsche Seite kümmern. Eva Kroghs Geständnis liegt bei der Staatsanwaltschaft. Die prüft zurzeit die Vorwürfe gegen Astrid Terpe und Jasper Krogh. Er kommt vermutlich mit einem blauen Auge davon«, antwortete May-Britt.

Da Frank nebenbei bereits seinen Computer gestartet hatte, konnte er die entsprechenden Dateien aus Sonderburg abrufen.

»Ja, denke ich auch. Astrid Terpe wird sich allerdings wegen der Brandstiftung vor einem deutschen Gericht verantworten müssen. Echt seltsam«, sagte er.

»Was meinst du damit?«, fragte May-Britt.

»Ich muss gerade an Meike Paulsen denken. Ich hatte sie lange in Verdacht und sie quasi vorverurteilt. Jetzt ist sie die einzige Person, die in diesem Fall nur ein Opfer ist«, erklärte Frank. Er hatte sich von der komplizierten Persönlichkeit und Meikes Vergangenheit zu sehr beeinflussen lassen.

»Stimmt. Ich befürchte, dass ihr Männerbild jetzt endgültig negativ geprägt ist. Arme Frau«, sagte May-Britt.

Auch wenn Frank mit dem schwierigen Charakter von Meike Paulsen weiterhin seine Probleme hatte, teilte er die Einschätzung seiner Kollegin.

»Du solltest aber auch Klaus Paulsen nicht vergessen. Er ist das eigentliche Opfer«, erinnerte seine Kollegin.

Doch hier war Frank anderer Ansicht. »Nein. Ich sehe in ihm auch einen Täter. Ohne sein Doppelleben wäre er vermutlich nicht tot. Klaus Paulsen wollte sich aus der Verantwortung stehlen und hat damit diese Lawine an Ereignissen erst ausgelöst«, widersprach er.

Seine dänische Kollegin konnte diesen Gedankengang zwar nachvollziehen, sperrte sich aber gegen allzu philosophische Betrachtungen. »Liegt vermutlich an den Nachwirkungen deiner Medikamente. Schick uns bitte deine Protokolle zu, damit wir den Fall endgültig abschließen können«, lachte sie.

Das hatte Frank vor. Er beschaffte sich einen Becher frischen Kaffee und machte sich an die Arbeit. Der erste Fall in Flensburg war erfolgreich abgeschlossen und Frank somit endgültig auf seiner neuen Dienststelle angekommen.

ENDE

Mehr als **Ostsee**

Kristin Grundmann
Ostseeküstenradweg
Lieblingsplätze
192 Seiten, 14 x 21 cm
Paperback
ISBN 978-3-8392-2380-2
€ 15,00 [D] / € 15,50 [A]

Genussvoll Rad fahren auf dem herrlichen Ostseeküstenradweg zwischen Flensburg und Wismar wird immer beliebter. Wer aber nur den Schildern folgt, verpasst die Highlights. Kristin Grundmann nimmt Sie mit – auf acht Tagesetappen zu ihren »Lieblingsplätzen« links und rechts des Wegs: zu Cafés und Hotels, traumhaften Stränden, Steilküsten und Orten mit spannender Geschichte. GPS-Daten, Karten und emotionale Fotos machen die »Lieblingsplätze« zum persönlichen Begleiter, der Lust auf Entdeckungen macht.

GMEINER KULTUR

WWW.GMEINER-VERLAG.DE
Mensch, Kultur, Region